Nena Tramountani, geboren 1995 in Stuttgart, ist mit Büchern aufgewachsen, schreibt seit zehn Jahren ihre eigenen Geschichten und hat Linguistik und Englische Literaturwissenschaft studiert. Nach dem Studium arbeitete sie als Journalistin, bevor sie nach Wien zog und zu kellnern begann, um sich aufs Schreiben von Fantasy- und Liebesromanen zu konzentrieren. Neben verschiedenen Veröffentlichungen in Anthologien ist 2017 ihr Romandebüt erschienen. Inzwischen lebt sie als freie Autorin wieder in Stuttgart, wenn sie gerade nicht auf Inspirationsreisen unterwegs ist.

Nena Tramountani

City of Elements

Die Kraft der Erde

Oetinger Taschenbuch

TESSARECT

CHOYS
CARLA'S
PNOE
YDOR
PYRO

Außerdem bei Oetinger Taschenbuch erschienen:
City of Elements. Die Macht des Wassers (Band 1)

Für Effi.

Weil du mich in all meinen Parallelwelten begleitest.

FSC MIX
Papier aus verantwortungsvollen Quellen
FSC® C014496
www.fsc.org

Originalausgabe
2. Auflage

Umschlaggestaltung: Alexander Kopainski
unter Verwendung von Covermotiven von shutterstock.com
© Illustrationen S. 4 und 5: Lea Melcher
Dieses Buch wurde vermittelt von der Literaturagentur
erzähl:perspektive, München (www.erzaehlperspektive.de)
Satz: Arnold & Domnick, Leipzig
Druck: GGP Media GmbH,Karl-Marx-Straße 24,
07381 Pößneck, Deutschland
Printed 2021
ISBN 978-3-8415-0600-9
www.oetinger-taschenbuch.de

EINS

Orpiment

Damals

»Schönen Feierabend, Kia! Und jetzt beweg deinen Allerwertesten in den Park. Ich hab Neuigkeiten.«

Grinsend stieß ich die Glastür der Whitewall Galleries auf und streckte mein Gesicht in die Sonne, das Handy am Ohr. »Bin schon auf dem Sprung. Wehe, ihr fangt ohne mich an.«

Leos gackerndes Lachen im Hintergrund verriet mir, dass diese Drohung zu spät kam.

»Her mit dir!«, rief Sophia mit einem leichten Lallen in der Stimme, bevor sie den Anruf beendete.

Wir hatten Mitte August, und obwohl es nach acht war, flimmerte die Hitze des Tages noch in den Straßenecken. Jeder Tag war voller Möglichkeiten. Wir waren endlich nach Leeds gezogen, wir hatten es geschafft, wir waren unbesiegbar. Nicht mal der Gedanke an meine Eltern konnte diese Gewissheit trüben.

Obwohl meine Schicht todlangweilig gewesen war – wer ging bei den Temperaturen schon ins Kunstmuseum?! –, war ich den ganzen Tag über voller Energie gewesen. Es gab nichts Besseres, als mit meinen Freunden um die Häuser zu ziehen, jetzt, da wir alle mit der Schule fertig waren, aber noch nicht mit dem Studium begonnen hatten.

Ich trat auf die erste Stufe.

Irgendwo hatte ich mal gelesen, dass einem Menschen nur dann so viel Glück gegeben wird, wenn er auf ein großes Unheil vorbereitet werden soll.

Noch eine Stufe.

Wenn ihm anschließend etwas genommen wird.

Vor mir saß ein zusammengekauerter junger Mann auf der Steintreppe. Ich beschleunigte meine Schritte.

Mein Unheil besaß zwei Beine und ein Lächeln, das meiner besten Freundin von der ersten Sekunde an den Kopf verdrehte.

Hatte der Typ etwas eingeschmissen? Er sah nicht obdachlos aus, dafür war seine Kleidung zu hochwertig, doch seine Augen waren knallrot. Konnte ich einfach weitergehen? Ich war eh schon zu spät. Aber was, wenn ihm etwas fehlte?

Ich warf einen Blick hinter mich. Niemand zu sehen.

In dem Moment ertönte ein ersticktes Schluchzen, und aus einem Reflex heraus ließ ich mich neben ihn auf die letzte Stufe fallen. Je länger ich ihn betrachtete, desto mehr verflüchtigte sich die Vermutung mit den Drogen. Er war komplett nüchtern. Und am Boden zerstört. Ich redete auf ihn ein, fragte, ob ich Hilfe holen sollte. Was mit ihm los war.

»Sie ist tot«, brachte er hervor, während er am ganzen Leib

zitterte und Tränen ihm über die Wangen liefen. »Meine Mum ist tot.«

Der Schock lähmte mich, aber ich zwang mich, weiterzusprechen. Ich konnte ihn doch jetzt nicht alleine lassen. Er war völlig durch den Wind.

Nachdem wir eine Weile miteinander gesprochen hatten und ich ihm meine Nummer aufschrieb, falls er jemanden zum Reden brauchte, hob er den Kopf und sah mich aus blutunterlaufenen Augen an – zum ersten Mal schien er mich richtig wahrzunehmen. Sie waren schwarz wie Kohle, genauso schwarz wie seine schulterlangen Haare.

Plötzlich wirkte er bestürzt. Er sprang auf, den Fetzen Papier mit meiner Handynummer in der Hand. »Sorry, ich wollte dich nicht belästigen«, murmelte er, obwohl ich diejenige war, die ihn angesprochen hatte. Abrupt wandte er sich um und verschwand. Ich hatte ihn nicht mal nach seinem Namen gefragt – nur das Tattoo auf seinem Unterarm blieb mir im Gedächtnis: ein nach oben geöffneter Kreisel. In Gedenken an seine Mutter, hatte er unter Schluchzern gesagt.

Ich stand auf. Meine Freunde warteten schon viel zu lange auf mich.

Sophias Neuigkeiten lenkten mich ab und vertrieben den Gedanken an den Fremden. Sie hatte jemanden kennengelernt. Das war an sich nichts Ungewöhnliches, aber die Art, wie sie über ihn sprach … Ich hatte sie noch nie zuvor so über einen Kerl reden hören, und ich kannte sie seit dem Kindergarten, also wusste ich sofort, dass es ihr ernst war. Sie zeigte mir ein verschwommenes Profilbild von ihm, auf dem man ihn kaum erkannte, und erzählte mir von seinem ungewöhnlichen indianischen Namen: Niyol.

Ein paar Wochen später stellte sie ihn mir vor, als Leo, Ellie und sie mich nach meiner Schicht in der Bar abholten. Er sah deutlich besser aus – eine gesündere Hautfarbe, keine blutunterlaufenen Augen mehr, aber ich erkannte ihn trotzdem sofort als den vollkommen aufgelösten Typen von den Stufen vor der Galerie. Sein schwarzes, zum Man Bun gebundenes Haar glänzte, und er hatte einen Dreitagebart, mit dem er verdammt gut aussah. Sophia war schon ziemlich angetrunken und bemerkte vor lauter Freude darüber, dass wir ihn endlich kennenlernten, meine Reaktion nicht. Er tat so, als hätte er mich noch nie gesehen, und ich war zu überrascht, um etwas zu sagen. Später, als alle beim Tanzen waren, nahm er mich beiseite und bat mich, ihr nichts von unserem Zusammentreffen zu erzählen.

»Ich weiß, es ist viel verlangt«, sagte er, als er meinen misstrauischen Blick sah. »Aber ich habe keine Lust, vor ihr dieser Mensch zu sein. Wenn die Zeit reif ist und wir uns ein bisschen besser kennen, dann werde ich ihr davon erzählen. So lange ist es meine Sache.« Er klang aufrichtig, und obwohl ich ein komisches Gefühl dabei hatte, irgendetwas vor meiner besten Freundin geheim zu halten, willigte ich ein. Er hatte ja recht – es war seine Sache, wann er ihr davon erzählte. Also entspannte ich mich und versuchte, mich zu amüsieren.

Nur sollte sich herausstellen, dass er das nie tat. Während

Sophia mit der Zeit immer glücklicher mit ihm wurde, fing er an, mir zu schreiben. Am Anfang waren es nur kurze Nachrichten, die er nicht einmal konkret an mich richtete. Es klang eher so, als müsste er sich seine Gedanken einfach von der Seele reden. Ich unterdrückte jedes Mal das Bedürfnis, ihm zu schreiben, er solle bitte damit aufhören, denn letztendlich hatte ich zu viel Mitleid, wenn er davon erzählte, wie leer seine Wohnung war und wie er manchmal nachts aus seinen Träumen aufschreckte und für ein paar Sekunden dachte, dass seine Mutter noch am Leben war.

Mit jeder Nachricht überschritt er aufs Neue eine unsichtbare Grenze. Weil er *mir* diese Dinge schilderte, nicht Sophia, obwohl sie diejenige war, die er vor meinen Augen leidenschaftlich küsste, mit der er auf Dates ging, in deren Bett er schlief. Es wurde immer seltsamer. Wenn wir alle zusammen feiern gingen, sah er mich an, während er sie im Arm hielt. Wenn ich morgens ins Bad lief und er in der Küche Kaffee kochte, nachdem er mal wieder eine Nacht in unserer WG verbracht hatte, zwang ich mich, bedeutungslosen Small Talk zu führen, obwohl ich über seine dunkelsten Abgründe Bescheid wusste.

Und immer war da dieser Blick. Dieser verfluchte Blick, mit dem mich noch nie jemand angesehen hatte.

Irgendwann ertappte ich mich dabei, wie ich bewusst zu viel trank, um ihm ohne schlechtes Gewissen auf seine Nachrichten zu antworten oder ihn mitten in der Nacht anzurufen, wenn ich wusste, dass er gerade nicht mit Sophia zusammen war. Aus diesen Antworten wurden stundenlange Telefonate, und schließlich wurden Treffen daraus. Wir taten nichts, wir redeten nur. Doch jedes Mal, nachdem ich seine Wohnung verlassen hatte, konnte ich es nicht ertragen, Sophia in die Augen zu sehen. Ich hatte Gewissensbisse, war mir sicher, sie könnte mir meinen Verrat an der Nasenspitze ansehen, immerhin waren wir wie Schwestern. Aber weder sie noch Leo oder Ellie schöpften Verdacht, auch wenn ihnen mit der Zeit auffiel, dass ich mich seltsam gegenüber Niyol verhielt. Sophia fragte mich sogar, was ich denn gegen ihn hätte und was sie tun könnte, um mich davon zu überzeugen, was für ein toller Kerl er war. Ich ließ mir eine dumme Ausrede einfallen und starb innerlich ein bisschen. Ich musste das mit ihm sofort beenden, was auch immer »das« war. Noch am selben Abend teilte ich ihm meine Entscheidung mit, während Sophia unter der Dusche stand.

Er sagte nichts, er sah mich einfach an, aus diesen dunklen, tiefen Augen, und dann, als ich mich endlich losreißen konnte und die Wohnung zu meiner eigenen Sicherheit verlassen wollte, weil ich es nicht ertrug, sie zusammen zu sehen, da zog er mich an sich und küsste mich. Und das Schlimmste war nicht, dass ich mich nicht wehrte. Das Schlimmste war, dass ich mir wünschte, er würde nie, nie wieder damit aufhören.

Von diesem Moment an war ich verloren.

Ich wich zurück, keine Sekunde zu früh, denn ich hörte schon das Badezimmerschloss. Als ich ohne ein richtiges Ziel durch die Straßen lief, drehte sich alles in meinem Kopf, und ich fühlte mich wie der schlimmste Mensch auf Erden. Da war allerdings noch eine andere Emotion – es fühlte sich an wie ein Rausch. Was seine Berührungen und sein Blick in mir hervorriefen, hatte ich noch nie zuvor so heftig gespürt. Trotzdem rief ich ihn später an und verfluchte ihn, fragte, ob er denn kein schlechtes Gewissen Sophia gegenüber hatte.

»Ich bin verliebt in sie«, sagte er. »Ich will sie nicht verletzen, aber dass zwischen dir und mir etwas ist, das sich nicht erklären lässt, kannst du nicht leugnen. Ich kann mich nicht mehr dagegen wehren.«

Das war es – das reichte aus, um mich naives, blindes, selbstsüchtiges Mädchen für ein paar weitere Tage in den Abgrund stürzen zu lassen. Es reichte aus, um mein Gewissen, all meine Moralvorstellungen und meine Prinzipien lahmzulegen.

Als Sophia für eine Familienfeier übers Wochenende bei ihren Eltern in Morley war, willigte ich ein, mich mit Niyol in einem Club außerhalb der Stadt zu treffen, ein Ort, von dem wir wussten, dass uns dort niemand kennen würde. Diese Nacht veränderte alles. Nicht nur, weil sie so verdammt perfekt war, sondern weil sie mir zeigte, was für eine Macht er über mich hatte. Wozu er mich bringen konnte. Ich folgte ihm in seine Wohnung, und es kam, wie es kommen musste. Als ich im Morgengrauen heulend nach Hause lief, wusste ich, dass er es nie beenden würde. Nicht mit Sophia und nicht mit mir. Deshalb traf ich eine Entscheidung, obwohl ich wusste, die Konsequenzen würden mein Leben verändern.

Sobald Sophia zurück in unsere WG kam, nahm ich meinen Mut zusammen und beichtete ihr alles. Sie ließ mich ausreden, kein einziges Mal unterbrach sie mich. Weder Geschrei noch Beschimpfungen folgten.

»Hör auf zu weinen«, sagte sie, als ich mit der ganzen furchtbaren Geschichte fertig war. Dann fing sie selbst damit an. Tränen liefen ihr über die Wangen, doch sie gab keinen Laut von sich. Die ganze Nacht hörte ich sie packen, während ich schlaflos in meinem Bett lag. Am nächsten Morgen kamen Ellie und Leo, um ihr beim Auszug zu helfen. Und ich hatte es immer noch nicht geschafft, mit dem Weinen aufzuhören.

🜄

Heute

Ich hielt die Luft an und tauchte meinen Kopf unter Wasser. Meine Haut war aufgeweicht, doch die erhoffte Entspannung war bislang ausgeblieben. Ich hatte das warme Bett verlassen und mir ein Bad eingelassen, weil ich einfach keine Ruhe fand.

Das warme Bett, in das Will und ich gestern völlig fertig gefallen waren, nachdem wir zum Haus bei den Ydor zurückgekehrt waren.

Kein Wunder, dass ich kein Auge zugetan hatte. Es war nicht nur seine Nähe, die mich in heillose Verwirrung stürzte, auch wenn sie ganz bestimmt dazu beitrug. In meinen Gedanken spielten sich immer wieder die Ereignisse der letzten

Tage ab: Entführung. Visionen. Evelyn. Elemente. Adoptiveltern. Wasserfall. Zeitsprung. Autofahrt. Beerdigung. Abschied. Will. Die Insel. Niyol.

Das Gefühl, als ich aus meinem Fenster kletterte. Dann nur Stunden später meine Wohnung in den Nachrichten brennen zu sehen. Stück für Stück die Kontrolle über mein Leben zu verlieren. Neue Menschen kennenzulernen. Die Bedeutung von »Inventi« wirklich zu spüren.

Das Badewannenwasser brannte in meinen aufgerissenen Augen. Wollten wir doch mal sehen, ob ich meinem Talent nicht auf die Schliche kommen konnte! Durch mein Abtauchen bildeten sich Bläschen an der Oberfläche und verteilten sich fluchtartig, bis sie sich vollständig auflösten. Ich zählte innerlich bis zehn. Benommenheit ergriff mich, während der Sauerstoff immer knapper wurde.

Will würde stinksauer sein.

Natürlich wollte ein Teil von mir zurück zu Sophia in unsere alte Wohnküche. In eine Welt, in der meine Eltern und meine besten Freunde mich nicht tot glaubten.

Aber ich hatte noch immer keine Ahnung, wie genau das mit den Visionen funktionierte und was ich die letzten beiden Male gesehen hatte.

Ich presste meine Augen zu, als es immer anstrengender wurde, dem Bedürfnis nach Sauerstoff zu widerstehen. Mit einer Hand krallte ich mich am kalten Wannenrand fest, die andere war um den silbernen, kunstvoll gefertigten Hahn geklammert.

Ablenken. Ich musste mich ablenken.

Niyol, wie er zusammen mit Aria auf dem Dach stand, erschien vor mir. Seine schwarz glänzenden Haare im aufbrausenden Wind.

Die Erinnerung peitschte glühende Hitze durch meine Adern. Er war es wirklich gewesen. Wohlauf und unbeschwert, ohne zu ahnen, dass ich mich nur wenige Meter von ihm entfernt befand. Wie stand er mit der Ältesten der Pnoe in Verbindung? Hatte sie ihn mit der verantwortungsvollen Aufgabe vertraut, nach Leeds zu gehen, weil sie verwandt waren?

Wie hatte ich nur so dämlich sein können? Niyol war nicht zufällig in mein Leben getreten, oder? Wer wusste schon, ob seine Mutter wirklich gestorben war oder ob er nach einem Grund gesucht hatte, mein Mitleid zu erregen. Hatte er sich Sophia gezielt ausgesucht und mit ihr gespielt?

Schlagartig wurde mir schlecht. Wie ihre Augen immer gestrahlt hatten, wenn sie von ihm erzählte!

In knappen Sätzen hatte ich Will vorhin geschildert, wer dieser Typ auf dem Dach gegenüber war, während er mich nach unten gezerrt hatte. Er hatte nur genickt und war nicht näher darauf eingegangen.

Immerhin war mein Inventi nicht Teil der Verschwörung gewesen und hatte keine Ahnung, dass der größte Fehler meines Lebens offenbar von der Omilia in die Wege geleitet worden war.

Mein Griff lockerte sich, und ich glitt tiefer in die Wanne.

Feiner Nebel legte sich über meine Gedanken. Hätte ich vor zwei Wochen gewusst, dass ich einmal in einer gefüllten Wanne liegen und versuchen würde, die Luft bis zur Bewusstlosigkeit anzuhalten, um Zugriff auf etwas zu haben, das sich sowieso nur in meinem Kopf abspielte, wäre ein Sprung aus meinem Fenster keine schlechte Idee gewesen.

Als mein Blickfeld begann, sich mit Schwärze zu füllen, spürte ich fast so etwas wie Erleichterung. Es war ein Geschenk des Himmels, für ein paar Herzschläge meiner Realität zu entfliehen.

Genau in diesem Moment ertönte ein unschönes Reißen. Bevor ich mich's versah, wurde ich schon an die Oberfläche gezerrt. Von zwei sehr wütenden Händen.

Keuchend saugte ich die Luft ein. Zwang meine Lider auseinander. Alles drehte sich. Zuerst sah ich den mintfarbenen Duschvorhang. Ich hatte ihn zugezogen, bevor ich untergetaucht war. Jetzt lag er zur Hälfte auf den ebenfalls grünen Fliesen – das vordere Stück hing offensichtlich abgerissen von der Stange herunter.

Ganz langsam hob ich den Kopf und wagte einen Blick in das Gesicht meines Retters. Der Zorn, den ich beim Gedanken an Niyol verspürt hatte, spiegelte sich in Wills Gesicht wider. Mal fünfzig.

»Ich konnte nicht schlafen«, brachte ich nach ein paar Sekunden stillschweigendem Starr-Contest hervor. Es sollte verteidigend klingen, leider war nur Schuldbewusstsein in meiner Stimme zu hören.

Sofort war ich mir meiner Nacktheit bewusst. Natürlich hatte ich auch keine Seife in das Wasser gegeben, sodass nicht einmal Schaumberge meinen entblößten Körper abschirmen konnten. Doch meine Sorge war unbegründet, Wills Blick war stur auf mein Gesicht gerichtet, und seine Hände lagen schraubstockfest auf meinen Schultern.

»Kiana Lyberth«, knurrte er. Es war in dieser Situation absolut verrückt, aber ich konnte nicht anders, als auf seine Lippen zu schauen. Die Müdigkeit wahrzunehmen, die die kleinen Furchen unter seinen Augen verrieten. Die Art, wie seine Haare quer in alle Himmelsrichtungen abstanden, weil er nur Sekunden zuvor aus dem Tiefschlaf gerissen worden war. Meinetwegen.

»Willst du mich umbringen?«

Ich seufzte, schlug aber einen versöhnlichen Ton an. »Ich kann nicht einfach tatenlos herumsitzen, also dachte ich …«

»Also dachtest du, du ertränkst dich mal eben in der Badewanne«, vervollständigte er trocken. Ehe ich noch etwas erwidern konnte, ließ er meine Schultern ruckartig los, sodass ich wieder nach hinten rutschte, und erhob sich.

Er griff nach dem erstbesten Handtuch und hielt es mir mit ausgestrecktem Arm hin, während er den Kopf zur Seite wandte.

Ich verdrehte die Augen. Keine Ahnung, ob ich erleichtert sein sollte, dass er meinem Körper im schonungslosen Badezimmerlicht keine Beachtung schenkte, oder ob ich es als Beleidigung auffassen sollte.

Er wartete, bis ich mir das Handtuch um meinen inzwischen zitternden Körper geschlungen hatte, dann drehte er sich mit einem gefährlichen Funkeln in den dunkelblauen Augen zu mir um.

»Kiana«, wiederholte er meinen Namen und trat einen Schritt auf mich zu. »Was mache ich nur mit dir?«

Ich schaute zu ihm auf und musste gegen das Bedürfnis ankämpfen, ihm um den Hals zu fallen. Die Erschöpfung lauerte im Hintergrund, wurde aber durch mein rasendes Herz übertönt.

»Sie haben mich mein ganzes Leben lang manipuliert«, flüsterte ich. »Ich kann nicht einfach so tun, als wäre nichts geschehen! Ich muss mehr herausfinden.«

Mit einem Mal fand seine Hand wieder ihren Weg zu mir, sachte fuhr er mein Gesicht entlang.

»Du wirst alles herausfinden«, murmelte er. Seine Stimme war immer noch belegt vom Schlaf. »Aber nicht jetzt und nicht ohne mich. Du hast genug mitgemacht und brauchst nichts als Ruhe. Schon gar nicht so etwas.« Er nickte zur Badewanne und sah für einen Moment so aus, als wäre ihm schlecht, bevor er seine Mimik wieder unter Kontrolle hatte.

Seine Finger wanderten meinen Hals hinab, und er strich mir über den Arm, bis er an meinem Handgelenk angekommen war. Ich wagte nicht, zu atmen.

»Wovor hast du Angst?«, fragte er plötzlich.

»Angst?«

»Warum kannst du nicht zur Ruhe kommen?«

Oh, um Gottes willen, er spielte auf mein rasendes Herz an. Schnell schüttelte ich seine Hand ab.

Natürlich nützte es nichts, wenn er meinen Puls nicht mehr spüren konnte, er fühlte ja sogar dann alles, was ich fühlte, wenn er sich Kilometer von mir entfernt befand.

Trotzdem drückte ich mich an ihm vorbei, in der Hoffnung, der räumliche Abstand würde dabei helfen, diese Verbindung irgendwie zu kappen.

Ich war nicht einmal die Hälfte der Wendeltreppe hinaufgekommen, da hörte ich schon seine Schritte hinter mir.

»Es tut mir leid, aber ich kann dich das nicht tun lassen. Heute Nacht war schlimm genug.«

Für einen Augenblick schloss ich die Augen. Er rechtfertigte sich. Er dachte, ich wäre sauer auf ihn.

»Du glaubst bestimmt, deine Gabe ist der Grund für alles, was dir passiert ist, und vielleicht stimmt das auch, aber du weißt nicht, wie vollkommen egal mir das im Moment ist. Es geht um dich, verdammt! Du bist auch nur ein Mensch, egal, was der Rest dieser bescheuerten Stadt denkt. Ein Mensch, der seine Grenzen und das Recht auf ein bisschen Seelenfrieden hat.«

Ohne nachzudenken, wirbelte ich auf der Stufe herum. Er stand kaum eine Armlänge von mir entfernt.

»Du musst damit aufhören.«

»Aufhören womit?«

Körperlich und geistig war ich vollkommen ausgelaugt, außerdem spürte er sowieso jede einzelne meiner Regungen.

Mir fehlte schlichtweg die Kraft, mir eine Ausrede einfallen zu lassen. »Dinge zu sagen, die mich dazu bringen, dich küssen zu wollen.«

Ich hatte wirklich keine Lust, seine Reaktion zu sehen oder mich mit der ohrenbetäubenden Stille auseinanderzusetzen. Also lief ich geradewegs ins Schlafzimmer und tauschte das Handtuch, so schnell ich konnte, gegen einen frischen Pyjama.

Kopfschüttelnd verharrte ich vor dem Fenster und betrachtete die Stadt, die sich unter dem wolkenverhangenen Himmel ausdehnte. Wie war ich bloß hier gelandet? Noch vor ein paar Tagen hatte ich ein komplett anderes Leben in Leeds geführt, jetzt war ich in dieser Stadt, die mich noch an den Rand des Wahnsinns treiben würde.

Bevor ich den wenig erfreulichen Gedanken weiter ausführen konnte, nahm ich Wills Anwesenheit wahr.

Er trat hinter mich und holte tief Luft. »Wir beide … das ist eine schlechte Idee.«

Langsam wandte ich mich um, suchte seinen Blick und nickte. Mir war klar, dass er wahrscheinlich nur Interesse an mir hatte, weil er meine Gefühle spiegelte.

»Ich weiß.«

»Wir sollten das nicht tun.« Er trat einen Schritt auf mich zu, und sein Duft hüllte mich ein. Machte er es mir absichtlich so schwer?

»Ich weiß, Will«, erwiderte ich, nun etwas heftiger.

»Ich weiß, dass es absolut idiotisch und fehlplatziert und –«

Er gab mir keine Chance, den Satz zu vollenden. Seine

Hände waren vorgeschnellt, und er zog mich zu sich. Er krallte sich an allem fest, was er von mir zu fassen bekam, während seine Lippen meine fanden. Stürmisch erwiderte ich seinen Kuss. Mit voller Wucht wurden alle Sorgen beiseitegedrängt und verloren an Bedeutung. Wer hätte gedacht, dass der beste Verdrängungsmechanismus für meine Probleme seit Tagen vor meiner Nase herumgelaufen war?

Heiß und feucht lag sein Mund auf meinem, während meine Knie zu Butter wurden.

Er schlang mir einen Arm um die Taille und bewegte sich rückwärts. Ich ließ meine Hände in seine Haare wandern und gab mich meinen Gefühlen endgültig hin. Das böse Erwachen würde früh genug kommen, wenn ich mich damit auseinandersetzen musste, wie erbärmlich es war, sich zu jemandem hingezogen zu fühlen, der sowieso keine andere Wahl hatte, als es zu erwidern.

Sein leises Stöhnen zwischen unseren Küssen ließ auch diesen Gedanken verschwinden. Wir waren am Bett vorbeigestolpert und nun vor der Treppe angekommen. Schwer atmend löste er sich von mir und schloss kurz die Augen. Zwischen seinen Brauen hatte sich eine besorgniserregende Falte gebildet.

Ich starrte ihn heillos verwirrt an. Kaum zu fassen, wie unwichtig lebenswichtige Ereignisse von hier aus erschienen.

Erneut gab er mir keine Chance, mich zu fangen. Er griff nach meiner Hand, und ohne sich noch einmal nach mir umzusehen, trat er auf die Wendeltreppe. Ich sah gar nichts mehr, nicht das Wohnzimmer, nicht die Küche, nicht den Garten hinterm Fenster. Meine ganze Konzentration richtete sich auf meine Finger, die unter Strom zu stehen schienen.

Ich erwachte erst aus meiner Trance, als Will vor dem Kamin zum Stehen kam. Er ließ meine Hand los und bückte sich, um die Falltür zum Keller aufzustoßen. Mein Herz machte einen Satz.

Mit einer Hand auf meinem Rücken schob er mich nach vorn.

»Links findest du die Bodentreppe. Halt dich einfach an mir fest, bis du sie gefunden hast.«

Nickend ging ich in die Knie. Dies war definitiv nicht der richtige Zeitpunkt, um sein Vorhaben anzuzweifeln. Mit den Konsequenzen würde sich mein Zukunfts-Ich befassen dürfen.

Ich hielt mich an der Außenseite des Lochs fest, gleichzeitig streckte ich meine Beine ins Dunkle und suchte mit den Füßen nach der Leiter. Sie zitterten leicht, was garantiert nicht an der ungewissen Tiefe lag.

Im Handumdrehen hatte ich die Sprossen gefunden und war ein Stück nach unten geklettert.

»Mach dir keine Sorgen, es sind keine fünf Meter«, hörte ich Wills Stimme leise über mir und hätte etwas Ironisches geantwortet, wäre ich nicht so sehr damit beschäftigt gewesen, mich zu fragen, wieso er mich in sein Schlafzimmer brachte. Nein, ich machte mir keine Sorgen um die Höhe. Sondern um mein armes Herz.

Erst als meine Beine ins Leere traten, hielt ich inne. Will machte noch immer keine Anstalten, mir nach unten zu folgen.

»Ich glaube, ich bin am Ende der Leiter angekommen!«, rief ich leicht verunsichert.

»Du musst dich das letzte Stück fallen lassen«, kam prompt die Antwort. Ich legte den Kopf in den Nacken, und mein Blick traf auf sein Gesicht, das in der Falltürluke schwebte. Bildete ich es mir ein, oder war Triumph darin zu sehen?

»Unten liegen mehrere Teppiche, du wirst weich landen.«

Na schön. Ich wollte gerade gehorchen, da erklang ein kaum vernehmliches, lang gezogenes Quietschen. Wills Gesicht verschwand, und dann verschwand plötzlich auch alles andere. Mit einem lauten Knall war die Tür über mir zugeklappt, und die Dunkelheit hatte mich vollends verschluckt. Lediglich ein paar feine Lichtstrahlen, in denen Staubkörner tanzten, drangen durch die Ritzen. Mein Blick folgte ihren hektischen Bewegungen, bis mein Verstand endlich in die Gänge kam. Fluchend kletterte ich die Sprossen wieder hinauf.

»Will?«

Stille. Ich war oben angelangt und stemmte eine Handfläche gegen das splittrige Holz. Nichts rührte sich.

»Was zur Hölle tust du da?«, brüllte ich und schickte ein paar wüste Verwünschungen hinterher, während ich wie wild auf die Unterseite der Falltür einhämmerte.

»Du hast mir keine Wahl gelassen, Wundermädchen.« Ein

dumpfes Geräusch drang an mein Ohr. Es klang beinahe wie ein Kichern.

»Du willst mich *wegsperren*?«, machte ich in derselben Lautstärke weiter.

»Es ist nur zu deinem Besten.«

»Du hast gesagt, wir sind ein Team, du Verräter!«

Hatte er mich gerade allen Ernstes geküsst, um mich zu überlisten? Und ich war darauf reingefallen, weil ich mir für eine Sekunde eingebildet hatte, dass es ihm wie mir ging. Ging es noch erniedrigender?

Wütend schlug ich auf die nächstliegende Sprosse ein und stieß einen Schmerzenslaut aus, als ein scharfer Schmerz meine zur Faust geballte Hand durchfuhr.

Oh, ich würde ihm den Hals umdrehen.

»Teammitgliedern ist es verboten, sich selbst umzubringen«, antwortete er eine Spur weniger belustigt.

»Du weißt ganz genau, dass ich nur mein dummes Talent auslösen wollte«, fauchte ich.

»Und du weißt ganz genau, dass ich jedes Mal einen halben Herzinfarkt bekomme, wenn du dich in Gefahr begibst.«

»Es tut mir leid, aber es geht hier nicht um dich«, presste ich hervor.

»Und ob. Unsere Leben sind miteinander verbunden, ob es dir passt oder nicht.«

Ich schloss die Augen und atmete tief durch. Eventuell half ein vernünftiger Tonfall. »Mach bitte die Tür auf.«

»Vergiss es.«

»Mach die verdammte Tür auf, du Mistkerl!« So viel dazu.

»Gute Nacht, Kiana.«

»Wenn du mich jetzt hier alleine lässt, wirst du es bereuen«, drohte ich. Ich sollte ihm erklären, dass ich mir in seinem Schlafzimmer genauso gut irgendetwas zum Strangulieren suchen konnte, aber das nahm ich mir selbst nicht ab.

Jetzt lachte er wieder, während seine Schritte sich entfernten. »Ich wünsche angenehme Träume.«

Es dauerte ein paar Minuten, in denen ich weiterhin auf die Tür einschlug, doch schließlich fügte ich mich in mein Schicksal und trat den Rückzug an.

Tatsächlich landeten meine nackten Füße auf etwas Weichem, als ich mich am Ende der Leiter fallen ließ.

Die Luft hier unten roch so intensiv nach meinem treulosen Inventi, dass ich mich für einen Augenblick auf nichts anderes konzentrieren konnte. Holzig, männlich, sauber. Ich verfluchte ihn gleich noch mehr.

Mit ausgestreckten Händen tastete ich in der Finsternis nach einer Wand, bis ich etwas gefunden hatte, das sich wie ein Lichtschalter anfühlte.

Ich blinzelte überrumpelt, als der Raum in einem Meer aus Tausenden kleinen Lichterpunkten aufleuchtete. Die Treppe bestand aus glatt geschliffenen, leicht verbogenen Ästen, und auch der Rest des fensterlosen Zimmers erinnerte an ein gemütliches Baumhaus aus hellem Holz. Die kleinen Lichter waren an durchsichtigen Drähten befestigt und rankten sich um die dicken Äste, aus denen nicht nur die Leiter, sondern auch das große Bett gearbeitet waren. Dieses wirkte wie eine besonders große Auskerbung des Baumes, war ovalförmig und bildete das Zentrum des Raumes. Es wurde von herunterwachsenden Ästen umrahmt, die über und über mit funkelnden Lichtern versetzt waren. Die Bettwäsche war dunkelblau und in der Mitte der Matratze zusammengeknüllt.

Ich hob den Kopf und entdeckte ein paar Papierfetzen an den Ästen über dem Bett. Ich trat näher.

Kleine Kunstwerke. Zeichnungen seiner Mutter – genau wie in deren Wohnung in Wetherby. Auf einer konnte ich sie alle drei erkennen, sie hoben sich in schwarzen, hastig gezeichneten Linien von dem leicht vergilbten Weiß ab. Obwohl es wirkte, als wären die Striche nachlässig gezogen worden, kamen die Gesichter den lebendigen Vorbildern so nahe, dass mir unwillkürlich eine Gänsehaut den Rücken herunterrieselte. Auf einem weiteren Bild war das gleiche männliche Porträt zu sehen, das ich wieder und wieder in der engen Wohnung vorgefunden hatte. Der verschwundene Teil der Familie: Liam Lowe, Wills und Alessas Vater, dessen Verlust ihre Mutter in jahrelange Depressionen gestürzt hatte.

Laut seufzte ich auf und duckte mich unter den Ästen durch, um zum Bett zu gelangen. Mein Zorn war wie weggeblasen. Ich konnte Will im Augenblick nicht böse sein, wo hier alles nach Einsamkeit schrie.

Eine Weile lag ich auf dem Rücken und begutachtete die glücksstrahlenden Gesichter zwischen den leuchtenden Ästen, als wären sie die Antworten auf all meine Fragen. Die

Erforschung meines Talents war nur eines meiner Ziele. Ich würde nicht ruhen, ehe ich Eve aus Neros Klauen befreit hatte, alles zu meinen biologischen Eltern und den Machenschaften der Omilia herausgefunden hatte und meinen Adoptiveltern entgegentreten konnte.

Die Tränen auf meinen Wangen spürte ich erst, als ich die Bettdecke bis an mein Kinn zog. Ich vergrub mein Gesicht in dem duftenden Stoff und ließ mich von der Erschöpfung übermannen.

Doch obwohl Will mich hier unten eingesperrt hatte, wusste ich mit unleugbarer Sicherheit, genau in diesem Augenblick war ich nicht alleine mit meinem Kummer. Und vielleicht, vielleicht würde ich es nie wieder sein müssen.

∀

Völlig orientierungslos schlug ich die Augen auf. Nicht nur der fremde Geruch der Bettwäsche, auch die brennenden Lichter trugen zu meiner Verwirrung bei. Schlaftrunken richtete ich mich auf. Dabei kam die Erinnerung an die jüngsten Geschehnisse zurück und setzte mich vorübergehend außer Gefecht. Ich ließ mich zurück auf die Matratze fallen und starrte an die hölzerne Decke.

Schließlich meldete sich aber ein menschliches Bedürfnis, und ich tapste zur Leiter. Blieb nur zu hoffen, dass mein Inventi nicht geplant hatte, mich für alle Ewigkeit hier unten festzuhalten.

Zu meiner Erleichterung gab die Klappe der Falltür widerstandslos nach. Ich stieß sie auf und hievte mich auf den Wohnzimmerboden. Erst als ich auf allen vieren aus dem Loch krabbelte, wurde mir bewusst, dass es draußen stockdunkel war.

Ein kleines Feuer prasselte müde im Kamin hinter mir, und Regentropfen plätscherten gegen die Fensterscheibe.

Ich erhob mich und streckte meine steifen Glieder. Nach einem schnellen Besuch im Badezimmer nahm ich die Treppe nach oben. Mein Weg führte schnurstracks zu meinem Mantel, der über der Stuhllehne hing. Eilig durchwühlte ich die Taschen nach meinem Steinzeithandy, der einzigen Verbindung zu Eves Freunden. Dieses Kleidungsstück war eins der wenigen Überbleibsel, das mir noch aus meinem alten Leben geblieben war … Ich verscheuchte den Gedanken mit einem Kopfschütteln und kramte das Labelkabel hervor, das mir Casper bei unserem Ausflug ans Meer zugesteckt hatte, bevor ich das Handy anschloss und den Bildschirm nach ein paar Sekunden Wartezeit mit der gewohnten Tastenkombination aktivierte.

Jemand mit einer unbekannten Nummer hatte unzählige Male versucht, mich zu erreichen. Daria? Casper? Nate? Ihre Nummern waren doch eingespeichert … Ich hatte ihnen mehrere Nachrichten geschickt, um ihnen mitzuteilen, was sich auf der Insel zugetragen hatte.

Es klingelte nur zwei Mal, nachdem ich auf Rückruf gedrückt hatte.

»Guten Abend, Kiana.«

Vor lauter Schreck ließ ich das Handy beinahe fallen.

»Du machst dich am besten gleich fertig«, fuhr mein Gesprächspartner fort, wohl wissend, dass ich gerade nicht in der Lage war, zu antworten. Sein Tonfall war gelassen, aber ich hörte auch eine beunruhigende Schärfe heraus. »Wir haben eine Menge zu besprechen. Der Wagen vor der Tür wird dich in die Omilia bringen.«

Es klickte, und schon war die Leitung tot.

Nero klang ganz und gar nicht, als sei er zu Scherzen aufgelegt.

🜃

Den Fahrer kannte ich bereits, wie auch beim letzten Mal sprach er kein Wort mit mir. Dank des Regens und der wolkenverhangenen Nacht konnte ich kaum etwas durchs Autofenster erkennen.

Ich hatte mich eilig in dunkle Jeans und einen grünen Strickpullover gezwängt und vor lauter Panik, was Neros Anruf zu bedeuten hatte, das Handy wenig kreativ unter dem Bett versteckt. Woher hatte er diese Nummer?

Nun, da das Auto vor dem Fluss zum Stehen kam, kristallisierte sich jedoch eine andere Emotion heraus. Er hatte meine Eltern verraten. Seine Nichte auf eine Insel gesperrt. Und dann war da noch die Sache mit Niyol. Zwar hatte ich nur Aria zusammen mit ihm gesehen, aber ich war mir zu hundert Prozent sicher, dass die beiden Ältesten der Ydor und der Pnoe unter einer Decke steckten.

Es passte. Sie wollten, dass ich mich schnellstmöglich von meinem alten Leben löste, um mich in Tessarect einzugliedern und für sie zu arbeiten. Und wie könnte ich das, wenn ich noch an meinen Freunden und meinen Eltern hing?

Also hatten sie erst meine Eltern gezwungen, den Kontakt zu mir abzubrechen, und schließlich Niyol zu mir geschickt, um mich von meinen Freunden zu isolieren. Selbstverständlich war ich selbst schuld. Ich war auf seine Nachrichten eingegangen. Hatte ihn zurückgeküsst. Und hatte – anders als in meiner Vision letzte Nacht auf dem Dach der Omilia – nicht die richtige Entscheidung getroffen, nämlich Niyol abblitzen zu lassen. Es war bitter, so deutlich gezeigt zu bekommen, wie meine Zukunft aussehen könnte. Sophia hätte mich nicht aus ihrem Leben gestrichen. Sie wäre mir nicht böse gewesen.

Meine deprimierenden Gedankengänge wurden unterbrochen, als die Tür auf meiner Seite geöffnet wurde und ein paar Regentropfen ins Wageninnere gelangten.

»Guten Abend, meine Liebe.«

Erleichtert griff ich nach der runzligen Hand. Picabo stand mit einem warmen Lächeln vor mir. Auch wenn ich nicht wusste, ob ich dem Mentor der Ydor vertrauen konnte – er arbeitete ja eng mit Nero zusammen –, fühlte ich mich jedes Mal in seiner Anwesenheit etwas ruhiger. Immerhin war er mit meinem Großvater befreundet gewesen. Na ja, Nero war auch mit meinem leiblichen Vater befreundet gewesen … Das musste also nichts heißen.

In der freien Hand hielt Picabo einen türkisfarbenen Regenschirm, den er über mich hielt, während er mich ins Freie zog. Sein Mantel war aus blauem Samt.

Nachdem wir eine der Brücken überquert hatten, gab uns das verschnörkelte Tor bereitwillig den Weg frei. Ein paar Stände von gestern waren noch nicht abgebaut, auch wenn der See mit der Trauerweide in seiner Mitte und der kleine Platz vor der Omilia inzwischen menschenleer waren.

Picabo streckte einen Arm in Richtung Omilia aus. »Nach dir, Kiana.«

Seite an Seite liefen wir den Gang an blauen Gemälden vorbei. Gleich zu Beginn kamen uns zwei Gestalten entgegen. Mein Begleiter nickte ihnen zu, und erst da erkannte ich, dass es sich um das Rastamädchen Maila handelte, das mich aus unerfindlichen Gründen nicht leiden konnte und mich das auch merken ließ. Sie war in Begleitung eines älteren Manns, den ich noch nie gesehen hatte, dessen Outfit jedoch genauso blau wie ihres und Picabos war.

Im Vorbeigehen warf ich ihr ein strahlendes Lächeln zu. Hoffentlich trieb sie das zur Weißglut. Wenn man Daria Glauben schenken durfte, dann war sie nur eifersüchtig auf meine Rolle in der Omilia. Wie man darauf eifersüchtig sein konnte, war mir ein Rätsel. Liebend gern hätte ich mit jeder x-beliebigen Person in dieser Stadt getauscht.

Vor Neros marmorner Bürotür blieben wir stehen.

Sie flog auf, bevor wir uns bemerkbar machen konnten.

Eves Onkel nickte Picabo freundlich zu, dann traf der Blick aus seinen Eisaugen auf mich.

»Schön, dass du es so schnell hergeschafft hast«, begrüßte er mich mit einer Herzlichkeit, die so gar nicht zu seinem Gesichtsausdruck passte, und winkte mich ins Zimmer. Picabo verabschiedete sich und ließ uns allein.

Mit lief ein kalter Schauer über den Rücken. Ich straffte die Schultern. Ich hatte nichts zu befürchten, *ich* war diejenige, die Grund hatte, wütend zu sein.

Nero schloss die Tür und bedeutete mir, mich auf einem der Sessel niederzulassen. Mein Blick wanderte über die Reihen unzähliger Buchrücken, bevor ich ihn wieder auf mein Gegenüber richtete und mir ein Lächeln abrang. Wenn er sich ambivalent verhalten konnte, dann konnte ich das auch.

Eine einzelne Kerze flackerte zwischen uns, daneben stand ein Teeservice aus hellblauem Porzellan, das mit goldenen Dreiecken bemalt war.

»Wie geht es dir, Kiana?«, fragte Nero mich ruhig, nachdem er die dampfende Flüssigkeit in zwei Tassen gegossen hatte. Sein Blick war so intensiv, dass ich ihm ausweichen musste.

»Blendend«, gab ich zurück, ohne mir die Mühe zu geben, den Sarkasmus aus meiner Stimme zu verbannen.

Er faltete seine Hände auf dem Tisch. »Ich wollte mich bei dir erkundigen, ob du weißt, was meine Nichte im Schilde führt.«

Ich nahm einen Schluck vom Tee und verbrannte mir prompt die Zunge. Er wollte allen Ernstes über Eve sprechen? Nachdem er sie auf eine Insel verfrachtet hatte, damit sie mir nichts von seinem dunklen Geheimnis erzählte?

»Und wieso sollte ich das wissen?«, fragte ich seelenruhig.

»Nun, lass es mich erklären.« Seine Mundwinkel zogen sich weiter nach oben, doch das Blau seiner Augen war kälter denn je. »Ihr ist die Verantwortung, die ich ihr damals übertragen habe, ein bisschen zu Kopf gestiegen. Anstatt dich auf deine Ankunft in Tessarect vorzubereiten, musste sie dich zusätzlich zu den ohnehin schon sehr einnehmenden Ereignissen in deinem Leben verwirren.«

War Niyol auch deshalb nach Leeds gekommen? Um mich auf diese Stadt *vorzubereiten*?

»Ich weiß leider immer noch nicht, wovon Sie sprechen.«

»Also gut.« Sein Lächeln erlosch, und er holte etwas aus der Tasche seines Jacketts hervor, das er zwischen uns auf den Tisch legte. Es war ein Handy. Die Frage nach dem Besitzer erübrigte sich. Wann hatten sie es Eve abgenommen? Vermutlich direkt nach ihrer Ankunft auf der Insel, sonst hätte sie ja versucht, Kontakt zu mir oder den anderen aufzunehmen.

Ich hob eine Braue. Jetzt ging ich vollständig in meiner Rolle auf.

»Erklär mir doch bitte, wieso ich nur einen einzigen eingespeicherten Kontakt auf Evelyns Telefon finden konnte!«

Darauf gab es eine einfache Antwort: Weil Eve mit allen Wassern gewaschen war und es natürlich geschafft hatte, verdächtige Spuren zu Pyros zu löschen, bevor ihr Onkel sie in die Finger kriegen konnte.

»Und wieso *du* unter der eingespeicherten Nummer erreichbar bist! Obwohl William mir versicherte, er habe dein Telefon in deiner Leedser Wohnung zurückgelassen.«

»Ach, das«, sagte ich, während es in meinem Kopf arbeitete. »Eve hat mir ein Handy gekauft, damit wir in Kontakt bleiben, wenn sie mal wieder die Stadt verlassen muss.« Das war zwar keine optimale Antwort, aber besser, als Casper, Nate, Daria und unsere Wasserfall-Exkursion zu erwähnen.

»Ich habe es vor Will versteckt«, setzte ich hastig nach. Die Aktion von heute früh hatte ich ihm zwar noch nicht verziehen, trotzdem wollte ich ihm keine Schwierigkeiten bereiten. Nicht, wenn ich wusste, was für ihn auf dem Spiel stand. »Wo ist er eigentlich? Sollte er nicht auf mich aufpassen?«

»Er hat gerade eine Trainingsstunde.« Ich sah den Zorn in Neros Augen aufflackern, bevor er sich unter Kontrolle bekam. »Zunächst sollten wir uns um dich kümmern. Ich habe dich nicht nur hierherbestellt, um mit dir über meine rebellische Nichte zu sprechen. Sie ist ohnehin gerade beschäftigt.«

Ja. Damit, ihren Inventi zu entkommen.

»Sondern …«, fuhr Nero fort. Ich hielt die Luft an. »Hast du in letzter Zeit etwas … Ungewöhnliches empfunden?«

Das Bedürfnis, ihm den heißen Tee ins Gesicht zu schütten, wurde fast übermächtig. »Sie meinen, abgesehen von den Emotionen, die ich empfunden habe, als ich betäubt und hierherverschleppt wurde? Oder die, die zum Vorschein kamen, als ich miterleben durfte, wie meine Eltern und meine Freunde mich beerdigt haben?«

Und nicht zu vergessen: die, als ich herausgefunden habe, was mit meinen biologischen Eltern geschehen war. Und wer Niyol war.

»Wir wollen dir nichts Böses«, wiederholte er den Satz, den er auch das letzte Mal in diesem Zimmer zu mir gesagt hatte. Er lächelte, was ihn noch unglaubwürdiger machte.

Ja, und ich bin der Weihnachtsmann. »Ich würde jetzt gerne gehen«, brachte ich mit meinem letzten Rest Selbstbeherrschung hervor und erhob mich. Meine Hände bebten, ich ballte sie zu Fäusten.

»Nur noch eine Sache.« Auch Nero stand auf, er schaute auf mich herab. »Ich denke, es ist an der Zeit, dir einen Beweis zu liefern, dass wir es gut mit dir meinen … damit du uns wieder ein bisschen mehr vertrauen kannst.« Er ließ wieder ein tiefes Seufzen hören.

Als hätte ich ihnen jemals vertraut …

»Aber du hast bewiesen, dass du stärker bist, als man angesichts deiner Situation erwarten dürfte«, fügte er hinzu.

Ich konnte dieses Affentheater keine Sekunde länger ertragen! Alles, was ich wollte, war, einen Weg finden, um Eve zu kontaktieren, oder wenigstens Daria und die anderen, und über unsere weiteren Schritte sprechen.

Seine nächsten Worte ließen mich erstarren.

»Würdest du gerne deine biologischen Eltern kennenlernen, Kiana?«

ZWEI

Akazien

Der Gondoliere dockte an einem breiten weißen Steg an und half uns aus dem Boot. Gut dreißig Minuten hatte die Fahrt hierher gedauert. Nero zufolge befanden wir uns nun im Norden der Stadt. Komisch, noch letzte Woche hatte er mir erzählt, ich dürfte auf keinen Fall den Bezirk der Ydor verlassen, um kein Aufsehen zu erregen.

Mit jedem Meter, den wir auf dem Fluss zurückgelegt hatten, war es kälter geworden. Die eisige Gischt hatte nicht gerade geholfen, inzwischen war ich vollkommen durchgefroren. Erstaunt registrierte ich die zarten Schneeflocken, die auf meinem Mantel landeten.

Meine Schuhe hinterließen Spuren auf dem von einer feinen Schneeschicht bedeckten Untergrund. Dabei hatten wir erst Anfang November! Tja, jetzt wusste ich wohl, welches Wetter bei den Choys, die dem Element Erde angehörten, im Vordergrund stand.

Mein Blick wanderte zu den prunkvollen Gebäuden, die sich am Ufer emporhoben und sich vor der Dunkelheit abzeichneten. Als wir auf sie zuliefen, konnte ich die Ornamente sehen – Blumenranken, Pflanzen und Getreidekörner rahmten die symmetrischen Linien der Fenster und Türen. *Jugendstil*, schoss es mir durch den Kopf, und ich dachte an den Univorbereitungskurs. Verrückt, wie ewig dieses Leben her war.

»Beeindruckend, nicht wahr?«

Ich wandte mich Nero zu. Er hatte den Kragen seines silbergrauen Mantels hochgeschlagen, der hervorragend zu seinen Haaren passte. Die Narbe auf der einen Gesichtshälfte war in der Finsternis kaum sichtbar. »Alles bei den Choys ist eine schöne Fassade. Die Häuser, die Menschen. Lass dich nicht vom ersten Eindruck täuschen, hinter jeder optischen Perfektion lauert der Zerfall.«

»Was tue ich hier?«, fragte ich, ohne auf sein ominöses Gerede einzugehen. Natürlich wollte ich mehr über Tessarect und über meine Eltern erfahren, aber er nahm doch nicht an, dass seine manipulativen Spielchen einfach vergessen sein würden, nur weil er mir einen anderen Bezirk zeigte und dabei unverständliche Dinge schwafelte?

Leicht zerstreut sah er mich an, als hätte er zwischenzeitlich meine Anwesenheit verdrängt.

»Wie ich bereits sagte, ich bringe dich zu Kai und Agnia«, antwortete er nach einer kurzen Pause.

Misstrauisch kniff ich die Augen zusammen. »Und was hat das mit dem Erde-Bezirk zu tun? Ich dachte, meine biologischen Eltern gehören dem Feuer und dem Wasser an.«

»Das tun sie, aber wir halten es für sicherer, sie nicht mit ihren Elementen in Verbindung zu bringen. Der Choys-Bezirk stellt neutralen Boden dar.«

»Aber das ergibt doch alles keinen Sinn!«, entfuhr es mir. »Sie haben mir erzählt, dass man als Talentierter auf keinen Fall seinen Bezirk verlassen darf und dass jeder Kontakt zu einer anderen Elementengruppe gefährlich sein kann.«

»Das habe ich. Aber dieser Fall ist mehr als ungewöhnlich, wie du weißt.« Er schenkte mir ein mitleidiges Lächeln. »Und außerdem gibt es hier die beste psychiatrische Einrichtung.«

»Wieso das?«

Wir waren inzwischen auf einer Straße angelangt, die rechts und links von beinahe identisch aussehenden Häusern gesäumt wurde. Sie unterschieden sich lediglich in ihrer Farbe: Die unterschiedlichsten Gold-, Gelb- und Brauntöne reihten sich aneinander. Die Straße war menschenleer und doppelt so breit wie die engen Gässchen bei den Ydor und bei den Pyro.

»Die Gabe der Choys ist sehr komplex. Sie können jeden beliebigen Moment wiederholen, wenn sie sich unter der Erde befinden. Die Choys wurden im Laufe unserer Geschichte immer weniger als die anderen Talentierten kontrolliert, weil man zunächst annahm, dass ihre Gabe nicht so viel Unheil anrichten könnte. Sie waren eher introvertierte, friedliche Geschöpfe. Nach und nach kristallisierten sich aber Problematiken heraus, die ihr Talent mit sich brachte. Viele von ihnen lebten kaum mehr in der Realität, sie verschwendeten ihre Nächte damit, Momente mit geliebten Menschen so oft in ihren Köpfen zu durchleben, bis diese zu ihrer Wirklichkeit wurden.«

»Also ist es ein bisschen wie ein fotografisches Gedächtnis?«, fragte ich weiter. Obwohl es dringendere Dinge zu besprechen gab, war meine Neugierde geweckt. Ich wusste immer noch viel zu wenig über die Talente der anderen Elementengruppen.

»Das ist zu einfach gedacht.« Nero runzelte die Stirn. »Sie können sich nicht nur an die genauen Details erinnern, sondern auch an alles, was sie dabei gespürt haben. Mit jedem erneuten Aufrufen werden die Empfindungen stärker. Sie werden so lebendig, dass die Gegenwart dagegen wie ein farbloser Abklatsch wirkt. Viele verkraften es nicht und verfallen in Depressionen, oder schlimmer: in eine Suchtspirale, die sie zwingt, es immer und immer wieder zu tun.«

Eine Weile ließ ich seine Worte auf mich wirken. Irgendwie konnte ich mir sehr gut vorstellen, dass man die schönsten Momente immer wieder erleben wollte. Mir war es heute Morgen ähnlich ergangen. Ich konnte es kaum erwarten, die Vision mit Sophia erneut heraufzubeschwören, ihr Lächeln zu sehen, das Strahlen in ihren Augen …

»Können sie ihr Talent auch nur zu einer bestimmten Tageszeit ausüben?«, wollte ich wissen.

Wir waren am Ende der Straße angekommen und gelangten auf einen kleinen Hof. Die Gebäude hier waren niedriger, zum ersten Mal fielen mir die Berge auf, die sich dahinter vor dem Nachthimmel abzeichneten.

»Ja, die Choys können ihre Gabe nur um Punkt Mitternacht auslösen, wenn sie sich unter dem Erdboden befinden. Doch im Gegensatz zu den Ydor, den Pyro und den Pnoe gibt es keine zeitliche Begrenzung für sie. Haben sie sich einmal in die Vergangenheit katapultiert, können allein sie bestimmen, wann sie in die Realität zurückkehren. Es kann Stunden dauern, im schlimmsten Fall Tage.«

Ich starrte ihn an. Ob ich genauso Gefahr lief, stunden- oder gar tagelang in meinem Kopf zu verbringen?

Für einen Augenblick blieb ich stehen. Es war deutlich zu sehen, wie Nero ein Bein hinter sich herzog, und ich war plötzlich versucht, ihn zu fragen, ob die Verletzung irgendetwas mit der Narbe auf seinem Gesicht zu tun hatte. Doch bevor mir die Worte über die Lippen kommen konnten, sprach er schon weiter.

»Ich möchte nicht, dass du dir Hoffnung machst. Sie sind deine biologischen Eltern, aber es ist sehr unwahrscheinlich, dass sie dich erkennen werden.« Mit eindringlicher Miene sah er mich an. Das helle Blau seiner Augen wirkte fast durchsichtig.

Da war sie wieder, die Wut. Sein fürsorgliches Gehabe konnte er sich wirklich sparen.

»Ich bin bereit«, erwiderte ich kühl.

🜃

Die psychiatrische Klinik verbarg sich in einem cremefarbenen Haus mit Giebeldach, das in der Mitte eines zugefrorenen Sees thronte. Wir überquerten einen weiteren Steg, der die einzige Verbindung zwischen dem Ufer und dem Gebäude war und nahtlos in die hölzerne Plattform überging, auf der das Haus erbaut worden war. Ich runzelte die Stirn. Ein Haus am See – passte das nicht eher zu den Ydor?

»Das Eis ist nur eine Sicherheitsvorkehrung«, erklang es neben mir, als wir beinahe am Eingang angekommen waren. »Den Patienten ist es strengstens verboten, Gebrauch von ihrem Talent zu machen.«

»Aber was ist mit den Ydor?«, wollte ich wissen.

»Dein Vater ist der einzige Ydor in dieser Einrichtung, Kiana«, erklärte Nero mit nachsichtiger Miene. »Und er hat sein Talent für immer verloren, als du auf die Welt kamst.«

Mit diesen Worten griff er nach dem Türklopfer in Stierkopfform.

Die Tür wurde keine fünf Sekunden später von einer älteren Frau mit feuerroten Haaren und einem herzförmigen Muttermal auf der Wange aufgerissen. Sie hatte eine gelbe Uniform an und trug eine Brille auf der Stupsnase. Ein ehrfürchtiges Lächeln bildete sich auf ihren schmalen Lippen, als sie Nero ansah.

»Wir haben Sie schon erwartet, Sir.« Sie machte einen kleinen Knicks, bevor ihr Blick zu mir wanderte.

»Und du musst das arme Mädchen sein«, hauchte sie mindestens ebenso ehrfürchtig.

Ich hob die Augenbrauen. Doch ich bekam keine Gelegenheit, diese zweifelhafte Begrüßung zu kommentieren. Nero hatte mich bereits ins Warme geschubst, und die Tür fiel hinter uns ins Schloss.

Der quadratische Raum, in den wir traten, erinnerte an die Rezeption eines Hotels. Hinter einem Marmortresen saßen zwei junge Frauen, die beide die gleiche Uniform wie die erste trugen und uns unverhohlen anstarrten. Mehrere gelbe Sessel und helle Holztische waren neben dem Tresen angeordnet, dazwischen Töpfe mit Efeupflanzen, die zur Decke hinaufwuchsen. Auf den Wandgemälden waren idyllische Felderlandschaften zu sehen. Zwei ältere Herren spielten schweigend Schach, ein kleines Mädchen saß im Schneidersitz und mit geschlossenen Augen zu ihren Füßen und wippte langsam vor und zurück. Von irgendwoher erklangen sanfte Töne, die wohl eine beruhigende Wirkung verströmen sollten, aber die seltsame Stimmung hier drinnen nur verstärkten. Außerdem war weit und breit kein Fenster zu sehen.

»Hier entlang, Mr Lagarde, Miss Lyberth«, sagte unsere Begleitung und warf den zwei Frauen hinter dem Tresen einen strengen Blick zu. Bei dem schlechten Versuch, beschäftigt zu wirken, griffen sie nach irgendwelchen Ordnern und stießen dabei gegeneinander.

Sie führte uns in einen schmalen Flur, an weiteren Felderbildern vorbei. Am Ende des Gangs blieb sie vor einer hellen Tür stehen. *Leiden sind Lehren* war darauf eingraviert. Ein Blick zu den anderen Türen zeigte mir, dass auch auf ihnen

Sprichwörter standen, auch wenn ich die Worte von hier aus nicht entziffern konnte.

Ich hatte keine Chance, mich zu wappnen. In einer Sekunde starrte ich auf die goldfarbenen Worte, in der nächsten klappte die Tür auf, und ich hielt die Luft an.

Erneut wurde ich von Nero nach vorne gedrückt. Der Raum war deutlich größer als erwartet, mindestens doppelt so groß wie der Empfangsbereich. Es gab drei Bereiche: einen Vorraum mit einem Sofa, einem Tisch und einem Waschbecken und dahinter einen vergitterten zweigeteilten Raum mit jeweils einem Bett darin.

Auf den ersten Blick war nichts zu entdecken, doch dann nahm ich eine Bewegung in der rechten Zelle wahr. Meine Hände waren mit einem Schlag feucht und mein Mund staubtrocken. Es spielte keine Rolle. Es *sollte* keine Rolle spielen! Nur, weil sie meine Eltern waren, hieß das nicht, dass ich irgendeine Verbindung zu ihnen spüren würde. Sie würden Fremde für mich sein, so wie diese ganze Stadt fremd für mich gewesen war.

Die Frau in der Uniform trat vor und winkte mich zu sich. Ich wagte einen Schritt nach vorne, ließ meinen Blick genau dort ruhen, wo sich etwas bewegt hatte. Die Bettdecke raschelte, und schließlich setzte sich jemand auf.

Mein Herz schlug schneller, als ich noch näher an das Gitter trat. Erst sah ich die knochigen Arme unter einem weiten braunen Shirt, dann den schmalen, langen Hals, und schließlich traf mein Blick auf das Gesicht.

Die Frau vor meinen Augen war eindeutig dieselbe wie auf dem Polaroid, das Will mir in meiner zweiten Nacht in Tessarect gegeben hatte. Dieselben kurz geschorenen Haare, dieselben feinen, dunklen Augenbrauen und dieselben großen Augen. Nur älter, so viel älter als das Mädchen in dem hellroten Sommerkleid. Und auch von dem Glück in ihren hübschen Zügen fand ich nun keine Spur mehr. Es war von dunklen, tiefen Schatten unter den Augen ersetzt worden.

Mum? Ich schluckte. Auf einen Schlag hatte ich einen schmerzhaften Kloß im Hals, und mein Herz donnerte gegen meine Brust.

Ihr Gesicht hatte auch auf der Fotografie schmal gewirkt, aber jetzt schien sie in der braunen Psychiatrie-Kluft geradezu zu versinken. *Ausgemergelt.* Das war nicht mal das Schlimmste – das Schlimmste war der Ausdruck in ihren hellbraunen Augen. Wässrig schauten sie zu mir hoch, ohne mich richtig anzusehen.

Plötzliche Übelkeit machte sich in mir breit. Dass die Beziehung meiner Eltern sie beide hatte verrückt werden lassen, war nur eine weitere Lügengeschichte von Nero, hatten Eve und ihre Freunde gesagt. Schließlich waren Eve und Nate auch noch bei klarem Verstand, obwohl sie eine Ydor und er ein Pyro war und sie ständig miteinander rumhingen. Aber Eve und Nate waren weder ineinander verliebt, noch hatten sie gemeinsam ein Kind gezeugt.

Was, wenn das hier der Beweis dafür war, dass Nero die Wahrheit sagte? Was, wenn der Rausch wirklich existierte und von denjenigen Besitz ergriff, die sich den Regeln widersetzten? Wenn Nero meine Eltern aus gutem Grund an die Omilia ausgeliefert hatte?

»Du kannst ruhig näher treten«, ertönte die sanfte Stimme der Pflegerin.

Gerade wollte ich gehorchen, da ließ Agnia sich wieder nach hinten auf die Matratze fallen, als hätte das kurze Aufrichten jegliche Energie aus ihrem erschöpften Körper gesaugt. Zeitgleich regte sich in der linken Zelle etwas.

Ich zuckte zurück und strauchelte, als ein Mann nur einen Herzschlag später am Gitter erschien und mit beiden Händen die Stäbe umfasste. Sein sandfarbenes, von grauen Strähnen durchzogenes Haar fiel ihm in die Stirn. Er presste sein Gesicht gegen das Metall.

Der Ausdruck in seinem Gesicht trieb mir heiße Tränen in die Augen. Es war der gleiche wie bei meiner Mutter. Apathisch. Wie eine leere Hülle.

»Er-erkennt er mich?«, stammelte ich. Seine Finger schlangen sich immer fester um die Stäbe.

Ich drehte mich zu Nero und der Pflegerin um. Seine Miene war irgendwie neugierig, während über ihr Gesicht eine Emotion zuckte, die ich nicht deuten konnte und die sie mit einem Räuspern überspielte.

»Ich fürchte nicht«, murmelte sie. Sie trat auf mich zu und legte mir eine Hand auf die Schulter. »Er reagiert nur auf unsere Anwesenheit, das geschieht auch jedes Mal, wenn Pflegepersonal das Zimmer betritt.«

Nickend presste ich die Lippen aufeinander, bevor ich mich wieder zu ihm umdrehte. Er trug ebenfalls ein braunes Oberteil und eine gleichfarbige Stoffhose, die an ihm viel zu groß wirkte, auch wenn er nicht so zerbrechlich wie Agnia zu sein schien.

»Was ist genau mit ihnen passiert?«, hörte ich mich flüstern, nachdem ich die Tränen erfolgreich zurückgedrängt hatte.

Nero trat neben mich. Ich konnte nicht aufhören, meinen Vater anzusehen. Bewegungslos stand er am Gitter, den leeren Blick auf uns gerichtet.

»Wir können nur mutmaßen«, antwortete Nero mir ruhig. »Als wir sie gefunden haben, warst du bereits über ein Jahr alt. Sie hatten Hilfe von anderen … Rebellen in der Stadt, ich nehme an, das ist der Grund, wieso du es geschafft hast, so lange bei ihnen zu überleben. Es gibt auch keine Anzeichen dafür, dass sie ihre Talente in deiner Gegenwart ausgeübt haben. Sie waren kaum mehr in der Lage, zu sprechen, und sie reagierten weder auf einfache Fragen noch auf ihre Namen. Erst als wir sie voneinander zu trennen versuchten, konnten wir ihnen eine Reaktion entlocken. Sie schrien und tobten so lange, bis wir sie wieder zusammenführten. Die Ärzte meinten, es mache inzwischen keinen Unterschied mehr für ihre Gesundheit, ob sie getrennt sind oder nicht, also haben wir keinen weiteren Versuch unternommen.«

Jetzt drehte ich ihm doch mein Gesicht zu. »Was wäre so schlimm daran gewesen, wenn sie ihr Talent vor mir ausgeübt hätten?«

Nero seufzte tief. »Dies ist nicht der richtige Zeitpunkt für ein solches Gespräch. Du wirst alles erfahren, aber zunächst möchte ich, dass du sie dir gut anschaust. Sie sind der Grund, Kiana. Sie sind der Grund für alles, was dir widerfahren ist.«

Ich blickte zu den beiden Menschen vor mir. Mir war, als hätte meine Mutter kurz gezuckt, aber als ich noch einmal hinsah, lag sie ganz ruhig da.

Und dann, als ich gerade in Erwägung zog, dass er vielleicht doch recht hatte, dass Evelyns Onkel, so gewissenlos er war, die ganze Zeit über die Wahrheit gesagt hatte, da brach draußen ein Tumult aus.

Mehrere Dinge passierten gleichzeitig: Markerschütternde Schreie drangen durch die geschlossene Tür, die Köpfe von Nero und der rothaarigen Frau zuckten in ihre Richtung, und meine Mutter erhob sich mit einem Ruck wieder von ihrer Matratze. Obwohl der Krach draußen kein Ende nahm, fühlte ich einen inneren Drang, weiter nach vorne auf die Zelle zu starren. Mein Vater hatte seine Position keinen Millimeter verändert, aber in der Sekunde, in der Nero sich abgewandt hatte, wandelte sich sein Gesichtsausdruck komplett. Als hätte jemand ein Feuer hinter den dunklen Augen angezündet, loderte sein Blick nun. Erst las ich Verzweiflung darin, dann Zorn und schließlich Schmerz. Schmerz von der Sorte, der einem den Boden unter den Füßen wegreißt und das Atmen unmöglich macht.

Ich starrte in sein Gesicht. Auf einen Schlag wirkte es überhaupt nicht mehr teilnahmslos. Fest erwiderte er meinen

Blick und schüttelte kaum merklich den Kopf. Ich schaute zu Agnia in die Nachbarzelle und fuhr zusammen. Ihre Miene war verzerrt von ebendiesem Schmerz. Sie machte den Eindruck, als würde es sie alle Anstrengung der Welt kosten, nicht in Schluchzen auszubrechen. Mein Herz klopfte so schnell, dass es wehtat. Lautlos formte sie ein Wort mit den Lippen. Tränen liefen mir über die Wangen.

In diesem Augenblick wandte sich Nero wieder um und schaute erst zu mir, dann stirnrunzelnd zu den Zellen. Urplötzlich war jegliche Emotion aus den Gesichtern meiner Eltern gewischt. Meine Mutter ließ sich wie in Zeitlupe und mit starrem Blick an die Decke zurück ins Bett gleiten, und mein Vater sah geradewegs durch mich hindurch.

Neros Blick wurde verständnisvoll. Er nahm meinen Arm, während die Pflegerin aus dem Raum stürzte, wahrscheinlich, um nach dem Patienten zu sehen, der einen solchen Lärm veranstaltete.

»Ich denke, das war genug«, sagte Nero sanft, bevor er mich auch schon hinaus in den Flur führte, wo das Geschrei immer lauter wurde und sogar die Entspannungsmusik übertönte.

Ich konnte keinen weiteren Blick mehr in die Zellen erhaschen. Ich zitterte, meine Nerven standen unter Strom. Meine Tränen versiegten langsam, als wir an der Rezeption vorbeiliefen und in die verschneite Nacht traten.

Nero ließ mich in Ruhe. Kein einziges Mal versuchte er, ein Gespräch anzufangen, während wir uns auf den Weg zur

Gondel machten, die uns wieder in den Westen der Stadt bringen würde. Ich war mir sicher, er deutete meine emotionale Reaktion als Enttäuschung über den Anblick meiner geistesabwesenden Eltern, die nicht einmal ihre eigene Tochter erkannten.

Er konnte nicht wissen, was der wirkliche Grund dafür war, dass mein Herz so heftig in meiner Brust hämmerte und meine Beine kurz vorm Zusammenklappen waren. Er hatte nicht die Gefühlsexplosion in den Gesichtern meiner Eltern gesehen. Und er hatte auch nicht gesehen, wie meine Mutter mit Tränen in den Augen meinen Namen gehaucht hatte.

🜃

»Ruh dich gut aus, morgen habe ich private Übungsstunden für dich verordnet.«

Ich nickte nur, um Nero so schnell wie möglich loszuwerden. Wir standen im Garten von Wills und meinem Haus. Im Wohnzimmer brannte Licht.

Wir hatten auf der Gondelfahrt kaum mehr ein Wort gewechselt, und zu meinem Leidwesen war Nero nicht an der Omilia ausgestiegen, sondern hatte darauf bestanden, mich »angesichts der mit Sicherheit traumatisierenden Ereignisse« höchstpersönlich nach Hause zu begleiten.

»Du verstehst sicherlich, dass ich William gebeten habe, dein Schlafzimmer nach einem Handy zu durchsuchen und es an sich zu nehmen. Wir sollten kein Risiko eingehen, in deinem Zustand ist es natürlich verführerisch, Menschen aus deinem alten Leben zu kontaktieren.«

Überrumpelt schaute ich zu ihm. Der Verlust des Handys war im Moment tatsächlich meine allerletzte Sorge, auch wenn es einiges komplizierter gestalten würde.

Meine Gedanken waren die ganze Rückfahrt über um das Angebot gekreist, das mir Casper bei unserem Treffen im Wald gemacht hatte: Sie würden mich zu meinen Eltern bringen, wenn ich mich ihnen anschloss und immer offen zu ihnen wäre. Eves Freunde wussten wohl auch, dass meine Eltern in der Psychiatrie bei den Choys waren. Und genau wie Eve schienen sie nicht daran zu glauben, dass sie den Verstand verloren hatten. Vielleicht konnte ich mit ihrer Hilfe herausfinden, wie ich unbemerkt erneut dorthin gelangen konnte.

»Ähm, klar.«

Will war mir nach der Aktion heute früh noch etwas schuldig. Wir würden ja sehen, ob ich ihn nicht dazu bringen konnte, das Handy rauszurücken.

Nero sah mich prüfend an und strich sich die Haare zurück. Feiner Nieselregen hatte eingesetzt, aber ich beschwerte mich nicht. Die Temperaturen hier waren um einiges angenehmer als bei den Choys.

»Gute Nacht, Kiana.«

Ich wollte schon die erste Stufe hinauf zum Haus nehmen, da hielt mich ein Gedanke zurück.

»Warum ist es für Sie eigentlich ungefährlich, Zeit mit der

Ältesten der Pnoe zu verbringen?« Immerhin waren sowohl Aria als auch er immer noch praktizierende Talentierte, oder nicht? »Haben Sie nicht Angst vor dem … Rausch?« Das letzte Wort klang spöttischer als beabsichtigt.

Neros Augen funkelten. »Aria Festida und ich haben ein Abkommen getroffen, als die Ältesten der Choys und der Pyro sich von uns distanzierten. Wir bringen täglich das Opfer dieses Risikos, um die Ausbildung der Talentierten zu gewährleisten. Es wäre um einiges einfacher, wenn die rechtmäßigen Ältesten der einzelnen Elementengruppen anwesend wären, aber wir können die Gegebenheiten nicht ändern. Also versuchen wir, das Beste aus ihnen zu machen.«

Sein Ton verriet mir, dass er das Gespräch nun für beendet betrachtete, also nickte ich nur, ehe ich die Stufen zur Haustür nahm. Ich spürte seinen bohrenden Blick in meinem Rücken, bis ich oben angekommen war und die Klingel drückte. Zum ersten Mal fiel mir das silberne Messingschild mit den zwei eingravierten Namen auf. *Lyberth und Lowe.* Ein irres Lachen bahnte sich in mir an. Wie lange existierte dieses Schild schon? Wie lange hatten sie schon geplant, mich hierherzubringen und mich in dieser seltsamen WG leben zu lassen, als sei es das Normalste auf der Welt?

Erst als Will mir die Tür öffnete, hörte ich den brummenden Motor eines Autos hinter mir und blickte über die Schulter. Eine dunkelblaue Limousine hielt vor unserem Haus, und heraus trat ein Mann im Smoking und mit langem Bart. Mit einem respektvollen Nicken öffnete er Nero die Hintertür.

Ich rollte mit den Augen und wandte mich wieder meinem Inventi zu. Er trug eine dunkle Jogginghose, die leicht verrutscht war und die Sicht auf seine blauen Boxershorts freigab. Dazu ein olivgrünes Shirt mit abgeschnittenen Ärmeln. Einen Moment blieb mein Blick an seinen sehnigen Armen hängen, bevor ich ihm ins Gesicht schaute.

Ich hatte ein unnahbares Lächeln aufsetzen wollen, damit er nicht bemerkte, wie sehr mich sein falscher Kuss von heute Morgen beschäftigte, aber seine entwaffnende Miene machte mich wehrlos. Er streckte eine Hand nach mir aus und zog mich nach drinnen, ohne die Limousine aus den Augen zu lassen.

Mit der freien Hand gab er der Tür einen Stoß, sodass sie scheppernd zuschnappte. Die andere blieb auf meiner Hüfte, und er übte ein bisschen Druck aus, bis ich einen Schritt nach hinten gegen die nun geschlossene Tür stolperte.

»Was hat er mit dir gemacht?«, murmelte er stirnrunzelnd.

Unter seiner Berührung wurde meine Haut ganz warm.

»Wie meinst du das?«

»Warum warst du im Norden? Wieso warst du so durch den Wind? Hat er dich bedroht, hat er –«

»Hey«, fiel ich ihm ins Wort. Seine Brust hob und senkte sich heftig. Mein Magen zog sich zusammen. Gewissermaßen war er die ganze Zeit über bei mir gewesen – jedenfalls, was mein Innenleben anging.

»Mir ist nichts passiert. Er … ich … ich habe meine biologischen Eltern getroffen«, sprudelte es aus mir heraus.

Seine Augen weiteten sich unmerklich. Er setzte an, etwas zu sagen, doch dann klappte er den Mund wieder zu. Bevor ich verstand, was genau er da tat, hatte er mich schon in seine Arme gezogen. Er vergrub sein Gesicht in meinen Haaren, während er mich so fest umschlang, dass mir der Atem wegblieb.

»Verdammt, Kia, ich habe mir solche Sorgen gemacht …«

Verdattert erwiderte ich die Umarmung, schlang ihm meine Arme um den Hals und inhalierte seinen Duft, ließ mich von der Wärme seines Körpers beruhigen. Das war's dann wohl mit meinem schönen Plan, kühl und distanziert zu sein …

Nach ein paar Sekunden gab er mich frei und hielt mich eine Armlänge von sich. »Bist du okay? War es sehr schlimm? Und wie zur Hölle kommt er auf die Idee, dich ausgerechnet jetzt zu ihnen zu bringen?«

Der altbekannte Zorn brodelte wieder in mir. »Er meinte, er möchte mir einen Beweis dafür liefern, dass er die Wahrheit sagt«, wiederholte ich Neros Worte bitter.

Will half mir aus meinem Mantel und hängte ihn an die Garderobe, legte eine Hand auf meinen Rücken und führte mich ins Wohnzimmer.

Wir ließen uns aufs Sofa vor dem Kamin nieder, und ich streifte meine Stiefel ab, bevor ich meine Beine an meinen Oberkörper zog, sie umschlang und mein Kinn auf den Knien ruhen ließ.

»Und?«, hakte er vorsichtig nach und legte seinen Arm über die Lehne hinter mir.

»Wir sind in so eine Art psychiatrische Anstalt gegangen, wo sie untergebracht sind. Er hat gesagt, dass sie bei den Choys sind, weil die Nähe zum Bezirk der Ydor und der Pyro sie nur noch wahnsinniger machen würde. Sie … sie waren in zwei abgetrennten Zellen, und am Anfang haben sie einen apathischen Eindruck gemacht, sie haben mich zwar angesehen, aber irgendwie nicht richtig.« Mir wurde ganz anders, als ich an die mageren Arme meiner Mutter dachte. »Sie sahen richtig runtergekommen aus, als würden sie nicht wirklich essen. Als wären sie nicht richtig *da.*«

Er wartete, bis ich weitersprechen konnte. Unterdessen wanderten seine Finger über meinen Nacken, fuhren langsam durch mein Haar und hielten an meiner Schulter inne.

»Irgendwann ging in einem anderen Patientenzimmer Geschrei los, und in dem Moment, in dem die Angestellte und Nero abgelenkt waren, haben die Gesichter meiner Eltern sich komplett verändert. So, als würden sie die Maskerade aufgeben, weil sie für ein paar Sekunden nicht unter Beobachtung standen«, versuchte ich zu erklären und spürte, wie meine eiskalten Hände wieder zu zittern begannen.

»Wieso denkst du, dass es eine Maskerade war?«, fragte er sanft.

Ich hob den Kopf. »Agnia … meine Mutter hat meinen Namen mit den Lippen geformt. Ich garantiere dir, es war keine Einbildung. Und mein Vater … er hat mich angesehen, als würde er mich erkennen, als würde er unglaubliche Qualen erleiden. Er hat den Kopf geschüttelt. Das kann kein

Zufall sein, oder? Das muss doch irgendetwas zu bedeuten haben …« Meine Stimme bebte, genau wie meine Finger.

Will nahm meine Hände in seine und drehte mich behutsam zu sich. »Wir werden es herausfinden, das verspreche ich dir.« Das Braun in seinen Mitternachtsaugen funkelte.

»Ich muss Kontakt zu Eves Freunden aufnehmen. Sie haben gesagt, sie können mich zu meinen Eltern bringen, das heißt, sie haben einen Plan, wie ich in diese Psychiatrie gelangen kann. Ich muss sie unbedingt wiedersehen.«

Sein Blick wurde unendlich weich. »Okay. Okay, aber nicht heute. Wir können es uns nicht leisten, dass Nero Verdacht schöpft.«

Wahrscheinlich hatte er recht. Ich nickte, dann erinnerte ich mich an Neros Worte. »Du hast mein Handy gefunden? Und dachtest, es sei eine gute Idee, Nero die Nummer zu geben?«

Jetzt erschien ein kleines Lächeln auf seinen Lippen. »Nächstes Mal überlegst du dir ein originelleres Versteck. Ich musste ihm davon berichten, damit er nicht an meiner Loyalität gegenüber der Omilia zweifelt.«

»Ich brauche es wieder«, sagte ich mit eiserner Stimme. »Das bist du mir schuldig.«

Er hob eine Braue. »Wozu? Ich dachte, wir haben keine Geheimnisse mehr voreinander.« Mit dem Finger strich er meine Pulsschlagader entlang.

»Ich habe keine Ahnung, woran ich bei dir bin«, platzte es aus mir heraus.

Seine Bewegung stoppte. Ich verfluchte ihn dafür, was für einen Effekt das auf mich hatte. »Weil ich dich heute zu deiner eigenen Sicherheit eingesperrt habe?«, fragte er mit rauer Stimme und ließ mich los, um mir eine Strähne hinters Ohr zu streichen.

»Ja, darüber sollten wir noch sprechen. Aber ich meinte eigentlich die Art, wie du es getan hast.« Mein Herz klopfte wieder einmal bis zum Hals, doch gerade war ich froh über die Ablenkung. So konnte ich das in der Psychiatrie Erlebte für einen Moment in den Hintergrund schieben.

»Hat es dir nicht gefallen?«, hauchte er.

Hitze stieg mir in die Wangen. Nichts als unsere Atemzüge und das Knistern der Holzscheite waren zu vernehmen.

Sein Gesicht befand sich direkt vor meinem und ließ meinen Mund trocken werden. Die blonden Wimpern waren so nah, dass ich sie hätte zählen können.

»Ich weiß nicht, woran ich bei dir bin«, wiederholte ich, die Verletzlichkeit in meinen Worten war nicht zu überhören.

Er schmiegte seine große, warme Hand in meinen Nacken, und ich biss mir fest auf die Unterlippe.

»Weißt du noch, was ich dir gesagt habe, als du betrunken warst und mich küssen wolltest, Wundermädchen?«, flüsterte er. Ich konnte ihn nur anstarren. Die Szene hatte sich trotz des Alkoholnebels allzu deutlich in mein Gedächtnis eingebrannt.

»Du hast mich abgewiesen.«

Er lachte, aber es klang nicht fröhlich. Eher nach Verzweiflung. »Ich fürchte, du verstehst nicht«, brachte er heiser hervor. »Ich wollte damit sagen, dass ich dich nicht ausnutzen möchte, dass ich nach all dem, was dir widerfahren ist, nicht der Mensch sein möchte, der alles noch komplizierter macht.«

»Ich kann mir nicht wirklich vorstellen, dass es noch komplizierter geht«, erwiderte ich. Immerhin zitterte meine Stimme nicht mehr.

»Glaub mir.« Ein Mundwinkel zog sich nach oben. »Mir fallen ungefähr hundert Wege ein, wie ich dein Leben verkomplizieren könnte.«

Mein Herz kam augenblicklich ins Stolpern, und ich starrte auf seinen Mund.

»Kiana.« Er knurrte meinen Namen, als würde ihn das laute Klopfen in meinem Brustkorb verärgern. Ich spürte, wie sich die Härchen auf meinen Armen aufrichteten. »Hast du eine Ahnung, wie viel Beherrschung es mich gekostet hat, dich heute Morgen alleine in meinem Schlafzimmer zu lassen? Kannst du dir vorstellen, wie viele Stunden ich schlaflos in deinem Bett lag und versucht habe, mich auf jede Regung in deinem Inneren zu konzentrieren, um sicherzugehen, dass alles in Ordnung ist? Weißt du, wie ich den ganzen Tag durchgedreht bin, weil ich nicht wusste, was Nero mit dir vorhatte und warum es dir so schlecht ging?«

Vorsichtig ließ ich meine Beine los, und dann, bevor ich es mir anders überlegen konnte, kletterte ich auf seinen Schoß und stemmte beide Hände gegen seine Brust, bis er sich nach hinten gegen die Sofalehne drückte.

Er schluckte hart und befeuchtete seine Lippen.

»Du solltest *wirklich* nicht solche Sachen sagen, wenn du möchtest, dass ich mich benehme«, sagte ich.

Als er zur Antwort ansetzte, legte ich ihm einen Finger auf den Mund. »Ich weiß nicht, ob es dir aufgefallen ist, aber mein Leben war kompliziert, lange bevor ich dich kennengelernt habe. Also, wenn du mich fragst, gibt es nur einen Grund, wieso wir das hier unterlassen sollten«, fuhr ich fort und brachte unsere Gesichter auf eine Höhe.

»Oh, mir fällt definitiv mehr als einer ein …«, nuschelte er gegen meinen Finger.

Ich seufzte. Dann nahm ich meinen ganzen Mut zusammen. »Versprich mir, dass es zu keinem übergeordneten Plan gehört«, wisperte ich und brachte es nicht über mich, ihm in die Augen zu sehen. »Dass es nicht wie mit …« Ich konnte den Satz nicht vervollständigen, aber das musste ich auch nicht.

Will beugte sich zu mir vor, bis unsere Nasenspitzen sich berührten. Er griff nach meinem Kinn. »Es ist nicht wie mit ihm, Kiana«, flüsterte er, bevor er den letzten Abstand zu mir überbrückte.

Meine Hände gruben sich in seine samtig weichen Haare, während unsere Lippen verschmolzen. Weich und drängend presste er seinen Mund auf meinen und schaffte es dabei irgendwie, die Verbindung zu kappen, die mein Gehirn mit Sauerstoff versorgte.

Wir machten so lange weiter, bis ich seine warmen Hände

unter meinem Pullover spürte und die Hitze mich von innen heraus zu verglühen schien. Atemlos löste ich mich von ihm. Meine gesamte Umgebung war ins Schleudern gekommen.

Danke war das Einzige, was ich denken konnte. *Danke, dass du da bist. Dass du mir das Gefühl gibst, nicht wahnsinnig zu sein. Danke für die Ablenkung.*

Als er leise lachte, wurde mir klar, dass ich es laut ausgesprochen hatte.

»Wofür?«, murmelte er an meiner Haut und senkte seine Lippen auf meinen Hals. »Dass ich endlich das tue, was ich tun wollte, seit ich dich das erste Mal gesehen habe?«

Anstelle einer Antwort nahm ich sein Gesicht zwischen die Hände und küsste ihn erneut mit all der Leidenschaft, die ich nicht in Worte fassen konnte.

Es würde ein Punkt kommen, an dem es kein Zurück mehr gab. Und es gab genug Komplikationen in meinem Leben. Ich konnte mir nicht auch noch den Kopf darüber zerbrechen, ob mein hinreißender Stalker die gleichen Gefühle in sich trug wie ich oder ob er nur aus irgendeinem seltsamen Inventizwang heraus handelte.

Aber Will fühlte sich nicht wie eine Komplikation an. Sondern wie zum ersten Mal Luftholen, nachdem man viel zu lange unter Wasser verbracht hatte.

Also küsste ich ihn, als würde mein Leben davon abhängen.

Ich strich mir die Haare, die nach vorne gefallen waren, aus dem Gesicht, drehte sie mit einer Hand im Nacken zusammen, ohne von ihm abzulassen, und da passierte es.

In einer Sekunde spürte ich noch seine Zunge an meiner, in der nächsten wurde mir schwarz vor Augen.

Ich konnte nicht sicher sagen, wie lange es dauerte, aber schließlich flackerte wieder Licht vor meinen Lidern auf. Irgendwann hatte ich mich nach hinten fallen lassen. Wills Hände hielten mich gerade so davon ab, rücklings auf den Wohnzimmerboden zu stürzen.

Benommen blinzelte ich und hielt mich an seinen Schultern fest.

»Alles in Ordnung?«, drang seine Stimme wie durch Watte an meine Ohren.

Ich schüttelte kurz den Kopf, starrte ihm verwirrt in die Augen. Lag es daran, dass ich heute nichts gegessen hatte? Oder am komischen Schlafrhythmus? Oder weil ich schlicht und ergreifend zu viel erlebt hatte in letzter Zeit?

»Bin ich zu gut darin?«, fragte er in einem kläglichen Versuch, die Sorge in seinen Worten zu überspielen.

»Ja, jetzt kannst du von dir behaupten, dass ein Mädchen aufgrund deiner Kusskünste beinahe ohnmächtig geworden wäre«, gab ich schwach zurück.

Er zog mich wieder hoch. »Im Ernst, geht's dir gut?«

Ich wollte nicken, da traf mich die Erinnerung wie ein Schlag. Ich sah mich in Neros Büro in der Omilia vor dem Spiegel stehen, an dem Tag, an dem er das erste Gespräch unter vier Augen mit mir geführt und mir die Ydor-Kleidung gegeben hatte.

Als hätte mich etwas gestochen, löste ich mich von Will

und sprang auf. Ich lief geradewegs am Kamin vorbei zur Badezimmertür, riss sie auf und betätigte den Lichtschalter.

Kopfüber schüttelte ich meine Haare und fasste sie ganz vorsichtig mit den Händen zu einem Zopf zusammen, bevor ich mich aufrichtete und direkt vor den Spiegel stellte. Einen Moment später tauchte Will im Türrahmen auf.

»Was tust du da?« Aus zusammengekniffenen Augen erforschte er mein Gesicht, als sei er sich nicht sicher, ob ich gerade den Verstand verlor.

Ich drehte mich leicht zur Seite und betrachtete mein Spiegelbild. »Kannst du irgendetwas sehen?«, fragte ich, ohne auf ihn einzugehen.

»Was soll ich – « Er brach ab und starrte auf meinen Nacken.

Triumphierend rief ich aus: »Wusste ich's doch!«

»Was zum Teufel ist das?«, murmelte er und trat näher.

Ich stellte mich auf die Zehenspitzen und verrenkte mich noch ein bisschen, aber aus diesem Winkel hatte ich keine Chance, irgendetwas zu erkennen.

»Beschreib es mir!«, drängte ich.

»Du … du hast eine längliche Narbe an deinem Hinterkopf.« Ich spürte seine Finger auf meiner Haut und zuckte in der Erwartung, gleich wieder von Dunkelheit umhüllt zu werden, zusammen. Nichts geschah.

»Sie zieht sich bis unter deine Haare.« Er zog mein Oberteil am Halsausschnitt nach unten, ich spürte seinen Atem an meiner nackten Haut. »Und endet erst kurz unter deinem Nacken.«

Ich nickte aufgeregt. »Sieht sie so aus, als wäre sie schon so gut wie verheilt? Als hätte ich mir die Verletzung schon vor Wochen zugezogen?«

Unsere Blicke trafen sich im Spiegel, er nickte langsam. Dann packte er mich an den Hüften und drehte mich ruckartig zu sich um, sodass mein Rücken ans Waschbecken stieß. Ich ließ meine Haare los und senkte die Arme.

»Wann ist das passiert?« Eindringlich fixierte er mich. »Und wie ist es möglich, dass ich nichts davon mitbekommen habe?«

Ich grinste ihn an. »Glaub mir, du hast es mitbekommen. Und die Nerven verloren.«

Wortlos starrte er mich an.

»Nachdem die Typen mich an der Raststätte mit einem Messer bedroht haben, hatte ich auch eine Narbe am Hals, genau dort, wo sie mir die Kehle aufgeschlitzt hätten.«

Er schauderte.

»Ich habe sie ein paar Tage später entdeckt. Und auch sie war schon zu gut verheilt, als dass sie von diesem Vorfall hätte stammen können. Aber die Stelle war dieselbe. Durch Zufall habe ich herausgefunden, dass ich die gleiche Vision wieder aufrufen konnte, wenn ich die Narbe berührt habe und –«

»Warte, warte«, fiel er mir ins Wort und sah so aus wie ich, als ich vor meinem Spiegel gestanden und herumexperimentiert hatte: heillos überfordert.

»Was meinst du mit *die gleiche Vision wieder aufrufen*?«

»Ich bin genau zu dieser Szene zurückgekehrt, die ich in

meinem Kopf gesehen habe, als das an der Raststätte passiert ist. Und irgendwie konnte ich … mehr sehen. Mich länger dort aufhalten.«

Eine Weile sagte er gar nichts, dann lockerte sich sein Griff an meinen Hüften, und er stöhnte leise.

»Das war in derselben Nacht, in der du dich mit Evelyns Freunden im Wald getroffen hast, oder?«

Überrascht nickte ich. »Woher …?«

»Ich habe gerade mit Alessa telefoniert, da wurde mir plötzlich richtig übel. Es hat sich angefühlt, als würde ich in einer Achterbahn sitzen und vornüber vom Sitz kippen. Ich war kurz davor, nach dir zu sehen, aber ich konnte mit absoluter Gewissheit sagen, dass du nach wie vor im Schlafzimmer warst. Also habe ich versucht, mir einzureden, dass ich es mir nur eingebildet hatte. Zu diesem Zeitpunkt hatte ich keine Ahnung, dass es deine Gefühle waren, die mich überschwemmten, wenn sie besonders intensiv wurden. Ich habe mir eingeredet, dass dieses verwirrende Inventi-Ding verantwortlich dafür war und ich es noch zu wenig verstand.« Er lachte bitter. »Was ja auch irgendwie stimmt.«

»Also … spürst du es nicht direkt, wenn ich eine Vision habe?«

Er legte den Kopf schief. »Du meinst, ob es sich anfühlt, als würdest du deinen Standort wechseln?«

»Ja.«

»Nein. Aber du verlässt ja auch nicht die Gegenwart, oder? Es spielt sich im Prinzip nur in deinem Kopf ab, im Gegensatz zur Gabe der Ydor zum Beispiel. Du kannst dich in diesen Visionen völlig frei bewegen, und dann kehrst du zurück in die Realität, und es sind nur ein paar Minuten vergangen.«

»Das ergibt keinen Sinn«, sagte ich stirnrunzelnd. »Die Ydor landen in der Vergangenheit, die Pyro in der Zukunft, die Choys können bestimmte Momente wiederholen, und … wie war das noch mal bei den Pnoe?«

»Sie bringen die Zeit zum Stehen«, half er nach.

»Genau, sie halten die Zeit an. Alle Elementengruppen verändern aktiv etwas an der Zeit. Die Choys mal ausgenommen, obwohl Nero meinte, dass sie bei Bedarf auch mehrere Stunden in ihrem Kopf verbringen können, wenn sie einen bestimmten Moment wiederholen wollen. Das kann ich nicht. Ich hatte bisher immer ziemlich schnell den Drang, zurückzukehren.«

»Worauf willst du hinaus?«

»Was genau ist das Tolle an meinem Talent, Will? Wieso wollen mich irgendwelche Freaks umbringen? Ich kann doch überhaupt nichts Besonderes.«

Sein Griff wurde wieder fester. »Nichts … Besonderes?«, echote er ungläubig. »Du hast gesagt, in der letzten Vision hast du eine alternative Zukunft gesehen – was geschehen wäre, hättest du dich nicht auf den Freund deiner Mitbewohnerin eingelassen. War es bei den ersten auch so? Hast du vergangene Momente gesehen, in denen du dich anders entschieden hast als in der Realität?«

Ich schüttelte hastig den Kopf und begann, ihm meine

zum Teil ziemlich verschwommene Erinnerung an die anderen Visionen wiederzugeben. Die Geräusche und die vorbeifliegenden Bilder, die ich wahrgenommen hatte, als ich bei der Flucht vor ihm aus dem Fenster gestiegen war. Und dann dieses seltsame Gespräch in der Dunkelheit, als die Kerle mich geknebelt und bedroht hatten.

»Du warst auch da und hast mich gedrängt, dass wir gehen müssen«, schloss ich.

»*Ich* war da?«

Ich nickte, dann musste ich grinsen. »Und du warst zur Abwechslung mal nett zu mir.«

Ein Glitzern erschien in seinen Augen, doch er sagte nichts.

»Es war komisch … Als ich die Vision gesehen habe, habe ich nur eine weibliche Stimme gehört, die mich vor etwas gewarnt hat. Aber als ich dann später die Narbe an meinem Hals berührt habe, warst da plötzlich auch du, und ich konnte sogar sehen, wie wir zusammen diesen Ort verlassen haben. Irgendwie schien die Vision klarer zu werden, weil ich sie das zweite Mal besucht habe, verstehst du?«

»Ich glaube schon.« Sein Blick schweifte ab. »Also wird sie klarer, je öfter du sie besuchst.«

»Keine Ahnung, ich habe die Narbe an meinem Hals nur ein Mal berührt.« Ich drehte mich zum Spiegel und legte den Kopf in den Nacken, aber es war nichts zu sehen. »Irgendwie verschwinden diese Narben ziemlich schnell«, stellte ich fest. »Es ist auch deutlich anstrengender, die Vision erneut zu besuchen, als sie zum ersten Mal zu erleben.«

»Du meinst die Übelkeit?«

»M-hm. Hast du eine Idee, woran das liegen könnte?« Ich wandte mich ihm zu.

Das Dunkelblau seiner Augen wirkte fast schwarz. »Es kann kein Zuckerschlecken sein, dem Tod immer wieder nahezukommen.«

»Du glaubst wirklich, dass der Tod der Trigger meines Talents ist?«

Er griff nach meiner Hand, und wir gingen zurück ins Wohnzimmer. Vor dem Kamin blieben wir stehen und wandten uns einander zu.

»Verstehst du nicht?« Mit einem Mal klang er ungeduldig. »Du kannst in die Vergangenheit wie die Ydor, womöglich kannst du auch in die Zukunft, denn diese Szene, die du beschreibst, ist offensichtlich noch nicht geschehen, und du kannst Momente wiederholen. Ich wette mit dir, wenn du es ausprobierst, könntest du in deiner Vision sogar die Zeit anhalten. Wenn das stimmt, dann vereinst du nicht nur alle vier Talente in dir, du hast auch noch den entscheidenden Vorteil, all das tun zu können, ohne dich vom Fleck bewegen zu müssen. Wenn das nicht ultimative Macht ist, dann weiß ich auch nicht.«

»Aber ich *tue* doch nichts!«, beharrte ich und fing an, auf und ab zu laufen. »Wie du schon sagst, ich bewege mich nicht vom Fleck, es geschieht alles in meinem Kopf. Das ist nichts als Gedankenspielerei.«

»Gedankenspielerei.« Er schnaubte. »Man muss nicht in

der Zeit herumspringen, um Macht zu haben. Du hast vollkommen recht, du tust nichts. Aber hast du schon mal darüber nachgedacht, dass es vielleicht nicht unbedingt Taten sind, die jemandem gefährlich werden können?«

Verständnislos sah ich ihn an. Ich war abrupt stehen geblieben. »Was ist gefährlicher als Taten?«

»Stell dir vor, du hast eine Vision, in der du siehst, dass du morgen, wenn du, sagen wir um halb neun, das Haus verlässt, von einem Auto erfasst werden und auf der Stelle sterben würdest. Es wäre nur in deinem Kopf geschehen, trotzdem wüsstest du, dass du den Teufel tun und am nächsten Tag um halb neun aus dem Haus gehen würdest.«

»Aber so funktionieren meine bescheuerten Visionen nicht«, entgegnete ich wütend. »Sie zeigen mir nur wirres Zeug und irgendwelche Parallelwelten, in denen ich glücklich wäre, hätte ich damals nicht die falsche Entscheidung getroffen. Das hat doch überhaupt keinen Einfluss auf mein Leben, außer dass es mir dadurch noch beschissener geht.«

»Kia.« Will atmete tief durch und hielt mich fest. »Gestern Nacht auf diesem Dach war das dritte Mal, dass du eine solche Vision hattest, richtig? Weißt du, wie lange ein Ydor in die Vergangenheit springt, wenn er das erste Mal unter Wasser geht?«

»Was hat das eine mit dem anderen zu tun?«

»Zwei Sekunden. Ein unerfahrener Ydor versetzt sich ungefähr zwei Sekunden in die Vergangenheit, wenn er zum ersten Mal springt.«

»Woher willst du das wissen?«, gab ich barsch zurück.

»Recherche.« Er grinste mich an.

»Du möchtest damit sagen, ich muss üben?«

Sein Grinsen verschwand wieder. »Ich möchte damit sagen, dass dein Talent höchstwahrscheinlich noch nicht ausgereift ist. Was das Üben angeht, bin ich der Meinung, du solltest es niemals wieder tun.«

»*Was?*« Das konnte wohl kaum sein Ernst sein, oder?

»Ich werde es nicht mehr zulassen, dass du dein Talent auch nur ansatzweise triggerst. Das sollte dir inzwischen klar sein.«

Freudlos lachte ich auf. »Ich werde doch nicht zu Hause sitzen und Däumchen drehen, während da draußen Leute rumlaufen, die mich umbringen wollen, und meine Eltern allem Anschein nach gefangen gehalten werden!«

Er ließ sich auf das Sofa fallen und zog mich mit eisernem Griff auf seinen Schoß. Er strich mir langsam über den Rücken, bis ich meinen Körper nicht mehr anspannte.

»Ich weiß, dass wir uns noch nicht lange kennen, aber wenn du es schon nicht für dich selbst so sehen kannst, denk bitte wenigstens darüber nach, was mit mir passieren würde, wenn dir etwas zustößt.«

Ich stöhnte. »Mir wird nichts zustoßen.«

»Weißt du, worüber ich bei meiner Recherche noch gestolpert bin?« Die Frage war eindeutig rhetorisch, also hielt ich die Klappe und schloss die Augen, während ich mich automatisch an seinen Körper schmiegte.

»Es gibt ein paar dokumentierte Fälle, in denen ein Talentierter starb, bevor er sein Talent an seinen Nachfahren weitergeben und es auf natürliche Weise verlieren konnte. Kannst du dir denken, was mit den Inventi passiert ist, die besonders häufig und eng mit diesen Talentierten zusammengearbeitet haben?«

Eine Gänsehaut breitete sich bei seiner Tonlage auf meinem Körper aus. Ich wagte es nicht, zu sprechen.

»Sie haben sich das Leben genommen.«

»Aus Schuldgefühlen?«, wisperte ich, als er nicht fortfuhr.

»Nein, Kiana, nicht aus Schuldgefühlen.«

Es gab nichts, was man darauf hätte erwidern können, also schlang ich die Arme um seinen Nacken und ließ mich sanft hin und her wiegen. Das Thema war für heute beendet. Abgesehen davon, dass ich kein Interesse daran hatte, ihm zusätzliches Leid zuzufügen, kamen mir Neros Worte über die Choys wieder in den Sinn. *Viele von ihnen lebten kaum mehr in der Realität.*

Ich wollte nicht in der Vergangenheit feststecken. Ich wollte nach vorne blicken und mein Leben in den Griff bekommen.

Ja, es würde noch Ärger mit Will geben, wenn ich mein Talent erforschen wollte, aber für heute Abend gab ich mich damit zufrieden, auf seinem Schoß zu sitzen und mir vorzustellen, dass seine Worte Grund zur Hoffnung waren. Hoffnung, dass seine Gefühle mehr waren als das Echo meiner eigenen.

DREI

Bernstein

Der nächste Tag empfing mich mit dem vielversprechenden Gefühl, von einem Laster überfahren worden zu sein. Nachdem ich meine Lider weit genug auseinandergezwungen hatte, um meine Umgebung wahrzunehmen, setzte ich mich ruckartig auf. Ich befand mich auf dem Wohnzimmerboden, was den stechenden Schmerz in meinem Rücken erklärte, auch wenn ich auf zwei flauschigen Fellteppichen lag. Draußen war es nicht wirklich hell, eine Wolkendecke verdeckte die Sonne wie so oft bei den Ydor, aber immerhin regnete es nicht.

Das Feuer im Kamin war erloschen, und von meinem Mitbewohner weit und breit keine Spur.

Nach und nach kam die Erinnerung zurück. Ich musste auf Wills Schoß eingeschlafen sein, oder wir waren beide auf dem Sofa eingenickt und schließlich auf den Boden gerutscht. Jedenfalls hatte er mich mit einer überdimensionalen grauen Strickdecke zugedeckt und mir ein Kissen unter den Kopf geschoben.

Stöhnend erhob ich mich und schleppte mich ins Badezimmer.

Beim Einshampoonieren passte ich auf, nicht aus Versehen an meinen Hinterkopf zu fassen. Zwar wollte ich die Vision noch ein weiteres Mal besuchen, allein schon, um Sophia wiederzusehen, aber Will würde mir den Hals umdrehen, wenn ich es direkt nach unserem Gespräch tat. Ich musste ihn irgendwie dazu bringen, mir mehr zu vertrauen. Vielleicht gab er mir dann auch das Handy zurück.

Während das dampfende Wasser auf mich niederprasselte, liefen meine Gedanken Amok.

Mit neuem Antrieb stellte ich das Duschwasser ab und hüllte mich in ein großes Handtuch. Ich würde wohl heute noch in die Omilia müssen, um meine Übungsstunden zu absolvieren – was auch immer Nero damit gemeint hatte –, doch anschließend könnte ich in Carlas Backstube vorbeischauen und versuchen, mehr über meine Eltern herauszufinden. Daria hatte mir bei unserem letzten Abstecher dorthin erzählt, dass Carla eine Freundin meiner Mutter gewesen war. Mal sehen, für wie wahrscheinlich sie es hielt, dass Nero meine Eltern eingesperrt hatte …

Ich ging nach oben in mein Schlafzimmer, wo ich mir einen Rollkragenpullover heraussuchte. In einer Sache musste ich Will recht geben: Niemand in der Omilia sollte Wind von meinem Talent bekommen. Also war es hilfreich, wenn die Narbe an meinem Hinterkopf nicht zu sehen war.

Ich zog mich an und bekam es sogar hin, die gigantische

verchromte Kaffeemaschine in der Küche zum Laufen zu bringen, obwohl es mindestens zehn verschiedene Knöpfe gab. Wehmütig dachte ich an den rostigen Espressokocher, mit dem Sophia und ich uns in unserer WG immer Kaffee gekocht hatten.

Gerade war ich mit dem Föhnen meiner immer noch ungewohnt dunklen Haare fertig geworden und betrachtete mein Gesicht im Spiegel, als die Türklingel ertönte. Immerhin musste ich so den Gedanken nicht vertiefen, wieso ich mehr wie eine Vogelscheuche als wie eine mächtige Kreuzung der Ydor und der Pyro aussah.

Ohne durchs Guckloch zu schauen, riss ich die Tür auf. Ein heftiger Windstoß fegte meine Haare zurück und brachte mich kurz ins Straucheln.

»Schönen guten Tag, Miss.«

Ich erkannte den wenig redseligen Mann, der mich auch schon gestern Abend abgeholt hatte. Auf seinem Gesicht lag ein professionelles, distanziertes Lächeln. »Sie werden in der Omilia erwartet.«

Prüfend musterte ich ihn. Mal sehen, ob ich ihn aus der Reserve locken konnte. »Sind Sie eigentlich auch ein Inventi?«

Nichts in seiner Miene verriet, was er über die Frage dachte. »Ich war mal einer, Miss.«

»Bleibt man nicht immer ein Inventi?« Ich griff nach meinem Mantel, nachdem ich in meine Stiefel geschlüpft war. »Oder ist das so wie bei den Talentierten, dass man seine Fähigkeiten an seine Kinder weitergibt?«

»Ich habe keine Kinder, Miss.« Jetzt war der Anflug eines Lächelns auf seinem in die Jahre gekommenen Gesicht zu sehen. »Aber die Nachwuchs-Inventi können präzisere Arbeit leisten.«

»Also sind Sie trotzdem dazu gezwungen, in dieser Stadt zu bleiben, obwohl Sie nicht mehr als Inventi tätig sind?«

Ich trat ins Freie und zog die Tür hinter mir zu. Er lehnte sich ans Geländer und ließ mir den Vortritt.

»Diese Stadt ist mein Zuhause«, hörte ich ihn in meinem Rücken sagen. Vorm Haus wartete ein Auto mit geöffneter Fahrertür auf uns. »Und nichts bereitet mir mehr Freude, als für die Omilia zu arbeiten.«

Trotz meiner direkten Fragen klang er immer noch freundlich.

»Hatten Sie nie das Bedürfnis, die Stadt zu verlassen?«, fragte ich, nachdem wir beide im Auto saßen. Ganz der pflichtbewusste Fahrer, hatte er mir natürlich die Tür aufgehalten.

»Ich verlasse die Stadt auf regelmäßiger Basis.« Er wandte den Blick nicht von der Straße. »Aber ich denke, Ihre Frage zielt auf etwas anderes ab, und die Antwort lautet: Nein. Ich hatte nie das Bedürfnis, gegen mein Schicksal anzukämpfen.«

Die restliche Fahrt verlief schweigend. Immer wieder flammten die Gesichter von meinen Eltern vor meinem geistigen Auge auf. Was sie wohl für einen Grund gehabt hatten, in Neros Anwesenheit so apathisch zu tun? Machten sie sich Sorgen um mich? Aber wenn Eve und ihre Freunde recht hatten und Nero sie gefangen hielt, wie hätten sie mich als ihre Tochter erkennen können? Als ich ihnen vor Jahren weggenommen und nach Morley zu meinen Adoptiveltern gebracht worden war, war ich noch ein Baby gewesen …

Ich wurde aus meinen Gedanken gerissen, als der Wagen hielt und meine Tür in der gleichen Sekunde geöffnet wurde. Ich hatte nicht einmal mehr Zeit, mich von meinem Fahrer zu verabschieden, geschweige denn, nach seinem Namen zu fragen – der junge Mann, der vor meiner Tür stand, packte mich am Arm und zog mich nach draußen.

Empört wollte ich mich losreißen, aber sein Griff war unerbittlich. Er hatte rotblondes Haar, ein paar Sommersprossen auf der Nase und hohe Wangenknochen, die ihm etwas Arrogantes verliehen. Er konnte höchstens so alt wie ich sein.

»Alle hier behandeln dich, als wärst du der Messias, aber nur damit du's weißt: Wir können dich nicht leiden«, zischte er mir zu, bevor ich ihn dumm anmachen konnte.

Für ein paar Sekunden war ich perplex, dann prustete ich los. Wir waren bei einer der kleinen Brücken angekommen, die über den Fluss führte.

»Soweit ich weiß, kennen wir uns nicht, aber die Freude ist ganz meinerseits. Wenn du so weitermachst, beruht die Sympathie ziemlich schnell auf Gegenseitigkeit.«

Er schnaubte und reckte das Kinn. »Ich bin Timothy.« Ein dicker Regentropfen fiel auf seine Wange, und er wischte ihn verärgert weg.

»Hi, Timothy, ich bin Kiana, du darfst mich gerne Kia nennen. Warum genau kannst du mich nicht leiden?«, wollte ich in meinem höflichsten Tonfall wissen. Ich tippte spontan auf den Freundeskreis von Maila. Bei seinem Namen klingelte irgendetwas bei mir.

»Das kannst du dir sparen, wir wissen, dass du zum Gefolge von Evelyn Lagarde gehörst und uns nichts als Schwierigkeiten bereiten wirst.« Er vermied es, mich anzusehen, und klang jetzt schon eine Spur unsicherer.

»Sprichst du eigentlich immer im Plural von dir?« Gefolge von Eve, soso. Dann lag ich entweder mit meiner Vermutung richtig, oder ich hatte hier ein besonders verärgertes Inventi-Exemplar vor mir.

Wir hatten das Eingangstor erreicht, und er drückte mich unsanft hindurch, ohne mir zu antworten.

Na gut, dann eben auf die harte Tour. So langsam hatte ich die Schnauze voll von Leuten, die sich benahmen, als würden sie mich schon ewig kennen.

In einer abrupten Bewegung drehte ich meinen Arm um, was ihn ins Stolpern brachte und mir die Gelegenheit gab, mich aus seinem Griff zu winden.

Hastig sah ich mich im Flur um – die Luft schien rein zu sein –, ehe ich ihn mit ausgestrecktem Arm gegen die Wand drückte.

»Jetzt hör mir mal gut zu, Timothy. Ich habe keinen Schimmer, was ich dir getan habe, bin mir jedoch sehr wohl bewusst, dass mich in dieser Stadt kein Schwein leiden kann, obwohl ich mir nicht sicher bin, was genau ich verbrochen habe, um so ein Verhalten zu verdienen.«

Erschrocken sah er mich an, aber ich hatte jetzt Feuer gefangen. Ich trat einen Schritt auf ihn zu.

»Ich hab genug Mist, mit dem ich klarkommen muss, auch ohne dass mir ständig signalisiert wird, was für ein furchtbarer Mensch ich bin.« Ich übte noch ein bisschen mehr Druck auf seine Brust aus. »Ach, und du musst dir keine Sorgen machen, dass ich dich mit meinem Blick verfluche, du kannst mir ruhig in die Augen schauen.«

Unsicher sah er mich an. »Ich –«, begann er, doch ich winkte ab. Mir war soeben eingefallen, woher ich seinen Namen kannte: Er war der Inventi, dem Eve auf der Insel entwischt war, bevor ich sie gefunden hatte.

»Und was Evelyn angeht«, setzte ich nach. »Ich weiß nicht, wie das bei euch in der Omilia oder bei euch bekloppten Inventi abläuft, aber in meiner Welt nennt sich das immer noch Freundschaft, wenn man bedingungslos zueinander hält.«

Zu spät bemerkte ich die Schritte, die sich uns genähert hatten. Ich ließ meine Hand sinken und wandte den Kopf.

»Wie ich sehe, bin ich nicht der einzige Inventi, den du auf Trab hältst.« Will fuhr sich durch das weißblonde Haar und grinste mich an. Sein Körper steckte in einem dunklen Stoffoverall, der in der Mitte mit einem Gürtel zusammengehalten wurde.

Ich verschränkte die Arme, nachdem mein Herzschlag sich wieder ein bisschen normalisiert hatte. »Hi.«

Will nickte dem Inventi hinter mir knapp zu. »Ich übernehme, Tim.«

Der Angesprochene machte sich aus dem Staub, ohne sich noch einmal umzugucken.

Sobald er außer Hörweite war, trat Will näher und beugte sich leicht zu mir herunter. Seine Haare waren ziemlich verwuschelt, ein paar Schweißperlen zierten seine Stirn.

»Versuchst du, mich eifersüchtig zu machen?«

Unverzüglich bekam ich einen Hustenanfall, woraufhin seine Zähne aufblitzten. Noch immer hatte ich mich nicht daran gewöhnt, was für eine Wirkung er auf mich hatte, vor allem, wenn er es darauf anlegte.

»Hübsches Outfit«, versuchte ich abzulenken und trat einen Schritt nach hinten, weil ich keinen klaren Gedanken fassen konnte, wenn er so dicht vor mir stand.

»Ich bekomme gerade meine dritte Lektion in Hapkido. Gestern stand Wing Chun auf dem Plan«, erklärte er im Plauderton, legte mir eine Hand auf den Rücken und führte mich den Gang entlang. »Wie hat er es geschafft, dich so schnell zu verärgern?«

Schon bereute ich meinen Ausbruch. Tim war ein junger Inventi, der für die nächsten Jahre dazu gezwungen sein würde, sein Leben in den Dienst anderer zu stellen und es im Notfall sogar zu opfern.

»Er hat gesagt, dass mich niemand hier leiden kann. Als wäre das was Neues.«

Will lachte leise. »Mach dir nichts draus, Wundermädchen, mich können sie auch nicht leiden.«

»Ja, aber du bist griesgrämig und gibst den Leuten nicht

einmal eine Chance, dein wahres Ich kennenzulernen und dich zu mögen.«

Er blieb stehen. »Du willst damit sagen, wenn man mein wahres Ich kennt, dann mag man mich?«

Ich verdrehte die Augen. »Keine Ahnung, ich kenne dein wahres Ich noch nicht.«

In einer theatralischen Geste fasste er sich ans Herz. »Autsch. Dabei dachte ich, wenn man ein Mädchen zu seiner Mutter nach Hause bringt, ist es ernst.«

Bevor ich etwas erwidern konnte, tauchte Picabo Irving vor uns auf. Er war ganz offensichtlich gerade aus dem Zentrum der Ydor gekommen.

Rasch nahm Will die Hand von meinem Rücken und trat einen Schritt beiseite. Ich warf ihm einen verwirrten Blick zu, doch sein Gesicht war Picabo zugedreht, und er hatte eine neutrale Miene aufgesetzt.

»Guten Tag, Sir. Sie wäre dann bereit.«

Ein wenig vor den Kopf gestoßen schaute ich zu Picabo, der uns anlächelte.

»Danke, William. Herzlich willkommen, Kiana. Ich hoffe, du hast trotz des gestrigen Abends gut geschlafen.«

Bevor ich noch etwas sagen konnte, hatte Will sich auf dem Absatz umgedreht und war entschlossenen Schrittes davongelaufen. Was wohl in ihn gefahren war?

Ich lenkte meine Aufmerksamkeit wieder auf den Mann mit der Knubbelnase und erwiderte den Gruß, dann liefen wir los. Der Gang wurde von weißen Kronleuchtern erhellt, die Farbtöne der Bilder in den verschnörkelten Rahmen wechselten von Blau ins Rötliche. Im Vorbeigehen sah ich verschiedene Naturszenen, die von Wüstenlandschaften bis hin zu Bäumen mit rosafarbenen Blüten reichten. Auch diese Werke hatte ich noch nie in meinem Leben gesehen.

Vor einem schmaleren Gang blieb Picabo stehen. »Fühlst du dich bereit?«

»Äh, ja«, gab ich wenig überzeugend von mir. Bereit wofür? Wollten sie eine Therapiestunde mit mir durchführen, um zu sehen, ob sie mich knacken konnten? Nero musste doch nach gestern wissen, dass es nicht allzu schwer war, mich zum Heulen zu bringen.

Erst jetzt fiel mir der helle Stoff auf, den Picabo sich über den Unterarm gehängt hatte und den er mir nun hinhielt.

Mit dem Kinn wies er zu einer Tür neben uns. »Du kannst dich hier umziehen.«

Immer noch verwirrt griff ich nach dem Stoff und trat über die Schwelle. Ehe ich ihn fragen konnte, was es damit auf sich hatte, schloss sich die Tür hinter mir.

Ich schrak ein wenig zurück, als mir mein verdattertes Spiegelbild von allen Richtungen entgegenblickte. Durch hohe, ovale Fenster warf die Sonne Lichtstrahlen in den Raum. Die Wände waren komplett verspiegelt, der Boden erinnerte an eine Turnhalle oder ein Fitnessstudio. Ob Will gerade in so einem Raum trainierte?

Ich betrachtete meine Gesamterscheinung und musste unwillkürlich grinsen. Nicht schlecht: Ich hatte es trotz meines wenig Furcht einflößenden Äußeren geschafft, Eves Inventi einzuschüchtern.

Der Stoff entpuppte sich als Overall aus seltsam hartem, unelastischem Material. Wie würden meine Übungsstunden aussehen? Ich würde wohl kaum in Kampfsportarten unterrichtet werden wie Will. Obwohl die Idee gar nicht so schlecht war – ich würde Will bei Gelegenheit fragen, ob er mir ein, zwei Kniffe beibringen könnte.

Allerdings konnte ich mir auch nicht vorstellen, dass ich wieder mit den Ydor üben würde – dafür war es zu früh, und außerdem erschloss sich mir der Sinn dieses Ganzkörperanzuges nicht, wenn ich unter Wasser gehen sollte.

Picabo wartete mit dem Rücken zur Tür und pfiff gerade eine fröhliche Melodie, als ich fertig umgezogen zurück auf den Flur trat. Er verstummte und hielt mir einen Arm hin.

»Sehr schön, meine Liebe.«

Wir liefen den dunklen Gang entlang bis zu ein paar Treppenstufen. Immer mehr wirkte es wie der Weg zum Zentrum der Ydor, auch wenn es nicht annähernd so schwül war.

»Wir werden stets ein offenes Ohr für dich haben, Kiana. Egal, was dich beschäftigt, du kannst zu uns kommen«, sagte Picabo, seine Stimme klang freundlich.

Mit gemischten Gefühlen nickte ich. Er arbeitete mit Nero zusammen, was bedeutete, dass ich ihm nicht vertrauen konnte, auch wenn er bisher immer nett zu mir gewesen war.

»Was genau ist der Plan?«, erkundigte ich mich, als wir die Treppen hinunterstiegen.

»Wir würden gerne einen Test durchführen, der uns womöglich deinem Talent näherbringt.«

Jetzt bloß ein Pokerface bewahren! Nero, Aria und die Mentoren durften auf keinen Fall erfahren, was Will und ich bereits in Erfahrung gebracht hatten.

»Soll ich wieder unter Wasser gehen? Aber wozu dann dieser Anzug?« Ich zupfte am Ärmel meines Overalls.

Wir waren am Ende der Treppe angelangt, wo eine dunkelrote Massivtür auf uns wartete. Ein gigantisches Dreieck hob sich von der Oberfläche ab. Zugleich nahm ich die Hitze wahr. Wie bei meiner Ankunft am Marktplatz im südlichen Bezirk … Die Vorahnung traf mich unvermittelt.

»Nein, du wirst nicht unter Wasser gehen«, hörte ich Picabo sagen, während er sich über das Zahlenfeld neben der Tür beugte und mir damit die Sicht auf den Code versperrte. »Dein Anzug ist aus Glasfaserstoff, das wäre in Kombination mit Wasser wenig sinnvoll.«

»Aus *was*?«

Die Tür sprang auf, und die Hitze kam mir wie eine Wand entgegen.

»Glasfasern«, wiederholte er mit einem großväterlichen Lächeln, bevor er mich mit sanfter Bestimmtheit über die Schwelle schob. »Nicht entflammbar.«

Mein Mund klappte auf, ich drehte mich auf der Stelle zu ihm um, da schnappte die Tür schon hinter mir zu.

Kurz zog ich in Erwägung, nach Picabo zu rufen, doch die Neugier siegte. Der Raum war zwar ähnlich geschnitten wie das Zentrum der Ydor, in dem sich das große Wasserbecken befand, aber das war's dann auch schon mit den Gemeinsamkeiten. Zu meinen Füßen lag schmutzig weißer Sand, unter den sich ein paar Kieselsteine mischten. Der Rest kam mir wie ein originalgetreues Duplikat einer Steppenlandschaft vor, mit kleinen Hügeln im hinteren Teil und struppigem Gebüsch dazwischen. Und diese Hitze … diese Hitze, die mir augenblicklich den Schweiß ins Gesicht trieb, obwohl sie nicht halb so unangenehm wie die Schwüle war.

Nur eine gläserne Uhr störte die natürliche Idylle ein wenig. Sie hing an der gegenüberliegenden Wand, genau an der Stelle, an der sie auch im Zentrum der Ydor angebracht war. Anstelle der Wellen enthielt sie etwas Orangefarbenes, das sich hektisch in den durchsichtigen Zeigern bewegte. Ich machte ein paar Schritte darauf zu und blieb direkt unter der Uhr stehen. Kurz vor zwölf Uhr. Meine Vermutung bestätigte sich: Kleine Flammen kämpften miteinander und züngelten an den Innenwänden der Zeiger empor. Auf Zehenspitzen betrachtete ich sie. Folgte ihren Bewegungen und streckte eine Hand aus, um zu fühlen, ob sie echt waren, ob ich die Wärme durch das Glas der Uhr hindurch spüren würde. Im nächsten Augenblick drang ein verdächtiges Knistern an meine Ohren. Ich fuhr herum.

Mein Herz rutschte mir in die Hose. Vor meinen Füßen hatte sich ein Feuerteppich ausgebreitet. Nur eine Armlänge von mir entfernt schossen Flammen aus dem Sand hervor – echte, flackernde, immer größer werdende Flammen, die sich am staubtrockenen Boden nährten. Wie war das überhaupt möglich? Brauchten sie kein Brennmaterial?

»Ach du liebe …«

Ich verstummte und presste mich mit dem Rücken gegen die Wand. Mein Blick zuckte zur Tür. Ein Großteil der Fläche zwischen mir und der Tür brannte bereits, aber wenn ich mich beeilte, konnte ich es noch schaffen.

Ich hechtete los. Aus der Hitze gab es kein Entkommen. Dicht an der Wand entlang preschte ich an den Flammen vorbei. Eine kleine Flamme leckte an meinem Hosenbein. Mein Herz pochte so schnell, dass mir übel wurde. Nur noch drei Meter. Ich machte einen Satz. Zwei. Fast geschafft. Oh Gott, diese Hitze!

Meine Finger griffen nach dem Türknauf, und ich warf mich mit meinem gesamten Gewicht dagegen. Nichts geschah. Ich hämmerte dagegen, rief nach Hilfe.

Immer noch nichts.

Nicht entflammbar, hatte Picabo gesagt. Sie wollten einen Test mit mir durchführen. Es war nur ein dämlicher Test. Ich drückte meine Hände auf meinen Brustkorb, um mich selbst zu beruhigen.

Fluchend betrachtete ich das Spektakel vor mir. Woher zur Hölle kamen die Flammen? Wie waren sie so schnell aus dem Boden geschossen?

Und viel wichtiger: Warum war es mir nie in den Sinn

gekommen, meine neuen Pyro-Freunde zu fragen, wie man ihre Gabe auslöste?

Es war eine Sache, unter Wasser zu tauchen, aber es war eine ganz andere, von Flammen umgeben zu sein und das Risiko einzugehen, bei lebendigem Leib zu verkokeln.

Tief durchatmen. Das musste ein normales Prozedere sein. Die Pyro taten das bestimmt ständig.

Schweiß rann mir über die Schläfen, ob er von der Wärme der Feuerglut herrührte oder von meiner Panik zeugte, wusste ich nicht. Schön und gut, sie wollten sehen, ob ich auch das Talent der Pyro in mir trug. Aber wenn ich die Zeit nur in Verbindung mit anderen Ydor zurückspulen konnte, weshalb hatte mich Picabo mutterseelenallein hier zurückgelassen?

»Denk nach, Kia!«, flüsterte ich fieberhaft vor mich hin und starrte mit zusammengebissenen Zähnen auf das näher kommende Feuer.

Musste ich hindurchgehen? Trug ich deshalb diesen Anzug?

Alles in mir wehrte sich gegen diesen Gedanken. Auf einmal wurde mir klar, was passieren würde, wenn sie mich noch länger hier drinnen ließen. Das, was in der Nacht der Jubiläumsfeier passiert war, als ich mich vom Dach hatte hangeln lassen. Das, was passiert wäre, hätte mich Will nicht aus der Badewanne gezogen. Es war egal, ob ich fiel, ob ich zu wenig Sauerstoff bekam oder in Flammen stand – ich kam dem Tod nahe.

Mit einem Mal wurde alles ganz ruhig. Das bedrohliche

Knistern war nach wie vor zu hören, aber in mir herrschte pure Konzentration. Da waren Worte. Geschriene, verzweifelte Worte.

Du darfst es nie jemandem erzählen, verstehst du? Nero, Aria ... niemand in der Omilia darf es je erfahren.

Ich straffte meine Schultern. Will hatte recht. Natürlich hatte er das, wo es doch sein Job war, mich am Leben zu erhalten.

Wenn ich jetzt das Bewusstsein verlor, wären sie auf der Suche nach der Wahrheit einen Schritt weiter. Ich hatte keine Ahnung, wie ich aussah, während ich die Visionen hatte, ob es irgendwelche Anzeichen gab, also musste ich auf Nummer sicher gehen. Will hatte nach dem Zwischenfall an der Raststätte erwähnt, dass ich mehr als nur ein paar Sekunden nicht ansprechbar gewesen war, auch wenn es sich für mich nur wie ein Herzschlag angefühlt hatte. Ich durfte mich nicht der Angst hingeben, das würde mein Talent auslösen. Irgendwie musste ich durchhalten, bis sie mich hier rausholten. Bis sie den Test als gescheitert ansahen und aufgaben.

Der dunkle Rauch erfüllte den Raum in Sekundenschnelle, nahm mir die Sicht und fand nun auch den Weg in meine Lunge. Hustend zog ich den Saum des Oberteils über meinen Mund, dann presste ich die Augen für einen Moment fest zu, bevor ich einen Schritt auf das Feuer zutrat.

Alles würde gut gehen. Kein Grund zur Panik.

Aber natürlich konnte mich dieses Mantra nur wenig beruhigen. Meine Nervenenden standen in höchster Alarmbereitschaft, meine Gedanken kreisten rasend schnell.

Gerade als die erste Flamme meine Fußspitze berührte und die Panik unerträglich wurde, sah ich Wills Gesicht vor mir. Was er wohl dachte, wenn ihn mein Emotionsspektrum in diesem Moment mit voller Wucht traf? Gestern hatte er genauso wenig von Neros Plänen gewusst, und seine Erleichterung, mich unversehrt an der Türschwelle stehen zu sehen, war fast greifbar gewesen.

Wenn mich diese Vollidioten schon quälen wollten, dann sollten sie wenigstens daran denken, was das mit meinem hypersensiblen Inventi anstellen würde, verdammt noch mal! Meine Sympathie Picabo gegenüber löste sich jedenfalls gerade in den immer dicker werdenden Rauchschwaden auf.

»Kiana.«

Ich spürte die sengende Hitze an meiner Wange, als aus weiter Ferne mein Name ertönte. Zuerst war ich davon überzeugt, dass es sich um Wunschdenken handelte, doch dann hörte ich die Stimme etwas lauter.

»Kiana!«

Ich blinzelte, aber meine Augen hatten keine Chance, gegen das Feuer anzukommen.

Es dauerte eine halbe Ewigkeit, in der ich den besorgniserregenden Geruch von versengten Haaren wahrnahm, mich aber nicht traute, näher nachzusehen, bis eine dunkle Gestalt sich aus den Flammen herauskristallisierte. Sie war dem Anschein nach von der gegenüberliegenden Seite auf das Feuer zugetreten und streckte nun eine Hand nach mir aus.

»Komm her.« Die Worte waren glasklar. Die Stimme klang eindeutig männlich.

Ohne zu zögern, sprang ich ein, zwei Schritte in seine Richtung und griff nach der Hand, die mich jäh zur Seite riss.

Japsend streckte ich meinen freien Arm aus, um nicht das Gleichgewicht zu verlieren, und stieß gegen etwas Weiches.

Ich legte den Kopf in den Nacken und blickte in ein höchst konzentriertes braunes Augenpaar. Als hätte jemand »Cut!« gerufen, fiel die schlimmste Anspannung in dem Moment von mir ab, in dem ich die langen, zum Zopf gebundenen Haare und die gewohnt ernsthaften Züge registrierte.

»Nate!« Ich ließ mich zitternd gegen die Wand sinken und umklammerte seine Hand ein bisschen fester.

»Hallo, Kiana«, rief er mir über das Knistern des Feuers hinweg ins Ohr.

»Was verschafft mir die Ehre?« Ich grinste ihn an und versuchte, die Angst aus meinem Gesicht zu verbannen. Es half nicht, dass das leuchtende Orange sich in seinen Augen spiegelte.

»Unsere Mentoren haben nach einem Freiwilligen gefragt, der sich dazu bereit erklären würde, eine Übungsstunde mit dir zu absolvieren. Mir kam die Abneigung der anderen Talentierten gegenüber Unbekanntem gelegen, ich wollte nicht, dass irgendjemand Verdacht schöpft, weil ich mich so ohne Weiteres auf –«

»Nate«, fiel ich ihm mit hoher Stimme ins Wort. »Das ist alles super, und ich bin wirklich froh, dass du hier bist, aber was unternehmen wir gegen das Feuer?« Ich gestikulierte in Richtung der Flammen.

Ein verständnisvolles, für meinen Geschmack viel zu gelassenes Lächeln bildete sich auf seinen Lippen. Er hob einen Arm und sah auf seine Uhr. »Wir müssen nichts gegen das Feuer unternehmen«, antwortete er und streckte mir sein Armgelenk so hin, dass ich einen Blick auf das Ziffernblatt werfen konnte. »Wir müssen nur noch eine knappe Minute warten, dann ist es so weit. Deshalb habe ich dich hierhergezogen, damit wir uns ungestört unterhalten können.« Er deutete zur gegenüberliegenden Wand, wo das Feuer nun einen stacheligen Hügel hinaufpreschte. »Dort vorne sind die Kameras angebracht, siehst du? Bis hierher reicht der Winkel nicht, und bei dem ganzen Lärm versteht uns garantiert niemand.«

Etwas verdattert nickte ich. Diese Stalker wollten natürlich ganz genau jede meiner Regungen kontrollieren.

»Also werden wir zusammen in die Zukunft springen?«, folgerte ich nach ein paar Sekunden.

»Sehr richtig.« Sein Lächeln schwand. »Haben sie dir etwa nichts davon erzählt?«

»Natürlich nicht«, murmelte ich finster. »Macht doch viel mehr Spaß, wenn man die Unfähige ins kalte Wasser schmeißt … beziehungsweise in die heißen Flammen.« Ich lachte über meine bescheuerte Formulierung, auch wenn ich mich ziemlich wackelig auf den Beinen fühlte. Nates Hand gab mir Halt, und sein Verhalten ermutigte mich. Der

Minutenzeiger seiner Uhr war nun fast bei der Zwölf angelangt. Nicht mehr lange. Dies war also die Tageszeit für die Gabe der Pyro.

»Sie haben Eve«, klärte ich ihn hastig auf. »Habt ihr meine Nachrichten erhalten? Sie ist auf der Insel. Und dann ... dann hat mich Nero gestern zu meinen biologischen Eltern gebracht.«

Sein Gesichtsausdruck wechselte von grimmig zu ungläubig. »Das mit Eve wissen wir, ja. Aber warte mal ... er hat dich ins Gefängnis gebracht? Was hat er dir für eine Ausrede aufgetischt, warum sie dort unten sind, anstatt in einer Psychiatrie, wenn sie doch angeblich so geisteskrank sind? Lass mich raten – eine Gefahr für sich und andere.«

Bevor ich antworten konnte, schlossen sich seine Finger fester um meine.

»Es geht los.« Mit entschlossener Miene starrte er nach vorne, geradewegs in unseren glühenden Untergang. Von Hügeln oder Sand war nun keine Spur mehr – wir befanden uns in einem lodernden Flammenmeer. »Wir reden heute Abend, Casper und ich werden zusehen, dass wir irgendwie zum Wasserfall gelangen.«

Damit setzte er sich in Bewegung, und obwohl mein Körper rebellierte, ließ ich mich mitziehen – geradewegs in das Inferno.

Die Hitze verschwand in der Sekunde, in der ich in der Glut stand. Zwar war das Feuer kein bisschen kleiner geworden, aber vom stechenden Rauch nahm ich nichts mehr wahr. Genau wie beim Sprung ins Wasser mit Eve oder mit den anderen Ydor erloschen meine Bedenken, als wären sie gemeinsam mit meinen Gummisohlen niedergebrannt. Es blieb nichts außer köstlicher Schwerelosigkeit. Nate hielt meine Hand, und unsere Füße standen fest auf dem brennenden Boden, aber ich wurde das Gefühl nicht los, dass wir flogen, immer schneller – an den Flammen vorbei.

Nate hatte die Augen zugekniffen, er verzog das Gesicht, als wäre ihm der unwiderstehliche Sog irgendwie unangenehm. Ich rüttelte leicht an seinem Arm, um ihm zu bedeuten, dass wir jetzt in Sicherheit waren, dass alles gut war. Keine Reaktion.

Da löste sich das leuchtende Rotorange auf, und das laute Knistern verklang, sodass die Stille auf meine Ohren drückte.

Überrascht schaute ich mich um und erkannte die unversehrte Steppenlandschaft.

Nate schaute zu seinem Handgelenk, während mein Blick an der Wanduhr hängen blieb. 12:30. Nicht schlecht …

Bevor ich mich nach Nates Befinden erkundigen konnte, wurde die Tür aufgerissen.

Im Türrahmen stand eine bildhübsche Frau mit langem blondem Haar.

»Alles in Ordnung, Nathaniel?« Ihre rauchige Stimme machte den Flammen von eben Konkurrenz.

Nate ließ meine Hand los und trat mit einem müden Nicken nach vorne. Mich überragte er um mindestens einen Kopf, aber die Frau war genauso groß wie er. »Kann ich jetzt gehen?«

Ich fuhr zusammen. Seine Stimme klang so kalt, distanziert und unfreundlich, so gar nicht nach dem Nate, den ich bisher kennengelernt hatte.

Sie setzte eine verständnisvolle Miene auf. Die Fältchen um ihre dunklen Augen verrieten, dass sie mittleren Alters sein musste, wahrscheinlich ein paar Jahre jünger als Nero, allerdings hatte sie sich wirklich gut gehalten. »Warte noch einen Moment auf deine Inventi, dann kannst du dich auf den Rückweg machen. Vielen Dank für deine Kooperation, wir wissen es alle zu schätzen. Bis heute Abend.«

Sie klopfte Nate auf die Schulter, als er an ihr vorbeilief, ohne sich nach mir umzudrehen.

Nun wandte sie sich an mich, und ihre perfekt geschminkten Augen leuchteten. »Kiana, es ist mir eine Ehre. Ich bin Dylara, eine der Pyro-Mentorinnen.«

Misstrauisch schüttelte ich ihre ausgestreckte Hand. Nates plötzlichen Stimmungsumschwung würde ich später analysieren.

»Wo ist Picabo?«, wollte ich wissen, ohne auf ihre Begrüßung einzugehen. Die Wut darüber, dass sie mich ohne Vorwarnung in ihrem Zentrum eingesperrt hatten, brodelte wieder in mir hoch.

Lächelnd strich sich Dylara ihren dunkelroten Bleistiftrock glatt, ehe sie einen Arm nach mir ausstreckte. »Er ist anderweitig beschäftigt. Na komm, ich bin mir sicher, du hast eine Menge Redebedarf.«

∀

Dylara wartete, bis ich mich aus dem feuerfesten Overall geschält hatte, unter dem meine unversehrte Kleidung wieder zum Vorschein kam. Auch meine Schuhe waren makellos – einzig meine ausgetrocknete Kehle zeugte von der Bekanntschaft mit dem Feuer.

Sie führte mich in einen stilvollen Raum im zweiten Stock, von dem aus man die perfekte Aussicht auf die sonnengeküssten Dächer der Stadt hatte. Ich ließ mich auf einem – natürlich roten – Sessel nieder und schaute mich neugierig um. So langsam kam mein Körper wieder zur Ruhe.

Ein paar Mohnblumen in verschieden großen Vasen waren im ansonsten recht puristisch eingerichteten Zimmer verteilt. Ein gläsernes Bücherregal, ein Schreibtisch mit gigantischem Computerbildschirm und zwei Sitzgelegenheiten waren das einzige Mobiliar.

»Du musst durstig sein.« Die Pyro-Mentorin, der ich locker eine Karriere als Hochglanzmagazin-Model abgenommen hätte, holte eine Wasserflasche unter dem Tisch hervor und hielt sie mir hin.

Ich schraubte den Verschluss auf und trank gierig.

»Ist dir bewusst, was geschehen ist?«, fragte sie.

»Picabo Irving hat mich ohne Vorwarnung in einen Raum voller Flammen gesperrt«, erwiderte ich.

Sie nickte. »Das musste er tun, um Zugriff auf deine unverfälschten Reflexe zu bekommen.«

»Sicher.« Schnaubend setzte ich die Flasche ab. »Die Zeit wäre also nicht vorgedreht worden, hätte man mich einfach eingeweiht, anstatt mir den Schock meines Lebens zu verpassen?«

»Es ging uns nicht nur um das Talent der Pyro, das du zweifellos in dir trägst. Sondern um deine eigene Begabung.«

Ha, also hatte ich recht gehabt!

»Und wieso sollte ich der inmitten von Flammen auf die Schliche kommen?« Am klügsten war es wohl, mich so dumm wie möglich zu stellen.

»Der Trigger der Pyro ist der extremste, und man sagt, der wahre Kern eines Menschen tritt in Extremsituationen hervor.« Sie schlug die Beine übereinander und faltete die Hände über dem Knie. Ihre langen Nägel leuchteten in einem kräftigen Korallenrot. »Kannst du mir bitte genau beschreiben, was geschehen ist?«

Jetzt bloß nicht die Augen verdrehen, Kia. Sie glaubte doch nicht ernsthaft, dass ich ihr freiwillig irgendeinen Hinweis auf meine Gabe liefern würde!

»Ich hatte ziemliche Panik«, sagte ich patzig. Meine Gedanken wanderten zu Nate. Auf einmal konnte ich mir einen Reim auf sein distanziertes Verhalten in Dylaras Anwesenheit machen. »Und dann stand auch noch plötzlich ein Fremder bei mir im Raum«, fuhr ich fort. »Das hat das Ganze nicht besser gemacht. Jedenfalls habe ich mitbekommen, wie meine Schuhsohlen langsam geschmolzen sind und die Hitze unerträglich wurde, aber als ich dann im Feuer stand, war das Gefühl plötzlich weg, und ich habe mich irgendwie … schwerelos gefühlt. Sicher. Als würde jetzt alles gut werden.«

Dylaras Augen funkelten. Sie konnte doch unmöglich gemerkt haben, dass ich Nate schon vorher begegnet war, oder?

»Du hast es nicht als unangenehm empfunden, im Feuer zu stehen?«

Ich schüttelte den Kopf. »Nein, ich habe die Hitze überhaupt nicht mehr gefühlt, es war ziemlich erleichternd.«

Ihr triumphierendes Lächeln verriet mir, dass ich einen Fehler gemacht hatte.

»Das ist großartig, Kiana«, hauchte sie.

»Was ist großartig?«

»Für die Pyro sowie für alle anderen Talentierten ist das Ausüben ihres Talents eine sehr nervenaufreibende, körperlich belastende Angelegenheit. Es laugt sie vor allem am Anfang sehr aus. Kein Pyro würde es als angenehm bezeichnen, im Feuer zu stehen.«

Shit.

»Vielleicht ist das ja meine Gabe?«, schlug ich etwas lahm vor.

»Vielleicht.« Dylara klang wenig überzeugt, also half nur Ablenkung.

»Ich verstehe das ganze Zukunftsding noch nicht.« Das

war nicht einmal gelogen. »Wieso waren die Flammen plötzlich verschwunden, und woher wussten Sie, wann Sie die Tür öffnen müssen?«

»Die Flammen waren verschwunden, weil du mithilfe eines sehr fähigen Pyro in einer alternativen Zukunft gelandet bist. In dieser Alternative kannst du dich an das Feuer erinnern, doch es ist gleichzeitig so, als wärst du niemals hindurchgegangen. Genauso verhält es sich, wenn du nach Sonnenuntergang unter Wasser gehst: Du landest in einer Vergangenheit, die aber erst an dem Punkt einsetzt, an dem du noch nicht unter Wasser gegangen bist.«

Mein Kopf schmerzte vor lauter Anstrengung, ihren Worten zu folgen. »Für alle Außenstehenden gab es also kein Feuer?«

Sie nickte. »So ist es. Ich bin mit euch beiden in dieser Zukunft gelandet, weil ich eine Pyro bin.«

»Aber ich dachte, Mentoren sind Talentierte, die das Talent verloren haben, als sie es ihren Kindern weitervererbt haben?«

»Nur weil wir unsere Gabe nicht mehr aktiv ausüben können, heißt das nicht, dass wir sie nicht mehr durch Gleichgesinnte erfahren. Und es wäre doch gelacht, wenn mein eigener Sohn es nicht geschafft hätte, mich auf eurer kleinen Reise mitzunehmen.« Sie strahlte mich an.

»Ihr … Sohn?«

»Nathaniel«, bestätigte sie.

Irgendwie musste ich meinen verdatterten Gesichtsausdruck loswerden, bevor sie Verdacht schöpfte. Dann war Nates Mutter eben ein Supermodel, das keinen Tag älter als vierzig war. Keine große Sache.

»Ich verstehe es immer noch nicht«, sagte ich nach einem Moment. »Wenn wir jetzt in der Zukunft sind, heißt das, unsere alten Ichs springen noch irgendwo mit den Normalsterblichen beziehungsweise allen anderen Talentierten in der Vergangenheit herum?«

Dylara machte nun einen etwas genervten Eindruck. »So funktioniert es nicht. Eine alternative Realität bedeutet, die andere Realität hat ab dem Zeitpunkt des Feuers nie stattgefunden, sobald man gesprungen ist. Du existierst natürlich nur hier, nicht in einer anderen Zeit, du kannst dich ja schlecht multiplizieren.«

Nur zu gerne hätte ich ihr meine Visionen als Gegenargument dargelegt, in denen ich ganz eindeutig in zwei Ausführungen existierte. Einmal als Zuschauerin, einmal als Akteurin.

»Das heißt, mein Sprung in die Zukunft ist für alle Außenstehenden theoretisch nie passiert?«

Sie nickte. »Hätte Picabo die Tür zum Zentrum geöffnet, kurz nachdem er dich dorthin begleitet hat, dann wärst du nicht mehr dort gewesen und die Flammen wären verschwunden, auch wenn du dich in deiner alternativen Realität um kurz vor zwölf noch eindeutig in einem Raum voll Feuer befunden hast.«

»Ich glaube, ich habe es verstanden.« Das war natürlich

gelogen, vielmehr hatte ich das Gefühl, das Prinzip der Zeitsprünge mit jeder weiteren Erklärung nur noch weniger zu verstehen. »Steht mir noch eine Übungsstunde bevor?«

»Für heute nicht.« In ihrem Lächeln lag etwas Gieriges. »Aber es wird die Ältesten interessieren, dass dir der Sprung in die Zukunft nicht viel abverlangt hat.« Sie erhob sich und lief Richtung Tür. Die Absätze ihrer Pumps klackerten laut auf dem Marmor.

Ich folgte ihr. Nebeneinander liefen wir durch den verlassenen Gang und über die große Steintreppe nach unten bis zum Eingangstor.

»Genieße deinen restlichen Tag, Kiana. Wenn du Fragen hast, kannst du dich jederzeit an uns wenden.«

Schon wieder dieser Satz, der mich langsam, aber sicher in den Wahnsinn trieb.

Nach einem letzten gezwungenen Lächeln stieß ich die Tür auf und trat ins Freie. Wie sollte ich Kontakt zu Will aufnehmen? Es war ja schön und gut, dass er immer wusste, wo ich mich befand, aber leider genoss ich nicht dieselben Vorteile. Ohne Handy war es auch schwierig, sonst jemanden zu erreichen.

Ich inhalierte die frische Luft und lehnte mich für einen Augenblick gegen die Außenwand der Omilia. Hatte mir Nero nicht erst vor einer Woche erzählt, dass ich so wenig Aufsehen wie möglich erregen sollte? Trotzdem brachte er mich erst zu den Choys und jetzt in das Zentrum der Pyro?

Und auch das Zusammentreffen mit Nates Mutter hinterließ gemischte Gefühle in mir. Die Verwandtschaft war höchstens in der gleichen Haarfarbe zu sehen, vom Typ her waren sie komplett unterschiedlich: sie forsch, er eher still. Ob sie einer der Gründe war, warum er nicht so richtig zu Casper stehen konnte?

Ich stieß mich von der Mauer ab und lief über die Brücke in Richtung See, wo sich eine Menschentraube am Ufer versammelt hatte. Zwar hätte ich auch nach Hause fahren und auf Wills baldiges Auftauchen hoffen können, aber ich hatte wenig Lust, meinen Nachmittag mit untätigem Herumsitzen zu verschwenden. Stattdessen würde ich wie geplant Carlas Backstube einen Besuch abstatten, sie wusste bestimmt auch, wo Daria wohnte und wie man sie erreichen konnte.

Ich erinnerte mich noch gut an den Weg zu der gemütlichen Bäckerei, doch als ich bei den Leuten angelangt war und mich gerade an ihnen vorbeidrücken wollte, vernahm ich eine geheimnisvolle Stimme. Ich linste an einer Frau mit Parka vorbei und entdeckte die hellblaue Kapuzengestalt. Das Gesicht war kaum zu erkennen, weil sie den Kopf geneigt hielt, aber der zierliche Körper und die langen, dunklen Locken ließen auf eine weibliche Geschichtenerzählerin schließen.

»Erzählst du uns wieder von den griechischen Göttern?«, quietschte eine Kinderstimme aus den vorderen Reihen. Prompt beugte sich eine junge Frau zu dem Mädchen. »Pssst!«

»Nein, heute wird es nicht um Götter gehen. Jedenfalls nicht direkt.« Die Stimme der Geschichtenerzählerin hatte einen genauso mysteriösen Unterton wie die ihrer Kollegen. »Heute möchte ich euch von der Legende der Odego-Bäume berichten.«

Jegliches Gemurmel und Rascheln in der Menge verstummte. Obwohl ich so schnell wie möglich Carlas Laden aufsuchen wollte, starrte ich gebannt auf die Kapuzenfrau.

»Die Odego-Bäume sind Gewächse, die besonders häufig in hohem Gebirge zu finden sind und direkt am Hang wachsen. Sie werden sehr, sehr alt und dabei mit jedem Jahr schöner. Die Farbe ihrer Blätter variiert von Baum zu Baum, und sie sind immer die schillerndsten in ihrer Umgebung. Aber was sie wirklich so einzigartig macht, sind ihre Wurzeln, die über Jahrhunderte heftigen Stürmen und tobenden Fluten standhalten können. Nicht etwa, weil sie so tief wachsen, ganz und gar nicht, sondern weil sie einen Durchmesser von mehreren Hundert Metern haben. Und weil sie von vielen kleineren Bäumen umgeben werden, deren Wurzeln fest mit ihren verhakt sind. Man kann sich diese umliegenden Bäume wie eine Rüstung vorstellen, die über die Verbindung der Wurzeln für Nährstoffe, Wachstum und beständigen Schutz sorgt. Manchmal wachsen die Stämme dieser schützenden Bäume so nah aneinander, dass sie über die Jahre zu einem noch robusteren Stamm verschmelzen. Die Odego-Bäume sind das Zentrum der Baumgruppen, und keinem Baum kann etwas geschehen – es sei denn, eine heftige Naturgewalt schafft es, einen von ihnen zum Stürzen zu bringen. Denn wenn ein Odego-Baum fällt, dann wird nicht nur er den Hang hinabgerissen. Sondern das komplette Netzwerk an Bäumen, das nur dazu da ist, ihn zu halten.«

Für ein paar Sekunden herrschte angespannte Stille, bis das Kind sich mit hoher Stimme Gehör verschaffte. »Mummie, ich finde die Geschichte langweilig, können wir ein Eis kaufen gehen?«

Allmählich kam wieder Leben in die Menschenmenge, jemand lachte, und die Geschichtenerzählerin wandte sich einem älteren Ehepaar zu, das ihr eine Frage stellte.

Wie in Trance trat ich den Rückzug an und schlug den Weg ein, den ich letztes Mal gemeinsam mit Daria genommen hatte.

Ein ungutes Gefühl hatte sich mit jedem Wort der Kapuzenfrau in mir ausgebreitet. Eins war klar: Die Moral dieser Geschichte hatte ganz gewiss nichts mit Bäumen zu tun.

VIER

Alizarin

Ich landete in einer mehligen Umarmung, kaum dass ich die Ladenschwelle übertreten hatte und die Glöckchen anfingen, über mir zu bimmeln.

Ich drückte Carla fest – nach dem Ereignis mit Eves Inventi wusste ich es erst recht zu schätzen, wenn Menschen nett zu mir waren.

Der Laden war auch heute gut besucht, ich hörte das Geschnatter der Gäste, obwohl ich von hier aus nur den Gang mit den Kräuterpflanzen sehen konnte.

»Geht es dir gut?« Carla schob mich ein Stück von sich. Sie trug eine hellblaue Bäckermütze über dem krausen Haar, die farblich perfekt mit ihrer Schürze harmonierte.

Ich nickte. »Passt es dir gerade?«, fragte ich schüchtern und linste an ihr vorbei zu den Tischen im Inneren des Cafés.

»Selbstverständlich! Du bist hier jederzeit herzlich willkommen.« Sie ging um die Theke herum und begann, das dreckige Geschirr in einer großen Spüle zu stapeln, bevor sie Wasser darauflaufen ließ.

»Such dir doch schon mal einen freien Tisch aus, dann bringe ich dir von allem etwas.«

Ich zögerte und biss mir auf die Lippe. »Wäre es auch in Ordnung, wenn ich dir ein bisschen helfe?« Soweit ich sehen konnte, arbeitete sie alleine, und ich wollte ihr nicht zur Last fallen. Aber noch weniger wollte ich alleine im Café sitzen und die Gedanken überhandnehmen lassen.

Sie lächelte. »Hast du schon einmal Brot gebacken?«

Ich schüttelte den Kopf. »Meine Mutter ist ziemlich perfektionistisch veranlagt und wollte niemanden in ihrer Küche sehen.« Die Worte waren mir herausgerutscht, bevor ich darüber nachgedacht hatte, und sofort machte sich ein Stechen in meiner Brust bemerkbar. Der Wunsch, Kontakt zu meinen Adoptiveltern aufzunehmen und mit ihnen über Tessaract und diese ganze verrückte Welt zu reden, war plötzlich überwältigend.

»Keine Sorge, bei mir darf man nach Herzenslust Fehler machen.« Carlas Stimme brachte mich zurück in die Realität. Ein Schatten huschte über ihr rundliches Gesicht, ehe sie mich hinter die Theke winkte.

Die nächste Stunde verging damit, dass ich Teig mit karamellisierten Walnüssen, Ricotta und Kürbisstücken verfeinerte und Carla beim Spülen und Getränkevorbereiten half, während sie mit geröteten Wangen und beladenen Tabletts durchs Café eilte. Die meisten Abläufe war ich von meinem Barkeeperjob gewohnt, schnell fand ich mich zurecht und wurde mit jedem Handgriff ruhiger.

Erst als der Ansturm der Mittagszeit vorbei war und der Stundenzeiger der Mosaikuhr in der Backstube auf die Drei zeigte, kam ich dazu, mit dem wahren Grund meines Besuchs herauszurücken.

Carla drehte das *Wir haben geöffnet*-Schild an der verglasten Eingangstür um, sodass die Worte *In der Mittagspause* von draußen zu lesen waren, nachdem der letzte Gast gegangen war.

Zufrieden betrachtete sie mich, während ich mir die nassen Hände an der viel zu großen Schürze abwischte, die sie mir vorhin umgebunden hatte.

»Jetzt haben wir uns aber ein Festmahl verdient.«

🜃

Ich biss herzhaft in ein Handbrot aus Dinkelmehl und ließ mir den geschmolzenen Käse auf der Zunge zergehen, während ich mich fragte, wie ich das Thema am besten einleiten konnte. Wir hatten uns an einen Fensterplatz gesetzt, von wo aus man die gotischen Bauten bewundern konnte.

»Du bewegst dich genau wie sie, weißt du.«

Überrascht ließ ich das Brot sinken und schluckte den letzten Bissen herunter.

Carla lächelte wehmütig. »Die Ähnlichkeit ist sehr subtil, deshalb habe ich dich auch nicht direkt erkannt, als du mit Daria das erste Mal hergekommen bist. Aber die Art, wie du dir die Haare hinters Ohr streichst, wie du dir auf die Unterlippe beißt, wenn du konzentriert bist ... Ich sehe Agnia vor mir, als wäre sie mit uns im Raum. Und jetzt mit den dunklen Haaren ist es noch offensichtlicher.«

Mein Herz machte einen Satz, und ich nahm schnell einen Schluck vom Kräutertee, fuhr gedankenverloren mit dem Daumen über das eingravierte Dreieck. »Wie habt ihr euch kennengelernt?«, wisperte ich.

»Um dir das zu erzählen, muss ich ganz von vorne beginnen«, sagte Carla mit einem Seufzen. »Und ich weiß nicht, ob die Ältesten das gutheißen würden.«

»Ich bin mir sogar *sicher*, dass Nero es nicht gutheißen würde. Es würde nämlich nicht in das Bild passen, das er mir gestern und auch sonst zu vermitteln versucht hat.«

Carla schwieg, und so erzählte ich ihr in hastigen Sätzen von meinem Besuch in der Psychiatrie. Als ich fertig war, hatten sich Tränen in ihren Augen gesammelt, die sie unwirsch wegwischte.

»Natürlich haben sie dich erkannt, Kiana«, presste sie schließlich hervor. »Natürlich haben sie das ...«

»Bitte«, flehte ich nun. »Bitte erzähl mir alles! Auch wenn es niemanden weiterbringt. Ich wusste bis vor wenigen Tagen nicht einmal, dass ich adoptiert wurde. Ich muss doch wissen, woher ich stamme. Wer meine wahren Eltern sind.«

Nur der rauschende Wind war durch die Fensterscheiben zu hören, während wir uns ansahen, bis etwas in Carlas Gesichtsausdruck sich veränderte und sie langsam nickte. »Ich werde es dir erzählen. Aber bevor ich das tue, musst du etwas

Wichtiges verstehen.« Sie griff nach meiner freien Hand und drückte sie. »Nero mag dir wie ein Bösewicht vorkommen, wie ein machthungriger, herzloser Mensch, und das kann zu Teilen stimmen, trotzdem hat er recht: Es ist gefährlich, sich den Regeln zu widersetzen. Auch ich war der Meinung, dass die Beziehung deiner Eltern völlig in Ordnung war, dass die Natur eines Menschen keine Rolle spielt, wenn Liebe und Freundschaft ins Spiel kommen, aber du hast sie mit eigenen Augen gesehen. Ich bin davon überzeugt, dass Nero dich nur beschützen möchte.«

Ich nickte, obwohl alles in mir danach schrie, ihr zu widersprechen. In diesem Moment war nur wichtig, dass ich endlich die Wahrheit erfuhr … oder ihr ein Stück näher kam.

Carla nahm einen Schluck aus ihrer dampfenden Teetasse und schloss die Augen.

»Deine Mutter stammt von einer der wohlhabendsten Pyro-Familien ab. Die Dunnes sind in ganz Tessarect für ihr Goldschmied-Unternehmen bekannt, und als einzige Tochter von zwei ehemaligen Pyro ist Agnia sehr behütet aufgewachsen. Sie hat nie gerne darüber gesprochen, aber sie hat alles bekommen, was man sich als Heranwachsende nur wünschen kann: von einer Designergarderobe bis hin zu kostspieligen Hobbys und ständig wechselnden Dienstmädchen. Aber Glück lässt sich nicht kaufen, und auch ein goldener Käfig ist nichts weiter als ein Käfig. Später hat sie mir erzählt, dass sie sich mit achtzehn Jahren gefühlt hat, als wäre ihr Leben schon vorbei. Mit den anderen Pyro konnte sie nichts anfangen, sie waren ihrer Meinung nach zu besessen von ihrem Talent und blind für das Wesentliche: Kunst, Literatur, fremde Kulturen und echte Beziehungen anstelle von aufgezwungenen Gemeinschaften. Zudem hat sie die immer gleiche Routine gelangweilt, sie durfte den südlichen Bezirk natürlich niemals verlassen, und weil ihre Eltern so besorgt um ihr einziges Kind waren, durfte sie auch nicht auf Reisen gehen. Sie selbst hatten wegen des Geschäfts wenig Zeit für ihre Tochter, die sich mit jedem weiteren Jahr ein bisschen mehr in der Sinnlosigkeit ihres berechenbaren Lebens verlor. Durch die Inventi wurde immer sichergestellt, dass Agnia in Sicherheit war. Als sie es nach wochenlanger Planung schaffte, ihren Inventi zu entwischen, fuhr sie in den Westen, weil sie sich schon immer gewünscht hatte, der ewigen Hitze zu entfliehen und ein bisschen Regen auf ihrer Haut zu spüren. Endlich etwas anderes als tagein, tagaus dieselben sandfarbenen Häuser zu sehen. Am Ufer im Bezirk der Ydor angekommen, wurde ihr bewusst, dass es ihr vielleicht für diese eine Nacht gelungen war, ihren Eltern und der Kontrolle der Inventi zu entfliehen, aber dass es niemals ein Ende haben würde, solange sie das Talent in sich trug. Sie hat mir erzählt, es war keine gut durchdachte Entscheidung. Die Schönheit der dunklen Häuserfassaden, der frische Wind, es war zu viel, sie sah keinen anderen Ausweg. Also nahm sie ihren Mut zusammen und sprang in die Fluten. Das Nächste, woran sie sich erinnern konnte, war das Gesicht eines blonden, ziemlich wütenden jungen Mannes, der sie am Flussufer wiederzubeleben versuchte.«

Ich atmete stoßartig aus. Carla sah mich voller Mitleid an.

»Sie wollte sich das Leben nehmen?«, flüsterte ich, als ich meine Stimme wiederfand.

»Sie wusste nicht, was sie da tat«, versuchte Carla mich zu besänftigen. »Sobald sie zu sich kam, war sie überwältigt davon, was für eine Dummheit sie fast begangen hätte, und empfand nichts als Dankbarkeit für ihren Retter. Dieser stellte sich allerdings als ziemlich unfreundlich heraus.« Jetzt lächelte Carla und blickte eine Spur wehmütig aus dem Fenster hinter mir. »Kai Lyberth war ein übervorsichtiger, perfektionistischer Ydor, der Regelbrecher über alles hasste. Und er machte auch keine Ausnahmen für hübsche suizidgefährdete Mädchen, die er aus dem Fluss fischte. Als er herausfand, wer sie war, wurde er noch wütender. Es passte ihm gar nicht in den Kram, dass sie ihn durch ihre Leichtsinnigkeit quasi dazu gezwungen hatte, das oberste Gesetz der Omilia zu missachten. Am liebsten hätte er das Zusammentreffen direkt wieder vergessen und wäre seinem normalen Leben nachgegangen. Nun, er hatte die Rechnung ohne ihren Sturkopf gemacht. Und ohne ihren neu entfachten Lebenswillen, für den dieser mürrische Ydor verantwortlich war, der nichts mit ihr zu tun haben wollte und trotzdem oder gerade deshalb eine unleugbare Faszination in ihr auslöste. Die nächsten Wochen verbrachte sie damit, alles über den Bezirk der Ydor und über ihren Retter herauszufinden. Sie hatte nach dem nächtlichen Ausflug Hausarrest, trotzdem musste sie für die Übungsstunden und den Unterricht in die Omilia. Und als es ihr für einen Moment gelang, ihren Inventi zu entkommen, lief sie zwar nicht wie erhofft Kai in den Gängen über den Weg, dafür aber einem weinenden Mädchen, das mal wieder Ärger bekommen hatte, weil es nicht besonders gut in seinem Job war.«

Carla holte tief Luft, wieder konnte ich Tränen in ihren hellgrünen Augen sehen. »Deine Mutter machte ihrem Element alle Ehre. Sie war wie ein gigantisches Lauffeuer: Nichts und niemand konnte sie aufhalten, sobald sie sich etwas in den Kopf gesetzt hatte. Innerhalb von fünf Minuten brachte sie mich dazu, ihr all meine Sorgen zu erzählen. Es war ihr vollkommen egal, dass ich eine Inventi war – sie behandelte mich wie einen vollwertigen Menschen.«

»Warum sollte sie dich nicht wie einen vollwertigen Menschen behandeln?«, unterbrach ich sie.

Carlas Lächeln wurde nachsichtig. »Inventi waren damals noch weniger angesehen als heutzutage. Für die Talentierten waren wir nur ein lästiges Anhängsel, für die Ältesten notwendiges Mittel zum Zweck, um Kontrolle auszuüben und die Talente zu bewahren.«

Meine Gedanken wanderten zu den Odego-Bäumen zurück. *Wie konntest du das hinnehmen? Wie* kannst *du dieses verkorkste System akzeptieren?*, wollte ich sie fragen. Ich schluckte meine Empörung herunter, wer wusste schon, wie ich drauf wäre, wenn ich in dieser Stadt geboren worden wäre.

»Agnia verriet mir erst viel später, nachdem wir uns unzählige Male getroffen hatten, dass sie auf der Suche nach Kai war. Du musst wissen, ich hatte nicht viele Freunde, ich habe mich in Tessarect ziemlich verloren gefühlt und die Bedeutung des Grenzverbots nicht wirklich verstanden, daher verlangte es mir nicht viel ab, Agnia regelmäßig im Süden zu besuchen. So wie ihr Besuch bei den Ydor ein Feuer in ihrem Inneren entfacht hatte, so fasziniert war ich von der Andersartigkeit der Pyro. Als Inventi hatte ich abgesehen von den wechselnden Schichten sehr viele Freiheiten, und so fiel mein Fehlen niemandem auf. Die Grenzkontrollen umging ich mithilfe des geheimen Eingangs zur Untergrundstadt. Agnia war der erste Mensch, der mich wirklich verstand, der mir nicht das Gefühl gab, eine Versagerin zu sein. Es war außerdem schön, jemanden einfach so zu mögen, weil man auf einer Wellenlänge war – und nicht, weil man eine vorbestimmte Verbindung zu ihm spürte. Ich erzählte ihr von meinem Bezirk, und im Gegenzug erfuhr ich alles über ihr Leben. Als sie mir schließlich gestand, dass sie auf der Suche nach dem Jungen mit den schmutzig blonden Haaren war, der ihr das Leben gerettet hatte, waren wir schon längst gute Freundinnen geworden, und ich wusste sofort, wen sie meinte. Also half ich ihr, ein Treffen mit Kai zu arrangieren. Du kannst dir vorstellen, wie außer sich er war, als er sie wiedersah.« Carla kicherte, und für einen Augenblick sah ich die junge Frau von damals in ihren Zügen.

»Kai drohte damit, unsere Freundschaft in der Omilia zu

melden, aber Agnia ließ sich nicht unterkriegen, sie wollte von ihm wissen, ob er irgendjemandem erzählt hatte, wie er sie aus dem Fluss gezogen hatte, und natürlich hatte er das nicht. Sie wollte sich bei ihm revanchieren, doch davon wollte Kai nichts hören, er wollte nur zurück in seine sichere, risikofreie Welt. Trotzdem konnte er nicht leugnen, dass er diese fremde, extrovertierte junge Frau ziemlich interessant fand. Sie war ganz anders als die Ydor, sie machte ihm Angst, das hat man ihm deutlich angesehen. Weil sie ihn dazu brachte, alles zu hinterfragen. Ihre Begegnung hat sein Weltbild zerrüttet, und nichts war wie zuvor.«

Ein warmes Gefühl breitete sich bei ihren Worten in meinem Bauch aus. Ich sah die zwei Menschen von der Polaroid-Fotografie lebendig vor mir, nicht die Gesichter hinter den Gittern, sondern die voller Lebenshunger und Faszination für ihr Gegenüber.

»Ich habe so etwas noch nie erlebt«, fuhr Carla fort, und ihr verträumter Gesichtsausdruck katapultierte mich zurück in die Erzählung. »Wie die Königskinder verhielten sie sich, wenn Agnia ihn mal wieder mit meiner Hilfe aufsuchte. Sie waren die exakten Gegenteile voneinander – er ruhig, pflichtbewusst, ein kleiner Angsthase, sie ungestüm, zielstrebig und absolut risikofreudig –, aber wenn sie miteinander diskutierten, fühlte es sich selbst für mich als Außenstehende an, als würden sie sich perfekt ergänzen – wie Yin und Yang. Die Funken sprühten, und das konnte auch Kai mit der Zeit nicht leugnen. Er wehrte sich dagegen, das kannst du mir glauben, aber er hat weder sie noch mich je an die Omilia verraten, am Anfang wohl aus Angst, selbst zur Rechenschaft gezogen zu werden, und schließlich, weil er sich Hals über Kopf in sie verliebte.«

Ich musste daran denken, wie Sophia und ich als Teenager einmal in ihrem Bett gelegen und uns die erste große Liebe ausgemalt hatten. Noch bevor wir nach Leeds gezogen waren, noch bevor Niyol in unser Leben getreten war. Wir hatten uns immer gefragt, ob es wie in unseren Lieblingsbüchern oder in den Kinofilmen sein würde, die wir einerseits als dumm und kitschig abstempelten, die auf der anderen Seite aber etwas wie Hoffnung in uns ausgelöst hatten. Ob es sich eines Tages auch für uns so anfühlen würde, als würde die Zeit stillstehen, wenn dieser eine Mensch uns gegenüberstand? Es sah wohl so aus, als hätten meine biologischen Eltern genau das ineinander gefunden.

»Im Gegensatz zu Agnia stammte Kai aus einfachem Hause, wo es immer laut zuging und die Familie im Vordergrund stand. Seine Mutter war keine Talentierte, und sein Vater Marino hielt nichts von einer strengen Erziehung. Er war ein sehr beliebter Mentor in der Omilia – dafür bekannt, immer zu Scherzen aufgelegt zu sein und alles nicht so ernst zu nehmen. Stets versuchte er, seinen Sohn aus der Reserve zu locken, und so war es nicht allzu kompliziert für Kai, unbeobachtet zu entwischen, um Agnia heimlich zu besuchen. Agnia hatte es inzwischen genauso erwischt wie ihn, auch wenn ich sie immer damit aufgezogen habe, dass sie sich in den größten Streber der Ydor verliebt hat. Es war ihr egal, sie hatte von Anfang an akzeptiert, dass er anders war. ›Carla, meine Herzallerliebste‹, hat sie immer gesagt, wenn ich sie fragte, was sie an ihm fand. ›Gegensätze ziehen sich an, und Unterschiede machen uns stark.‹ Sie hat ihn dafür geliebt, dass er nicht so impulsiv war wie sie, auch wenn er sie mit seiner Besonnenheit öfters in den Wahnsinn trieb.«

Eine Weile rührten wir in unseren Teetassen, und ich lauschte dem Tröpfeln des Regens an der Fensterscheibe. Sie waren so glücklich miteinander gewesen, ohne zu ahnen, dass sie eines Tages Zelle an Zelle enden würden, während ihre Tochter, die bis vor Kurzem nichts von ihrer Existenz geahnt hatte, vor einer Morddrohung davonrannte.

»Wie haben sie es geschafft, sich weiterhin zu sehen? Und sogar eine Schwangerschaft zu verstecken?«, erkundigte ich mich, als der Gedanke unerträglich wurde. Sollte ich Carla über die Freundschaft zwischen Kai und Nero ausfragen? Aber sie hatte Nero in Schutz genommen …

»Marino Lyberth, dein Großvater.« Auf Carlas Gesicht zeichnete sich der Schmerz der Erinnerung ab. »Kai hat sich an ihn gewandt, als es immer schwieriger wurde, sich mit Agnia zu treffen, und auf beiden Seiten bereits Verdacht geschöpft wurde, obwohl er sie immer nur nachts oder während meiner Schicht besuchte. Ansonsten wusste nur einer seiner Ydor-Freunde von der Beziehung. Kais Vater war natürlich besorgt und riet ihm, den Kontakt zu ihr abzubrechen, stieß aber auf taube Ohren. Mit der Zeit schafften sie es, ihn zu überzeugen. Er lernte Agnia kennen und sah, wie glücklich sein Sohn war, außerdem konnte er die positive Veränderung nicht leugnen, die das Mädchen in diesem ausgelöst hatte. Schließlich mussten die beiden schwören, niemals ihr Talent voreinander auszuprobieren, und er willigte ein, sie Zeit miteinander verbringen zu lassen – unter der Voraussetzung, dass sie ihm von jedem ungewöhnlichen Gefühl berichteten. Ein Jahr ging es gut, das war die glücklichste Zeit für die beiden. Agnias Familie wurde nie eingeweiht, das wäre das sichere Ende der jungen Liebe gewesen, aber durch Marinos Einfluss in der Omilia gelang es ihnen, Agnia mehr Freiheiten zu verschaffen. Und tatsächlich war kein Anzeichen von dem gefährlichen Rausch zu sehen, keine Spur von der drohenden Gefahr, von der in der Omilia immer gesprochen wurde. Eher im Gegenteil: Je mehr Zeit sie miteinander verbrachten, desto ausgeglichener wurden sie. Kai wurde mutiger, offener, schaffte es, über seinen Schatten zu springen, und Agnia lernte, nicht immer nur aus einem Impuls heraus zu handeln, sondern die Dinge im Voraus zu durchdenken. Als sie Marino eröffneten, dass sie heiraten wollten, willigte er ein, sie zu …«

Carlas Stimme verlor sich im nachdrücklichen Hämmern an der Ladentür. Ich zuckte zusammen, ich war voll und ganz in ihrer Erzählung versunken gewesen.

Sie sprang vom fellüberzogenen Hocker auf. »Wir haben die Zeit ganz vergessen!«, rief sie. »Ich werde schauen, ob ich die Kundschaft auf später vertrösten kann, Liebes.«

Mit diesen Worten rauschte sie davon. Sofort brach eine Emotionsflut über mich ein. Als ich gerade dabei war, mich in die filmreife Geschichte der verbotenen Liebe meiner Eltern hineinzusteigern, hörte ich die aufgebrachte Stimme.

»Sie ist hier, oder? Kiana – sie muss hier sein. Können Sie mir –«

»Jetzt mal ganz langsam, junger Mann«, unterbrach Carla meinen Inventi, gefolgt von einem empörten Ausruf und hektischen Schritten.

Ich hatte gerade mal Zeit, aufzustehen, da kam Will mir schon entgegen. Jegliche Anspannung schien von ihm abzufallen, als er mich entdeckte, und für einen Moment wurde ich von prickelnder Wärme erfüllt.

»Kiana«, stöhnte er, halb frustriert, halb erleichtert. Hinter ihm erschien Carla. Sie hatte ihre Arme in die Hüften gestemmt, konnte sich ein Schmunzeln aber nicht verkneifen. »Kiana, ich glaube, du hast Besuch. Würde es dir etwas ausmachen, wenn ich die Gäste vor der Tür hereinlasse? Wir können unser Gespräch gerne später fortführen, wenn du möchtest.«

Ich nickte. »Kein Problem! Danke … für alles.« Ich wollte noch mehr sagen, ihr irgendwie verdeutlichen, wie viel es mir bedeutete, dass sie so ehrlich zu mir gewesen war, aber Will packte mich am Handgelenk und zog mich mit zur WC-Tür links vom Flur.

Carla schenkte mir ein letztes Lächeln, dann war sie aus meinem Blickfeld verschwunden, und ich wurde in einen nach Lavendel duftenden Raum gestoßen. Die Tür knallte hinter uns zu. Wills Wangen waren leicht gerötet, seine Augen blitzten. Unter der Lederjacke trug er noch immer den Trainingsanzug von vorhin.

»Du könntest mich auch einfach fragen, ob ich mitkomme«, begann ich etwas pikiert und befreite mich aus seinem Klammergriff. »Du musst mich nicht immer mitzerren, als wäre ich dein Eigentum.«

Anstatt mir zu antworten, kramte er etwas aus seiner Jackentasche hervor, bevor er nach meiner Hand griff, sie mit der Innenfläche nach oben drehte und es hineindrückte.

Ein nagelneues, schwarz glänzendes Smartphone.

»Was habe ich verpasst?«

»Die Nummern von Evelyns seltsamen Freunden habe ich dir von dem anderen Handy übertragen«, sagte er und fuhr sich mit einer Hand durchs zerzauste Haar. »Es wäre mir recht, wenn du sie erst benutzt, wenn ich dabei bin. Und meine Nummer ist unter der Kurzwahltaste gespeichert. Ich muss direkt wieder los, zu dieser Trainingsstunde, die wohl noch den ganzen verfluchten Tag dauern wird, aber du wirst mir ab jetzt schreiben, okay? Sei um Himmels willen vorsichtig, dass dich niemand mit dem Teil entdeckt.«

»W-was genau soll ich dir schreiben?«, stotterte ich.

Er schloss für eine Sekunde die Augen. »Leider Gottes habe ich nur Zugriff darauf, wie du dich fühlst, nicht, wieso du dich so fühlst. Und wenn ich noch einmal so etwas wie vor zwei Stunden erleben muss, dann laufe ich Amok.« Er blinzelte und machte einen Schritt auf mich zu. »Ich will wissen, was mit dir passiert, was für hirnrissigen Tests sie dich unterziehen und weshalb du solche Angst hast.«

Ich seufzte und versuchte, lässig zu klingen. »Sie haben mich ins Zentrum der Pyro gebracht und mich ohne Vorwarnung mit Feuer konfrontiert.«

»Diese verdammten Vollidioten!« Seine Stimme klang wie ein Fauchen, und seltsamerweise flatterte mein Herz als Reaktion darauf.

»Es war dann schon in Ordnung, Nate war auch da und hat mich beruhigt. Er meinte, wir sollen uns heute Abend im Wald treffen.«

Will nickte knapp. »Wir reden später. Bitte mach keine Dummheiten hiermit, ja?« Er deutete auf das Handy in meiner Hand, dann wandte er sich wieder der Tür zu. Auf einmal hielt er inne und lächelte mich schwach von der Seite an. »Ach, und keine Sorge, ich betrachte dich nicht als mein Eigentum. Eher als meinen unvermeidlichen Untergang.«

Er streckte eine Hand aus und fuhr mit dem Daumen über meine Wange, was eine brennende Spur auf meiner Haut hinterließ. »Wenn hier jemand die komplette Macht über den anderen hat, dann sicher nicht ich über dich.«

Wie vom Donner gerührt starrte ich auf die Tür, die hinter ihm zufiel, während mein Herzschlag seine Worte Lügen strafte.

🜃

Es ergab sich keine Gelegenheit mehr, mit Carla zu sprechen und das Ende der Geschichte zu erfahren. Ich blieb noch knapp eine Stunde im Café, aber schließlich kam eine Kollegin von ihr, die meine Hilfe in der Küche überflüssig machte, also verabschiedete ich mich mit dem Versprechen, so bald wie möglich wiederzukommen. Ich widerstand dem Bedürfnis, Daria zu kontaktieren, weil ich mir Wills Vertrauen nicht gleich wieder verspielen wollte. Die kühle Luft tat mir gut, und ich hatte keine Lust, weiteren Geschichtenerzählern zu begegnen, also verzichtete ich auf die Gondelfahrt und lief nach Hause.

Es war seltsam, aber das dunkle, nach Gras, Holz und süßlichen Pflanzen riechende Haus fühlte sich tatsächlich schon sehr vertraut an.

Die Haustür war unverschlossen. Ich zog mir trockene Klamotten an und hievte mich auf die Küchentheke, wo ich mich durch WhatsApp klickte, das Will mir auf dem Handy installiert hatte.

Wann bist du mit dem Training fertig?, tippte ich schließlich. *Soll ich uns was kochen?*

Wie gewöhnlich das klang … Nach einem unbeschwerten WG-Leben. Unverzüglich musste ich an Sophia denken. Einmal hatte sie darauf bestanden, Abendessen für uns zu kochen, und hatte dabei die Küche fast in Brand gesetzt. Sofort war der altbekannte Schmerz zurück.

Das Handy vibrierte in meiner Hand. *Wie steht's mit deinen Kochkünsten?*

Froh über die Ablenkung tippte ich eine schnelle Antwort: *Ein bisschen Vertrauen, wenn ich bitten darf.*

Leider funktionierte es mit der Ablenkung nicht wie erhofft, meine Sehnsucht nach Sophia wurde fast übermächtig. Ich ließ mich aufs Sofa fallen. *Ich muss sie sehen.*

Will würde sauer sein, aber eigentlich tat ich ja nichts wirklich Schlimmes. Ich war in Sicherheit, ich würde mich nicht vom Fleck bewegen. Und die lange Narbe an meinem Hinterkopf verblasste mit jeder Minute mehr, irgendwann würde meine einzige Verbindung zu Sophia vollständig gekappt sein.

Ein paarmal atmete ich tief durch, dann hob ich leicht den Kopf und tastete meine Haut dort ab, wo ich die Narbe vermutete.

Das Licht flackerte, die Wohnzimmerlampe und der Kamin verschwanden, nur um eine Sekunde später wieder aufzutauchen. Ich übte ein bisschen mehr Druck auf die Narbe aus. Die Dunkelheit umhüllte mich vollständig, als hätte sie schon auf mich gewartet.

Wie immer wurde mir übel, und der ohrenbetäubend laute Strudel riss mich mit sich, doch gleichzeitig spürte ich auch das Sofapolster, hörte die Regentropfen aus weiter Ferne gegen das Fenster prasseln und spürte meinen Finger in meinem Nacken. Mit jedem weiteren Herzschlag wurde der Strudel erbarmungsloser, und die Eindrücke aus der Realität verblassten. Waren sie letztes Mal nicht vollständig verschwunden? War ich nicht konzentriert genug?

Ich gab mich den Empfindungen hin, auch wenn ich befürchtete, mich jeden Moment übergeben zu müssen.

Der Fall war unbarmherzig, doch ich kam viel sanfter auf als letztes Mal, und das Licht blendete mich nicht, sondern nahm ganz langsam zu, bis ich meine ehemalige Wohnküche ausmachen konnte.

Meine Lippen verzogen sich zu einem Lächeln, als ich mein zweites Ich und Sophia Arm in Arm vor dem Küchentisch sitzen sah. Tränen glänzten auf ihrem Gesicht.

»Du bist mir wirklich nicht böse?«, wisperte mein zweites, genauso verheultes Ich, und blickte sie ängstlich an.

Sophia fuhr sich mit beiden Händen über die Wangen und strich sich die roten Locken zurück.

»Kia, ich kenn dich seit dem Kindergarten«, antwortete sie mit brüchiger Stimme. »Wir zwei, wir halten doch immer zusammen, oder?«

Mein zweites Ich nickte. »Immer.« Dann brach es wieder in Tränen aus. Ihre Erleichterung war so greifbar, dass ich auch weinen wollte. In diesem Moment wünschte ich mir so sehr, ich hätte mich richtig entschieden. Wie gerne wäre ich in dieser Welt geblieben, in der alles in Ordnung war und in der ich nichts von Morddrohungen, Elementen oder Entführungen wusste.

Obwohl – ich wollte keine Welt, in der Will nicht existierte, ich wollte eine, in der ich Sophia um Rat fragen und ihr sein ambivalentes Verhalten detailliert schildern konnte.

Plötzlich fror die Szene ein. Was war denn jetzt passiert?

Ich machte einen Schritt auf die unbeweglichen Gestalten zu. Nichts rührte sich. Selbst die Kerze auf dem Küchentisch flackerte nicht länger – die ganze Wohnung schien plötzlich wie erstarrt. Offensichtlich konnte ich mich nach wie vor frei bewegen.

Bevor ich meine Hand ausstrecken und Sophia berühren konnte, um zu testen, ob sie eventuell darauf reagierte, vibrierte es laut und deutlich neben meinem Ohr.

Ich zuckte zusammen, und auf einen Schlag war die Küche verschwunden und mit ihr auch mein zweites Ich und Sophia.

»Was zum …«

Ich schlug die Augen auf. Der ganze Raum rotierte. Reflexartig hatte ich die Narbe losgelassen.

Das Handy. Wieso zur Hölle hatte ich mich davon ablenken lassen, und wie war ich so schnell wieder in der realen Welt gelandet?

Leicht benommen griff ich danach.

Hör sofort damit auf, Kiana.

Während ich die Worte las, kündigte sich schon die nächste Nachricht an: *Ich bin gleich zu Hause – du steckst so was von in Schwierigkeiten.*

Stöhnend setzte ich mich auf, wobei mich wieder leichter Schwindel überkam. Immerhin klang Will nicht so, als würde er mir direkt den Hals umdrehen, vielleicht würde ich ihn mit einem Abendessen besänftigen können.

Es war wirklich unglaublich, wie schnell ich mich an unsere Verbindung gewöhnt hatte und wie wenig gruselig ich es jetzt fand, dass meine Gefühle wie eine Liveübertragung für ihn waren.

Um meinen Körper nicht komplett zu überfordern, schlurfte ich ganz langsam zurück in die Küche und suchte im Kühlschrank nach Zutaten, die ich zu etwas Essbarem verarbeiten konnte, während meine Gedanken zurück zu Sophia wanderten. Die Szene von letztem Mal war in meinem Kopf fortgeführt worden, so war es auch gewesen, als ich die Narbe an meiner Kehle berührt hatte, bevor Casper an meinem Fenster aufgetaucht war. Aber dieses seltsame Einfrieren hatte es letztes Mal nicht gegeben …

Ich schnappte mir einen Kochtopf vom obersten Regal und ließ Wasser hineinlaufen. Meine Hände zitterten. Himmel, es konnten nur wenige Sekunden gewesen sein, die ich in der Vision verbracht hatte, wieso setzte das meinem Körper so sehr zu? Und wieso waren die Zeitsprünge in Verbindung mit Wasser oder Feuer im Gegensatz dazu so angenehm für mich? Wenn ich Nathaniels Mutter Glauben schenken durfte, war das bei den anderen Talentierten nicht der Fall.

Während das Wasser aufkochte, wusch und stückelte ich Tomaten. Es hatte sich für den Moment gut angefühlt, Sophias Gesicht wiederzusehen. Manchmal hatte ich Angst, eines Tages aufzuwachen und mich nicht mehr daran erinnern zu können. Was, wenn ich sie nie wieder in den Arm nehmen konnte?

Ich gab gerade die Reste an Vollkornpasta in den Kochtopf,

die ich noch in einem Schrank hatte ausfindig machen können, da fiel mein Blick erneut auf das Smartphone. *Moment.* Die App funktionierte doch nur mit Internet! Was bedeutete, dass ich zum ersten Mal, seit ich mein Zuhause verlassen hatte, Kontakt zur Außenwelt aufnehmen konnte.

Binnen Sekunden waren meine Hände schweißnass, und mein Puls erhöhte sich, während ich nach dem Handy griff und meine Finger über den Touchscreen flogen. Auch wenn es mit Sicherheit keine gute Idee war, besuchte ich zuerst Facebook. Ich tippte meine E-Mail-Adresse und schließlich das Passwort ein, bevor ich auf den Log-in-Button klickte.

Die Seite lud ein paar Sekunden, und der Übelkeit erregende Strudel aus meinem Kopf war zurück, doch dann blinkte eine Fehlermeldung auf.

Dieses Konto wurde deaktiviert und wird innerhalb der nächsten 14 Tage endgültig gelöscht. Wenn du dich in den nächsten 14 Tagen für dein Konto anmeldest, kannst du deinen Antrag auf Löschung widerrufen.

Hastig klickte ich die Seite weg, während mein Herz wie verrückt klopfte. Sie hatten bereits mein Konto gelöscht, natürlich hatten sie das … Niemand wollte zufällig über das Profil einer Verstorbenen stolpern. Und es wäre garantiert nicht schlau, wenn ich mich jetzt erneut anmeldete und mein Profil wiederherstellen ließe …

Ich schluckte den Kloß in meinem Hals herunter und tippte meinen Namen in das Feld einer Suchmaschine ein. Automatisch wollte ich Lyberth als Nachname schreiben, bevor ich mich besann und »Kiana Morgan« tippte. Ich überlegte kurz und fügte »Leeds« hinzu.

225 000 Einträge. Meine Finger zitterten noch immer, als ich herunterscrollte, um die Schlagzeilen zu überfliegen, nur war jetzt nicht mehr die Vision dafür verantwortlich.

Frauenleiche im Central Village … Identität der Toten geklärt … 19-jährige Studentin … Feuertragödie … Undichte Gasleitung … Wohnhaus in Flammen … Appartement 42 B … 26 Verletzte.

Die Worte gruben sich tief in mein Herz.

Zu spät merkte ich, dass das Nudelwasser überkochte. Es zischte laut und fing sofort an, verbrannt zu riechen. Als ich das Handy sinken ließ und hastig nach dem Topf griff, hörte ich den Schlüssel im Schloss, bevor die Tür auch schon aufgestoßen wurde. Hektisch drehte ich die Temperatur am Herd herunter und schnappte mir wieder das Handy, um den Suchverlauf zu löschen.

Keine Sekunde zu früh schmiss ich es auf die Theke, bevor ich mich den Tomaten widmete. *Jetzt bloß beschäftigt aussehen!* Durch das Rauschen der Dunstabzugshaube gingen Wills Schritte unter, und ich wurde erst auf ihn aufmerksam, als er direkt hinter mir stand und sich leise räusperte.

Ich gab die Tomatenstücke zusammen mit gehackten Zwiebeln in die Pfanne, in die ich zuvor Olivenöl gegossen hatte, setzte dann ein – hoffentlich überzeugendes – Lächeln auf und drehte mich in aller Ruhe um.

Er stand mit verschränkten Armen an den Küchentisch gelehnt. Regentropfen benetzten sein Haar. Anstelle des Trainingsanzuges trug er jetzt wieder Jeans und ein schwarzes T-Shirt. Zwar lächelte er nicht, aber er sah auch nicht allzu zornig aus.

»Hi, Inventi!«, rief ich eine Spur zu fröhlich, und seine Mundwinkel zuckten leicht, bevor seine Züge sich wieder glätteten.

»Hi, Sorgenkind.« Sein intensiver Blick schickte heißkalte Stöße durch meinen Körper.

»Wie war dein Tag?«, murmelte ich und drehte mich wieder zum Herd.

»Ich hatte schon entspanntere.«

Ich schloss für einen Moment die Augen. Ob es etwas brachte, wenn ich ihm erzählte, dass ich es schon selbst bereute, die Vision erneut aufgesucht zu haben?

Er trat neben mich, öffnete eine Schranktür und holte zwei Ciderflaschen aus dem untersten Fach, dann beugte er sich zu mir herüber, reckte sich und griff nach zwei bauchigen Gläsern im obersten Regal, wobei sein Arm meine Schulter streifte. Ich zuckte zusammen und fluchte, was ihm ein Lachen entlockte.

»Wie sauer bist du?«, beeilte ich mich zu fragen, ehe ein Kommentar zu meinem hoffnungslosen Gefühlschaos kam.

»Kommt drauf an.«

»Worauf?« Ich drehte mich um und beobachtete, wie er den Apfelwein einschenkte.

»Wie es dir geht.«

»Mir geht's super.« Die Worte klangen selbst in meinen Ohren komplett unaufrichtig.

Mit einem Seufzen reichte er mir ein Glas. »Die Wahrheit, bitte.«

Wir stießen an und tranken. Das bittersüße Aroma nach Äpfeln und Säure breitete sich in meinem Mund aus.

»Es war absolut sinnlos, und es hat mir nur noch mehr vor Augen geführt, dass ich sie nie wiedersehen und mich mit ihr vertragen kann«, brach es aus mir hervor.

Mitleid schimmerte in seinen Augen. Dunkelblau und braun … ich konnte mich nicht entscheiden, welche Augenfarbe schöner war. Schließlich setzte er wieder einen geschäftsmäßigen Gesichtsausdruck auf. »War die Übelkeit genauso schlimm wie letztes Mal?«

Ich hob eine Braue. »Ich dachte, du hast eine direkte Verbindung zu meinen Gefühlen.«

»Es war sehr wirr«, antwortete er mit gerunzelter Stirn. »Es war Vorfreude, vermischt mit Nervosität und Schmerz. Ich komme nicht immer ganz mit, wenn ich parallel in ein Gespräch verwickelt bin oder mich auf etwas anderes konzentrieren muss.«

»Glaub mir«, schnaubte ich und klopfte mir auf die Brust. »Ich kapiere auch nicht mehr, was dadrinnen abgeht. Die Übelkeit war nicht so schlimm wie letztes Mal, vielleicht weil ich darauf vorbereitet war. Aber die Vision war irgendwie seltsam …« Ich setzte das Glas hinter mir ab und rührte mit einem Holzlöffel in der Pfanne.

»Inwiefern seltsam?« Will gesellte sich wieder zu mir und begann, ein paar Gewürze aus einer Schublade hervorzuholen.

»Die Versöhnungsszene mit Sophia war dieselbe, aber während ich sie beobachtete, habe ich zeitgleich auch mitbekommen, was sich in der Realität abspielte. Ich habe gefühlt, wie ich auf dem Sofa liege, und ich habe es gehört, als deine Nachricht ankam, was mich komplett aus der Vision gerissen hat. Letztes Mal war ich viel zu vertieft.«

Will nickte und schwenkte gedankenverloren sein Glas. »Das könnte bedeuten, dass du dazulernst ... dass du so langsam die Kontrolle über dein Talent erlangst ...«

Überrascht von seiner Kooperationsbereitschaft, was das Erforschen meiner Gabe anging, nickte ich ebenfalls. »Da könnte was dran sein ... Ach, und gegen Ende ist plötzlich alles eingefroren, als hätte jemand die Pause-Taste gedrückt. Meinst du, das hängt damit zusammen, dass ich am Ende der Vision angelangt war?«

Er gab gerade eine Messerspitze Oregano in die Pfanne und warf mir ein siegessicheres Grinsen zu. »Ich bezweifle, dass deine Visionen Endpunkte haben, wenn es sich dabei um alternative Realitäten handelt. Ich glaube vielmehr, dass sich meine Theorie gerade bestätigt hat, Wundermädchen.«

Jetzt musste ich auch lächeln – er schien eindeutig nicht sauer zu sein. »Welche Theorie?«

»Erinnerst du dich an unser gestriges Gespräch? Über die Begabung der Pnoe?«

Ich riss meine Augen auf, als sich die Gedankenfragmente zu einem Ganzen zusammensetzten. Die Pnoe konnten die Zeit anhalten! Und ich in meinen Visionen also auch? Der Vergleich mit der Pause-Taste war wohl gar nicht so weit hergeholt … »Aber … wie soll das gehen? Ich habe nichts anderes getan als zuvor.«

»*Wissentlich* hast du nichts anderes getan«, widersprach er. »Du hast ja keine Ahnung, was in deinem Unterbewusstsein so vor sich geht. Wenn du mich fragst, eine ganze Menge.« Sein Grinsen wurde noch breiter. Er nahm mir den Löffel aus der Hand, schöpfte ein wenig von der Soße heraus und pustete leicht, bevor er ihn mir hinhielt.

Überrumpelt probierte ich die dampfende Flüssigkeit. »Mehr Salz.« Ich beobachtete ihn misstrauisch. »Wieso erheitert dich das?«

»Eigentlich ist es nicht lustig, aber mir gefällt die Vorstellung, dass du dein Talent gerade einmal seit ein paar Tagen erforschst und diesen ganzen aufgeblasenen Idioten bereits überlegen bist.«

»Überlegen fühle ich mich definitiv nicht.«

Er packte meine Hand und zog mich, immer noch grinsend, an sich. Ich spürte seine angespannten Muskeln an meinem Bauch, die flimmernde Hitze seines Körpers unter dem dünnen Stoff seines Shirts. Innerhalb von Sekunden hatte er es wieder geschafft, alles andere auszulöschen. Jede Frage, jedes Drama.

»Wie … machst du das?«, flüsterte er, seine Lippen teilten sich kaum merklich. »Wie schaffst du es, dass auf einen Schlag alles weg ist, was dich so runterzieht?«

Ich hob die Schultern und konnte gerade noch ein hysterisches Lachen unterdrücken. »Das solltest du den Verantwortlichen fragen. Nicht mich.«

Sein Lächeln schwand beängstigend schnell, als er die Antwort in meinen Augen las. »Du bist nicht die Einzige, die immer besser in ihrem Talent wird, weißt du«, sagte er und ließ meine Hand los, nur um seine seitlich an meinen Hals zu legen, von wo aus er sie langsam tiefer gleiten ließ. »Ich kann das hier immer besser von meinen eigenen Emotionen unterscheiden, aber manchmal erwischst du mich unvorbereitet.«

Du hast mich auch unvorbereitet erwischt, du unwiderstehlicher Mistkerl.

Plötzlich war sein Lächeln wieder zurück. Er war inzwischen bei meinem wild schlagenden Herzen angekommen, das angesichts seiner Berührung der Explosion nahe war. Der Moment war noch intimer als unsere Küsse. Vielleicht sogar noch intimer als die alles zerstörende Nacht mit der großen Liebe meiner besten Freundin. Immerhin hatte Niyol nicht gehört, wie mir das Herz jedes Mal fast aus der Brust sprang, wenn er mich ansah.

»Fühlt es sich immer so an?«

Fragend erwiderte ich seinen Blick, ohne mich von der Stelle zu rühren.

»Reagierst du immer so, wenn man dir so nah kommt?« Seine Handfläche verweilte über meinem Herzen.

Bei seinen Worten fiel die Starre von mir ab, ich packte seine Hand und gab ihm einen kleinen Stoß nach hinten, bis er gegen den Küchentresen stieß. Ich imitierte seine Berührung.

»Was ist mit dir?«, murmelte ich.

Zu meiner Genugtuung weiteten sich seine Pupillen ein klein wenig, und sein Herzschlag ging unter meinen Fingerspitzen auch nicht mehr vollkommen ruhig.

»Findest du nicht auch, dass wir uns um ein bisschen mehr Gleichberechtigung bemühen sollten?«, fuhr ich fort und stellte mich direkt vor ihn, sodass ich den Kopf in den Nacken legen musste, um unseren Blickkontakt nicht zu unterbrechen.

»Es ist ziemlich unfair, dass nur du die ganze Zeit Zugriff auf mein Innenleben hast.«

»Du möchtest keinen Zugriff auf meines, glaub mir.« Seine Stimme war heiser.

»Lass das mal meine Entscheidung sein.«

Er schob meine Hand beiseite. Als er sprach, klang er wütend. »Du machst mich wahnsinnig. In einem Moment will ich dir den Hals umdrehen, im nächsten möchte ich dich küssen. Ich kann nicht richtig atmen, wenn ich spüre, wie dein Herz sich beschleunigt und die Angst dich zerfrisst, ohne den Grund dafür zu wissen. Ich kann nicht richtig atmen, wenn du nicht bei mir bist. Und so langsam ist es mir auch scheißegal, ob das nur daran liegt, dass ich dein Inventi bin.«

Ich wollte nach vorne stolpern, ihm um den Hals fallen und jedes weitere Wort mit meinem Mund ersticken, weil ich es keine Sekunde länger aushielt, doch da zischte es laut neben uns, und ein strenger Geruch stieg mir in die Nase. Definitiv angebrannt.

Unsere Köpfe ruckten zeitgleich in Richtung Soße, die große Blasen warf und über alle vier Herdplatten spritzte.

Will reagierte als Erster und schaltete den Herd aus. Er vermied jeden weiteren Blick in meine Richtung, als er die Pfanne von der Platte nahm und das Nudelwasser abgoss. Ich starrte ein paar Sekunden auf seinen Rücken, dann riss ich mich zusammen, löste mich von seinem Anblick und leerte mein Glas in einem Zug.

FÜNF

Schwefel

Das Abendessen war schweigend verlaufen. Will hatte innerhalb von wenigen Minuten eine neue Soße gezaubert, und so saßen wir uns nun mit je einem leeren Nudelteller und einem halb vollen Ciderglas am Tisch gegenüber. Das letzte Mal hatte er sich geweigert, mit mir an einem Tisch zu essen, und war mit seinem Teller im Keller verschwunden. Ob das hier besser war?

Ich wagte es kaum, zu sprechen. Es kam mir ja selbst lächerlich vor, mich bei allem, was sonst gerade in meinem Leben passierte, mit Männerproblemen zu beschäftigen.

Als Will zum wiederholten Male Luft holte und ich davon überzeugt war, dass er das Gespräch wieder aufnehmen würde, vibrierte sein Telefon neben ihm auf der Tischplatte.

Endlich traute ich mich, zu ihm aufzuschauen. Als er die Nummer sah, runzelte er die Stirn, dann nahm er das Gespräch an und klemmte sich das Handy zwischen Ohr und Schulter. Ich konnte eine aufgeregte Stimme hören.

Er kniff die Augen leicht zusammen. »M-hm … verstehe …

ich sollte mich wohl geehrt fühlen, dass ihr überhaupt um Erlaubnis fragt, was?«

Ich stützte mich mit dem Ellenbogen auf den Tisch und legte mein Kinn auf meiner Hand ab, ohne ihn aus den Augen zu lassen. Will biss sich gedankenverloren auf die Unterlippe. Dieser Mund …

»Ich werde sie fragen«, fuhr er fort und nahm einen Schluck Cider. Dann beendete er das Gespräch, ohne sich zu verabschieden.

»Deine neuen Freunde wollen, dass ich dir Ausgang gewähre«, sagte er gedehnt. »Die Frage ist, ob das heute das Beste für dich ist.«

Ich schnaubte leise. »Das Beste für mich wäre gewesen, wenn ich niemals nach Tessarect gekommen wäre, aber für solche Gedankenspiele ist es zu spät, oder? Also solange mein Leben hier weitergehen soll, muss ich auch anfangen, die Regeln zu lernen.«

»Regeln?«, echote er misstrauisch.

»Neros Regeln. Wir müssen wissen, was er vorhat, wie seine nächsten Schritte aussehen. Und wenn Eves Freunde mich zu meinen Eltern bringen können, dann sollten wir uns schnellstmöglich mit ihnen treffen. Mal abgesehen davon, dass wir herausfinden sollten, was Nero mit Eve anstellt.«

Anstatt mir in bester Spielverderbermanier zu widersprechen, betrachtete er mich nur ein paar Sekunden. Dann zuckte er die Schultern und stapelte unsere Teller aufeinander, bevor er sie in die Spüle stellte.

»Okay.«

»Okay?« Ich musste mich verhört haben.

»Du wirst sowieso wieder einen Weg finden, dich mir zu widersetzen, wenn ich dir davon abrate, also gebe ich mich für heute geschlagen. Aber du wirst heute nichts … Übersinnliches mehr versuchen. Und wenn ich dir sage, dass wir wieder gehen, dann gehen wir.«

»Deal.« Ein warmes Kribbeln breitete sich in meinem Inneren aus. Was das Übersinnliche anging, hatte ich mein Pensum für heute eindeutig erfüllt.

»Na sieh mal einer an.« Er wandte sich mir wieder vollständig zu, und ein schiefes Lächeln zierte sein Gesicht. »Wir zwei können doch tatsächlich so etwas wie einen Kompromiss schließen.«

🜃

»Und warum genau können wir nicht einfach das Auto nehmen?«

Wir stapften seit gut zwanzig Minuten in schwarzen Kapuzenpullovern und Strickmützen durch die engen Gassen des Ydor-Bezirks. Nicht, dass ich etwas dagegen einzuwenden hatte, mehr Zeit allein mit Will zu verbringen, aber mir erschloss sich der Sinn unserer Schwerverbrecher-Tarnung einfach nicht, mit der wir mehr als auffällig im Schatten der Häuser umherschlichen.

Er packte mich am Ärmel, als ein paar Meter vor uns

Schritte erklangen, und zog mich eilig in eine besonders enge Gasse rechts von uns. Die Girlande über unseren Köpfen raschelte.

»Das Auto ist zu auffällig«, flüsterte er mir zu, nachdem ein junges Pärchen an uns vorbeigelaufen war. »Wir müssen um jeden Preis Aufsehen vermeiden.«

»Und du meinst, mit diesen Gangster-Outfits sind wir so gut wie unsichtbar, ja?«

Ich beugte mich näher zu ihm, als er vorsichtig um die Ecke lugte und mich dabei mit einer Hand nach hinten gedrückt hielt.

»Sie sind jedenfalls unauffälliger als das Auto, das jeder mit uns in Verbindung bringt.«

Wills Finger schlossen sich reflexartig um mein Handgelenk, doch er ließ mich weitergehen, denn nun war nichts mehr von den Schritten zu hören.

Ich verdrehte die Augen und trat wieder in die Gasse – mitten in eine große Regenpfütze. Ein Fluchen entwich mir.

Will kicherte und legte seinen Arm locker um meine Schultern. Wir setzten unseren Weg fort, als sei nichts dabei, genau wie das verliebte Paar von eben durch Tessarects Straßen zu laufen.

»Siehst du«, meinte er, immer noch amüsiert. »Es hat auch seine Vorteile, zu Fuß zu gehen.«

»Du könntest dich ruhig mal entscheiden«, sagte ich, sobald ich meine Stimme wiedergefunden hatte. Wir kamen in einen dunklen Tunnel. Der Duft nach frischem Regen, Laub und meinem unwiderstehlichen Stalker kitzelte mich in der Nase, ich schmeckte den Frost auf meinen Lippen, und das Knirschen der Kieselsteine rauschte bei jedem Schritt in meinen Ohren.

Die Dunkelheit verschluckte meine Befangenheit und spuckte nichts als Leichtsinn aus. »Möchtest du mich nun küssen oder mir den Hals umdrehen?«

Er blieb stehen. Ein paar Meter vor uns konnte ich die kleinen Lichtpunkte der Straßenlaternen in der vernebelten Nacht erkennen. Er griff nach meinen Schultern und strich über meinen Hals, bis seine Finger bei meinen Wangen angekommen waren.

Sein warmer Atem strich über mein Gesicht, und meine Augen schlossen sich ganz von allein.

»Meistens beides.« Er gab mir einen unschuldigen Kuss, seine Lippen waren weich.

»Meintest du nicht, es sei eine schlechte Idee?«

Oh Gott, wie dämlich war ich eigentlich?

Sein Mund hielt an meinem inne, dann wich er ein wenig zurück.

»Das Leben ist beschissen genug, mir fehlt momentan die Willenskraft für besonders kluge Entscheidungen.«

»Verbietet die Omilia eigentlich, etwas mit seinem Inventi anzufangen?«, platzte es aus mir heraus, und schon wieder hätte ich mir am liebsten selbst eine gescheuert. Wieso warf ich mich ihm nicht einfach an den Hals? Mit Rumknutschen konnte man weniger falsch machen.

Ich konnte sein Lächeln spüren. »Du meinst, so wie bei Nathaniel und seinem verrückten Inventi?«

»Äh, genau.« Jetzt musste ich auch grinsen. »Wie bei Casper und Nate.«

»Soweit ich weiß, nicht«, murmelte er nach einer kleinen Pause. »Es ist für die Omilia eher förderlich, wenn ein Inventi Gefühle für seinen Schützling entwickelt, dann ist die Motivation noch größer, den Job richtig zu erledigen. Allerdings habe ich noch nie davon gehört, dass sich ein Talentierter auch in seinen Inventi verliebt. Die meisten Talentierten betrachten ihre Aufpasser als lästiges Anhängsel … als notorische Spielverderber.«

»Ist das der Grund, wieso du dich heute Mittag so verhalten hast, als Picabo Irving uns im Gang entgegenkam?«

Ich hörte, wie er schluckte, dann griff er nach meiner Hand und zog mich weiter.

»Sie werden uns gegeneinander ausspielen, Kia.« Die Dunkelheit in seiner Stimme war unausweichlicher als die des Tunnels, die wir mit jedem Schritt in den Nebel weiter hinter uns ließen. »Wenn sie auch nur ahnen, dass eine Verbindung zwischen deinen und meinen Gefühlen existiert, werden sie sie gegen mich verwenden. Wenn auch noch herauskommen sollte, was mit deinem Herzschlag geschieht, jedes Mal, wenn ich in deiner Nähe bin, sind wir beide verloren.«

Ich bemühte mich um einen lässigen Ton. »Und wie sollen sie das bitte herausfinden?«

»So, wie sie auch herausgekriegt haben, dass ich dein Inventi bin.«

»Erzähl's mir!«, bat ich. Bisher wusste ich nur, dass Nero ihn eines Tages gefunden und in die Geheimnisse von Tessarect eingeweiht hatte.

»Es war knapp eine Woche, nachdem ich dich zum ersten Mal auf dem Campus gesehen hatte. Ich schätze, die Omilia hatte die ganze Zeit über ein Auge auf mich, weil mein Vater auch ein Inventi war. Oder eben auf dich, und da fiel es natürlich auf, wenn ein Kerl dir wie ein Liebeskranker auf Schritt und Tritt folgte.«

»Ich habe nichts davon gemerkt«, warf ich wahrheitsgemäß ein. Ich war wahrscheinlich zu berauscht von der Freiheit gewesen, die das Leben in Leeds mit sich gebracht hatte.

»Ich habe mich auch nicht allzu dumm angestellt. Jedenfalls warst du an dem Morgen auf dem Weg in die Galerie, hattest Kopfhörer in den Ohren und warst gerade beim Kirkgate Market angelangt. Ich bin dir gefolgt, habe immer einen Sicherheitsabstand eingehalten, damit du keinen Verdacht schöpfst, da ich mir selbst noch nicht darüber im Klaren war, wieso ich mich wie der größte Psychopath verhielt. Aber selbst über die Entfernung konnte ich den schwarzen Kleintransporter sehen, der seine Geschwindigkeit beschleunigte, obwohl die Ampel eindeutig Grün für die Fußgänger anzeigte. Du hast nichts davon gemerkt, du warst zu sehr in deine Musik vertieft und hast irgendwas auf dem Handy getippt, als du die Straße überquert hast. Ohne nachzudenken, bin ich losgerannt wie ein Wahnsinniger – keine Ahnung, was genau ich geplant hatte –, in dem Augenblick war es mir vollkommen egal, ob der Transporter mich erwischen würde. Heftige Übelkeit hatte sich in mir breitgemacht, wie am Anfang, wenn ich mich von dir wegbewegte, nur dass sie zehnmal so schlimm war. All das war egal, ich wusste nur eins: Ich musste dich aus der Gefahrenzone ziehen.«

Eves Worte waren wohl wörtlich gemeint gewesen. Ein Inventi würde sich tatsächlich für seinen Talentierten vor einen Bus schmeißen.

»Der Wagen legte eine Vollbremsung hin, bevor er dich erwischen konnte, inzwischen waren einige Passanten hinter dir auf das Spektakel aufmerksam geworden, und jemand rief eine Warnung, aber du hast nichts von alldem mitbekommen. Du bist seelenruhig weitergelaufen, während mein Herz fast stehen geblieben ist. Die Beifahrertür des Transporters öffnete sich, als ich zu Boden sank. Im nächsten Moment zogen mich zwei Anzugtypen nach oben und auf die Rückbank ebendieses Fahrzeugs, das dich um ein Haar umgeholzt hätte. Dort erwartete mich schon ein vernarbter Mann. Nero teilte mir auf der Fahrt nach Tessarect mit, was geschehen war. Als wir die schottische Grenze überquerten, hatte ich sie zwar alle miteinander für verrückt erklärt, aber ich konnte nicht leugnen, dass seine Worte dem irrsinnigen Gefühl in mir endlich einen Sinn gaben.«

Stumm liefen wir nebeneinanderher, während er wohl in der Erinnerung versunken war und ich versuchte, mir diesen

Tag ins Gedächtnis zu rufen, an dem sie mich absichtlich in Gefahr gebracht hatten, um seine Reaktion zu testen. Nichts.

Man konnte nicht weiter als ein paar Meter sehen, aber außer uns schien keine Menschenseele unterwegs zu sein. Wir kamen an mehreren mit Raureif glasierten Weiden vorbei, und der Weg verengte sich nach und nach.

»Du glaubst, sie werden dich genauso in Gefahr bringen, um mich zu testen?«, brachte ich die Worte hervor.

Will seufzte und verstärkte seinen Griff an meiner Hand. »Sie werden es sich auf jeden Fall zunutze machen.«

»Also sollten wir damit besser aufhören.« Voller Bedauern schaute ich auf unsere verschränkten Hände.

Er zögerte kurz, dann ließ er meine Hand abrupt los. »Oder wir sorgen einfach dafür, dass es niemand herausfindet.«

Mein Herz machte einen Satz, da bemerkte ich seinen Blick und folgte ihm. Noch immer waren wir von Nebelschwaden umgeben, vor uns lag die feucht glänzende Wiese. In ihrer Mitte thronte etwas Dunkles.

Will stöhnte entnervt auf. »Das ist nicht ihr Ernst!«

Ein Lachen brach aus mir hervor, als ich das schnittige Cabrio sah, mit dem ich von Eves Freunden das erste Mal in den Wald entführt worden war.

Eindeutig störte sich Daria nicht daran, dass man ihr Auto mit ihr in Verbindung bringen konnte.

🜃

Leichtsinnig, hirnverbrannt und fahrlässig bescheuert waren noch die nettesten Bezeichnungen, die Will Daria an den Kopf warf, während wir auf dem Weg zum Wasserfall durchs Unterholz stapften. Der Gesang eines Waldkauzes begleitete uns, bis die Baumwand sich lichtete und wir die Taschenlampe nicht mehr benötigten. Ich hatte es nicht für besonders klug gehalten, ihm während unseres kleinen Marschs zu widersprechen.

Mit jedem Schritt wurde das Rauschen des majestätischen Wasserfalls lauter. Als wir uns bis zu der Lichtung durchgekämpft hatten, erwartete uns eine Überraschung.

Auf den Felsen am See waren nicht drei, sondern vier Gestalten versammelt. Mein Herz hüpfte hoffnungsvoll. Hatten sie es etwa geschafft, Eve von der Insel zu befreien? Ich machte Darias Pixiefransen, Nates lange Haare und Caspers dunklen Sidecut aus. Dazwischen die üppigen kupferfarbenen Locken einer vierten Person. Okay – das war garantiert nicht Eve.

Will erstarrte mitten in der Bewegung, schaltete die Taschenlampe aus und gab eine Mischung aus Knurren und Stöhnen von sich.

»Wer zum Teufel ist das?«, zischte er, und seine Hand schnellte vor, um mich leider erfolgreich am Weitergehen zu hindern.

»Ist doch egal, vielleicht haben Nate und Casper ihren Kumpel mitgenommen …« Es war definitiv ein Typ, recht schmal gebaut.

Eves Freunde starrten uns jetzt alle an. Obwohl sie durch das Rauschen des Wassers bestimmt nichts von unserer Ankunft gehört hatten, fiel es auf dieser versteckten Lichtung selbst im Dunkeln sofort auf, wenn man Gesellschaft bekam. Wahrscheinlich waren sie in ständiger Alarmbereitschaft.

Irgendwann schien ihnen klar zu werden, dass wir uns – dank Will – nicht vom Fleck bewegen würden. Nate erhob sich als Erstes und kam mit in den Hosentaschen vergrabenen Händen zu uns herübergeschlendert.

»Wollt ihr mich eigentlich verarschen?«, fauchte Will statt einer Begrüßung, als ich Nate gerade umarmen wollte.

Nate seufzte, ließ sich aber nicht aus dem Konzept bringen. »Guten Abend, William … Kiana.« Er nickte mir knapp zu. »Entschuldige, dass ich heute Mittag nach unserem Sprung so kurz angebunden war, aber niemand darf Verdacht schöpfen. Am allerwenigsten meine Mutter.« Er wandte sich an Will. »Casper war der Meinung, dass wir dir am Telefon nichts von unserem neuen … Kontakt sagen sollten, weil du dich sonst weigern würdest, Kia herzubringen«, meinte er mit Resignation in der Stimme. »Du musst dir aber keine Sorgen machen, Damek ist völlig in Ordnung. Er –«

»Damit liegt er verdammt richtig«, schnitt Will ihm das Wort ab und schob sich ein Stück vor mich. »Ich wusste schon von der ersten Sekunde an, dass man euch kein bisschen vertrauen kann.«

Sein gesamter Körper vibrierte, als würde pures Adrenalin durch seine Adern fließen. Warum regte er sich so auf?

»Dir ist hoffentlich bewusst, dass wir jedes Mal unser Leben aufs Spiel setzen, wenn wir uns hier treffen, und du inzwischen genug gegen uns in der Hand hast, um uns allesamt einsperren zu lassen?« Nates Stimme klang kühl. Ich bewunderte ihn dafür, wie wenig er sich durch Wills Wut einschüchtern ließ.

»Nur noch ein Grund mehr, euch nicht zu vertrauen«, zischte Will. »Wieso solltet ihr euch derart in Gefahr begeben, wenn ihr Kia nicht ausnutzen wollt?«

»Niemand möchte sie ausnutzen.« Nate hob die Augenbrauen und wandte den Kopf in Richtung des Wasserfalls. »Am allerwenigsten Damek hier, der gerade mal sechzehn Jahre alt ist und vor Kurzem seine Zwillingsschwester verloren hat.«

»Wer ist er?«, beeilte ich mich zu fragen, bevor Will wieder loslegen konnte.

»Er ist ein Choys, mit dem wir seit Längerem im Kontakt stehen. Casper hat es geschafft, ihn auf unsere Seite zu ziehen, nachdem wir erfahren hatten, dass immer mehr Talentierte verschwinden. Durch ihn haben wir auch herausbekommen, wo deine Eltern sind.«

Ich öffnete den Mund, doch Will kam mir zuvor.

»Du meinst Talentierte, die wie Evelyn zu dumm sind, um unter dem Radar zu fliegen und dann von den Ältesten in andere Städte oder auf Inseln gebracht werden, damit man sich nicht mit ihnen befassen muss?«

»Nein«, widersprach Nate genervt. »Ich meine nicht

Talentierte, die zum Inventi-Rekrutieren weggeschickt werden, sondern solche, die *verschwinden*, so wie die Schwester von Damek. Talentierte, von denen niemand weiß, was mit ihnen geschehen ist. Wir können nur das Schlimmste vermuten.«

Will war für einen Augenblick so abgelenkt von Nates Schilderung, dass ich es schaffte, mich an ihm vorbeizuschieben.

»Glaubt ihr, die Asphalia ist dafür verantwortlich?«, fragte ich, ein bisschen stolz darüber, Will überlistet zu haben. Dieser obskuren Sekte, die es auf mein Leben abgesehen hatte, traute ich alles zu.

Nate schüttelte den Kopf. »Die Asphalia besteht aus verrückten ehemaligen Inventi oder Familienmitgliedern von Talentierten, die das Talent selbst nicht geerbt haben. Sie hätten keinen Grund, Talentierte zu entführen, sie beten sie an wie unantastbare Götter, und außerdem werden sie strengstens von den Ältesten überwacht.«

»Wer soll sie sonst entführen?« Ich runzelte die Stirn.

Nate sah nicht mich, sondern Will an, als er antwortete. »Das sollten wir in der Gruppe besprechen. Wir müssen zusammenhalten! Es ist schlimm genug, dass Eve von uns getrennt wurde. Glaub mir, es macht mir auch keinen Spaß, die Regeln zu brechen. Leider haben wir keine andere Wahl.«

Lange sahen sie sich an, bis Will mit zusammengebissenen Zähnen nickte. Als Nate sich umdrehte, legte Will wieder einen Arm um meine Schultern. Er war immer noch angespannt. Zusammen liefen wir zum Ufer des kleinen Sees, in den der Wasserfall stürzte.

Casper und Daria sprangen auf und schlossen mich in eine gemeinschaftliche Umarmung, die ich breit lächelnd erwiderte. Mir war es egal, ob sie ihre eigene Agenda verfolgten, es tat einfach gut, Menschen zu haben, die sich so offensichtlich über meine Anwesenheit freuten.

»Hi, Prinzessin«, rief Casper und gab mir einen Kuss auf die Wange, während Daria einen Arm um meine Schulter schlang.

»Hallo, ihr beiden.« Ich grinste und trat einen Schritt zurück. Will stand starr hinter mir.

Daria zögerte kurz, dann warf sie ihre Arme um ihn, was ich ziemlich mutig fand, und ihn für circa zwei Sekunden aus der Bahn warf, bevor er ihre Arme packte und sie von sich wegschob. »Ist es dein Ernst, dass du mit deinem Cabrio am Waldrand parkst?«, fuhr er sie an.

Sie wurde unter seinem Blick ganz klein, zuckte dann aber die Schultern und grinste ihn frech an.

»Zu meiner Verteidigung muss man sagen, dass es sich ziemlich episch fährt, ich lass dich gerne mal ans Steuer, wenn du magst.«

Ich verkniff mir ein Lachen und ließ mich von Casper in Richtung des Neuen schieben. Der Junge mit den hellrot schimmernden Locken erhob sich zögerlich, er machte den Eindruck, überall anders lieber zu sein als hier. Sein Gesicht war von oben bis unten mit Sommersprossen bedeckt, als hätte man einen Pinsel in Farbe getunkt und ihn damit bespritzt, und er biss sich auf seine volle Unterlippe, während er immer wieder nervös zwischen Casper und mir hin- und herblickte.

»Damek, das ist Kia«, stellte Casper mich feierlich vor. »Unser Ass im Ärmel.«

Ich streckte eine Hand aus, und er schüttelte sie für den Bruchteil einer Sekunde.

»Der Gute ist nicht besonders gesprächig«, flüsterte Casper mir ins Ohr, während Nate Will und ihn miteinander bekannt machte. »Aber kein Wunder nach dieser Familientragödie ...«

»Wie hast du es ohne die Kooperation eines Inventi hergeschafft?«, wollte Will mit deutlicher Feindseligkeit in der Stimme von ihm wissen, als wir uns alle im Halbkreis auf den Felsen niedergelassen hatten.

Ich sah ihn vorwurfsvoll an, bevor ich mich dem jungen Choys wieder zuwandte, wobei ich darauf achtete, nicht in das laut herabstürzende Wasser zu schauen. Ich erinnerte mich nur zu gut daran, was dieser Wasserfall für eine Wirkung hatte, und ich hatte wenig Lust, dass alle Anwesenden hier sehen konnten, wie Sophia und ich in meiner Vision Arm in Arm schluchzten.

»Ich habe meinem Inventi Schlafmittel in den Tee geschüttet, das ungefähr drei Stunden wirken wird«, antwortete Damek mit ausdrucksloser Miene. Seine Stimme klang tief und kratzig, sie passte so gar nicht zu seinen weichen Zügen.

Will hob eine Braue, ging aber nicht näher darauf ein. »Was ist mit deiner Schwester passiert?«

»Ich weiß es nicht.« Damek warf Casper einen Blick zu, der gerade dabei war, sich eine Zigarette anzuzünden. Die Flamme seines Feuerzeuges erlosch allerdings immer wieder im aufkommenden Wind.

Er gab auf und blickte in die Runde. »Wir glauben, dass sie bei der verfeindeten Organisation ist.«

Ich verschränkte die Arme, weil mir inzwischen ziemlich kalt war. »Die, die von den Ältesten der Choys und der Pyro angeführt wird?«

Nate nickte ernst. »Von Gaia und Phos, ja. Die dich vermeintlich tot sehen wollen.«

»Weil ich eine Abnormität bin.« Ich lächelte ironisch, obwohl mir bei dem Gedanken an die Organisation ganz mulmig zumute wurde.

Daria erwiderte mein Lächeln, verdrehte die mit tiefblauem Lidschatten betonten Augen, kramte eine Thermoskanne aus ihrem Rucksack und goss eine dampfende Flüssigkeit in ein paar Pappbecher.

»Für die Ältesten ist jeder eine Abnormität, der sich nicht an die Regeln hält«, erwiderte Damek, während er seine Fußspitzen betrachtete. Jedes Wort schien ihn Überwindung zu kosten. »Ich glaube nicht daran, dass Gaia dich umbringen will.«

»Die Älteste der Choys«, fügte Daria erklärend hinzu und reichte mir einen randvollen Pappbecher.

Ich nickte und nahm ihn vorsichtig entgegen. »Wieso glaubst du nicht daran?«, wollte ich an Damek gewandt wissen.

Er zuckte zusammen, als ich ihn direkt ansprach, und krallte seine Finger ineinander, ohne aufzusehen. »Gaia hat sich ständig mit den anderen Ältesten angelegt, wenn es um unsere Ausbildung ging. Sie fand, dass ein fester Zusammenhalt wichtiger ist als separater Unterricht.«

»Er möchte damit sagen, sie hat die Vermischung der Talentierten befürwortet«, kam ihm Casper zu Hilfe. »Genauso wie Phos, der Älteste der Pyro. Und wieso sollten die zwei größten Befürworter von Diversität in Tessarect plötzlich der Meinung sein, man sollte die Tochter von zwei unterschiedlichen Talentierten um die Ecke bringen?«

»Was soll das heißen?« Will sah ihn mit verengten Augen an. »Dass es überhaupt keine verfeindete Organisation gibt?«

»Oh, die gibt es mit Sicherheit. Die Frage ist nur, wer in diesem Spiel wirklich die Bösen sind.« Casper hatte es geschafft, seine Zigarette zum Glühen zu bringen, und zog genießerisch daran, bevor er den Rauch nach oben pustete. »Dameks Schwester ist, genau wie die anderen verschwundenen Talentierten, durch wiederholte Rebellion gegen die Omilia aufgefallen. Das kann kein Zufall sein. Wir vermuten tatsächlich, dass sie bei Gaia und Phos sind.«

»Oder es bedeutet, dass Nero sie einfach ins Gefängnis geworfen hat …«

»Was für ein Gefängnis eigentlich?« Ich blickte fragend zu

Nate. »Und was meintest du damit, dass meine biologischen Eltern in keiner Psychiatrie untergebracht wurden? Ich habe sie doch gestern mit eigenen Augen in dieser Anstalt gesehen …«

Schlagartig sahen sie mich alle an, selbst der scheue Teenager.

Daria fand ihre Stimme als Erste wieder. »Welche Anstalt?«

Warum sahen sie so verwirrt aus? »Dieses Haus auf dem See bei den Choys im Norden. Typische Psychiatrie: stimmungsvolle Bilder an den Wänden, schreiende Patienten … Ich dachte, ihr wisst, wo Nero sie festhält, oder habt ihr euch das nur ausgedacht?«

»Sie meint die Soteria«, kam es überraschend von Damek, bevor er wieder auf den Boden schaute.

»Die was?«, hakte ich nach.

Casper aschte ab, seine mit schwarzer Schminke umrandeten Augen weiteten sich. »Dumm ist er ja nicht, das muss man ihm lassen …«, murmelte er halb fasziniert, halb missbilligend.

Nate, der gerade dabei gewesen war, sein langes Haar zu einem Zopf nach hinten zu binden, ließ entgeistert die Arme sinken, und Daria stieß vor Aufregung ihren Pappbecher um.

»Kia, deine Eltern sind nicht in der Soteria. Das heißt, zumindest waren sie es bis vor ein paar Wochen noch nicht. Als wir dir gesagt haben, dass wir dich zu ihnen bringen können, meinten wir das Desmot. Das Gefängnis unter dem Erdboden bei den Choys. Dort, wo auch Dameks Vater in einer Zelle festgehalten wird.«

Meine Augen wurden schmal. »Wieso wird dein Vater festgehalten? Und warum sollte Nero mir meine Eltern in einer Psychiatrie präsentieren, wenn sie eigentlich im Gefängnis sitzen?«

»Na, dreimal darfst du raten, Prinzessin.«

»Dameks Vater war Teil einer rebellischen Gruppierung, kurz bevor Nero zum Ältesten der Ydor ernannt wurde«, erklärte Nate mir in ruhigem Ton, obwohl sich tiefe Furchen auf seiner Stirn gebildet hatten. »Ihm wurde Hochverrat und vorsätzliche Tötung im Namen der verfeindeten Organisation vorgeworfen.«

»Er hat es nicht getan, er wollte nur helfen!« Die Worte kamen hart und laut. Damek selbst schien völlig überrumpelt von seinem Ausruf zu sein.

Nate legte ihm eine Hand auf die Schulter. »Das wissen wir«, murmelte er beschwichtigend. »Was genau ist geschehen, Kia?«

In ein paar knappen Sätzen schilderte ich den Besuch bei meinen Eltern.

»Aber das ist doch der Beweis!«, rief Daria, als ich fertig erzählt hatte. »Sie haben nur so getan, als wären sie irre, wahrscheinlich, weil Nero damit gedroht hat, dir etwas anzutun, wenn sie nicht kooperieren!«

»Jetzt mach mal langsam.« Will verschränkte die Arme. »Woher wollt ihr wissen, dass sie nicht seit Jahren in dieser

Psychiatrie sind? Habt ihr mit eigenen Augen gesehen, dass sie im Gefängnis eingesperrt sind?«

Die allseits zerknirschten Mienen waren Antwort genug.

Ich schluckte. »Sie sahen wirklich nicht so aus, als wären sie noch … ganz da.«

»Du wärst auch nicht mehr ganz dicht, wenn man dir deine Tochter weggenommen und dich jahrzehntelang eingesperrt hätte, nur weil du dich in die falsche Person verliebt hast«, antwortete Casper, und seine Augen blitzten vor leidenschaftlicher Wut. Nate, den ich dabei ertappte, wie er seinen Inventi mit verklärtem Blick betrachtete, schaute betreten zu Boden.

»Ich war heute Mittag bei Carla, und sie hat mir die bühnenreife Liebesgeschichte meiner Eltern erzählt …« Ich seufzte. »Die hält locker mit Shakespeare mit.«

»Und Carla ist ein Kontakt von Daria, was bedeutet, sie ist als Quelle ebenso vertrauenswürdig wie ihr«, meldete sich Will wieder zu Wort und schaute grimmig in die Runde. »Es stecken schon viel zu viele Leute mit drin, viel zu viele Leute, die garantiert ihre eigenen Ziele verfolgen.«

Es war eindeutig, dass er damit die Loyalität aller Versammelten infrage stellte.

Zu meiner Überraschung lachte Casper leise. »Du machst deinem Ruf alle Ehre, Babysitter.« Er drückte seine Zigarette aus und sah Will herausfordernd ins Gesicht. »Hast du schon mal daran gedacht, dass wir uns alle in derselben Situation befinden?«

Will schnaubte. »Soweit ich weiß, bin ich hier der Einzige, dem es darum geht, Kia in Sicherheit zu bringen.«

Ich wollte ihm entgegenschleudern, dass er aufhören sollte, mich zu bevormunden, aber Casper war schneller.

»Womit erpresst er dich, hm?« Er legte den Kopf schief und umklammerte seinen Pappbecher so fest, dass ein bisschen Tee überschwappte. »Deine Familie? Es ist bestimmt deine Familie, oder?« Er ließ den Becher achtlos stehen und war in Sekundenschnelle auf den Beinen. »Du hast vollkommen recht, wir sind nicht gleich.« Er deutete auf Daria. »Sie hatte das Vergnügen, mit acht Jahren live dabei zu sein, als ihre Mutter sich die Pulsadern aufgeschlitzt hat, weil sie es nicht mehr aushielt, in einer Welt zu leben, in der sie nur für andere Menschen existierte. Dass ihre Tochter dasselbe Schicksal ereilen würde, darum scherte sie sich nicht. Anschließend wanderte sie von einem Heim ins andere, bis die Omilia sie unter ihre Fittiche nahm und sie zur Inventi machte.«

Daria tat so, als wäre sie damit beschäftigt, sich neuen Tee nachzuschenken, aber ich sah, wie ihre Finger bebten und ihr sonst so fröhliches Gesicht eingefroren war.

»Damek ist ohne Vater aufgewachsen, und seine Mutter wurde in der Stadt wie eine Geächtete behandelt, weil sie ihn angeblich in seinen illegalen Machenschaften unterstützt hat. Seine Schwester war sein Anker, der einzige Mensch weit und breit, der freiwillig mit ihm Zeit verbrachte, und jetzt ist auch sie weg.«

Damek ließ seine langen Locken nach vorne fallen, damit niemand seine Reaktion sah.

Caspers Hände waren zu Fäusten geballt, auch er zitterte jetzt. »Und ich habe keine Ahnung, wer meine Eltern sind, ich bin bereits als Abschaum auf die Welt gekommen. Also erzähl mir keinen Scheiß, William Lowe.« Er spie seinen Namen aus, als wäre er eine Beleidigung. »Wir haben alle nichts mehr zu verlieren, und wir kämpfen trotzdem auf der richtigen Seite. Entweder du akzeptierst das, oder du lässt es bleiben und lässt uns in Ruhe.«

Nate hatte sich ebenfalls erhoben, er schob seine Hand in Caspers. Seine Wut verrauchte komplett, als sie sich kurz ansahen. Sanft zog Nate ihn wieder zurück auf den Felsen.

Ich wagte es nicht, Will anzusehen, der neben mir erstarrt war.

Nach einer kurzen Pause räusperte er sich. »Er erpresst mich mit meiner Familie«, bestätigte er mit belegter Stimme.

Jetzt wandte ich ihm doch den Kopf zu. Die Puzzleteile setzten sich zusammen. Ich hatte es ohnehin schon vermutet, trotzdem war es etwas ganz anderes, ihn die Worte aussprechen zu hören. Der geheime Ausflug zu seiner Familie … Seine Mum und Alessa … Sie waren der Grund für seine eiserne Kooperation.

Casper schien noch etwas erwidern zu wollen, aber Nate drückte seine Hand und sah beschwichtigend in die Runde. »Wir sitzen alle im selben Boot, okay?«

Will nickte knapp und räusperte sich. »Wie kann es dann

sein, dass Gaia und Phos Kia umbringen wollen, wenn sie diejenigen sind, die die Vereinigung der vier Bezirke befürworten?« Seine Tonlage hatte sich nun völlig verändert, er klang interessiert.

Casper lächelte grimmig. »Du fängst an, die richtigen Fragen zu stellen.«

»Wir wissen nicht, was genau vor sich geht, aber wir werden es gemeinsam herausfinden.« Nate griff nach Caspers Pappbecher und nahm einen großen Schluck, bevor er wieder Will ansah. »Ich würde sagen, wir beginnen damit, dass wir uns von Damek zum Gefängnis führen lassen. Anschließend können wir uns immer noch darum kümmern, herauszufinden, was es mit den verschwundenen Talentierten auf sich hat.«

Erneut spürte ich, wie mein Inventi in Abwehrhaltung gehen wollte, sich aber sichtlich bemühte, neutral zu wirken. »Wozu?«

»Wir müssen herausfinden, ob Kia recht hat und ihre Eltern ihre mentale Krankheit wirklich nur spielen. Das wäre der endgültige Beweis, um Nero als Lügner zu entlarven.«

Ich nickte heftig. »Wann geht's los?«

Casper, der inzwischen wieder gut gelaunt schien, zwinkerte mir zu. »Geduld, das Ganze bedarf einer gewissen Planung.«

Damek schaute auf die übergroße Armbanduhr an seinem Handgelenk und sah nervös zu Nate.

»Wir sollten los. Je länger wir hier versammelt sind, desto

höher ist die Wahrscheinlichkeit, dass uns jemand zusammen entdeckt«, sagte dieser sogleich. »Wegen der Einzelheiten bleiben wir in Kontakt. Verhaltet euch so unauffällig wie möglich!«

Will stand auf, sichtlich erleichtert, dass er mich wieder nach Hause bringen konnte.

Auch die anderen erhoben sich nach und nach, aber bevor wir wieder zurück in den Wald laufen konnten, strich Damek sich die Locken aus dem Gesicht und starrte meine Begleitung unverhohlen an.

»William Lowe«, murmelte er ganz leise. »Du siehst genauso aus wie dein Vater.«

Will ließ seinen Arm sinken und wirbelte herum. Er sagte nichts, aber seine Augen loderten.

Der junge Choys sah unangenehm berührt aus und zupfte an seinem Reißverschluss herum. »Du könntest ihn auf unsere Seite ziehen«, fuhr er zögerlich fort. »Dann wäre es einfacher für mich, nachts abzuhauen und mich mit euch zu treffen.«

»Woher … woher kennst du meinen Vater?«, stammelte Will.

Auch Casper, Nate und Daria sahen verwundert zu Damek, der den Stimmungsumschwung überhaupt nicht zu bemerken schien.

»Was meinst du?« Er wirkte aufrichtig irritiert. »Liam Lowe, das ist doch dein Vater?«

Will trat schwankend auf ihn zu. »Was … was tut das zur

Sache? Ich habe ihn das letzte Mal vor sechs Jahren gesehen, also … woher zur Hölle kennst *du* ihn?«, drängte er mit heftiger Ungeduld in der Stimme.

Damek hob den Kopf, nahm Will für den kürzesten aller Momente ins Visier und zuckte die Achseln. »Jeder kennt Gaias ehemaligen Lieblingsinventi.«

SECHS

Absinth

»Schlaft gut, ihr Hübschen!«

Ich gab Daria einen Kuss auf die Wange und kletterte von der Rückbank ihres Cabrios. Will hatte nichts dagegen einzuwenden gehabt, mit ihr zu fahren, nachdem Nate und Casper mit Damek auf der anderen Seite in den Wald verschwunden waren. Sein Widerstand schien zerschlagen.

»Komm gut nach Hause«, verabschiedete ich mich von Daria, und sie winkte, während sie das Gaspedal schon durchdrückte und mit quietschenden Reifen anfuhr. Am liebsten hätte ich sie in den Arm genommen, in der Hoffnung, irgendwie die richtigen Worte zu finden. Caspers Beschreibung ihrer Kindheit jagte mir einen Schauer über den Rücken. Es war schon seltsam, wie die Menschen, von denen man es am wenigsten erwartete, das größte Leid mit sich herumschleppten.

Ich stieg hinter Will die Wendeltreppe zum Haus hinauf. Nur zu gut erinnerte ich mich an den leeren Blick seiner Mutter, als sie mich gefragt hatte, wie es sich anfühlte, beschützt und geliebt zu werden.

Mit einer Hand zog ich die Haustür hinter mir zu und streifte mir meine Stiefel ab, bevor ich Will ins Wohnzimmer folgte. Er raufte sich die Haare und lief mit abrupten Schritten vor dem Kamin auf und ab. Die Strickmütze und den Schal hatte er auf einen Sessel geworfen, Jacke und Schuhe trug er noch.

Behutsam ging ich auf ihn zu und nahm all meinen Mut zusammen. »Möchtest du, dass wir in den Norden fahren und nach ihm suchen?«

Er hielt inne, zerstreut sah er mich an. »Was?«

Damek hatte uns nur noch erzählt, dass Liam Lowe jahrelang zur persönlichen Leibgarde von Gaia gehört hatte, bevor sie nach dem Streit in der Omilia zusammen mit Phos untergetaucht war und ihren Inventi bei den Choys zurückgelassen hatte.

»Wir können deinen Vater suchen gehen, wenn du möchtest«, wiederholte ich.

Er schüttelte den Kopf, und seine Züge verhärteten sich. »Er … er ist der Grund, wieso alles auseinanderfiel, wieso Alessa ohne Eltern aufgewachsen ist …«

Ich machte noch einen Schritt auf ihn zu. »Vielleicht erpresst Nero ihn«, flüsterte ich.

»Womit?« Er lachte abfällig. »Dass seine Kinder auch Inventi werden und gezwungen werden könnten, ihr Leben für die Omilia zu opfern? Dafür ist es ein bisschen spät, oder?«

»Es tut mir leid.« Ich schluckte.

Wir sahen uns wortlos in die Augen. Wenn ich seinen Schmerz nur irgendwie lindern könnte! Plötzlich packte er mich an den Schultern und beugte sich zu mir.

Mit einem Mal lag etwas anderes als Wut und Verzweiflung in seinem Blick. »Ich werde wahnsinnig, wenn ich an ihn denke. Er hat alles zerstört, und ich – … du hast gehört, was Casper gesagt hat. Was aus Inventi wird.« Jetzt flackerte nackte Angst in seiner Stimme auf, und mein Magen zog sich schmerzhaft zusammen. Er hatte mich vorhin gefragt, wie ich es schaffte, das ganze Leid in mir von einer Sekunde auf die andere auszuschalten. Wenn es bei mir funktionierte, funktionierte es genauso bei ihm.

Ich umfasste sein Gesicht und presste meine Lippen auf seine. Ich schob meine eigene Verzweiflung beiseite, versuchte, nicht an meine Eltern zu denken, nicht an Nero, nicht an Eve, nicht daran, dass ich der Grund war, wieso Will auf den Abgrund zusteuerte, dass ich womöglich der Abgrund selbst war, und gab mich ganz dem Kuss hin.

Unsere Körper pressten sich aneinander, er drückte mich nach hinten, bis ich mit dem Rücken gegen die Steinwand des Kamins stieß. Hitze flammte in mir auf, als er seine Hände abwärtswandern ließ und meine Hüften packte, um mich noch näher zu ziehen.

Ich zerrte ihm die Jacke von den Schultern, während er mit einem Ellenbogen den Lichtschalter umlegte, sodass wir uns in vollkommener Dunkelheit wiederfanden. Keine Ahnung, ob das zum Plan gehörte, niemanden auf unsere Beziehung zueinander aufmerksam zu machen, aber es spielte keine Rolle.

Mit einer schnellen Bewegung zog er mir die Mütze vom Kopf und machte ohne Unterbrechung mit meinem Mantel weiter, den er achtlos zu Boden gleiten ließ. Wir stolperten nach hinten, geleitet von seinem bestimmenden Druck an meiner Hüfte.

Er senkte seine warmen Lippen auf meinen Hals nieder, während seine Hände abwärtswanderten und mein Keuchen die Stille zwischen uns zerriss. Auch er war außer Atem, aber er schien sich seiner Sache vollkommenen sicher, als er unter meinen Hintern griff und mich mit einem Ruck an seine Brust hob. Reflexartig schlang ich meine Arme und Beine um ihn. Er machte das mit Garantie nicht zum ersten Mal. Und auch nicht zum zweiten oder dritten. Egal, was für ein Gentleman Will mir gegenüber bisher gewesen war, er hatte sich offensichtlich zurückgehalten.

Als würde ihm mein Gewicht kaum etwas ausmachen, trug er mich die Wendeltreppe hinauf. Ich suchte seinen Blick in der Dunkelheit – das Mitternachtsblau hatte das Braun völlig verschluckt. Da war nur noch alles zerstörende Leidenschaft. Er ließ sich mit mir aufs Bett fallen und wich dann zurück, um mir meinen Pullover über den Kopf zu ziehen. Ich krallte meine zitternden Finger in die Bettwäsche, und schon spürte ich seine weichen Lippen an meiner nackten Haut. Er küsste sich mein Dekolleté hinab bis zu meinem Bauchnabel, bevor er kurz innehielt und zu mir aufschaute.

Seine Haare waren ein einziges Durcheinander, und sein Blick war so flehend, dass mich das Verlangen überwältigte und ich sein Gesicht wieder zu mir hochzog, um ihn richtig küssen zu können. Er hatte seine Mauern fallen lassen und ließ mich nun all das spüren, was in ihm vorging: Verwirrung, Panik, Wut. Und über allem dieses unglaubliche Verlangen, das mich selbst um den Verstand zu bringen schien. Ja, vielleicht war er mein Inventi, aber ich, ich unterlag keinem Zwang – dieser sich hektisch bewegende Schmetterlingsschwarm in meinem Bauch vermehrte sich einzig und allein, weil er mich wahnsinnig machte, wenn er sich auf die Unterlippe biss, während er meinen nahezu entblößten Oberkörper betrachtete.

Er presste sich so nah an mich, dass ich tief in die Matratze gedrückt wurde und jeden einzelnen noch so kleinen Muskel seines Körpers an meinem spürte, seinen harten Bauch, diese Hitze … Auch sein Oberteil war inzwischen verschwunden.

Für einen Augenblick versank ich in unserer kleinen, perfekten Welt.

Doch als sich sein nackter Oberkörper auf meinen senkte und seine Finger sich in meinen Haaren verloren, rasten mit einem Mal Eindrücke auf mich zu, die ich weit, weit nach hinten in einen gut verborgenen Winkel meines Gedächtnisses geschoben hatte.

Da war der Duft nach Zimt, Moschus und leeren Versprechungen, weiche Lippen auf meinen und eine raue Stimme, die meinen Namen in genau der Tonlage raunte, wie Will es eben getan hatte. Ich sah in die bodenlos schwarzen Augen, fühlte, wie ich mich nicht wehren konnte, nicht wehren wollte, während er mich so nah an sich zog, bis ich nicht mehr atmen konnte.

Mein Kinn an seiner Schulter, während meine Nägel in seinem Rücken Halt suchten. Seine schwarzen Haare, die ihm ins Gesicht fielen, sein Blick voll grenzenloser Dankbarkeit. Nicht, weil ich bei ihm war oder weil er so lange darauf gewartet hatte, nicht, weil ich die Richtige war. Sondern weil ich ihn vergessen ließ.

Ich krümmte mich, und plötzlich war das Gewicht auf mir verschwunden. Sofort überzog eine Gänsehaut meinen Oberkörper, und Tränen nahmen mir die Sicht. Die Matratze neben mir senkte sich, ich hörte Will leise fluchen.

»Ich …« Weiter kam ich nicht. Das Risiko war viel zu groß, dass ich auf der Stelle losschluchzen würde. Mit fahrigen Bewegungen wischte ich mir über die Wangen.

War ich völlig irre? Will gab mir endlich das, was ich wollte, und ich brach in Tränen aus. Warum, warum zum Teufel musste ich ausgerechnet jetzt an Niyol denken?

»Es tut mir leid, Kiana«, flüsterte Will.

Ich wandte den Kopf, sah ihn seitlich neben mir liegen und mich anstarren. »Ich wollte nicht … also … Ging es zu schnell?«

Ich machte eine Kopfbewegung, die man sowohl als Kopfschütteln oder auch als Nicken deuten konnte und somit exakt das Chaos in mir widerspiegelte. »Niyol.« Ich würgte seinen Namen hervor – es machte keinen Sinn, ihm etwas vorzulügen. Er wusste sowieso alles.

Will ließ mir Zeit. Ich spürte seine Sorge, aber kein Wort kam ihm über die Lippen, bis ich wieder sprechen konnte.

»Er … es war so … falsch mit ihm«, fuhr ich schließlich fort. »Er hat mich nie richtig gesehen, es war, als wäre ich einfach nur da, um ihn vergessen zu lassen.«

Ich kniff die Augen zu, wäre am liebsten in der Matratze versunken und nie mehr aufgetaucht. Ein Gespräch über den Typen, mit dem ich als Letztes geschlafen hatte, war bestimmt genau das, was man von dem Mädchen hören wollte, das man gerade ins Bett getragen und ausgezogen hatte.

»Es tut mir leid, ich weiß nicht, was passiert ist, ich hatte die Sache schon verdrängt, keine Ahnung, wieso sie jetzt wieder hochkommt«, setzte ich nach, damit er nicht dachte, dass Niyol schon die ganze Zeit über in meinen Gedanken gewesen war.

»Das bedeutet nicht, dass du sie verarbeitet hast.« Will rutschte ein Stück näher zu mir, es raschelte, und im nächsten Moment legte sich die warme Decke über mich.

»Sorry, dass ich dich überfallen habe«, murmelte er.

Ich rang mir ein Lächeln ab. »Ich mochte es, überfallen zu werden.«

Er erwiderte mein Lächeln nicht. »Ich bin nicht er, Kia.«

»Ich weiß. Du bist schlimmer.«

Seine Brauen zogen sich zusammen, und ich bereute es, meine Gedanken laut ausgesprochen zu haben.

»Nicht so, wie du denkst«, beeilte ich mich zu sagen und war froh, dass die Tränen endgültig versiegt waren. »Es ist nur … ich habe das Gefühl, es passiert immer etwas Schlimmes, wenn ich jemandem zu nah komme.« Das war nur die halbe Wahrheit. Die andere Hälfte lautete: Es würde mich umbringen, wenn ich mich voll und ganz fallen ließe und nicht mehr vergessen könnte, dass er mich nur so ansah wie jetzt, weil er mir nichts abschlagen konnte.

Ich konnte ihn nicht danach fragen. Ich konnte nicht zulassen, dass es schon vorbei war, bevor es überhaupt begonnen hatte. In diesem Wahnsinn musste ich nach jedem kleinen Glücksgefühl greifen, auch wenn ich es später bereuen würde.

»Du musst dich nicht erklären«, holte mich Wills Stimme aus meinen Gedanken. »Es tut mir leid, dass ich nicht auf deine Gefühle geachtet habe, ich war nur so abgelenkt wegen meinem Vater, das hat alles eingenommen.«

Ich beugte mich ein bisschen vor und strich ihm eine weiche Strähne aus der Stirn. »Und du musst dich nicht dafür rechtfertigen, dass du zur Abwechslung mal an dich gedacht hast.«

Seine Mundwinkel zuckten, aber er brachte kein richtiges Lächeln zustande.

»Willst du darüber reden? Mir hat mal ein weiser Mensch gesagt, Verdrängung bringt aus psychologischer Sicht nichts.«

»Ein weiser Mensch, hm?« Wills Lippen verzogen sich nun

doch zu einem leichten Grinsen. Seine Schönheit bereitete mir körperliche Schmerzen.

»Ich weiß nicht, was ich tun soll«, gestand er schließlich mit brüchiger Stimme. »Ich weiß nicht, was ich sagen soll, wenn ich ihm gegenübertrete. Ich habe mir die letzten Jahre so oft ausgemalt, was ich tun würde, wenn ich die Chance dazu hätte, aber ich habe Angst, dass du recht hast. Ich habe Angst davor, eine logische Erklärung für sein Verschwinden zu bekommen und ihn nicht mehr hassen zu können, weil er keine andere Wahl hatte. Ich weiß nicht, was nach dem Hass kommt.«

Ich rutschte noch ein Stück näher und legte meinen Kopf auf seine Brust. Er atmete zitternd aus, und ich spürte seinen Herzschlag an meinem Ohr. »Ich weiß es auch nicht. Aber du musst es nicht alleine herausfinden«, flüsterte ich.

Seine Arme schlossen sich fest um meinen Körper, eine Hand strich über mein Haar.

»Du bist nicht der Grund, wieso schlimme Dinge passieren. Du kannst nichts dafür, dass alles in dieser Welt kopfsteht und du mitten in den Schlamassel hineingeboren wurdest.« Er platzierte einen Kuss auf meinem Scheitel, dann versteifte er sich unter mir. »Ich hasse den Typen dafür, dass er dir dieses Gefühl vermittelt hat.«

Ich starrte hinaus. Das Mondlicht vergoss sein Silber über den Dächern. »Er wurde von Nero oder Aria oder wem auch immer geschickt, aber ich bin diejenige, die jeden falschen Schritt zugelassen hat. Ich bin verantwortlich für die

Entscheidungen, die mich hierhergebracht haben.« Ich stützte mein Kinn auf seiner Brust ab und sah zu ihm hoch. »Weißt du, was ich mich außerdem frage? Wieso sollten die Ältesten es riskieren, einen Talentierten zu mir zu schicken und ihn dazu zu bringen, mir nahezukommen, wenn es doch angeblich so gefährlich ist?«

Will sah mich nachdenklich an, dann nickte er. »Du hast recht, das ergibt überhaupt keinen Sinn. Je mehr man über alles nachdenkt, desto weniger Sinn ergibt es. Dieses System funktioniert schon seit Jahren, es ist doch unmöglich, dass bisher niemand sonst auf die Idee kam, es anzuzweifeln.«

»Was, wenn es angezweifelt wurde, aber jeder ins Gefängnis geschmissen wurde, der etwas dagegen unternommen hat, so wie Dameks Vater? Wenn so etwas wie Meinungsfreiheit hier nicht existiert und die einzig zugelassene Version der Wahrheit diese Propaganda ist? So funktioniert eine Diktatur doch, oder?«

»Die Omilia hat sicherlich nicht von heute auf morgen beschlossen, diese Regeln einzuführen, weil ihnen langweilig war. Es muss einen Grund geben. Und wenn dieser Rausch oder was auch immer nur ein Märchen ist, dann gibt es auch dafür einen Grund.«

Ich hob meine Schultern. »Geht es nicht immer um Macht?«

»Es geht nicht nur um Macht. Wenn es das täte, würden sie reihenweise Mischlinge wie dich züchten.«

»Mischlinge?«, wiederholte ich mit hochgezogenen Augenbrauen. »Sie sagen dazu Abnormität. Und dass ich mächtiger als sie alle zusammen bin, das ist deine Theorie, kein bekannter Fakt.«

Er legte den Kopf schief und strich mir gedankenverloren über den Arm. »Ich habe fast genauso wenig Ahnung wie du, wie diese Welt funktioniert, aber es hat seine Gründe, dass ein Kopfgeld auf dich ausgesetzt wurde. Sie haben Angst vor dir, und sie halten an Gewohnheiten fest, so wie gewöhnliche Menschen es auch tun. Trotzdem muss es Beweise für eine Gefahr geben, sonst würde sich das System nicht schon so lange durchsetzen.«

»Für die Existenz von Göttern gibt es auch keine Beweise, und Menschen glauben seit Anbeginn der Zeit an sie«, konterte ich, und er grinste anerkennend.

»Es gibt vielleicht keine *sichtbaren* Beweise, aber ihre Religion gibt den Gläubigen Halt, genauso wie die Ideologie der Omilia den Talentierten und ihren Inventi Halt gibt. Die meisten würden auf der Stelle den Verstand verlieren, wenn es keine Ordnung gäbe. Keine Erklärung für all das, was sie tagtäglich spüren.«

»Die Geschichte der Menschheit hat mehrmals bewiesen, dass es einfach, aber auch falsch ist, blind irgendwelchen Regeln zu folgen«, beharrte ich. »Und es würde mich nicht wundern, wenn Nero sich diese Bequemlichkeit zunutze macht. Er legt sich die Sache mit dem Rausch auch immer zurecht, wie es ihm gerade passt.«

Will seufzte, widersprach mir aber nicht mehr. Mit jeder weiteren Minute wurden unsere Atemzüge gleichmäßiger, bis er sich aus meiner Umarmung löste und sich langsam aufsetzte. Verschlafen blinzelte ich zu ihm hoch.

»Ich glaube, es ist besser, wenn wir nicht zusammen einschlafen.«

Verdammt, ich hatte es wirklich versaut.

»Ich … muss nachdenken. Keine Ahnung, wie ich meiner Mum beibringen soll, dass mein Vater wirklich hier ist …«

Hastig nickte ich. »Ich … werde nicht abhauen oder so.«

Etwas flackerte in seinen Augen auf. »Darauf verlasse ich mich.«

Er drehte sich um und lief im Dunkeln zum Treppenabsatz, während mein Magen sich unsanft zusammenzog.

Als er die erste Stufe schon genommen hatte, wandte er noch mal sein Gesicht, sodass ich sein markantes Halbprofil im Halbdunkeln leuchten sah. Für einen Moment machte er den Eindruck, als sei er sich nicht sicher, ob er lieber schweigen sollte, doch dann schien er eine Entscheidung zu treffen. »So wie du bist, bist du perfekt. Du musst dich nicht schämen, weil du für manche Dinge nicht bereit bist, weil du zu laut oder zu leise bist oder emotionalen Ballast mit dir rumträgst. Genau so, wie du jetzt bist und wie du morgen sein wirst, das ist in meinen Augen perfekt. Nur weil er zu blind war, das zu sehen, heißt es nicht, dass ich es auch bin.«

Und damit war er verschwunden und ließ mich vollkommen erstarrt zurück.

»Und, und, und, wie lange war es diesmal?«

Der kleine schwarzhaarige Junge zog an meiner Hand und grinste zu mir hoch. Obwohl dunkle Schatten unter seinen schräg stehenden Augen lagen, sprühte sein Blick vor Euphorie. Gegen meinen Willen musste ich sein Lächeln erwidern.

»Knapp über zwanzig Minuten«, erklang es hinter uns, und ich wandte den Kopf Picabo zu, der neben uns am Wasserbecken stand. »Gut gemacht, Dax!«

»Es ist viel einfacher, wenn Kia dabei ist«, sagte Daxton. »Es tut nicht so weh, unter Wasser zu sein.«

Mein Lächeln schwand, und ich warf einen Blick zur Uhr mit den Wasserzeigern: kurz nach halb sechs.

Picabo verzog das Gesicht, als wäre es auch für ihn nicht leicht, diese Worte aus dem Mund eines Sechsjährigen zu hören. »Du hast wirklich gute Arbeit geleistet«, bekräftigte er und strich Dax flüchtig übers Haar. »Deine Inventi warten schon draußen.«

Nachdem er sich seine Klamotten über seine inzwischen wieder trockene Badehose gezogen hatte, begleitete Picabo ihn bis zur Tür und hielt sie ihm auf, während ich unschlüssig stehen blieb und den Wellen im Becken zusah.

Als Daxtons Schritte sich entfernten, riss ich mich schließlich vom Anblick des tobenden Wassers los und drehte mich zu Picabo, der immer noch an der Tür stand.

»Wieso tut es ihm ohne mich weh, wenn er unter Wasser ist?«

Meine Stimme klang kühl und distanziert. Nach dem

gestrigen Erlebnis im Zentrum der Pyro konnte ich keine Freundlichkeit heucheln.

Picabos Lächeln wirkte nicht sonderlich fröhlich. »Daxton ist noch sehr jung, das Talent ist unausgereift bei ihm. Es verlangt dem Körper eine Menge ab, die Zeit zu manipulieren.«

Ich schwieg, weil ich an das Gespräch mit Nates Mutter denken musste – wie überrascht sie gewesen war, dass es mir nichts auszumachen schien, inmitten von Flammen zu stehen.

»Hättest du Lust auf einen Spaziergang?«

»Ach, keine Übungsstunden mehr? Vielleicht sollten Sie mich eine Klippe hinunterschubsen, um zu testen, ob ich auch auf Luft reagiere.«

»Es tut mir leid, dass ich dich nicht auf den gestrigen Test vorbereitet habe. Es war wichtig, deine unverfälschte Reaktion zu sehen.«

Ich schnappte mir den Pullover, den ich vor dem Sprung ins Wasser ausgezogen hatte, und zog ihn mir über den Badeanzug. Meine dunkelblaue Jeans hatte ich angelassen, es war ja sowieso egal, wenn man wenige Sekunden später wieder trocken war.

»Und wozu war das wichtig? Es war doch klar, dass ich auch das Talent der Pyro in mir habe, also hätte es keinen Unterschied gemacht, mich einfach vorzuwarnen.« Trotzig blickte ich ihm ins Gesicht.

Er wies mit dem Kinn zur Tür, die er immer noch aufhielt. »Lass uns draußen reden, Kiana.«

Widerwillig gehorchte ich und lief an ihm vorbei zur Wendeltreppe.

Wir schwiegen beide, bis wir wieder oben und durch die verlassenen Gänge nach draußen gelaufen waren. Bevor ich heute Morgen abgeholt und in die Omilia gebracht worden war, war Daria mit Handbroten von Carla hereingeschneit. Sie hatte mir erklärt, dass die Vorbereitungen für heute Abend liefen und ich mir keine Sorgen machen brauchte. Nachdem wir uns ausführlich über Eve unterhalten hatten und uns darauf einigten, dass wir ihr vorerst nicht helfen konnten, ohne unsere anderen Pläne zu gefährden, hatte sie mich wieder über Will ausgequetscht, aber es hatte mich nicht besonders gestört. Es tat gut, über normale Dinge zu sprechen – so normal, wie es in dieser Stadt eben ging –, und mich nicht alleine mit dem Wahnsinn in meinem Kopf auseinandersetzen zu müssen. Viel zu schnell war sie zu ihrer Inventischicht aufgebrochen, noch bevor ich sie auf ihre Vergangenheit und unseren genauen Plan für heute Abend ansprechen konnte.

»Es ging bei dem Versuch im Zentrum der Pyro hauptsächlich darum, deinem Talent näherzukommen«, riss mich Picabos Stimme aus den Gedanken, als wir am See entlangschlenderten. Zwei Gondeln fuhren an uns vorbei. Die Touristen darin schossen eifrig Fotos von der Omilia.

Picabo wechselte wie zufällig auf meine andere Seite, sodass er zwischen mir und dem Ufer lief. Wollte er mich vor den Blicken der Touristen schützen?

»Und, sind wir meinem Talent nun näher?«

Er beschleunigte seine Schritte, und ich tat es ihm nach, ohne meinen Blick von ihm abzuwenden. Wenn es stimmte, was Carla sagte, und er nur halb so tolerant wie mein Großvater war, dann musste ein Teil von ihm auch an den Regeln der Omilia zweifeln. Aber solange ich mir nicht sicher war, würde ich vorsichtig sein.

»Wir können dein Talent nur entdecken, wenn du uns hilfst.«

»Und ich kann Ihnen nur entgegenkommen, wenn ich Ihnen vertraue.«

Picabo kratzte sich an der Nase und schmunzelte. »Das ist vernünftig.«

Als wir dem Hauptgebäude den Rücken kehrten, fing es an zu regnen. Feiner Sprühregen hinterließ ein Tupfenmuster auf der Seeoberfläche.

Vor Carlas Laden standen die Touristen Schlange, und im Nachbargeschäft strichen sie mit ehrfürchtigen Blicken über die blauen Buchdeckel. Zielstrebig ging Picabo weiter. Wo führte er mich hin?

»Ich möchte dir nichts vormachen, meine Liebe. Wir sind auch nur Menschen, und wir machen Fehler. Und nur weil ich ein Mentor bin, heißt das nicht, dass ich das Wohl der Omilia über alles stelle.«

Ich vermied es, ihn anzusehen.

»Nero kann auf seinem Weg zum Ziel manchmal ein wenig … borniert sein. Er neigt dazu, den Blick fürs Detail zu verlieren, wenn er sich nur auf das Resultat fokussiert.«

Ich schaute auf. »Was genau ist das Ziel?«

Er lächelte. »Auch das weiß er manchmal nicht.«

Diese verwirrende Aussage ließ ich unkommentiert. Es war endlich an der Zeit, mehr über seine Freundschaft zu meinem Großvater herauszufinden. »Sie haben mir erzählt, dass Sie ein Freund von Marino Lyberth waren.«

Wir waren am Fuße des Hangs angelangt. Rechts von uns sah ich das Antiquitätengeschäft, hinter dem sich die kleine Gasse mit dem geheimen Eingang zur Untergrundstadt befand, der leider nicht mehr geheim war. Für einen Augenblick durchfuhr mich der irrsinnige Gedanke, dass mich Picabo genau dorthin führen wollte, doch er lief weiterhin geradeaus, direkt auf die breite Steintreppe zu. Seine weißen Haare wehten leicht im Wind, und sein hellblauer Mantel war so lang, dass er den mit braunen Blättern bedeckten Asphalt streifte.

»Ich habe gehört, dass er meinen Eltern dabei geholfen hat, sich zu treffen.«

Entgegen meiner Erwartungen wich er mir nicht aus, sondern lachte leise. Für einen Moment hielt er auf der ersten Stufe inne und stützte sich auf seinen Oberschenkeln ab. »In dieser Stadt bleibt nie etwas lange im Verborgenen.«

Ich wartete, bis er verschnauft hatte und weiterlief.

»Marino war der geborene Freigeist, er hielt nichts davon, blind irgendwelchen Regeln zu folgen, auch nicht, wenn – oder erst recht nicht, wenn – sie schon mehrere Hundert Jahre alt waren. Aber das lag in der Familie.«

»Wussten Sie auch davon?«, drängte ich. »Ich meine, war es für Sie auch keine große Sache?«

»Es ist nicht so locker, wie es klingt, Kiana.« Sein Atem beschleunigte sich durch die Anstrengung des Treppensteigens. »Stell dir vor, du experimentierst als Jugendliche mit Drogen. Dein Leben lang wurde dir gepredigt, dass sie schlecht sind, dass sie dir schaden und abhängig machen, aber irgendwann gibst du der Versuchung möglicherweise nach. Wie hoch ist die Wahrscheinlichkeit, dass du dir am Anfang denkst, dass deine Eltern und das System recht haben? Dass sie tatsächlich so süchtig machen?«

»Ich hatte es nie so mit Drogen«, antwortete ich trocken, und er lächelte noch breiter.

»Was ich dir damit sagen möchte: Am Anfang wirst du dir unbesiegbar vorkommen. Du wirst dich fragen, was die anderen immer hatten, es ist doch nichts dabei, ab und zu Spaß zu haben, sich gehen zu lassen. Du wirst außerdem davon überzeugt sein, dass du damit aufhören kannst, wann auch immer du möchtest. Dass du die Kontrolle hast.«

»Also hat mein Großvater seinem eigenen Sohn und dessen Freundin dabei geholfen, immer tiefer in die Suchtspirale zu fallen, anstatt sie zum Entzug zu zwingen?«, ließ ich mich auf die Metapher ein.

Picabos Miene wurde wieder ernst. Er schürzte die Lippen. »Er hatte Hoffnung. Manchmal wünscht man sich etwas so sehr, dass man sich selbst einredet, das Richtige zu tun, auch wenn man tief im Inneren die Wahrheit kennt.«

»Aber was genau ist die Wahrheit?« Ich knöpfte meinen Mantel im Gehen zu, weil es immer windiger wurde.

»Der Rausch ist kein böses Märchen, das lediglich aus ideologischen Gründen in der Omilia verbreitet wurde.« *Konnte er Gedanken lesen?* »Doch natürlich gibt es viele Grauzonen, zu denen beispielsweise auch deine Existenz zählt.«

»Meine Existenz?« Grauzone klang auf jeden Fall besser als Ausgeburt der Hölle.

»Ja, im Gegensatz zu ein paar fanatischen Sektenmitgliedern, diesen bedauernswerten Geschöpfen, glauben wir nicht daran, dass dein Wesen schlecht ist. Natürlich könntest du deine Gabe zu bösen Zwecken missbrauchen, aber das können alle anderen Talentierten auch.«

»Woher wissen Sie, dass ich meine Gabe zu Bösem nutzen kann, wenn Sie doch nicht einmal wissen, was meine Gabe eigentlich ist?«

Die vielen Fältchen um seine Augen vertieften sich. »Es besteht kein Zweifel, dass deine Gabe mächtiger ist als die gewöhnlichen Talente.«

Ich wollte protestieren, aber er hob beschwichtigend eine Hand. »Das spielt momentan keine Rolle. Die Frage ist, ob es förderlich wäre, wenn gewisse Leute von ihr erfahren würden.«

»Sie meinen, die verfeindete Organisation?«

Er seufzte tief.

Durch unser Gespräch hatte ich kaum auf das Ziehen in meinen Oberschenkeln geachtet, das mit jeder steilen Stufe zunahm. Ein Blick über meine Schulter ließ mich unwillkürlich zusammenfahren. Die Einkaufsstraße lag gute zwanzig Meter unter uns, die Menschen darauf waren nur noch als kleine Punkte zu erkennen. Eilig nahm ich die letzte Stufe und trat auf sattes Dunkelgrün.

Wir waren auf einem Aussichtspunkt angelangt. Neben einer verwitterten Holzbank wucherten Unkraut und violettfarbene Bergblumen.

Die körperliche Anstrengung zeichnete Picabos Gesicht. Er schleppte sich zur Bank und ließ sich dort nieder. Während Picabo abgelenkt war, nutzte ich die Gelegenheit und schickte eine knappe Nachricht an Will, damit er sich keine Sorgen machte.

Dann ließ ich staunend meinen Blick schweifen, das flaue Gefühl in meinem Magen nahm ich kaum noch wahr.

Im Westen war nur noch der obere Rand des Feuerballs am Himmel zu sehen, der gerade hinter weißen Wolkenschleiern verschwand. Wie eine flauschige Decke lagen sie über den spitzen dunklen Dächern des Ydor-Bezirks. Etwas südlicher konnte ich die helleren Flachdächer bei den Pyro ausmachen, nach Norden und Osten hin wurde uns der Blick von weiteren Hügeln versperrt.

»Willkommen in Tessarect«, holte mich Picabos Stimme aus meiner Trance.

Ich blickte zu ihm hinüber und atmete die frische Luft ein. »Wieso sind wir hier?«

Er zog sich seinen Schal fester um den Hals und starrte auf

einen Punkt in der Ferne. »Ich stehe auf deiner Seite. Und du hast es selbst gesagt: Marino und ich waren Freunde, wir teilten dieselben Werte. Du kannst mir vertrauen. Aber das bedeutet nicht, dass du jedem in Tessarect dasselbe Privileg gewähren solltest.«

Spielte er auf Casper und Nate an? Davon konnte er nichts wissen, richtig?

»Nero wird dich in Kürze zu einem wichtigen Ort bei den Ydor bringen«, fuhr er fort. »Um herauszufinden, ob du dein Talent schon besser kennst als wir. Er benötigt einen möglichst sicheren Beweis.« Er riss seinen Blick von der Szenerie hinter mir los. »Es ist einer von vier magischen Orten in Tessarect und spiegelt die Erfahrungen der Ydor wider, die sie bei ihrem letzten Zeitsprung gemacht haben. Nero nimmt an, dass er auch deine projiziert hat, solltest du schon welche gemacht haben.«

Der majestätische Wasserfall! Mein Atem stockte. »Wieso erzählen Sie mir das?«, flüsterte ich.

»Weil ich Marino an seinem Sterbebett schwören musste, dich zu beschützen, komme, was wolle.« Picabos Stimme zitterte.

Ich ballte die Hände zu Fäusten. »Kann ich Nero vertrauen?«

Sein Blick war Antwort genug. Ich wandte mich um und starrte auf das leuchtende Orange, das die untergehende Sonne an den Himmel malte. Meine Gedanken wanderten zu meinem Großvater, den ich niemals kennenlernen würde.

Zu meinen Eltern, mit denen ich kein anständiges Gespräch führen konnte, weil sie hinter Gittern saßen oder verrückt waren. Oder beides. Trotzig schluckte ich den Kloß in meinem Hals herunter und drehte mich zu Picabo, als ich mir sicher war, dass keine Tränen kommen würden.

»Was würden Sie tun? An einem Ort, an dem Sie nicht wissen, was falsch oder richtig ist, weil Sie das Gesamtbild nicht kennen?«

Sein Gesicht wirkte müde. »Ich würde versuchen, so viele Informationen wie möglich zu sammeln.«

Grimmig nickte ich. »Das ist ziemlich schwer, wenn man Tausende Verbote auferlegt bekommt und die einzigen Menschen, die einem weiterhelfen könnten, weggesperrt werden.«

Er sagte nichts, aber seine Augen glänzten nun noch mehr.

»Sie haben gesagt, Sie stehen auf meiner Seite«, fuhr ich fort. »Wer steht auf der anderen?«

Picabo erhob sich mit einem leisen Ächzen und stützte sich auf der Armlehne hinter sich ab. »Traue deinem Bauchgefühl, es wird dich schon leiten.«

Das Bedürfnis, gegen die Bank zu treten, flammte in mir auf, doch ich begnügte mich mit einem Zähneknirschen.

»Ich habe diesen Ort gewählt, um ohne ungebetene Zuhörer mit dir zu sprechen«, antwortete er auf meine Frage.

»Und was soll ich mit diesen Informationen anfangen? Sie bestätigen mir nur das, was ich sowieso schon die ganze Zeit denke.«

Picabo legte mir behutsam eine Hand auf die Schulter.

»Rede mit mir, wenn du etwas weißt. Und wenn du nicht mit mir reden willst, dann rede mit William. Er ist der einzige Mensch, bei dem du dir keine Sorgen machen musst. Seine Beweggründe werden immer rein sein. Und … wenn du in letzter Zeit irgendeine außergewöhnliche Erfahrung gemacht hast, dann sorge dafür, dass sie sich nicht mehr in deinem Kopf befindet, wenn Nero beschließt, dass der Moment gekommen ist, um dich zu besagtem Ort zu bringen.«

Eine Weile sahen wir uns stumm in die Augen. Durchsichtiges Blau und helles Braun, Sorge und Wut.

Dann gab ich nach. »In Ordnung.«

Mühevoll brachte er ein Lächeln zustande und wies in den Himmel. »Wir sollten wieder zurück, die Sonne ist fast vollständig verschwunden, und Nero wird sich fragen, wo ich abgeblieben bin.«

Seite an Seite begannen wir den Abstieg, während ich fieberhaft versuchte, meine wirren Gedanken zu ordnen. Es bestand jedenfalls kein Zweifel mehr: Wenn sogar ein Mentor der Ydor Neros Absichten infrage stellte, dann würde ich in dieser Stadt keine ruhige Minute mehr haben.

🜄

Sobald meine Finger sich um die Klinke schlossen, wusste ich, dass etwas nicht stimmte. Laute Stimmen drangen von innen zu mir. Die Tür gab abrupt nach, und ich verlor fast mein Gleichgewicht. Sie musste offen gestanden haben.

Ich taumelte in den warmen Flur und stützte mich an der Wand ab.

»Wie – wie kannst du es wagen? Wie konntest du je glauben, ich würde dich sehen wollen?«

Es dauerte einen Moment, bis ich Wills Stimme zuordnen konnte. Er klang nicht wie mein Inventi, obwohl ich ihn oft genug wütend erlebt hatte. Das hier war weitaus schlimmer als Wut.

Leise lief ich in den Flur, um die Aufmerksamkeit nicht sofort auf mich zu lenken. Ein unverständliches Murmeln war zu vernehmen, dann brüllte Will wieder los.

»Sechs Jahre! Sechs verfluchte Jahre, ist dir bewusst, was das bedeutet?«

Die andere Stimme erklang wieder, ein Flehen, rau und tief, aber Will schnitt ihr das Wort ab.

»Wag es nicht, ihren Namen in den Mund zu nehmen, du hast es nicht einmal verdient, an sie zu denken.«

»Jetzt halt mal die Luft an!«, entgegnete die zweite, männliche Stimme nun lauter. »Lass mich wenigstens ausreden, danach kannst du immer noch entscheiden, ob du mich bis in alle Ewigkeit hassen willst.«

»Für diese Entscheidung muss ich dich nicht anhören.« Pure Verbitterung schwang in jedem Wort mit.

Ich beschleunigte meine Schritte, und im nächsten Moment war ich am Ende des Flurs angelangt. Sofort starrten mich zwei Augenpaare an. Will sah verwirrt aus, als hätte er bis zu diesem Moment nichts von meiner Anwesenheit gespürt. Dem Mann ihm gegenüber stand die Verzweiflung ins Gesicht geschrieben. Er hatte fast schulterlange, weißblonde Haare, dunkle Augen mit einem hellen Wimpernkranz und schmale Lippen. Auf den ersten Blick wirkten die beiden wie Brüder. Erst bei näherer Betrachtung bemerkte ich die grauen Haarsträhnen und die Falten.

»Kiana.«

Ich schaute wieder zu Will.

»Wer ist das?«, fragte der Mann schroff.

»Das geht dich einen Dreck an«, murmelte mein Inventi, ohne ihn weiter zu beachten. Er kam auf mich zu und fasste mich an der Schulter.

»Alles okay bei dir?«

Mit einem Nicken öffnete ich den Mund und suchte nach den richtigen Worten. Sollte ich lieber abhauen?

»*Kiana?*« Die Stimme des Mannes, bei dem es sich um Wills Vater handeln musste, war kaum mehr als ein Hauchen. »Wie in: Kiana Lyberth?«

Will schloss die Augen. Eine Ader pulsierte auf seiner Stirn.

Ich versuchte zu lächeln. »Genau die.«

Doch Liam Lowe beachtete mich nicht. »Was tut sie hier, William?«

Will fuhr herum. »Sie wohnt hier, im Gegensatz zu dir«, fauchte er.

»Wieso … wieso lebt Kiana Lyberth in einem Haus mit dir?« Sein Blick streifte mich flüchtig, und ich sah die Panik in seinen Augen aufflackern.

Will verschränkte die Arme und lachte trocken auf. »Dreimal darfst du raten, Dad.« Das letzte Wort spuckte er voller Hohn aus. »Dreimal darfst du raten, wieso ich in Tessarect bin und mit ihr zusammenwohne.«

Liam schüttelte den Kopf, erst langsam, immer noch ungläubig, dann heftiger. »Sag mir, dass das nicht wahr ist.«

»Wieso sollte dich das interessieren?«

Sein Vater trat auf ihn zu und packte ihn unsanft bei den Schultern. »Was haben sie mit dir getan?«

Will riss sich los. »Sie mussten nichts mit mir tun. Dir muss ich doch nicht erklären, wie das ganze Inventi-Ding funktioniert, oder?«

Jetzt war es an Liam, die Augen zu schließen und tief Luft zu holen. Sein Gesicht verzog sich zu einer unschönen Grimasse. Als seine Lider sich wieder öffneten, schwammen seine braunen Augen in Tränen.

»Sie hat mir versprochen … sie … sie hat mir versprochen, dass sie euch in Ruhe lässt.«

Wills Lippen verzogen sich zu einem spöttischen Lächeln. »Netter Versuch. Du bist das Unschuldslamm in dieser Geschichte, da bin ich mir sicher. Man hat dir ganz bestimmt verboten, nach Mum zu sehen, sie auch nur ein Mal in den letzten sechs Jahren anzurufen oder uns irgendein Zeichen zu geben …«

Liam beachtete ihn nicht. Er raufte sich die Haare, wie es sein Sohn tat, wenn er nicht weiterwusste – sodass es allein beim Zuschauen wehtat.

»Du bist ihr verdammter *Inventi*?«, rief er unvermittelt, und ich zuckte zusammen, während Will ihn nur vernichtend anstarrte. »*Du* bist Kiana Lyberths einziger Inventi?«

»Raus!«, erwiderte Will zornbebend. »Raus hier, bevor ich etwas tue, was ich später bereue.«

Liam öffnete erneut den Mund, doch Will packte ihn am Kragen seiner braunen Lederjacke und zerrte ihn zum Flur, wo er ihn in die Dunkelheit stieß. Gerade noch rechtzeitig konnte ich beiseitehechten.

»Verschwinde!«, schrie er seinen Vater an, und jetzt schimmerte auch das Dunkelblau seiner Augen verräterisch.

Ein paar Herzschläge lang war nur sein unkontrolliertes Keuchen zu hören, dann ertönten Schritte hinter uns, und die Tür fiel mit einem lauten Krachen ins Schloss, in dem all die Verzweiflung widerhallte, die ich auch in dem Gesicht vor mir sehen konnte.

SIEBEN

Topas

Will stolperte zum nächstliegenden Sessel und ließ sich daraufsinken. Mit zwei Schritten war ich bei ihm.

Sein Kiefer war angespannt, und die Tränen in seinen Augen drohten überzulaufen. Wütend fuhr er sich mit dem Handrücken über die Augen.

Ich nahm ihn in den Arm und presste mein Gesicht an seinen Hals.

Erst verkrampfte er sich noch mehr, doch als ich begann, ihm langsam über den Rücken zu streichen, löste sich seine Verspannung.

»Kia.« Seine Stimme klang so wie meine, wenn ich versuchte, einen Kloß in meinem Hals herunterzuschlucken.

»Wie hat er dich gefunden?«, wisperte ich an seiner Haut.

»Damek ist wohl zu ihm gegangen und hat ihm gesagt, dass sein Sohn in der Stadt ist. Als wüsste er das nicht.«

»Was, wenn er es wirklich nicht wusste?«, traute ich mich nach einer Minute stiller Umarmung zu fragen. »So wie du nicht wusstest, wo er steckt?«

Er löste sich von mir und warf mir einen bösen Blick zu. »Wieso verteidigst du ihn?«

»Ich verteidige ihn nicht. Er sah nur ziemlich … mitgenommen aus. Er war außer sich, weil du mein Inventi bist. Als wäre sein schlimmster Albtraum wahr geworden.« Etwas stechend Scharfes regte sich bei dem Gedanken in mir.

»Er soll zum Teufel fahren.«

Ich drückte meine Lippen gegen Wills pulsierende Halsschlagader. »Im Zweifel für den Angeklagten, oder?«

»Es besteht kein Zweifel mehr. Er hat sich seinen Vertrauensbonus vor langer Zeit verspielt.«

Jetzt ließ ich von ihm ab. »Du weißt ganz genau, dass du ihn noch nicht aufgegeben hast.« Plötzlich schmeckte ich bittere Wut auf der Zunge, weil sein Vater in unmittelbarer Nähe war und meine Eltern – die einen genauso wie die anderen – unerreichbar.

»Was?« Er funkelte mich an.

»In deinem Schlafzimmer hängen nicht nur Bilder von deiner Mum und Alessa.«

Sein Blick verdüsterte sich.

»Wie würdest du dich fühlen, wenn deine Schwester die Inventi einer Abnormität wäre und jede einzelne ihrer Regungen spüren könnte?«, hauchte ich.

»Das ist nicht dasselbe.«

»Ist es so schwer vorstellbar, dass er genau das auch für dich empfindet?«

Etwas in seiner Miene bröckelte. »Er ist gegangen.«

»Du hast gehört, was er gesagt hat. Sie hat ihn erpresst – womöglich Gaia oder jemand anderes in der Omilia –, und ihm versprochen, euch in Ruhe zu lassen. Genau wie bei dir.«

»Ich habe aber nicht jeglichen Kontakt zu meiner Familie abgebrochen«, fauchte er.

»Noch nicht.«

Für den Moment war er abgelenkt. »Wie meinst du das?«

Ich betrachtete meine Fußspitzen. »Du hast mich gehasst, als du mich das erste Mal gesehen hast, oder? Weil nichts mehr eine Rolle gespielt hat. Das war erst der Anfang. Woher weißt du, dass du überhaupt noch an deine Familie denken wirst, je mehr Zeit du mit mir verbringst? Vielleicht war es bei deinem Vater genauso.«

Er zuckte vor meinen Worten zurück, als seien sie Folterinstrumente. »Hör auf damit.«

»Womit? Die Wahrheit auszusprechen? Ich habe die Sage der Odego-Bäume gehört. Und du hast es mir mehr als ein Mal gesagt: Ich bin der Grund, warum du atmest. Du lebst nicht mehr für dich.«

»Jetzt hör mir mal gut zu: Nur weil irgendein bescheuerter Hokuspokus auf uns liegt, heißt das nicht, dass wir keine freien Menschen sind.« Sein Blick zuckte zu meinen Lippen. »Und es heißt auch nicht, dass ich meine eigenen Gefühle nicht von den … aufgezwungenen unterscheiden kann.«

Mein Herz meldete sich wild pochend aus der Versenkung zurück. Das waren ja ganz neue Töne. »Du hast gesagt, du hast keine Wahl.«

Er lächelte schwach, und sein Blick wurde so intensiv, dass glühende Hitze unter meine Haut kroch. »Nun, ganz offensichtlich habe ich mich getäuscht.«

Sein Gesicht kam näher, und meine Lippen teilten sich, die Luft zwischen uns schien zu flirren. Er rutschte zu mir heran.

Kurz bevor unsere Lippen sich berühren konnten, vibrierte es an meinem Oberschenkel, und wir zuckten beide zusammen. Stöhnend zog Will sein Handy aus der Hosentasche und warf einen Blick auf das Display, drauf und dran, den Anrufer wegzuklicken. Sein Daumen schwebte über dem roten Telefonhörer, doch er hielt inne. Eine Nummer mit mir unbekannter Vorwahl wurde angezeigt, aber das war nicht das Ungewöhnliche – ungewöhnlich war Wills Reaktion.

Mit Todesmiene nahm er das Gespräch an. »Ich glaube, ich habe mich deutlich ausgedrückt«, knurrte er, doch dann veränderte sich sein Gesichtsausdruck. Er lauschte kurz, und die Wut war zurück, als er wieder sprach, nur nicht ganz so heftig wie zuvor. »Schön, dass du anrufst, ich wollte mich noch persönlich dafür bedanken, dass du ihm die Adresse gegeben hast.«

Unverständliche Worte wurden am anderen Ende der Leitung gemurmelt, und Will atmete tief durch. »Das kannst du vergessen.«

Ich nahm ihm kurzerhand das Handy aus der Hand und presste es mir selbst ans Ohr. »Guten Abend, Damek.«

Eine kurze Pause entstand. »I-ihr … müsst herkommen«, antwortete er schließlich.

»Wohin?«

»In den Norden. Casper meinte, wir müssen sofort mit der Planung für unseren Einbruch beginnen.«

Ich unterdrückte ein Grinsen und gab mir alle Mühe, Will zu ignorieren, der die Finger in ein Kissen gekrallt hatte, sodass seine Knöchel weiß hervortraten. »Und wo genau sollen wir hinkommen?«

»Zu … zu Liams Haus. Ich habe die Adresse schon geschickt.« Dameks Stimme war nun kaum mehr als ein Flüstern. »Aber William ist ziemlich angepisst, und ich weiß nicht, ob … vielleicht sollte Casper noch mal anrufen … oder Nate …«

»Ich kümmere mich drum«, versicherte ich ihm. »Bis später.«

»Danke.« Er atmete laut aus. »Bis später … Kiana.«

Ich beendete das Gespräch, wandte mich meinem erstarrten Inventi zu und setzte einen flehenden Blick auf. »Ich weiß, wie beschissen die Situation für dich ist. Aber Damek ist unsere einzige Chance, ins Gefängnis zu gelangen.«

Finster erwiderte er meinen Blick. »Du weißt nicht mal, ob deine Eltern wirklich in diesem Gefängnis sind.«

»Das stimmt. Ich kann die Wahrheit jedoch nur herausfinden, wenn wir zu den Choys gehen. Damek meinte, er hat dir eine Adresse geschickt, zu der wir kommen sollen.«

Will brummte etwas Undefinierbares, was mich darauf schließen ließ, dass der Choys-Teenager clevererweise nicht erwähnt hatte, wohin unser Besuch in den Erde-Bezirk uns heute führen sollte.

Entschlossen beugte ich mich vor. »Bitte.« Ich war ein Miststück. Ich sollte eigentlich auf seiner Seite stehen und seinen Vater gemeinsam mit ihm verfluchen. Was tat ich stattdessen?

Meine Lippen berührten seine und hauchten ihnen einen unschuldigen Kuss auf. »Bitte, Will.«

So verlockend der Gedanke auch war, ich konnte mich nicht hier mit ihm vor der ganzen Welt und meinen sehr realen Problemen verstecken. Und er konnte es genauso wenig.

Also legte ich alles in meinen Blick – vom nagenden Bedürfnis, meine Eltern wiederzusehen, und der Hoffnung, dass es irgendeinen Ausweg für diesen Schlamassel gab, bis hin zur Verzweiflung wegen Picabos Warnung.

Und als meine Gefühle mich zu übermannen schienen, sah ich deren Spiegelung in seinen Augen und wusste, dass es funktionierte. Und mit dieser Erkenntnis kam die nächste. Sie raubte mir den Atem und zwang mein Herz in die Knie. Denn der Ausdruck in seinen Augen zeigte mir, dass er sich irrte – er hatte keine Wahl, wenn es um mich ging. Er würde immer genau das tun, was ich verlangte. Wenn ich zu den Choys wollte, dann würden wir zu den Choys gehen. Nur die potenzielle Gefahr könnte ihn davon abhalten, die Sorge um mein Wohl. Nicht etwa seine eigenen Wünsche oder Bedürfnisse.

»Okay.« Er nickte, und das Stechen in meiner Brust kehrte zurück. »Aber dieses Mal riskieren wir es nicht, erwischt zu werden.«

Das Lichtermeer empfing uns, als ich hinter Will die Bodentreppe hinunterkletterte und mich nach der letzten Sprosse fallen ließ. Ich hatte aus meinen Fehlern gelernt und darauf bestanden, dass er als Erster abstieg.

»Du hast es übrigens sehr gemütlich hier«, kommentierte ich, nachdem ich mich aufgerichtet hatte.

Ein halbes Lächeln erschien auf seinen Lippen, und er öffnete die Tür eines in die Holzwand integrierten Schrankes. Er warf ein paar Kleidungsstücke hinter sich, von denen ein Teil aufs Bett fiel und der Rest an einem der Äste hängen blieb, ehe er mir einen übergroßen cremefarbenen Rollkragenpullover hinhielt. Ohne Widerworte zog ich ihn über mein enges Oberteil und griff dann nach der Baskenmütze, die er mir als Nächstes reichte.

Ich wollte sie gerade aufsetzen, da trat er näher und drehte mich wortlos um. Schon griff er mir sanft in die Haare und fasste sie zusammen.

»Was genau wird das?«

Er antwortete nicht, weiterhin spürte ich die flinken Bewegungen in meinem Nacken.

Zöpfe flechten gehörte also auch zum Repertoire von William Lowe.

»Ich bin beeindruckt«, murmelte ich, als er fertig war, und setzte mir die Mütze auf. »Man könnte meinen, in einem anderen Leben warst du …«

»… ein großer Bruder?« Er strich mir eine Strähne hinters Ohr, die zu kurz für den Zopf gewesen war.

Ich zupfte an der Mütze. »Oder ein Verkleidungskünstler.«

»Oder ein professioneller Stalker, der immer wieder sein Äußeres verändern musste.« Er zog sich sein Shirt über den Kopf und griff nach einem braunen Hemd, schlüpfte hinein und knöpfte es in Sekundenschnelle zu. Ich bemühte mich, nicht allzu sehr zu starren.

Sein Haar verschwand unter der schwarzen Strickmütze, dann griff er nach einem bodenlangen Mantel und nickte zur anderen Seite des Raumes.

»Wieso das Haus verlassen und riskieren, gesehen zu werden, wenn sich der Eingang zur Untergrundstadt direkt in unserem Keller befindet?«

»Wie bitte?!«

Schon schob er sich an mir vorbei, wobei er wie selbstverständlich nach meiner Hand griff. Wir verschränkten die Finger miteinander.

Er legte seine freie Hand flach auf das Holz, das wie ein ganz normales Stück Wand wirkte, aber schon nach wenigen Sekunden nachgab.

»Mich sollte wirklich nichts mehr wundern.«

»Wurde dir nicht erzählt, dass die Untergrundstadt eigentlich das Revier der Inventi ist?«

Eves Freunde hatten mir davon erzählt, trotzdem hätte ich im Leben nicht gedacht, mein Inventi könnte einen privaten Zugang in seinem Schlafzimmer haben. Dieses Wissen hätte mir einiges an Ärger erspart.

»Die Unterwelt für das Fußvolk«, meinte er, aber ich hörte

das Grinsen in seiner Stimme. »Um sich schneller und ungestörter durch Tessarect zu bewegen. Und vor allem, um die magische Schranke zu umgehen.«

Ich gab mir Mühe, so zu tun, als seien diese Informationen neu für mich.

Ein kalter Luftzug strich über mein Gesicht, als er die Geheimtür weiter aufstieß. Augenblicklich stieg mir der Geruch nach Salzwasser in die Nase.

»Meinst du, wir begegnen dort unten jemandem?«, wisperte ich, als er die Taschenlampe an seinem Handy einschaltete.

Er zuckte die Achseln. »Erkennen werden sie uns nicht, es sei denn, sie suchen nach uns. Aber wieso sollten sie?«

Ich nickte, obwohl er es nicht sehen konnte. Jetzt wäre wohl ein guter Zeitpunkt, um ihm von Picabos Warnung zu erzählen – vielleicht hatte er eine Idee, was ich dagegen unternehmen konnte, dass Nero mich zum Wasserfall brachte und durch die Spiegelung im Wasser Zugriff auf meine letzte Vision bekam.

»Was hast du eigentlich auf der Aussichtsplattform gemacht?«, riss mich Wills Stimme aus den Gedanken, nachdem er die Tür zugedrückt und von außen abgeschlossen hatte und wir uns in den breiten, tunnelartigen Gang begaben.

»Kannst du Gedanken lesen?« Ungläubig suchte ich seinen Blick in der Schwärze, die nur durch das kleine Licht in seiner Hand gestört wurde.

»Ich wünschte es mir manchmal.«

»Als würdest du nicht mehr als genug Einblicke in mein Innenleben bekommen …«

Er antwortete nicht mehr, also straffte ich die Schultern und erzählte ihm in knappen Worten von dem kleinen Spaziergang mit Picabo.

Es war inzwischen kühler geworden, und von der Decke war ein leichtes Tröpfeln zu vernehmen. Der Boden glänzte im Lichtkegel der Taschenlampe.

Will fluchte. »Uns läuft die Zeit davon.«

»Genau deshalb müssen wir zu den Choys.«

∀

Erst als wir ein paar Minuten durch den feuchten Tunnel gestapft waren und eine elektronische Ansage in der Ferne erklang, räusperte ich mich. »Sag mal, du hast doch ein Ticket, oder?«

Will warf mir einen Seitenblick zu. »Keine Sorge, wir brauchen keine Tickets, wir kommen auf der Seite der Plattform raus, auf der die Bahn fährt.«

Eindeutig hatte er meine Frage falsch verstanden. Ich bemühte mich um einen normalen Gesichtsausdruck.

Er runzelte die Stirn. »Was?«

»Also, dreh jetzt bitte nicht durch, ich finde es super, dass du einen Geheimgang kennst, aber wir könnten auch einfach zu einer normalen Haltestelle.«

Seine Augen wurden schmal. »Wieso sollte ich durchdrehen? Und nein, können wir nicht, weil das System Alarm schlägt, wenn du –«

Ich grinste. »Nein, tut es nicht. Die magische Schranke reagiert nicht auf mich.«

»Woher …« Er verstummte und wandte sich von mir ab. »Wieso wundert mich das nicht?«, zischte er und beschleunigte seine Schritte.

»Das ist was Gutes!«, rief ich ihm hinterher. »Das können wir zu unserem Vorteil nutzen.« Auch wenn es vermutlich klüger war, die Plattform undercover und nicht durch die Schranke zu betreten, falls uns jemand erkannte …

Er schwieg den restlichen Weg, und ich tat es ihm gleich. Immerhin machte er keinen Aufstand oder bestand darauf, dass wir umkehrten. Am Ende des Tunnels erwartete uns keine Strickleiter wie beim letzten Mal, also musste es sich um eine andere Haltestelle handeln. Stattdessen endete der Weg abrupt, und Will ging in die Knie, um eine Falltür, doppelt so groß wie die in unserem Haus, zu öffnen. Er leuchtete in das Loch im Boden und bedeutete mir, vorzugehen. Eine schmale Steintreppe führte etliche Meter in den Untergrund.

»Sperrst du mich wieder weg?«, murmelte ich und machte mich an den Abstieg, ohne seine Antwort abzuwarten. Mit ausgestreckten Armen tastete ich mich an der Wand entlang. Hinter mir erklang ein Grummeln, aber schon bald hörte ich auch seine Schritte, nachdem er die Falltür hinter sich zugezogen hatte.

»Die Plattform ist riesig«, flüsterte er direkt an meinem Ohr. Die Dunkelheit hatte sich inzwischen etwas gelichtet. »Unten gibt es nur ein Absperrband, also warten wir, bis eine Bahn einfährt und alle abgelenkt sind, bevor wir drübersteigen, okay?«

Ich nickte.

Wir mussten nur wenige Sekunden warten. Kaum hatte ich die letzte Stufe betreten und blitzte das rot-weiße Band vor mir auf, ertönte ein Knacken, gefolgt von der blechernen Ansage. »Gleis vier, Gelb fünf Richtung Nordstadt, bitte Vorsicht bei der Einfahrt.«

»Lauf!«, hauchte Will hinter mir, und meine Nackenhaare richteten sich auf.

Ich stieg übers Band und stand im nächsten Moment inmitten einer Menschentraube. Sofort spürte ich eine Berührung an meiner Hand. Will stand neben mir, verschränkte unsere Finger miteinander und quetschte sich an einer Touristengruppe vorbei nach vorn. Mit empörten Blicken drehten sie sich um, doch wir waren zu schnell. Außerdem sprangen die Türen der Bahn gerade auf und beförderten noch mehr Menschen auf die ohnehin schon überfüllte Plattform.

Sobald wir uns vorgekämpft hatten, nahm ich die Malereien wahr. Statt Flammen zierten Pflanzen das Äußere der Bahn. Grüne Blätter, schwarze Wurzeln und gelbe Blüten inmitten von glänzender Erde.

Wir hatten offenbar den tiefsten Punkt der Untergrundstadt erreicht, denn die Gleise schwebten nicht in der Luft, sondern befanden sich auf dem Boden. Auch dahinter war kein Abgrund zu sehen. Reflexartig hob ich den Kopf und sog die Luft ein. Mehrere Meter über uns zischten Waggons in der Dunkelheit umher – umgeben von Wassermassen. Schon während man in der Bahn saß, fühlte es sich absolut irre an, die Wellen oder die Flammen am Fenster zu sehen, doch von außen zu beobachten, wie die Bahnen vom jeweiligen Element in Bewegung gesetzt wurden, übertraf alles. Ich war nicht die Einzige, die mit offenem Mund nach oben starrte.

Will drückte meine Hand und zog mich ins Waggoninnere. Schon gut, schon gut, wir durften kein Aufsehen erregen.

Mit gesenkten Köpfen suchten wir uns die letzten freien nebeneinanderliegenden Sitze und schauten nicht auf, als wir in der Untergrundstadt willkommen geheißen wurden. Auch dann nicht, als der Schoßbügel nach unten klappte und mein Magen einen Satz machte.

Ich hob erst wieder den Kopf, nachdem wir uns in Bewegung gesetzt hatten und der Geruch nach feuchter Erde mir in die Nase drang. Moment mal. Gleise aus Flammen und Wasser waren schon verrückt, aber …

Ich beugte mich über Will, der direkt am Fenster saß, ignorierte seinen argwöhnischen Blick und das Metall, das mir in die Hüfte schnitt, und drückte meine Nase ans Glas.

»Sorry, du brauchst gar nicht so zu tun, als sei das nicht krass!«

Er gab sich alle Mühe, böse zu schauen, doch ich meinte, seine Mundwinkel zucken zu sehen.

Ein Krachen ertönte, dann vibrierte die ganze Bahn und ...

»Ach du Scheiße, ach du Scheiße, der Boden bricht auf!«

»Psscht!«, wies mich Will zurecht, konnte sich aber ein kurzes Lachen nicht verkneifen, ehe er nach meinem Arm griff und mich zurück in meinen Sitz drückte.

Mein Blick klebte am Fenster. Ein Erdbeben. Natürlich. Wir stürzten in das Loch, das sich unter uns aufgetan hatte, und schon bald wirbelte eine Mischung aus Staub und Erde vor uns auf und versperrte mir die Sicht.

🜃

Ich war noch immer ziemlich wackelig auf den Beinen, als wir nach einer halben Stunde ausstiegen. Wir nahmen nicht die Rolltreppe nach oben wie die anderen Passagiere, sondern verschwanden in einen schummrig beleuchteten Tunnel fernab des Gewusels. Pflanzen hingen von der Decke herunter, die sich im halb gefrorenen Moos zu unseren Füßen verfingen, was mir bei der ersten Berührung einen Schrecken eingejagt und Will zum Lachen gebracht hatte. Immer wieder kamen wir an hellen Leuchten vorbei. Sie kennzeichneten die Ausgänge und blendeten uns jedes Mal, doch Will zog mich immer weiter. Bis er irgendwann stehen blieb.

»Hier.« Er wies auf den Bildschirm seines Handys, auf dem ein kleiner Punkt unseren Standort auf der Stadtkarte markierte. »Hier müssen wir raus.«

Unsere Blicke wanderten zeitgleich nach oben, während

Will mit dem Lichtschein der Taschenlampe über unsere Umgebung streifte.

Eine schmale Steintreppe zog sich an einer Ausbuchtung des Tunnels entlang. Sie führte hinauf bis zu einem Gitter, durch das uns warmes Licht und tanzende Schneeflocken entgegenkamen.

Will schob mich zum Fuß der Treppe. »Du zuerst.«

»Damit ich testen kann, ob die Stufen trittfest sind?«

»Nein, damit ich dich auffangen kann, wenn du ausrutschst.« Er grinste.

»Eines Tages werde ich dich retten, und dann kannst du dir nichts mehr auf deinen Heldenstatus einbilden.«

»Es wäre mir eine Ehre, von dir gerettet zu werden.«

Ich verdrehte die Augen und wagte den ersten Schritt, wobei ich mich so dicht ich konnte an die Wand presste. Meine Zähne gruben sich in meine Unterlippe, während unter meinen Sohlen etwas bröckelte.

Erst als mein Kopf fast an das Gitter stieß und bunte Farbpunkte vor meinen Augen erschienen, weil ich direkt ins Licht schaute, wagte ich es, einen Blick über die Schulter zu werfen.

Das schiefe Grinsen war immer noch nicht von Wills Gesicht gewichen. »Du brauchst nicht so tough zu tun, ich weiß, dass du Höhenangst hast, Wundermädchen. Weil mir bei dem bloßen Gedanken ans Runterschauen selbst übel wird, obwohl mir das vor ein paar Monaten garantiert nichts ausgemacht hätte.«

Ich schnitt eine Grimasse und widerstand der Versuchung, in die bodenlose Dunkelheit zu blicken.

»Das Gitter über dir lässt sich bewegen, wenn du dagegendrückst, es ist nicht befestigt.«

»Wird sich niemand fragen, wieso zwei Gestalten aus der Erde hervorkrabbeln?«

»Daran wird sich niemand stören, hier passieren tagtäglich viel verrücktere Dinge.«

Nickend löste ich meine Finger von der unebenen Wand. Mit einer schnellen Bewegung umfasste ich das kühle Metall. Sofort spürte ich die Feuchtigkeit der schmelzenden Schneeflocken auf meiner Haut.

Ich stemmte mich gegen das Gitter, und wie versprochen gab es nach. Jetzt nahm ich auch die Geräuschkulisse wahr, die ich vor lauter Angst wohl ausgeblendet haben musste. Ein klassisches Klavierstück wurde gespielt, dazwischen erklang ein Klatschen.

Sobald ich das Metall so gut es ging zur Seite geschoben hatte, wandte ich mich wieder Will zu. Ehe die Frage meine Lippen verlassen konnte, legte er mir seine Hände auf die Hüften. Ich zog den Kopf ein und wagte eine weitere Stufe.

»Ich lass dich nicht los«, flüsterte er hinter mir.

»Das ist ja das Problem.« Wie am Hang wachsende Bäume, deren Wurzeln fest ineinander verschlungen waren …

Ich streckte die Arme durch das halb freigelegte Loch, schob das Gitter mit meinem Ellenbogen noch ein Stück weg und nahm dann die vorletzte Stufe. Gleichzeitig verstärkte sich der Griff meines Inventi, und er hob mich ein Stück in die Höhe.

Der Boden war mit zentimeterdickem Schnee bedeckt. Innerhalb von Sekunden fühlten sich meine Finger wie Eiszapfen an. Kurz nach mir stemmte sich Will mit Rekordgeschwindigkeit durch das Loch nach oben.

Wir waren hinter einem gestreiften Zelt oder einem Stand mit Plane gelandet. Auf der anderen Seite befand sich den Geräuschen zufolge eine Menschengruppe.

Will reichte mir eine Hand. Mit einem Fuß drückte er das Gitter behutsam wieder an die richtige Stelle.

Wir schlichen um den Stand herum und mischten uns unter die Leute. Auf einer halb überdachten Tanzfläche tanzte ein älteres Paar in Nerzmänteln Walzer.

Für einen Moment sah ich ihren fließenden Bewegungen zu und verlor mich in der emotionsgeladenen Musik, bis ich die umliegenden hellen Häuser registrierte, die mir schon beim ersten Besuch im Choys-Bezirk aufgefallen waren. Das Geländer in unserem Rücken schirmte uns von einem Fluss ab, auf dem Eisschollen trieben.

»Ich würde liebend gerne auch mit dir tanzen, aber wir haben eine Mission«, raunte mir Will belustigt ins Ohr und schob meine verrutschte Mütze zurecht.

Wir entfernten uns von dem Trubel und ließen uns wieder von Wills Navi-App leiten.

»Findest du das nicht beeindruckend?«, fragte ich, als wir ein Stück am Geländer entlanggelaufen waren und das

Schneegestöber immer heftiger wurde. »Die Bezirke sind nur wenige Kilometer voneinander entfernt, und trotzdem findet man eine völlig neue Architektur vor – vom Wetter mal ganz zu schweigen.«

»Ich würde es eher als besorgniserregend bezeichnen, dass in den einzelnen Stadtteilen das ganze Jahr über nur eine einzige Jahreszeit herrscht.«

»In Hawaii oder so gibt's doch auch das ganze Jahr über sommerliche Temperaturen, und niemand beschwert sich.«

»Das ist etwas anderes. Diese Stadt wird von Extremen beherrscht.« Er machte eine ausladende Armbewegung. »Klar ist es im November nicht unbedingt seltsam, wenn es so viel schneit, aber es sah schon so aus, als ich im Sommer hier war. So langsam fange ich an, an diese Verschwörungstheorien zu glauben, die hinter der strengen Elemententrennung einen anderen Grund als den Willen der Natur vermuten.«

»Und was für ein Grund soll das sein?«

Bevor er mir antworten konnte, traf mich etwas Eiskaltes, Hartes am Nacken. Ich wirbelte keuchend herum.

In Sekundenschnelle stand Will vor mir. Ich schüttelte mich, ein paar weiße Flocken schwebten zu Boden.

Ein gackerndes Lachen ertönte, und zwei Gestalten schossen auf uns zu, beide mit Mützen auf dem Kopf. Sie hielten sich an den Händen. Schwer atmend und mit geröteten Wangen blieben sie vor uns stehen.

»Du schuldest mir fünf Pfund«, kam es triumphierend von Casper, der Daria ihre Strickmütze ins Gesicht zog und sie in die Seite stieß. Sie riss sich kreischend los, bevor sie sich mit einem Kopfschütteln an uns wandte.

»Hi, ihr zwei, ich war mir sicher, wir würden uns heute nicht mehr sehen.« Ihr Blick zuckte zu Will, der sich wohl gerade ein sehr tiefes Seufzen verkniff.

»Du unterschätzt meine Überredungskünste.« Ich beugte mich vor und umarmte sie, während ich Caspers Grinsen erwiderte. »Wo habt ihr den Rest gelassen?«

Casper fuhr sich über seinen Dreitagebart. Er hatte den Eyeliner heute weggelassen, aber auch ohne Kontrast wirkten seine Augen eindrucksvoll. »Damek wartet am Haus, Nathaniel hat eine wahnsinnig wichtige Familienveranstaltung, und seine reizende Mutter war der Meinung, dass ich viel zu oft die Schichten bei ihm übernehme und ein bisschen Abwechslung uns beiden guttun würde.« Die Fältchen um seine Augenpartie verschwanden, das Lächeln schien ihn Mühe zu kosten.

»Und Eve steckt angeblich immer noch auf der Insel fest«, fügte Daria hinzu. »Obwohl mein Bauchgefühl da anderer Meinung ist.«

Ich runzelte die Stirn. »Müssen wir uns Sorgen machen?«

»Sorgen helfen niemandem«, sagte Casper und vergrub seine Hände tief in den Taschen seiner übergroßen Wildlederjacke. »Und Eve hat bewiesen, dass sie gut auf sich selbst aufpassen kann.«

»An welchem Haus wartet Damek?«, klinkte Will sich ein. Seine Augen waren schmaler geworden.

»Bitte?« Casper und Daria schauten beide zu ihm.

»Was ist das für eine Adresse, die mir der Kleine geschickt hat? Wo genau gehen wir heute hin, und wieso sollte es uns weiterbringen?«

»Ja keine Zeit mit falscher Höflichkeit verschwenden, richtig?«, fragte Casper spöttisch.

Daria hakte sich bei ihm unter und deutete mit der freien Hand hinter uns. »Wir gehen zu einem Komplizen.«

Der Weg zwischen den Häusern mit den kunstvoll verzierten Fassaden war immer breiter geworden. Wir liefen einen Hang hinunter, und der Fluss verlor sich im Nichts. Der Schnee glitzerte im Schein der prunkvollen Straßenlaternen.

»Ihr wollt schon wieder jemand Unbekanntes einweihen?«, brachte Will hervor. Seine Nasenflügel bebten verdächtig.

Daria und Casper erwiderten beide nichts, stattdessen warfen sie halb flehende, halb resignierte Blicke in meine Richtung.

»Er ist nicht unbekannt«, murmelte ich, ehe ich mich selbst dafür verfluchen konnte, dass ich meinen Verrat so offen zugab.

Vor einem Haus kamen wir zum Stehen. Auf dem Grundstück wuchsen mächtige Bäume, deren Äste bis über das Dach ragten.

Erkenntnis blitzte in Wills Augen auf. Ich wich seinem Blick aus und schluckte mein schlechtes Gewissen herunter. »Damek hat gesagt, er hat eng mit Gaia zusammengearbeitet.«

»Und er hat einen guten Grund, zu kooperieren«, kam mir Casper zu Hilfe.

Wills Gesicht war eine undurchdringliche Maske. »Du willst da reingehen?«

Ich nickte und hob den Kopf. »Du musst nicht freundlich zu ihm sein und nicht mehr als nötig mit ihm reden. Sobald wir die wichtigsten Informationen haben, hauen wir wieder ab.«

Will betrachtete mich noch einen Moment, während neben uns unruhiges Füßescharren zu hören war.

»Ein bisschen nett sollte er vielleicht schon sein …«

Aus dem Augenwinkel sah ich, wie Daria Casper einen vorwurfsvollen Blick zuwarf. »Nicht hilfreich, Cas.«

Will ignorierte sie beide. »Treffen wir Damek dort?«, fragte er schließlich und drehte sich zu ihnen. Ein harter Zug lag um seine Lippen.

»Er dürfte schon drinnen sein.«

»Worauf warten wir noch?« Will legte den Arm um meine Schultern, aber es fühlte sich mehr nach Routine als nach Vertrautheit an. »Bringen wir es hinter uns.«

🜄

Liam Lowes Gesichtsausdruck stand ganz im Kontrast zu dem seines Sohnes, als er uns die Tür öffnete. Erleichterung, Freude und Entsetzen wechselten sich in seiner Miene ab.

»Kommt rein!«, sagte er, ohne den Blick von Will zu

wenden. Dieser tat sein Bestes, sein Pokerface aufrechtzuerhalten. Liam trat beiseite. »Damek hat euch schon angekündigt.«

Der Raum war klein, dafür sehr hoch. Die krummen Wände waren mit naturbelassenem Holz vertäfelt.

Eine schmale Leiter lehnte an einem Bücherregal und führte zu einer Plattform unter der Decke. Überall hingen Pflanzen neben Hängeleuchten von der schiefen Decke – sie sprossen förmlich daraus hervor.

Das Herzstück des Raumes war ein braunes Sofa, auf dem Damek mit einer Tasse zwischen den Händen saß. Er machte einen verlorenen Eindruck.

»Wer … wer möchte etwas trinken?« Wills Vater trug einen ockerfarbenen Pullover und eine abgewetzte Stoffhose. Seine Haare waren in seinem Nacken zu einem Knoten gebunden, dunkle Halbmonde lagen unter seinen Augen.

Daria nahm ihre Mütze ab und reichte ihm lächelnd eine Hand. »Wir haben wohl alle nichts gegen ein warmes Getränk einzuwenden.« Sie stellte sich vor, und Casper tat es ihr gleich, bevor er ihr aus ihrer Jacke half.

Ein wenig unschlüssig blieb ich im Eingang stehen und schloss die Tür hinter mir, weil die Kälte durchs ganze Zimmer kroch.

Mr Lowes Blick war zwar alles andere als herzlich, aber er streckte einen Arm aus und half mir aus dem Mantel.

»Bitte entschuldige unser erstes Zusammentreffen. Ich bin Liam.« Seine Hand war groß, rau und warm. Wahrscheinlich lag es daran, dass er Will so ähnlich sah, jedenfalls konnte ich nichts als Mitgefühl empfinden.

»Kiana«, stellte ich mich überflüssigerweise vor, trat in die Mitte des Raumes und blickte besorgt zu Will. Auch er zog seine Jacke aus, warf sie sich über einen Arm und lief dann an seinem Vater vorbei zum Sofa, ohne ihn eines Blickes zu würdigen.

Liam ging zu einer winzigen Küchennische hinter dem Sofa. Er ließ Wasser in einen Teekessel plätschern, den er auf einer Herdplatte abstellte, nachdem er das Gas aufgedreht und mit einem Feuerzeug entfacht hatte.

Ich lächelte Damek zur Begrüßung zu, was ihn bis zum Haaransatz erröten ließ.

»Ihr wisst, dass ihr in der Klemme steckt, wenn man euch zusammen sieht?«, fragte Liam leise, wobei sein Blick wieder an seinem Sohn hängen blieb, der angestrengt zum dreieckförmigen Fenster neben uns schaute. Der Rahmen bestand aus drei schiefen Ästen und war notdürftig mit halb abgerissenem Stoff verdeckt.

»Deshalb sind wir hergekommen«, erwiderte Casper und reckte das Kinn. »Wir haben gehört, die Choys sehen es nicht ganz so eng mit der Grenzregelung.«

Liam zog ein rundes Sitzkissen unter dem Wohnzimmertisch hervor und setzte sich vor uns. »Natürlich tun sie das! Und ich verstehe ehrlich gesagt nicht, was genau ihr euch von eurem Besuch erhofft.«

Will krallte die zitternden Hände ineinander, schnell räusperte ich mich. »Nero hat mich zu meinen biologischen Eltern gebracht, die angeblich in dieser Psychiatrie sind.«

»In der Soteria«, ergänzte Damek und zog eine seiner roten Korkenzieherlocken auseinander.

»Genau. Aber der Rest hier scheint zu glauben, dass sie überhaupt nicht verrückt geworden sind, sondern im Gefängnis sitzen. Also brauchen wir jemanden, der uns bei der Suche nach der Wahrheit helfen kann.«

Entgegen meiner Erwartung nickte Liam. »Deine Eltern sind nicht verrückt geworden.«

Ich starrte ihn an. Die Worte klangen beiläufig, als stünde diese Tatsache für ihn außer Frage. »Woher wollen Sie das wissen?«

Jetzt breitete sich zum ersten Mal ein aufrichtiges Lächeln auf seinen Lippen aus. »Ich glaube daran, dass die Omilia an jahrhundertelangen Regeln festhält und die Augen vor der Wahrheit verschließt.«

Caspers und Darias glänzende Augen entgingen mir nicht. Eindeutig war es eine Neuigkeit für sie, von jemandem älteren Semesters in ihren Theorien bestätigt zu werden.

»Ich habe jahrelang an der Seite von Gaia verbracht, der Ältesten der Choys«, fuhr Liam fort. »Sie war schon immer eine der wenigen Talentierten, die ihr Gehirn benutzt hat, anstatt blind den veralteten Idealen zu folgen. Und glaubt mir, sie war alles andere als verrückt.«

»Hast du dich gut mit ihr amüsiert?«

Schlagartig herrschte Stille. Will sah seinem Vater zum

ersten Mal direkt in die Augen. »Hat es dir so viel Spaß gemacht, mit Talentierten zusammenzuarbeiten, dass du beschlossen hast, dich nicht länger mit Normalos abzugeben? Hat sie dich vergessen lassen, Liam? Hat sie es dir leicht gemacht, unsere Gesichter aus deinem Gedächtnis zu löschen?« Seine Stimme war betont gelassen, frei von jeglichen Emotionen. Aber die Wirkung seiner Worte war im ganzen Raum zu spüren. Wie Hunderte von spitzen Pfeilen, die haarscharf an uns vorbeischossen und sich in ihr Ziel bohrten.

Bevor Wills Vater antworten konnte, fing der Teekessel an zu pfeifen. Liam sprang auf, kehrte uns den Rücken zu und nahm weitere Tassen von der Halterung. Als er sich uns wieder zuwandte, war sein Gesicht wie versteinert.

»Ich verlange kein Verständnis von dir. Aber ich wollte immer nur, dass ihr glücklich seid.« Seine Stimme zitterte, und Casper, Daria und Damek schauten betreten zu Boden.

»Das glaube ich dir aufs Wort«, presste Will hervor.

Ein paar Sekunden starrte ich auf seine Hände, ließ mich von seiner Emotionsflut überschwemmen, dann griff ich aus einem Impuls heraus nach seiner Hand. Ich zwang seine Finger auseinander, verschränkte sie mit meinen und durchforstete fieberhaft mein Gedächtnis. *Wenn das Herz vor lauter Euphorie aus der Brust zu springen drohte, der Bauch vor Lachen schmerzte, wenn ich genau dort sein wollte, wo ich gerade war.*

Zuerst wanderten meine Gedanken zu dem Tag, an dem ich mit Sophia in die Wohnung in Leeds gezogen war, doch die Erinnerung wurde von dem Streit mit meinen Eltern überschattet. Genauso wie unsere Partynächte, die zwar ausgelassen gewesen waren, aber meist auch Niyol beinhaltet hatten. Ich unterdrückte ein Stöhnen. Sah mich auf meiner eigenen Beerdigung im Matsch stehen. Die Gestalten meiner schluchzenden Freunde, meiner Familie … Und dann die Umarmung mit Sophia in unserer WG – in einer Welt, die nur in meinem Kopf existierte. Mein Magen zog sich schmerzhaft zusammen, doch im selben Atemzug war da auch Glück. Erleichterung, weil es Menschen gab, die mich liebten, die mich vermissten, die mir das Unverzeihliche verzeihen würden. Ich konzentrierte mich auf die Wärme an meinen Fingern und atmete tief durch, lenkte meine Gedanken in genau diese Richtung, bis ich mich mit meinen Eltern im Wohnzimmer sitzen sah: mein Dad auf dem Schaukelstuhl, ein dickes Buch auf dem Schoß, aus dem er uns vorlas, meine Mum auf dem Sofa, die sich die Nägel lackierte und so tat, als würde die Geschichte sie zu Tode langweilen, obwohl wir wussten, dass sie die Ohren gespitzt hatte, um kein Wort zu verpassen. Und ich mit einem heißen Kakao und einer Strickdecke zu ihren Füßen.

Tränen schossen mir in die Augen. Diesmal tat es nicht weh. Die Erinnerung war etliche Jahre alt, doch sie war der Beweis für die glücklichen Zeiten. Der Beweis, dass sie mich geliebt hatten.

Meine Lippen verzogen sich zu einem Lächeln. Ich wagte es erst, die Augen aufzuschlagen, als ich mir sicher war, dass ich nicht weinen würde. Wie erwartet waren Wills Züge ein Spiegel meiner Gefühle. Keine Zerrissenheit mehr, nur das Glück und die Gewissheit, dass alles gut werden würde. Wenn vielleicht auch nur für diesen Moment.

Die Anspannung in seinem Gesicht löste sich ein wenig, er erwiderte meinen Blick ungläubig.

Liam hatte die Tassen vor uns abgestellt und füllte sie gerade mit kochend heißem Tee, der nach Zimt und Nelken duftete.

»Wieso sollte Nero Lügen über den Gesundheitszustand meiner Eltern verbreiten?«, fragte ich, als Will den Druck meiner Hand erwiderte und sich zurücklehnte.

»Weil es Tessarect in Aufruhr versetzen würde, sollte herauskommen, dass das oberste Gesetz der Omilia hinfällig ist.« Liam nahm sich eine Tasse und setzte sich wieder vor uns. Er bemühte sich sichtlich, seine Gefühle in Schach zu halten.

»Ihre Beziehung war ein Problem für das ganze System«, murmelte Liam unheilvoll. Sein Blick war nun in die Ferne gerichtet. »Und Probleme werden in der Omilia beseitigt.«

ACHT

Mahagoni

»Gaia hat es sich zur Aufgabe gemacht, Älteste der Choys zu werden«, fuhr Liam fort, »und Nero zu beweisen, dass niemand verrückt wird, nur weil er sich in die falsche Person verliebt. Und dass die Trennung der Bezirke ein veraltetes System ist, an dem niemand mehr festhalten sollte.«

»Wie … wie gut kannten Sie Gaia? Waren Sie nur ihr Inventi? Oder auch mit ihr befreundet?«, wollte Daria wissen.

Liams Kopf zuckte zu seinem Sohn, und ihre Blicke kreuzten sich für kaum mehr als eine Millisekunde, in der die pure Ohnmacht in ihren Gesichtern zu sehen war. Wills Hand krallte sich fester in meine.

»Mein Fall war …« Liam räusperte sich. »Ungewöhnlich. Ich bin in Tessarect aufgewachsen, war Gaias erster Inventi, aber ich habe als Jugendlicher die Stadt verlassen, um nach England zu gehen und ein normales Leben zu führen.«

Wills Körper war neben meinem erstarrt. Wahrscheinlich hörte er diesen Teil der Lebensgeschichte seines Vaters zum ersten Mal.

»Wie haben Sie es geschafft, Tessarect zu verlassen?«, hakte Casper nach. »Ich meinte, war es nicht hart, sich gegen den Inventi-Drang zu wehren?«

Liam blickte zu ihm auf. »Wenn man hier aufwächst, denkt man, es gebe kein anderes Leben. Man hätte keine andere Wahl. Aber als ich mich in eine ...« Er holte tief Luft und fixierte seinen Sohn wieder. »In eine Frau verliebt habe, die nichts mit Tessarect am Hut hatte, wurde mir zum ersten Mal bewusst, dass ich die ganze Zeit in einer Schneekugel gelebt hatte. Es war sehr hart, Gaia hier zurückzulassen und gegen meine Natur anzukämpfen.« Er lachte spöttisch. »Aber sie wusste von meinem Vorhaben, und sie hat auch Catherine kennengelernt – das Mädchen, das mir zeigte, wie bunt und vielfältig die Welt da draußen sein kann.«

Will zuckte bei der Erwähnung seiner Mutter heftig zusammen.

»Gaia hat mich unterstützt, auch wenn es schwer für sie war, mich gehen zu lassen. Ich kann mir bis heute nicht erklären, was dann geschehen ist. Weshalb sie mich Jahre später aus meinem Leben gerissen hat. Sie hat das ganze Land nach mir durchsuchen lassen. Die anderen Ältesten, die sowieso verärgert darüber waren, dass ihnen ein Inventi entwischt war, unterstützten sie tatkräftig. Irgendetwas Einschneidendes muss mit ihr geschehen sein, sonst hätte sie mich nie gezwungen, meine Familie zu verlassen. Sie war völlig verändert. Am Boden zerstört.« Das Dunkelbraun seiner Augen glänzte feucht, und er nahm einen großen Schluck aus seiner

Tasse, bevor er fortfuhr. »Aber sie hat mir versprochen, euch in Ruhe zu lassen, William.«

Dieses Mal erwiderte Will seinen Blick.

»Wenn ich kooperierte, würden weder Alessa noch du je nach Tessarect kommen. Sie hat mir versichert, euch würde es gut gehen. Sie würde sich finanziell um euch kümmern.«

Will lachte humorlos auf. »Und du hast dieses Versprechen nie infrage gestellt?«

Liam schluckte hart. »Ich habe ihr vertraut.«

»Du hast einem Menschen vertraut, der am Abgrund stand und sowieso nichts mehr zu verlieren hatte? Einem Menschen, den du jahrelang nicht gesehen hattest und der dich zwang, zurückzukehren?« Will ließ meine Hand los und beugte sich über den Tisch. »Mum hat die Nerven verloren. Es gab Tage, an denen habe ich sie dafür gehasst, aber dann habe ich sie wieder verstanden. Und ich habe kapiert, dass du der Einzige bist, der meinen Hass verdient. Sie ist wochenlang nicht aus dem Bett gekommen. Hat an die Decke gestarrt und manchmal vergessen, dass es uns überhaupt gibt. Hast du eine Ahnung, wie es für Les war, hast du eine Ahnung, wie es für mich –« Er brach ab und lehnte sich schwer atmend zurück.

»Nein.« Sein Vater suchte seinen Blick vergeblich. »Ich weiß nicht, wie es für euch war, weil ich Gaia nie hinterfragt habe. Und das ist ein Fehler, den ich mein Leben lang bereuen werde. Aber jetzt bin ich klüger, und ich habe Mittel, um euch zu helfen. Ich werde nicht aufgeben, bis du mir wieder vertrauen kannst.«

Die angespannte Stille hielt nur wenige Sekunden, bis Daria auf ihrem Platz hin und her rutschte. Damek sah aus, als wünschte er sich an einen anderen Ort, und Casper war untypischerweise immer noch in Gedanken verloren.

»Wissen Sie, wo Gaia jetzt ist? Und was es mit dieser Morddrohung gegen Kia auf sich hat?«

Liam blickte erst zu Daria, dann zu mir. »Gaia würde dich niemals jagen. Sie war immer gegen Neros Ideale. Vor allem, nachdem ich zurück nach Tessarect gekommen war, setzte sie alles daran, seinen Standpunkt zu widerlegen.«

»Aber wer jagt mich sonst?«, fragte ich.

Liam schüttelte den Kopf. »Ich weiß es nicht. Und ich weiß auch nicht, wo Gaia ist. Ich kann sie nicht mehr orten. Sie hat Unterstützung von Phos bekommen, als sie sich von der Omilia abgekapselt hat. Vermutlich weiß er mehr.«

»Von dem Ältesten der Pyro?«, hakte ich nach. »Wieso hatte der eigentlich kein Problem damit, gegen die Regeln zu handeln?«

»Es gab schon immer Spannungen in der Omilia, was die Trennung anging. Phos war der Meinung, eine Vermischung würde die Talentierten nur noch mächtiger machen. Spätestens jetzt können wir diese Theorie durch deine Existenz bestätigen.«

»Aber Sie müssten doch wissen, wo Gaia ist«, meldete sich Casper zu Wort. »Ungefähr wenigstens. Vor allem, wenn Sie jahrelang ihr Inventi waren.«

»Die verfeindete Organisation, wie sie in der Omilia

genannt wird, hat bereits verschiedene Talentierte auf ihre Seite gezogen, das ist euch sicher nicht entgangen.« Liam seufzte. »Ich nehme an, es ist nicht das erste Mal, dass ihr euch verbotenerweise trefft, und ich lehne mich wahrscheinlich nicht allzu weit aus dem Fenster, wenn ich behaupte, dass ihr auch weitere Talentierte in eurer Mitte habt.«

Casper grinste und hob eine Braue. »Woher wollen Sie das wissen?«

»Kein Inventi kommt alleine auf die Idee, sich dem System zu widersetzen. Nicht ohne guten Grund.«

Casper erwiderte nichts mehr, das war Bestätigung genug für Liam. »Kam es euch nie seltsam vor, dass eure geheimen Treffen nicht aufgeflogen sind? Dass kein anderer Inventi Verdacht geschöpft hat, wenn ihr in einem verbotenen Bezirk wart?«

Daria zuckte mit den Achseln. »Warum sollten sie etwas merken, wenn sie mit anderen Talentierten beschäftigt sind?«

»Weil der innere Kompass der Inventi darauf ausgelegt ist, heftig Alarm zu schlagen, wenn ein Schützling sich in unbekanntem Terrain bewegt.«

Casper kniff die Augen zusammen. »Was wollen Sie damit sagen?«

»Unsere Ortungsgabe wird verfälscht, beinahe außer Kraft gesetzt, sobald verschiedene Talentierte sich an einem Fleck versammeln.«

Ich riss die Augen auf. »Also sind wir sicher, solange wir zusammen sind?«

Liam seufzte erneut, diesmal tiefer. »Bei dir dürfte es eine Ausnahme sein, sollten die Gerüchte stimmen.«

»Die Gerüchte, dass Kiana Lyberths Inventi jeden ihrer Schritte in sich spürt?« Der Spott in Wills Stimme war nicht zu überhören.

Sein Vater nickte nur und wandte sich wieder mir zu. »Und du bringst das Gleichgewicht der Elemente wahrscheinlich schon ganz alleine durcheinander.«

»Das können wir also zu unserem Vorteil nutzen«, meinte Casper und sah ziemlich zufrieden aus.

»Ihr habt mir immer noch nicht gesagt, wieso ihr hier seid.« Liam musterte uns der Reihe nach.

»Zunächst brauchen wir jemanden, der herausfindet, ob sich Kias Eltern in der Soteria befinden«, setzte Casper zu einer Erklärung an.

»Jemanden?« Liam sah alles andere als begeistert aus.

»Das bist du uns schuldig!«, kam es unerwartet von Will, der ihn unbarmherzig niederstarrte.

Sein Vater strich sich die Haare glatt. »Das ist alles?«

»Fast.« Casper straffte die Schultern. »Damek würde gerne seinem Dad einen Besuch abstatten.«

Der Erwähnte sank tiefer ins Sofapolster und suchte angestrengt etwas in seiner Tasse.

»Und ich brauche eine Chance auf ein echtes Gespräch mit meinen Eltern«, meldete ich mich nun auch zu Wort.

Liam wirkte ehrlich verwirrt. »Ich soll euch in die Soteria schleusen? Wie habt ihr euch das genau vorgestellt?«

Casper schüttelte den Kopf. »Oh nein, niemand möchte freiwillig in die Klinik. Und Dameks Vater hat auch kein Problem mit seiner Psyche.«

»Eher mit seinen körperlichen Beschränkungen«, ergänzte Daria mit einem kleinen Lächeln.

Will verschränkte die Arme. »Du wirst uns dabei helfen, ins Gefängnis einzubrechen«, sagte er.

Liams Gesichtszüge entglitten ihm völlig. »Wie bitte?«

»Du hast schon richtig verstanden. Wenn unsere Vermutung stimmt und Kias Eltern gefangen gehalten werden, dann müssen wir wissen, wieso. Und sie können uns bestimmt am meisten darüber erzählen.«

Auch ich starrte Will an. Seit wann war mein Inventi so von dieser Idee überzeugt, die er noch vor wenigen Augenblicken verhöhnt hatte?

Liam fing sich schnell wieder. »Selbst wenn ich es nicht für eine absolut leichtsinnige Idee halten würde – was führt euch zu der Annahme, dass ausgerechnet ich euch dabei helfen könnte?«

»Sie sind ein Choys-Inventi«, antwortete Casper ihm gelassen. »Sie kennen sich hier also gut aus. Und außerdem brauchen wir Sie nicht direkt für den Einbruch. Dafür haben wir schon Damek.« Er klopfte dem Jungen auf die Schulter und grinste. »Sie sollen nur Ihr Wissen mit uns teilen und sicherstellen, dass niemandem seine Abwesenheit auffällt.«

Liam sah zu Damek, der immer kleiner zu werden schien. »Du bist damit einverstanden?«

Dameks Gesicht war puterrot, trotzdem erwiderte er Liams Blick. »Ich werde nicht weiter tatenlos rumsitzen, während meine Familie immer tiefer sinkt«, murmelte er leise, aber bestimmt. »Und ich möchte wissen, wo meine Schwester ist und warum sich niemand in dieser Stadt darum schert.«

»Du glaubst, sie ist bei Gaia«, folgerte Liam in resigniertem Ton.

Damek nickte. »Ich habe ein Talent, also werde ich es nutzen.«

»Schön, dass wir das geklärt haben.« Casper strich sich seinen Pullover glatt und erhob sich. »Unsere Nummern haben Sie ja – wir bleiben einfach in Kontakt, und Sie erzählen uns alles, was Sie über die Soteria und das Gefängnis herausfinden. Dann dürfte am ausgesuchten Termin nichts mehr schiefgehen.«

»An welchem Termin?«, fragte Liam etwas hilflos.

»Übermorgen.« Casper zwinkerte ihm fröhlich zu und hielt Daria eine Hand hin, um ihr beim Aufstehen zu helfen. »Übermorgen findet der Einbruch statt.«

»Habt ihr vollkommen den Verstand verloren?«, polterte Wills Vater los, und ich unterdrückte ein Grinsen, weil er in diesem Augenblick genau wie sein Sohn klang. »Und was, wenn Kianas Eltern nicht gefangen gehalten werden? Wollt ihr einfach mal probeweise einbrechen und riskieren, selbst weggesperrt zu werden, um es herauszufinden?«

»Natürlich nicht«, sagte Casper mit falscher Entrüstung.

»Wenn Sie morgen herausfinden, dass sie tatsächlich in der Soteria sind, dann ändern wir den Plan eben.«

»Morgen.« Liam funkelte ihn an.

»Morgen«, wiederholte Will eisern. Auch er stand auf, wobei er mich mit einem Griff mitzog, der keinen Widerstand duldete. »Es sieht nicht so aus, als hättest du besonders viel zu tun, also dürfte es dir nicht schwerfallen, einen Abstecher in die Klinik zu machen.«

Seinem Vater schien es die Sprache verschlagen zu haben. Ich nutzte die Gelegenheit, auch wenn er mir inzwischen ziemlich leidtat. »Ich möchte mitkommen. In die Soteria«, sagte ich entschlossen. Falls die Möglichkeit bestand, mehr über meine Eltern herauszufinden, wollte ich dabei sein.

Bevor ich noch ein weiteres Wort von mir geben oder mich verabschieden konnte, lotsten mich die anderen schon zur Tür.

»Wir bleiben in Kontakt, ja?«, rief Casper Liam zu und hakte sich bei Damek und Daria unter, sobald er die Tür geöffnet hatte und über die Schwelle getreten war.

Es schneite stärker als vorhin.

»Alles okay?«, fragte ich Will, als die Haustür hinter uns ins Schloss gefallen war.

Er schien mich nicht gehört zu haben. Statt zu antworten, starrte er Casper an. »Seid ihr verrückt geworden? Wie zur Hölle sollen wir in zwei Tagen ins Gefängnis reinkommen?«

Casper steckte sich eine Zigarette an. »Damek hat monatelang recherchiert, er kennt die Abläufe dadrinnen in- und auswendig. Übermorgen ist der einzige Abend in den nächsten Wochen, an dem Nate mir zugeteilt wurde, und zusätzlich hat Daria frei, was auch nicht oft vorkommt. Außerdem schützen sich die meisten Gefängnisse vor Ausbrüchen, nicht vor Einbrüchen.«

»Und wann hattet ihr vor, uns einzuweihen?«

Casper seufzte. »Sobald wir deinen Versager von Vater auf unserer Seite wussten.« Er wedelte im Gehen mit der Hand in Richtung des Hauses. »Ich wäre an deiner Stelle übrigens mehr als angepisst.«

»Wozu brauchen wir ihn überhaupt?«, zischte Will. »Könnte es nicht jeder andere Inventi sein, der mit Gaia zusammengearbeitet hat?«

»Du hast ihn gehört. Er würde alles tun, damit du ihn ein bisschen weniger hasst.«

»Also bin ich das Druckmittel?«, höhnte Will.

»Du bist die Motivation.« Casper entblößte eine Reihe weißer Zähne. »Ehrlich, Mann, ich verstehe, dass du nicht besonders scharf auf seine Gesellschaft bist, aber du musst zugeben, dass er nützlich für uns sein kann.«

Will brummte etwas Unverständliches, als wir uns wieder auf der Straße befanden.

»Was habt ihr über das Gefängnis herausgefunden?«, erkundigte ich mich und atmete die glasklare Luft ein. Gewärmt vom Tee machte mir die Kälte nicht mehr so viel aus wie vorhin.

»Das Desmot liegt mehrere Meter unter dem Erdboden, es umfasst zwei große Bunker, in denen die Zellen liegen. Es ist nicht besonders groß, mit vielleicht fünfzig Gefangenen, eher weniger, und die Wächter – ehemalige Inventi – haben alle acht Stunden Schichtwechsel. Damek ist durch einen alten Familienfreund an den Lageplan gekommen. An den Wächtern vorbeizukommen, ist nur das erste, aber nicht das größte Problem. Wir wissen nicht, in welchem der beiden Bunker Dameks Vater untergebracht ist, und es gibt wohl für beide einen ständig wechselnden Code. Eine sechzehnstellige Zahlenkombination.«

»Sechzehnstellig?«, wiederholte ich. Will schüttelte bloß den Kopf.

»Es kommt auf das richtige Timing an«, kam es überraschend von Damek. »Ich bin nicht umsonst ein Choys.«

»Was hat das damit zu tun?«, murmelte ich mit gerunzelter Stirn, woraufhin sich Daria an die Schläfe tippte.

»Choys haben fotografische Gedächtnisse.«

»Ich kann jeden Moment, der mir widerfahren ist, beliebig oft in meinem Kopf wiederholen«, erklärte Damek, diesmal etwas selbstsicherer. »Wenn ich um Mitternacht Zugriff auf die Zahlenkombination bekomme, sehe ich sie mir einfach so lang an, bis ich sie auswendig kann.«

Hatte mir Nero auf dem Weg in die Soteria nicht auch davon erzählt? »Klingt nach einem Plan.«

»Und wie genau möchtest du Zugriff darauf bekommen?«, fauchte Will. Kaum war sein Vater außer Hörweite, gab er nicht mehr vor, den Plan bedingungslos zu unterstützen. »Meinst du, die Wächter zeigen dir den Code, wenn du nur lieb fragst? Ohne sich darüber zu wundern, warum ein paar Halbwüchsige im Knast stehen?«

Casper zog an seiner Zigarette und fuhr sich mit dem Daumen über die Unterlippe. »Du bist genau wie Nathaniel. Wir haben eine Kontaktperson. Und falls das schiefgeht, werden wir eben zusehen, dass wir die Bestechlichen unter den Wächtern erwischen und sie bezahlen.«

»Und was hält uns davon ab, einfach zu den Besucherzeiten hineinzulaufen und zu schauen, ob wir mit ihnen sprechen können?«

Daria kicherte. »Die lassen uns bestimmt nicht mit Kias Eltern reden, immerhin stecken die angeblich im Irrenhaus.«

»*Angeblich* – eurer Meinung nach.« Will schnaubte.

»Und der deines Vaters, der jahrelange Erfahrung hat und auch glaubt, dass was im Busch ist«, konterte Casper.

»Womit genau wollt ihr die Wächter bezahlen?« Will setzte sein Verhör einfach fort, ohne auf ihn einzugehen.

»Ach, mir fallen da schon ein, zwei Sachen ein. Immerhin sind wir ein Haufen ziemlicher Überflieger.«

Will bombardierte ihn mit vernichtenden Blicken. »Kiana wird da nicht mit reingezogen!«

»Jetzt warte doch erst mal ab, was wir morgen herausfinden«, mischte ich mich ein, um die Wogen ein wenig zu glätten. »Dann können wir immer noch über den Plan sprechen.« Ich hakte mich bei Will unter und schenkte ihm ein strahlendes Lächeln. »Und Kiana entscheidet immer noch selbst, wo sie sich mit reinziehen lässt.«

»Das ist mein Mädchen …« Casper kicherte, verstummte aber gleich darauf, als sein Blick auf Wills traf.

Wir hatten die kleine, inzwischen menschenleere Tanzfläche erreicht. Ich fing eine Schneeflocke mit der Zunge auf und betrachtete die glitzernden Eiszapfen in den Eichen.

»Wie seid ihr eigentlich hergekommen?«, fragte Daria, als Will hinter der Tanzfläche zum Stehen kam.

»Durchs Schlafzimmer, und ihr so?« Ich grinste sie an.

»Er pennt also echt im Keller?« Lachend stieß sie mich in die Seite. »Warum bequem, wenn es auch abenteuerlustig geht, was?«

»Ich … ich muss hier lang.« Wir sahen alle zu Damek, der in eine dunkle Gasse links von uns wies.

Casper boxte ihm gegen die Schulter. »Du hast gute Arbeit geleistet. Das hätte auch anders verlaufen können.«

Damek nickte und lief mit zügigen Schritten davon.

Seine Gestalt wurde in der von weißem Puderzuckerschnee bedeckten Häuserlandschaft immer kleiner.

»Warst du schon öfter bei den Choys?«, fragte ich Casper.

»Ein paarmal. Inventi werden nicht so streng überwacht wie Talentierte. Wenn sie ausnahmsweise mal freihaben.«

»Wie hast du Damek eigentlich kennengelernt?«

Caspers Blick wurde hart. »Er wurde von ein paar Choys verfolgt und getriezt. Sie haben ihn für seine Versagerfamilie fertiggemacht. Ich werde nie verstehen, wie man nach jemandem treten kann, der sowieso schon am Boden liegt. Wahrscheinlich war er einfach die perfekte Zielscheibe für gelangweilte Talentierte.«

Wut füllte meinen Bauch.

»Also habe ich mich eingemischt und ihnen klargemacht, dass ich kein Problem damit habe, mich mit Jüngeren anzulegen.« Seine Mundwinkel kräuselten sich. »Nate hat mir hinterher natürlich die Hölle heißgemacht, weil ich mich auf einer Recherchereise so verhalten habe und sie sich garantiert an mich erinnern würden – ich sehe ein, ich bin ungefähr das Gegenteil von unauffällig –, aber bisher kam noch nichts. Und es hat uns einen wertvollen Komplizen beschert. Der Kleine sieht vielleicht unfähig aus, aber sein räumliches Denken ist irre. Genauso wie dieses fotografische Ding. Choys hin oder her – Damek hat's drauf.«

»Er sieht nicht so aus, als würde er sich in unserer Gemeinschaft besonders wohlfühlen«, entgegnete Will. »Woher wisst ihr, dass wir ihm vertrauen können?«

Casper schnippte gelassen Asche von der Zigarette. »Er ist verängstigt und misstrauisch, was ich angesichts seiner Lage verstehen kann. Aber sein einziges Ziel ist es, seine Familie wieder zusammenzuführen, also wird er uns schon nicht hintergehen.«

Will sah nicht besonders beruhigt aus, doch er rang sich ein Nicken ab und deutete auf das Gitter zu unseren Füßen, das fast vollständig eingeschneit war. »Wir müssen hier lang.« Er warf Daria einen fragenden Blick zu. »Kommst du mit?«

Sie wirkte im ersten Moment überrascht, nickte dann aber und schloss Casper in eine Abschiedsumarmung.

»Vielleicht hat er recht. Vielleicht solltest du auch einen unauffälligeren Eingang in die Untergrundstadt wählen«, murmelte sie in sein Ohr.

Casper gab ihr einen Kuss auf die Stirn und verdrehte die Augen, bevor er uns zuwinkte und sich rückwärts entfernte. »Macht euch mal um mich keine Sorgen. Kommt gut heim, ihr Spaßbremsen!«

Leichtfüßig joggte er die Straße hinunter, seine Turnschuhe hinterließen Abdrücke im Schnee.

»So viel zu unauffällig«, murmelte Will und ging nach einem prüfenden Blick in alle Himmelsrichtungen in die Hocke, um das Gitter zur Seite zu schieben.

Ich starrte auf seinen Hinterkopf. Was würde ich dafür geben, in sein Inneres blicken zu können ... Nicht, um mich von der Aufrichtigkeit seiner Gefühle mir gegenüber zu überzeugen, sondern um herauszufinden, was er jetzt brauchte. Ob er wütend war, dass ich ihn zu seinem Vater mitgeschleppt hatte, oder ob ein Teil von ihm Erleichterung verspürte. Ob er jetzt reden oder lieber vergessen wollte.

»Ladies first.« Sein Grinsen war täuschend echt. Sie konnte sich einen schmachtenden Blick nicht ganz verkneifen. Vorsichtig erwiderte ich sein Lächeln. Sah ganz so aus, als hätten wir uns für den Verdrängungskurs entschieden.

Obwohl die winterliche Stimmung auch ihren Reiz hatte, war ich froh, als mein Atem im Tunnel keine nebeligen Wolken mehr produzierte. Wir waren mit der Bahn zurückgefahren und hatten uns in den Geheimgang geschlichen.

»Macht euch keine Sorgen, der Plan ist durchdachter, als er klingt«, sagte Daria, nachdem Will und sie ein paar Minuten oberflächlichen Small Talk geführt hatten.

Ich verschränkte die Arme. »Ich weiß zwar nicht, wie es in Elementenstädten abläuft, aber in der realen Welt habe ich noch nie von einer Gruppe junger Erwachsener gehört, die ohne große Vorbereitung erfolgreich in ein Gefängnis einbricht.«

»In der realen Welt kann auch niemand die Zeit manipulieren.«

»Touché.«

Wir blieben im Schein von Wills Taschenlampe stehen, und er machte sich an der Wand zu schaffen. Niemals hätte ich eigenständig erkannt, dass sich dahinter der Eingang zu unserem Haus verbarg. In der Dunkelheit sah hier unten alles gleich aus.

Die Lichterkette in Wills Schlafzimmer war immer noch eingeschaltet, und Daria konnte ihre Überraschung nicht ganz verbergen, als sie den Raum erblickte. Es war schon ziemlich ironisch, dass Vater und Sohn beide in einem Baumhaus zu leben schienen.

Will runzelte die Stirn. »Nero muss sich wirklich einen Spaß daraus gemacht haben, dieses Zimmer dem Erde-Bezirk anzupassen, während ich keine Ahnung hatte, dass mein werter Vater sich dort aufhält.«

Daria und ich zuckten beide angesichts der Schärfe in seiner Stimme zusammen, aber er setzte wieder eine gleichgültige Miene auf. »Wollt ihr noch was trinken, bevor wir schlafen gehen?«

Ohne unsere Antwort abzuwarten, machte er sich an den Aufstieg.

Nachdem er weg war, stieß Daria geräuschvoll die Luft aus. »Ich möchte gerade wirklich nicht in seiner Haut stecken …«

Ich hielt mich an einem der Äste über uns fest und kickte meine Stiefel von den Füßen. »Wieso sind eigentlich alle Eltern unbrauchbar? Die einen sitzen hinter Gittern, die anderen wollen nichts mit ihren Kindern zu tun haben.«

»Und wieder andere nehmen sich das Leben, weil sie sich dann nicht mehr mit ihren Problemen beschäftigen müssen.« Sie lachte trocken auf. »Auch eine schöne Option.«

Betreten suchte ich ihren Blick. »Also stimmt es, was Casper über deine Mum erzählt hat?«

»Jep.« Daria zuckte mit den Achseln. »Aber du brauchst gar nicht so zu gucken. Wenn du nur ansatzweise so bist wie ich, dann weißt du, dass Mitleid das Letzte ist, was man in so einer Situation gebrauchen kann.«

Ich biss mir auf der Lippe. Davon konnte ich ein Lied singen.

»Ich habe damit abgeschlossen. Lange war ich unglaublich wütend auf sie, so wie William jetzt auf seinen Dad … Und so wie Eve auf ihre Mutter, die aus ähnlich bescheuerten Gründen abgehauen ist und sie alleine gelassen hat. Aber es bringt nichts. Inzwischen tun mir solche Leute nur noch leid. Sie haben wahrscheinlich nie die richtigen Menschen kennengelernt.« Sie brachte ein ehrliches Lächeln zustande. »Man kann alles ertragen, wenn man jemanden an seiner Seite hat, der einen zum Lachen bringt.«

Sie duckte sich unter den Ästen hindurch und ging ebenfalls zur Leiter. Ich folgte ihr, während die Gedanken sich in meinem Kopf bekriegten. Je länger ich Zeit mit diesen Menschen verbrachte, desto mehr wurde ich das Gefühl nicht los, absolute Luxusprobleme zu haben.

Oben erwartete uns Will mit drei Tassen Tee.

»Mein Zeitgefühl ist in dieser Stadt komplett verschoben«, stellte ich fest.

Er hatte seinen Mantel und Schal ausgezogen und griff nach meiner Baskenmütze, um sie mir mit einem Lächeln vom Kopf zu ziehen.

»Du meinst, weil das Wetter bei den Choys eher an Weihnachten als an Anfang November erinnert?«

Daria warf sich geräuschvoll auf einen Sessel. »Ach, ich finde, es hat was, wenn man innerhalb weniger Minuten zwischen den Jahreszeiten wechseln kann. Obwohl ich mich öfter frage, wieso ich nicht zuerst einem Pyro über den Weg laufen konnte. Dann wäre ich statt Nebel und Regen ewigem Sommer ausgesetzt.« Sie zwinkerte mir zu.

»War Eve eigentlich deine erste Talentierte?«

»M-hm.« Daria schlug die Beine übereinander und schnappte sich den Roman von Carlos Ruiz Zafón, den ich vor einer gefühlten Ewigkeit zu lesen versucht hatte – woran ich kläglich gescheitert war. »Ich schätze, das war Glück im Unglück«, erzählte sie und blätterte gedankenverloren in dem Buch. »Sie war nicht halb so eingebildet wie die anderen Ydor, und wir haben uns verhältnismäßig schnell angefreundet, auch wenn ich es ihr nicht besonders leicht gemacht habe. Ich habe ihr am Anfang die Schuld dafür gegeben, dass meine Mum mich alleine gelassen hat. Vor ihrem Tod hat sie immer auf die Talentierten geschimpft. Sie sah in ihnen den Ursprung ihres Leids. Tja, und so eine Einstellung färbt natürlich ab, wenn man tagein, tagaus damit konfrontiert wird. Aber Eve hat schnell hinter meine Fassade geschaut, und wir haben festgestellt, dass wir mehr gemeinsam haben als gedacht. Auch wenn wir aus völlig verschiedenen Familien und … Hierarchiestufen stammen.«

Ich setzte mich ihr gegenüber aufs Sofa. »Also bist du auch hier aufgewachsen?«

»Bin ich. Und ich hatte im Gegensatz zu vielen anderen nie wirklich ein Problem mit dieser Stadt. Für mich ist Tessarect ein ziemlich akzeptables Zuhause.«

Eine Stelle im Buch zog ihre Aufmerksamkeit auf sich, und so vertiefte sie sich in die Lektüre, während Will sich am Kamin zu schaffen machte.

Er setzte sich erst zu mir, als ein kleines Feuer zwischen den Holzscheiten prasselte. Es war bereits nach Mitternacht.

»Du kannst hier schlafen, wenn du möchtest«, meinte er zu Daria. Er hob meine Beine an und legte sie auf seinen Schoß.

Daria sah auf und grinste angesichts unserer Sitzposition. »Ich möchte wirklich nicht eure Zweisamkeit stören.« Die Worte klangen belustigt, doch die Einsamkeit in ihrem Blick war unverkennbar. Evelyn war weg, Darias engste Freundin in Tessarect. Auch wenn sie immer aufgedreht und fröhlich wirkte, steckte doch nur ein junges Mädchen in ihr, das schon viel zu viel Dunkelheit erlebt hatte.

Will hielt ihr eine dampfende Tasse hin. »Wir können heute alle ein bisschen weniger Alleinsein gebrauchen.«

Im Glanz des Feuers wurden ihre Augen plötzlich feucht. Sie griff nach dem Tee und lehnte sich zurück ins Polster.

»Danke«, sagte sie ein wenig schroff und nahm einen großen Schluck, ehe sie sich wieder dem Buch widmete.

🜄

»Wollen wir nach oben gehen?«

Wills Atem streifte mich, als er sich vorbeugte und mir eine Felldecke reichte. Er legte einen Zeigefinger auf die Lippen.

Verschlafen ließ mich von ihm hochziehen. Nachdem ich die Decke über Darias zusammengerollten Körper ausgebreitet hatte, nahm ich ihr behutsam das Buch aus der Hand, das zur Hälfte über das Sofa ragte.

Bevor mir die Augen zugefallen waren, hatten Will und ich noch eine Weile darüber diskutiert, ob es sinnvoll war, wenn ich Liam morgen bei seinem potenziellen Ausflug in die Soteria begleitete (»Ich habe morgen den ganzen Tag Kampftraining!« – »Ich habe dich auch nicht gebeten, mitzukommen!«), bis ich ihm klargemacht hatte, dass ich sehr wohl in der Lage war, alleine in den Norden zu fahren. Entweder war er zu müde gewesen, um weiter zu protestieren, oder er hoffte, dass morgen etwas dazwischenkam. Jedenfalls hatten wir das Thema beendet.

Meine Hand schlüpfte in seine, und auf Zehenspitzen liefen wir die Wendeltreppe nach oben.

Meine Glieder waren bleischwer, aber die Aussicht, die Nacht mit meinem Inventi zu verbringen, wirkte wie ein plötzlicher Koffeinschub. Dieses Mal hinterfragte ich seine Absichten nicht, obwohl er noch gestern der Meinung gewesen war, wir sollten nicht zusammen einschlafen.

Erst als wir vor meinem Bett standen, ließ er meine Hand los. Nur ein milchiger Streifen Mondlicht erhellte das Zimmer.

Ich sank auf die Matratze und seufzte leise. »Ich muss noch was erledigen.«

Er war schneller neben mir, als ich die Bewegung im Halbdunkeln registrieren konnte. Sein Blick brannte auf mir wie das wärmende Feuer unten im Kamin.

»Picabos Warnung war kein Scherz«, wisperte ich.

»Was möchtest du damit sagen?«

»Ich muss die Vision loswerden.«

Seine Brauen zogen sich verständnislos zusammen.

»Ich habe eine Theorie«, gab ich zu. »Die Narbe an meinem Hals war nach ein paar Tagen verschwunden. Und sobald sie verschwunden war, konnte man die Vision auch nicht mehr besuchen.«

»Du meintest doch, die Visionen werden aus irgendeinem Grund im Wasserfall sichtbar?«

Dankbar, weil er mir folgen konnte, nickte ich. »Keine Narbe – keine Spiegelung der letzten Vision im Wasser.«

Er rutschte ein Stück nach hinten, bis sein Rücken gegen das Bettgestell stieß. »Wir können nicht zulassen, dass er deine Vision sieht. Zwar wird er keine Ahnung haben, wie du sie ausgelöst hast, aber das spielt keine Rolle. Es würde ihm einen viel zu großen Hinweis liefern.«

Meine Mundwinkel zogen sich nach oben. »Schön, dass wir einer Meinung sind.« Ich tastete nach seiner Hand.

»Wir haben nicht genug Zeit, um abzuwarten, bis die Narbe von alleine verschwindet. Also muss ich diese Vision so oft besuchen, bis sie verschwindet.«

»Woher willst du wissen, dass sie durch erneutes Aufrufen schwächer und nicht stärker wird?«, gab er zu bedenken, er klang alles andere als begeistert.

»Das kann ich nicht wissen. Ich kann es nur ausprobieren.«

Wir sahen uns so lange in die Augen, bis sein Blick weicher wurde und er resigniert stöhnte.

»Mach das Licht an, ich schau mir diese Narbe erst noch mal an.«

Obwohl ich keinen tieferen Sinn dahinter erkennen konnte, erhob ich mich und schaltete das Licht ein, bevor ich mich mit dem Rücken zu ihm setzte und kurzerhand den Pullover über den Kopf zog.

Zu meiner Genugtuung beschleunigte sich sein Atem. Ich lächelte und schob mit vorsichtigen Bewegungen meine Haare nach vorne.

»Und?«

Seine Finger auf meiner Haut waren angenehm warm. Gemächlich fuhr er meine Wirbelsäule entlang, verharrte kurz vor meinem Nacken.

»Sie ist definitiv blasser«, flüsterte er. »Wieso warten wir nicht einfach, morgen früh ist sie bestimmt noch heller, und im Laufe des Tages verschwindet sie vielleicht sogar ganz.«

Ich ließ meine Haare wieder auf meine Schultern fallen und drehte ihm mein Gesicht halb zu. »Wir wissen aber nicht, wann Nero mich testet. Picabo hätte nicht ausgerechnet heute das Gespräch mit mir gesucht, wenn es nicht dringend wäre.«

Er seufzte erneut und fuhr damit fort, Muster mit dem Finger auf meinen Rücken zu malen, bis ich leicht schauderte.

»Das … fühlt sich gut an.« Die Worte rutschten mir einfach raus. »Du bist bei mir. Es kann nichts passieren. Wir testen es einfach, und wenn es nicht funktioniert, stelle ich mich morgen eben krank.«

Es vergingen weitere Sekunden, in denen nur das Ticken

seiner Armbanduhr zu vernehmen war, dann ließ er seine Hände zu meinen Hüften wandern und zog mich mit einem Ruck an seine Brust.

»Na schön.« Seine Lippen streiften mein Ohrläppchen, und ich ließ den Kopf rücklings auf seine Schulter fallen. »Unter einer Bedingung: Wenn es nach einem Mal nicht funktioniert, versprichst du mir, es nie wieder zu tun.«

Ich biss mir auf die Lippe. »Okay.« Garantiert durchschaute er diese Lüge, aber ihm schien die Kraft zu fehlen, sich mit mir anzulegen.

Ich wappnete mich innerlich und tastete nach der Narbe in meinem Nacken.

Es flackerte vor meinen Augen, doch entgegen meiner Erwartung sah ich Sophia und mein blondes Vergangenheits-Ich nicht sofort vor mir. Als würde jemand bei einem alten Fernseher zwischen den Programmen hin und her zappen, wurde mir immer wieder schwarz vor Augen, und es rauschte in meinen Ohren. Dazwischen roch ich etwas, das mir den Boden unter den Füßen weggezogen hätte, würde ich mich nicht in halb liegender Position befinden. Diesen ganz speziellen Eigenduft, wenn man eine Wohnung betrat. Den man nur dann in seinem eigenen Zuhause wahrnahm, wenn man eine Weile draußen verbracht hatte oder nach einem Wochenendtrip zurückkehrte. Ich hatte komplett vergessen, wie es in unserer WG gerochen hatte.

Die Empfindung traf mich erbarmungslos, und sie wurde einzig dadurch abgeschwächt, dass ich immer noch Wills

Wärme unter mir spürte – seine Hände an meiner entblößten Haut, seine raue Wange an meiner.

Die Übelkeit registrierte ich nur aus weiter Ferne, viel schlimmer war das Pochen in meinen Schläfen. Wie nach einer Schicht in der Bar, wenn die körperliche Anstrengung emporkroch und mit der Intensität eines Presslufthammers gegen meine Stirn schlug.

Im einen Moment fühlte es sich an, als würde ich Tage so verweilen, im nächsten rauschte die Emotionsflut innerhalb von Sekunden an mir vorbei, doch schließlich wurden die Farben vor meinem Auge klarer, die Dunkelheit verschwand, und ich sah die beiden Gestalten am Küchentisch sitzen, Arm in Arm.

Voller Erleichterung lief ich um den Tisch herum, bis ich zwischen ihnen zum Stehen kam und in die Hocke ging. Ich saugte jedes Detail in mich auf, auch wenn ich es zum bereits dritten Mal sah. Tränen liefen mir über die Wangen, und ein überwältigendes Bedürfnis durchfuhr mich: Ich wollte einen Beweis, dass es echt war. Dass ich nicht nur Hirngespinsten hinterhertrauerte.

Ich streckte die Hand aus, tastete nach Sophias Schulter, wollte ihr die krausen Haare hinters Ohr streichen. Meine Finger griffen ins Nichts. In diesem Augenblick wurde mir bewusst, dass ich nicht alleine war. Ich hatte mich so sehr von der vertrauten Wohnküche ablenken lassen, von dem Duft, von Sophias Lächeln, dass ich die Berührung an meinem Körper für Wills Nähe gehalten hatte.

Ein schlanker Arm, an dem zwei bunte Lederbänder baumelten, war um meinen Nacken geschlungen. Ich beobachtete mein zweites Ich nicht nur, ich steckte in seiner Haut. Sophia umarmte *mich*.

Schluchzend schloss ich die Augen. Berauschte mich am Augenblick und betete, er möge nie enden.

»Es funktioniert.«

Mit grausamer Gewalt wurde ich weggerissen. Mein Finger drückte nicht mehr auf die Narbe. Ich schlug die Augen auf. Grelles Licht.

»Sie … sie … verschwindet.« Die Worte klangen seltsam erstickt. »Die Narbe verschwindet.«

Ich kniff die Augen wieder zu, presste meine Finger gnadenlos auf die Stelle und ließ mich auf einer Welle der Erinnerung davontragen. Dieses Mal sah ich Sophia nur verschwommen durch den Tränenschleier, aber das machte nichts. Meine restlichen Sinne waren umso geschärfter. Je öfter ich die Vision besuchte, desto besser konnte ich anscheinend von allen Talenten Gebrauch machen. Ich konnte alles von damals nachempfinden, wie die Choys, und trotzdem konnte ich auch als Außenstehende die Szene beobachten wie die Pnoe, wenn ich die Zeit innerhalb der Vision zum Stehen brachte.

Eine gefühlte Ewigkeit verweilte ich so, bis aus der Ferne abgehackte Atemzüge an meine Ohren drangen. Plötzlich war es nicht mehr mein Schluchzen, das die Stille mit Trostlosigkeit erfüllte.

Es kostete mich unglaubliche Anstrengung, den Finger von der Narbe zu nehmen. Als das in Dunkelheit getauchte Schlafzimmer vor meinen Augen zurückkehrte, war es, als wäre ein Teil von mir in der heilen Welt zurückgeblieben.

Will musste aus irgendeinem Grund das Licht wieder ausgeschaltet haben, und im ersten Moment durchflutete mich Erleichterung.

Mein ganzer Körper wurde geschüttelt. Ich fasste mir ins Gesicht, um mir die Tränen wegzuwischen, meine Hände trafen aber nur auf halb getrocknete Nässe, die von der vorherigen Heulattacke zeugte.

Ganz langsam drehte ich mich auf dem Bett um und fand mein Gleichgewicht. Ich krallte mich in der Bettwäsche fest. Das hier war die Realität. Nicht diese Traumwelt in meinem Kopf.

Und in dieser Realität zitterte mein Körper nur, weil ich halb auf meinem Inventi lag, der gerade dabei war, sich die Seele aus dem Leib zu schluchzen.

Mein Inneres krampfte sich zusammen, als mein Blick im schummrigen Licht auf seinen gebeugten Körper traf. Erfolglos versuchte er, mit beiden Händen die Tränen wegzuwischen.

»Will.« Ich beugte mich über ihn und berührte seinen Arm.

»Es …« Er presste sich an das Bettgestell, als wollte er seinen Körper damit zum Stillstand zwingen. »Ich … ich fühle nur, was du fühlst.« Immer mehr Tränen rannen ihm über die Wangen und seine Hände, tropften wie dunkle Tintenklekse auf die Matratze.

Mit sanfter Gewalt griff ich nach seinen Händen und zog sie von seinem Gesicht weg. Dann wartete ich, bis er mich richtig ansehen konnte.

»Du fühlst nicht nur das, was ich fühle.« Sachte fuhr ich ihm durchs zerzauste Haar. Ich sah seine ineinandergekrallten Hände im Wohnzimmer seines Vaters vor mir, hörte den Schmerz und die Verzweiflung in seiner Stimme.

»Du bist ein eigenständiger Mensch.«

Sein Körper erbebte unter meiner Berührung, dann schlossen sich seine Arme um mich. Er drückte mich an seine Brust, hielt mich fest, als hinge sein Leben davon ab, als sei ich das Einzige, was ihm noch geblieben war, und da kamen auch mir wieder die verräterischen Tränen.

Ich wollte stark sein, damit er einen Anker hatte, aber ich hatte die Rechnung nicht mit meinem Herzen gemacht. Mit meinem kleinen Herzen, das es nicht ertrug, diesen Menschen leiden zu sehen.

Ich krallte mich an seinem Shirt fest und vergrub mein Gesicht in seiner Halsbeuge.

Sein Herz pulsierte an meinem, und seine Atemzüge wurden immer abgehackter. »Lass uns abhauen«, brachte er dazwischen hervor. »Lass uns abhauen und nie wiederkommen. Lass uns einfach vergessen, was wir jemals über diese beschissene Welt erfahren haben. Lass uns vergessen, dass wir keine Wahl haben.«

»Es tut mir leid«, flüsterte ich an seiner Haut. *Es tut mir leid, dass du ohne Vater aufgewachsen bist. Dass du wegen mir hier bist. Dass dich dieses Leben so unglücklich macht.* Ich wiederholte die Worte so oft, bis sie zu sinnlosen Lauten wurden.

Aber er wandte sich nicht von mir ab, und er ließ mich auch nicht los. Seine Hände strichen über mein Haar, und auf einmal war er derjenige, der mich tröstete. »Es muss dir nicht leidtun. Du bist das Einzige, was Sinn ergibt, Kiana.«

NEUN

Citrin

Ich erwachte allein und mit der Nachricht einer unbekannten Nummer auf meinem Handy:

Kiana, hier ist Liam Lowe. Damek hat mir deine Nummer gegeben. Könntest du in zwei Stunden in der Nordstadt sein? Mein Kontakt kann mir Zugang zu den alten Patientenakten in der Soteria verschaffen.

Blitzschnell sprang ich aus dem Bett, kleidete mich in unauffällige Brauntöne und schickte Will eine Nachricht über mein Vorhaben. Eine halbe Stunde später hatte ich immer noch keine Antwort – wahrscheinlich war er voll und ganz mit seinem Training beschäftigt. Mein Glück.

Ebenfalls Glück war, dass die Falltür zu seinem Schlafzimmer unverschlossen war. Bevor ich mit dem Abstieg begann, wählte ich die Nummer, von der die Nachricht gekommen war. Sicher war sicher. Liam nahm nach dem ersten Klingeln ab und erklärte mir, wo genau er mich abholen würde.

Wir würden das Archiv der Soteria unterirdisch betreten, um nicht gesehen zu werden.

Voller Adrenalin beendete ich das Gespräch und machte mich auf den Weg. Die Fahrt durch die Untergrundstadt verlief reibungslos – obwohl ich froh war, dass ich kein Frühstück gehabt hatte, das wieder hochkommen konnte. Ich war definitiv immer noch kein Fan von Achterbahnfahrten, auch wenn die Eindrücke wirklich magisch waren.

Meine Gedanken kreisten um letzte Nacht. Die Verwirrung, wann immer ich an Will dachte, war etwas weitaus Mächtigerem gewichen: Ich wollte, dass es ihm gut ging. Ich wollte ihm sagen, dass es in Ordnung war, Schwäche zu zeigen. Ich war nicht die Einzige, die zusammenbrechen durfte, wenn alles zu viel wurde.

Als ich mit flauem Gefühl im Bauch an der richtigen Station ausstieg, lief ich direkt Wills Dad in die Arme.

»Guten Morgen, Kiana«, begrüßte er mich im Flüsterton und legte mir eine Hand auf den Rücken, um mich in einen Gang fernab der Massen zu führen. »Du bist allein?« Seine Stimme brach.

Ich nickte. Mist, er hatte angenommen, Will würde mich begleiten. Wahrscheinlich war das der einzige Grund für seine Nachricht gewesen.

»Danke, dass Sie das tun«, beeilte ich mich zu sagen.

Es war nicht mir zuliebe, das war mir schon klar. Aber das spielte jetzt keine Rolle. Wir waren hier, das war alles, was zählte.

Knapp nickte er mir zu, ohne mich anzuschauen.

»Ich weiß es wirklich zu schätzen, dass Sie sich meinetwegen in Gefahr bringen«, sagte ich, nachdem wir eine Weile gegangen waren und abgesehen von unseren Schritten nichts mehr zu hören war.

»Es geht hier nicht um mich.« Mit einem resignierten Seufzen brachte er eine Taschenlampe zum Vorschein und führte mich eine schmale Treppe hinab in die Tiefe. Es wurde immer kälter.

Vermutlich sollte ich Angst empfinden, weil ich diesen Mann kaum kannte und mich allein mit ihm in der Dunkelheit befand. Doch nichts an Liam Lowe war Furcht einflößend.

Unten erwartete uns eine mit Spinnenweben überzogene Tür, die er aufschloss, nachdem er einen prüfenden Blick hinter uns geworfen hatte.

Der Raum dahinter wirkte klein, es roch nach alten Büchern und Staub, und jeder Schritt auf dem Steinboden erzeugte ein dumpfes Klackern. Der Schein der Taschenlampe enthüllte noch mehr Spinnenweben.

Ich beschleunigte meine Schritte, als Liam mit dem Kinn nach vorne wies.

»Hier ist es. Das alte Archiv der Soteria. Die Daten der Patienten werden seit Jahren ausschließlich elektronisch festgehalten, nur sehr wenige, ausgewählte Personen wissen von diesem Raum hier. Niemand kommt für gewöhnlich hier runter. Offiziell ist der Inhalt des Archivs vor knapp zwanzig Jahren einem Brand zum Opfer gefallen.« Er leuchtete die Steinwand vor uns an, vor der niedrige Regale standen. Stellenweise war sie pechschwarz. Rußflecken?

»Tatsächlich gab es einen Brand«, sagte Liam. »Nur konnte der Großteil der Akten geborgen werden. Für die Öffentlichkeit, selbst für den Großteil des Personals, existiert dieser Raum nicht mehr.«

»Aber Nero weiß davon?«, hauchte ich und folgte ihm bis zu den Regalen. Daneben entdeckte ich mehrere kleine Rollcontainer, auf denen verschiedene Jahreszahlen eingraviert waren.

Statt einer Antwort zuckte er lediglich mit den Achseln und griff nach dem Griff einer der vorderen Schubladen.

Ich runzelte die Stirn. »Wieso … wieso kann Ihr Kontakt nicht einfach im elektronischen System nachschauen, ob meine Eltern jemals hier eingewiesen wurden?«

Liam zog die Schublade auf, nachdem er die Taschenlampe auf der staubigen Oberfläche abgelegt hatte. »Mein Kontakt arbeitet als Putzkraft in der Soteria. Sie hat keinen Zugang zum System.«

Na schön. Alte Dokumente durchsuchen war besser als tatenlos herumsitzen. Also machten wir uns an die Arbeit – schweigend und konzentriert.

Es dauerte eine Weile, bis wir die Schubladen mit den infrage kommenden Jahreszahlen fanden, und dann dauerte es noch mal, um jeden einzelnen Eintrag der Buchstaben »D« und »L« – für Dunne und Lyberth – zu durchsuchen.

Liam durchbrach das Schweigen zuerst. Wir waren gerade mit dem Durchforsten der D-Patientenakten fertig geworden – ohne Erfolg.

»Sollten wir hier keine Einträge deiner Eltern finden, ist das noch lange kein Beweis dafür, dass sie im Desmot einsitzen.«

Ich seufzte leise und ging in die Hocke, um eine weitere Schublade zu öffnen. »Ich weiß. Trotzdem muss ich jedem noch so kleinen Hinweis nachgehen. Finden Sie es nicht mehr als verdächtig, wenn wir hier nichts finden?«

Er kniete sich neben mich und richtete die Taschenlampe auf die Akten. »Niemand garantiert Vollständigkeit«, erwiderte er grimmig und deutete auf eine zerfledderte Mappe. »Du siehst, wie mitgenommen die Dokumente sind.«

»Es muss einen Grund geben, wieso das Archiv bestehen blieb, oder?«, beharrte ich. Ich konnte mir nicht vorstellen, dass dieser Raum grundlos im Verborgenen existierte.

»Wenn wir in dieser Schublade nichts finden, gehen wir wieder«, antwortete er, ohne auf meine Frage einzugehen. »Es ist schon viel zu viel Zeit vergangen.«

Genau wie bei seinem Sohn würde Widerspruch zu nichts führen. Es würde ihn vermutlich nur noch mehr daran erinnern, wieso er mich hier schnellstmöglich wieder rausschaffen sollte.

Ich beugte mich über die geöffnete Schublade und fuhr behutsam mit den Fingern zwischen die Mappen, um die vergilbten Namen darauf entziffern zu können.

Labiston, Lachlan, Lafferty … Okay, die konnte ich alle überspringen. Das würde sonst Ewigkeiten dauern. Lyberth befand sich ganz hinten, vielleicht sogar in einer anderen Schublade.

Ich wollte gerade nach der hintersten Mappe greifen, da sah ich es. Zeitgleich erstarrte Wills Vater neben mir. Was zum Teufel …

Die Sekunden vergingen. Wir tauschten einen schnellen Blick. Schauten wieder auf die Buchstaben vor uns. Dann noch ein Blick. In der Dunkelheit konnte ich seinen Gesichtsausdruck nicht richtig ausmachen, doch ich war mir fast sicher, dass er gleich etwas sagen würde, um mich von meinem Vorhaben abzubringen. *Dafür sind wir nicht hier, Kiana. Konzentrieren wir uns auf die Namen deiner Eltern.*

Oder wir konzentrierten uns auf den Mann, der sie verraten hatte.

Blitzschnell bekam ich die Mappe zu fassen und zog sie hervor.

Lagarde, Nero. Der Älteste der Ydor hatte eine Patientenakte hier!

Entgegen meiner Erwartungen gab Liam keinen Laut von sich. Bewegungslos hielt er die Taschenlampe auf das Dokument in meinen Händen gerichtet. Das wertete ich als Zustimmung, also öffnete ich die Akte.

Patient: Nero Lagarde
Datum: 12. März 1997

Anamnese: –
Bereits bestehende Medikation: –
Beschwerden: Schlaflosigkeit, hoher Blutdruck, Migräne, Appetitlosigkeit, extreme Stimmungsschwankungen, Suizidgedanken, Euphorie

Heißkalte Stöße durchfuhren mich. Mein Herz raste. Suizidgedanken?!

Obwohl ich jeden Grund hatte, wütend auf Nero zu sein, fühlte sich das hier irgendwie falsch an. Als würde ich eine Grenze überschreiten. Der nächste Punkt war *Ursache*, doch die Füllerschrift war verwischt. Das einzige Wort, das sich entziffern ließ, war das erste – *Kontakt*. Die beiden dahinter waren zu blauen Flecken verschwommen.

»Kontakt?«, murmelte ich. »Kontakt womit?«

Aus den Augenwinkeln sah ich Liam den Kopf schütteln. »Oder zu wem«, sagte er leise. »Weiter.« Ein seltsamer Unterton lag in seiner Stimme.

Ich schob mein schlechtes Gewissen beiseite und gehorchte.

Verdachtsdiagnose: Mania

Das Wort war doppelt unterstrichen. Ich wollte Liam gerade danach fragen, da wanderte mein Blick nach unten. Weitere unleserliche Felder. Nur eines war deutlich zu erkennen.

Maßnahmen: Konversionstherapie

Ich ließ die Mappe sinken und starrte Liam an. »*Konversionstherapie?* Ist das nicht dieses kranke Zeug, was man früher mit homosexuellen Menschen getan hat, um sie zu ›bekehren‹?«

»Irgendwas stimmt hier nicht.« Seine Stimme war kaum mehr als ein Krächzen. Was war auf einmal los mit ihm?

Und was war los mit Nero? War er wegen seiner sexuellen Orientierung ein Patient hier gewesen?

Ich kam nicht dazu, den Gedanken zu vertiefen, denn im nächsten Moment hatte Liam mir die Mappe aus der Hand gerissen und sie zurück in die Schublade gestopft.

»Lyberth«, knurrte er. »Wir suchen nach Lyberth.«

»Ich ...«

»Nein«, schnitt er mir das Wort ab und beugte sich über die Schublade, um nach den hinteren Akten zu greifen. »Wir sind aus einem anderen Grund hier.«

Ich widersprach nicht. In den nächsten Sekunden durchforsteten wir den Rest der L-Akten, ohne auch nur eine einzige Spur meiner Eltern zu finden. Ich sollte mir Gedanken darüber machen, was das zu bedeuten hatte, sollte noch mehr Wut auf Nero verspüren, weil wir nun einen ziemlich sicheren Beweis dafür hatten, dass weder Kai noch Agnia je Patienten hier gewesen waren, doch alles, woran ich denken konnte, waren die Worte, die ich in Neros Akte gelesen hatte. *Suizidgedanken. Konversionstherapie. Mania ...*

Liam half mir auf die Beine und schloss die Schubladen. Auch er schien in Gedanken versunken zu sein, während wir das Archiv verließen. Erst als er die schwere Tür hinter uns zuschloss, fand ich meine Stimme wieder.

»Was hat es mit diesem Wort auf sich? Mania? Glauben Sie, er hatte irgendeine Art von Depression?«

Ich rechnete nicht wirklich mit einer Antwort, aber einen Versuch war es wert.

Liam räusperte sich. »Hast du schon mal etwas vom Rausch gehört?«

Ich hob die Brauen. »Ja, habe ich.« Nero und Aria hatten mir davon erzählt. Von dem Phänomen, das eintrat, wenn Talentierte unterschiedlicher Elementengruppen Kontakt zueinander hatten. Von der Krankheit, die angeblich meine Eltern befallen hatte. Absoluter Schwachsinn, oder?

Wollte Liam vom Thema ablenken?

»Mania ist der altgriechische Begriff für Wahnsinn. Und die frühere Bezeichnung für den Rausch.«

»*Was?!*«

»Ich glaube nicht, dass die Konversionstherapie in diesem Fall etwas mit Homosexualität zu tun hat«, sagte er leise. »Wenn Nero das Ziel verfolgte, Ältester zu werden, musste beziehungsweise *durfte* er kein Kind zeugen. Die Verhinderung der Gen-Weitergabe ist das einzige Problem, das die Omilia mit Homosexualität hat. Nein, das kann nicht der Grund sein. In Verbindung mit der Verdachtsdiagnose kann es nur eines bedeuten.«

Er kam nicht dazu, seine Vermutung in Worte zu fassen, denn in diesem Moment kam uns niemand Geringeres als mein Inventi entgegengestürmt. Er trug seine schwarze Wollmütze und machte den Eindruck, als sei er den kompletten Weg von unserem Haus bis hierher gesprintet.

Sofort ging mein Körper in Alarmbereitschaft. Verdammt, wie viel Zeit war vergangen, seit ich zu den Choys gekommen war? Handyempfang hatte ich unter der Erde nicht. Seine Inventi-Gabe funktionierte natürlich trotzdem einwandfrei.

Sobald er mich sah, blieb er stehen. Seinen Vater würdigte er keines Blickes.

»Alles okay? Hast du kein Training?«, fragte ich.

Will schnaubte. »Ich habe es unter dem Vorwand abgebrochen, dass ich mich krank fühle. Du musst sofort zurück! Nero wird in einer Stunde einen Chauffeur für dich schicken. Ich hab von Anfang an gesagt, es ist ein dämlicher Plan, dass du in den Norden fährst!«

»Wie …«

»Jetzt sofort!«, knurrte er. »Keine Ahnung, was sie wieder mit dir vorhaben, aber wenn ihnen dein Fehlen auffällt, sind wir geliefert.«

Die Lichtung wirkte bei Tageslicht wie ein anderer Ort.

An den Grashalmen hingen noch die Regentropfen vom letzten Gewitter, und meine Schuhe blieben immer wieder im Schlamm stecken. Es war viel ruhiger – kaum ein Vogelzwitschern war unter den Baumkronen auszumachen. Dazu war es fast windstill.

Nero lief voraus, dahinter folgten die anderen. Ganz außen Maila mit Daxton an der Hand. Sie warf mir in regelmäßigen Abständen giftige Blicke über die Schulter zu. Neben ihnen stapften zwei Ydor-Typen übers Gras, einer war Kelvin, ein einigermaßen sympathischer Kerl in Darias Alter, der neulich versucht hatte, in einen fremden Bezirk zu fahren und erwischt worden war, den anderen hatte ich noch nie gesehen. Rechts und links von ihnen liefen blau gekleidete Inventi, die nur Nero beachteten. Ich bildete das Ende.

Wieso blieben alle so still? Dax war der Einzige, der ab und zu etwas erzählte, der Rest hatte bislang – bis auf eine Begrüßung – kein einziges Wort gesagt. Nicht mal, um über mich zu lästern. Äußerst untypisch.

Kaum waren Will und ich wieder im Haus der Ydor angekommen, hatte es an der Tür geklingelt. Er war erwartungsgemäß angespannt gewesen, allerdings hatte ich ihn mit dem Bericht darüber ablenken können, was wir im Archiv gefunden hatten. Außerdem hatte es ihn ein wenig beruhigt, dass mein Ausflug nicht aufgeflogen war.

Ein Chauffeur der Omilia hatte mit einem schnittigen Wagen vor der Tür gestanden und mich zum Waldrand gefahren.

Das Smartphone steckte nach wie vor in meiner Manteltasche, aber noch hatte sich keine Gelegenheit ergeben, Will eine Nachricht zu schicken, dass sich meine Befürchtung von gestern Nacht bewahrheitet hatte. Bestimmt hatte er eh eins und eins zusammengezählt, als ich mich immer mehr in Richtung Wasserfall bewegt hatte.

Trotzdem konnte ich keinen wirklichen Triumph empfinden –

»Warum kommen wir ausgerechnet heute hierher?«, holte mich Daxtons fröhliche Stimme aus meinen Gedanken. Wir waren nur noch wenige Meter vom Wasserfall entfernt, und erst jetzt drang das laute Rauschen zu mir vor.

Ich bemühte mich um einen überraschten Gesichtsausdruck. Ich musste beeindruckt aussehen, damit Nero keinen Verdacht schöpfte. Niemand, der den majestätischen Wasserfall zum ersten Mal sah, würde mit Teilnahmslosigkeit reagieren.

Nero lächelte Dax an. »Der Wasserfall ist immer wieder einen Besuch wert, findest du nicht?«

Dax schien sich damit zufriedenzugeben, und auch die anderen blieben stumm. Ich runzelte die Stirn. Wäre das eine Übungsstunde mit Picabo, hätte sich doch schon längst jemand darüber beschwert, dass sie ihre Zeit verschwendeten, oder?

Stattdessen waren alle Blicke stur auf den Wasserfall gerichtet. Sie waren alle Marionetten, die sich dem Willen der Omilia widerstandslos unterworfen hatten.

Ich beschleunigte meine Schritte, bis ich neben den beiden Jungs lief, aber sie zeigten keine Reaktion.

»Stopp!«

Wie auf Knopfdruck blieben alle stehen.

Nero, der einen langen, dunkelblauen Mantel trug, der ganz hervorragend mit seinem silbergrauen Haar harmonierte, drehte sich um und streckte eine Hand aus.

»Daxton, du bist zuerst dran.«

Mailas Haltung strahlte etwas Besorgtes aus, das nicht mit ihrem genervten, boshaften Verhalten mir gegenüber zusammenpasste. Fast ängstlich ließ sie ihn los.

Daxton griff nach Neros Hand und trat nach vorne. Sobald er nah genug am kleinen See stand, löste sich der Älteste der Ydor wieder von ihm. Mir fiel auf, dass er seinen Blick konsequent gen Himmel richtete, wie um der Versuchung zu widerstehen, selbst in das herabfließende Wasser zu schauen.

Die anderen Ydor starrten alle zu Dax, der leichtfüßig auf einen Felsvorsprung sprang, als würde er das zum wiederholten Male tun. Im Wasser war nur weiße Gischt zu erkennen.

Es dauerte ein paar Minuten, bis ein Schatten aufblitzte, erst schwach, dann immer deutlicher. Die Umrisse meines Körpers im Wasser wurden klarer, bis ich auch meine schulterlangen dunklen Haare und mein schmales Gesicht dort funkeln sah. Ich taumelte zurück. Verdammt, war etwas schiefgegangen? War das meine Vision?

Ich war zu weit weg, als dass es sich um eine direkte Spiegelung handeln könnte, und außerdem trug mein Abbild im Wasser keinen Mantel, sondern die Klamotten von gestern. Je länger ich auf den Fleck blickte, an dem mein Abbild heraufbeschwört worden war, desto detailreicher wurde es. Schon erschien eine zweite Gestalt – die von Picabo.

Ich entspannte mich. Das war nicht meine Vision, es war Daxtons. Es war genau, wie mir Eves Freunde erklärt hatten – der Wasserfall zeigte die letzte alternative Vergangenheit von ihm, als er gestern mit mir gemeinsam ins Wasserbecken gesprungen war.

Es war faszinierend, zu beobachten, wie unsere Abbilder sich vom Wasserfall abhoben, wie sie sich darin bewegten, aber gleichzeitig war die Szene nichts Besonderes. Kostete es die Ydor Anstrengung, das Bild heraufzubeschwören? Oder wieso waren wir sonst alle gemeinsam von Nero hierherbestellt worden?

»Danke, das reicht.« Nero strich sich zufrieden übers Kinn, bevor er seinen Blick über uns wandern ließ. Seine hellblauen Augen wirkten mit dem majestätischen Wasserfall in seinem Rücken noch durchsichtiger.

Während die anderen unter seinem Blick zusammenzuckten, betrachtete ich sein Gesicht mit gemischten Gefühlen. Wie passte seine Vergangenheit mit seinem jetzigen Verhalten zusammen? Eve hatte mir erzählt, dass er mit meinem Vater befreundet gewesen war. Und jetzt wusste ich, dass er vor über zwanzig Jahren ein Patient in der Psychiatrie gewesen war, um vom Rausch geheilt zu werden. Kurz bevor er meine Eltern an die Omilia verraten hatte. Die seiner Meinung nach ebenfalls am Rausch litten, weil sie verbotenerweise eine Beziehung zueinander geführt hatten.

Mit Will hatte ich auf dem Weg zurück zu den Ydor darüber diskutiert und die Theorie in den Raum geworfen, dass

Eves Onkel vielleicht ebenfalls eine verbotene Beziehung geführt hatte.

Mein Inventi hatte mich ungläubig angesehen. »Nero? Niemals! Ich kann mir eher vorstellen, dass er vielleicht deiner Mum über den Weg gelaufen ist, weil er mit deinem Dad befreundet war. Und dann Schiss hatte, deshalb krank zu werden.«

Doch das erschien mir zu einfach. Und es passte nicht zu den Symptomen, die in der Akte aufgeführt waren. Suizidgedanken bekam man nicht einfach so. Und der Begriff Konversionstherapie implizierte, dass man bekehrt werden musste.

Na ja, jetzt war wohl nicht der richtige Moment, um sich darüber den Kopf zu zerbrechen.

Der Reihe nach traten die Ydor vor, und immer wieder spielten sich ähnliche Szenen im aufsteigenden Wasserdampf ab, mal deutlicher, mal schwächer zu sehen. Vermutlich war das Abbild im Wasserfall blasser, je länger der letzte Sprung in die Vergangenheit zurücklag.

Als sie Nero alle einen Einblick in ihre alternative Vergangenheit gewährt hatten, gab er den Inventi, die das Prozedere abgewartet hatten, ein Zeichen, bevor er mir ein aufgesetztes Lächeln schenkte.

»Jetzt du, Kiana.«

Ich versuchte, gelangweilt auszusehen, und lief auf den Wasserfall zu.

»Was muss ich genau tun?«, fragte ich, um den Eindruck der ahnungslosen Vollidiotin zu verstärken.

»Du richtest deinen Blick einfach auf das Wasser und konzentrierst dich darauf. Es ist wichtig, nicht wegzusehen.« Die Worte sollten sicher beruhigend klingen, leider bewirkten sie das komplette Gegenteil.

Ich nickte knapp, grub die Hände in meine Taschen, umfasste das kühle Handy, hielt mich daran fest.

Mein Herz klopfte so laut, dass es das Rauschen des Wassers übertönte, obwohl ich am Felsen stand, der sich direkt neben dem kleinen See befand. Dann hob ich den Kopf und blickte geradewegs in die Wassermassen.

Augenblicklich durchströmte mich Erleichterung. Sekunden vergingen, und das Bild blieb unverändert.

Erst als ich ein leises Raunen hinter mir vernahm, kam mir der Verdacht, dass ich mich zu früh gefreut hatte.

Ich hatte die ganze Zeit auf die untere Hälfte des Wasserfalls gestarrt – dorthin, wo auch die Gedankenbilder der anderen Ydor erschienen waren. Doch jetzt, da ich meinen Kopf leicht in den Nacken legte und die Augen unmerklich zusammenkniff, um die gesamte Länge der Felswand zu erfassen, sah ich sie auch. Die Szene, die sich schon längst in mein Gedächtnis eingebrannt hatte und mich nie wieder verlassen würde. Die Farben waren nicht so bunt und greifbar wie bei den anderen, aber mit jedem Schlag meines heftig pulsierenden Herzens wurden die Konturen der beiden an einem sehr vertrauten Küchentisch sitzenden Mädchen schärfer.

Lautlos fluchend trat ich einen Schritt zurück, mir wurde

eiskalt. Will hatte recht gehabt. Das wiederholte Besuchen meiner Vision hatte keinen Unterschied gemacht.

Aber es wurde noch schlimmer. Denn jetzt hob sich eine dritte Silhouette hervor. Die Haare des Mädchens waren von einem Schokoladenbraun, nicht von einem schmutzigen Blond wie bei ihrem Zwilling am Tisch.

Mein Körper reagierte schneller als mein Verstand. Ich schloss die Augen und sank in die Knie. Eine einzige Frage war in meinem Kopf erschienen, die alles andere verdrängte: *Was würde Will tun?*

Rücklings ließ ich mich ins nasse Gras fallen, krümmte mich zusammen, als würde ich unmenschliche Schmerzen ertragen.

Für ein paar Sekunden herrschte Stille, dann ertönten verschiedene Stimmen durcheinander, Schritte kamen näher.

Mein Name erklang mehrere Male, eine Berührung an meiner Schulter, erst vorsichtig, dann mit mehr Nachdruck.

Ich sah meine Eltern in der Zelle vor mir, ihre apathischen Mienen, die sich in Luft aufgelöst hatten, sobald sie sich unbeobachtet gefühlt hatten.

Es war völlig idiotisch, und ich hatte keine Ahnung, ob es auf lange Sicht funktionierte. Nero hatte genau wie die anderen die Szene gesehen, die sich im Wasser gespiegelt hatte. Aber vielleicht würde es ihn ablenken, wenn er glaubte, dass ich Schmerzen dabei erlitt. Dass es mich irgendwie verstörte. Vielleicht würde es ihn eine Zeit lang auf die falsche Fährte locken.

Ich schaukelte leicht hin und her, bis ich unsanft auf den Rücken gedreht wurde. Die Nässe unter mir drang durch meinen Mantel.

»Kiana!«

Ein pfeifendes Geräusch und ein scharfer Schmerz. Ich riss die Augen auf und sah tiefes Eisblau über mir.

Gemeinsam mit zwei Inventi beugte Nero sich über mich. Meine Finger tasteten automatisch nach meiner Wange, die verdächtig pochte.

Für einen Moment glaubte ich, Besorgnis in seinem Blick zu sehen, dann machte er eine abrupte Handbewegung, und die Inventi entfernten sich aus meinem Sichtfeld.

Mit eisernem Griff zog er mich auf die Beine. »Pass auf, dass du nicht mehr in den Wasserfall schaust«, wies er mich in einer seltsamen Tonlage an, die überhaupt nicht nach Eves dubiosem Onkel klang.

Maila, Daxton, Kelvin und der Rest liefen mit ihrer Leibgarde in zügigen Schritten auf die Waldfront zu, aus der wir gekommen waren.

»Glaubst du, du kannst laufen?« Diese Sorge in der Stimme …

Hastig nickte ich und wollte mich aus seinem Griff befreien. Er starrte mich so intensiv an, dass ich wegsehen musste, bevor er mich losließ, nur um seine Hand stattdessen auf meinen Rücken zu legen.

»War es eine Erinnerung?«, fragte er, als wir uns wieder im Schutz der Bäume befanden.

Ich zuckte die Achseln. »Keine Ahnung«, murmelte ich, so leise ich konnte, damit er annahm, dass ich noch nicht ganz bei Sinnen war, und mich in Ruhe ließ. Natürlich war die Hoffnung vergeblich.

»Du hast dieses Bild noch nie gesehen? Du hast die anderen Menschen nicht erkannt?«, drängte er.

Was? Und dann begriff ich: Er hatte nicht bemerkt, dass das zweimal ich in der Spiegelung gewesen war!

»Es war verschwommen.« Ich richtete meinen Blick auf die kleinen Äste und das Unkraut zu unseren Füßen. »In meinem Kopf hat sich alles gedreht, und mir ist schlecht geworden, ich konnte mich auf nichts mehr konzentrieren.« Wennschon, dann richtig, oder?

Ich sah ihn aus dem Augenwinkel nicken.

»Mach dir keine Sorgen, wir werden diesen Bildern auf die Spur kommen.« Seine Stimme hatte einen schmeichelhaften Ton angenommen, der mir einen Schauder den Rücken hinunterjagte.

»Denn auch wenn es für dich noch keinen Sinn ergibt, hat es uns einen entscheidenden Schritt weitergebracht.« Er lächelte, und ich musste an eine satt gefressene Raubkatze denken.

»Bewusst oder unbewusst, Kiana, deine Gabe wurde bereits ausgelöst.«

Du hattest recht. Es tut mir leid.

Meine Unterlippe war schon ziemlich mitgenommen, aber ich konnte es nicht lassen, darauf herumzukauen. Mehrere Nachrichten von Will erwarteten mich – er hatte sich zusammengereimt, was geschehen war.

Offensichtlich war mein Ablenkungsmanöver umsonst gewesen.

Ich stieg die Wendeltreppe zum Haus hinauf, noch ganz zittrig vor Erleichterung, dass Nero mich endlich allein gelassen hatte.

Im Grunde war es kein Weltuntergang. Solange ich mich dumm stellte, waren ihnen die Hände gebunden. Außerdem hatten sie keine Ahnung, was mein Trigger war.

Aus Gewohnheit drückte ich die Türklinke einfach herunter, ohne mir Gedanken um einen Schlüssel zu machen. Machte sich eigentlich niemand Sorgen, dass jeder in dieses Haus spazieren konnte, wann es ihm beliebte? War das nicht ziemlich leichtsinnig, wenn es Menschen gab, die mich tot sehen wollten?

Der Duft von frisch gemahlenen Kaffeebohnen stieg mir in die Nase. Ich kickte die Tür mit einem Fuß zu und entledigte mich meines Mantels.

»Will?«

Ich bekam keine Antwort.

Stattdessen kam mir Daria entgegen. »Da bist du ja endlich!« Sie stürzte auf mich zu und umarmte mich, bevor sie mich zum Sofa zog. »Wo hast du gesteckt?«

Ich seufzte. »Am Wasserfall. Nero war der Meinung, es sei an der Zeit, herauszufinden, ob ich mein Talent bereits ausgeübt habe.«

»Und … hast du?«

Überrascht sah ich sie an. Ach ja! Niemand außer Will wusste von meinen Erfahrungen mit der Gabe. Ich hatte kaum Zeit gehabt, mir zu überlegen, ob ich den anderen davon erzählen sollte.

»Keine Ahnung, jedenfalls war irgendetwas zu sehen, deshalb glaubt er jetzt, ich wüsste über mein Talent Bescheid.« Ich zuckte betont gelassen die Achseln. »Alles okay?«

Daria schüttelte den Kopf. »Eve ist verschwunden«, murmelte sie und fuhr sich nervös durch die Pixiefransen.

»Ist sie nicht auf der Insel?«

»Nicht mehr.«

»Wieso glaubst du das? Ist sie ihren Inventi wieder entwischt? Hat sie Kontakt zu dir aufgenommen?«, fragte ich hoffnungsvoll.

Daria schüttelte erneut den Kopf und hielt mir eine Tasse Kaffee hin. »Es ist seltsam. Ich habe eigentlich immer ungefähr gespürt, wo sie steckt, und jetzt verschwindet das Gefühl ständig. Das war noch nie so.«

Ich nahm einen großen Schluck und runzelte die Stirn. »Wills Vater meinte doch, das Talent der Inventi werde verfälscht, wenn ein Talentierter mit Talentierten anderer Elementengruppen an einem Ort ist. Könnte das nicht sein?«

»Mit wem sollte Eve denn –« Daria unterbrach sich selbst.

Eindringlich sah sie mich an. »Das ist es«, hauchte sie schließlich. »Kia, das ist es!«

Verwirrt erwiderte ich ihren Blick.

»Ich spüre sie nicht, weil sie bei den anderen ist.«

»Bei welchen anderen?«

Daria schlug sich mit der flachen Hand gegen die Stirn, als würde sie sich für ihre eigene Dummheit bestrafen wollen. »Gott, natürlich!« Sie stöhnte. »Eve ist dort, wo auch Gaia ist. Und dort, wo sich höchstwahrscheinlich auch Dameks Schwester befindet.«

Ich hob die Augenbrauen. »Warum sollte sie bei der verfeindeten Organisation sein? Und wie soll sie da überhaupt hingekommen sein?«

»Ich habe keinen Schimmer, aber das ist die einzige Option. Außer Tessarect gibt es sonst keinen Ort mit anderen Talentierten. Vor allem keine, die sich zusammenschließen.«

Sie sprang auf und begann, zwischen Wohnzimmer und Küche auf und ab zu laufen.

»Jemand muss Kontakt zu ihr aufgenommen haben«, überlegte sie. »Jemand, der die Geschehnisse in Tessarect beobachtet und weiß, wer sich dem System widersetzt.«

Plötzlich verharrte sie und schlang die Arme um ihren Oberkörper. »Oder jemand, der weiß, womit er den Leiter der Omilia erpressen kann.«

Ich starrte sie an. Bevor wir diese Vermutung verwerfen konnten, wurde die Haustür geräuschvoll aufgerissen, und ein eisiger Windstoß fegte ins Wohnzimmer.

Keine zehn Sekunden später kam Will mit triefend nassen Haaren herein. Seine Stiefel hinterließen matschige Spuren auf dem Parkett, was er nicht zu bemerken schien.

Sein Blick galt nur mir. »Mein Vater ist wohl seit Neuestem nicht nur im Besitz deiner, sondern auch meiner Nummer.« Er hob sein Handy in die Höhe. »Er hat mir gerade bestätigt, dass in der Soteria keine Spur mehr von deinen Eltern ist.«

»Also spricht nichts mehr gegen einen Gefängniseinbruch.« Ich versuchte zu lächeln, aber es zeigte keine Wirkung bei ihm, er hatte sich Daria zugewandt. »Was machst du hier?«

Daria verdrehte die Augen angesichts seines feindlichen Tonfalls. »Eve ist weg.«

»Und?« Will sah sie kalt an.

Sie trat einen Schritt auf ihn zu und sah ihn wütend an. »Du bist nicht der einzige Inventi, der das Recht hat, sich Sorgen zu machen.«

»Wir glauben, dass sie bei der verfeindeten Organisation ist«, setzte ich hastig nach. »Daria meint, es fühlt sich an, als würde ihre Inventi-Gabe nicht mehr funktionieren.«

Will schien einen Moment lang mit sich zu kämpfen, dann atmete er tief durch. »Wie präzise kannst du sie lokalisieren?«

Daria zuckte die Achseln. »Überhaupt nicht. Ich war mir nur nicht sicher, weil ich zwei Schichten bei anderen Ydor hatte und das Gefühl dadurch übertrumpft wurde. Inzwischen ist die Verbindung vollständig weg. Das ist mir noch nie passiert.«

Sie sah mich an. »Ich weiß, es ist viel verlangt, aber wenn du irgendeinen Weg kennst, um mehr herauszufinden, dann nutze ihn.«

»Was für einen Weg soll sie kennen?«, kam es barsch von Will.

Sie ignorierte ihn. »Es ist nur vernünftig, vorsichtig mit deinem Wissen umzugehen. Ich habe in der Omilia mitbekommen, wie Nero alle Mentoren zur Versammlung einberufen hat, nur weil er einen Verdacht hatte, was dein Talent sein könnte.«

»Wie …« Mir fehlten die Worte.

Daria bekam keine Gelegenheit zum Antworten.

Ein beunruhigendes Poltern aus Wills Schlafzimmer ließ meinen Blick zur Falltür zwischen den Teppichen zucken. Gleichzeitig hämmerte eine schnelle Techno-Nummer aus Darias Bauchtasche los. Sie fuhr zusammen und zog ihr Handy hervor, während Will erstarrte.

Sie nahm das Gespräch an und lauschte mit entgeisterter Miene, bevor sich ihre Züge entspannten.

»Das glaub ich erst, wenn ich es mit meinen eigenen Augen sehe.«

Will stöhnte. »Warum führt sich eigentlich jeder auf, als würde er hier wohnen und könnte nach Belieben rein- und rausspazieren?«

»Vielleicht, weil niemand es für nötig hält, die Tür abzuschließen«, erwiderte ich.

»Sekunde.« Daria nickte und grinste. »Jep. Bis gleich.«

Sie beendete das Gespräch, dann ging sie in die Hocke und beugte sich über den Griff der Falltür.

»Hey!« Will sank blitzschnell auf die Knie, seine Finger schlossen sich eisern um ihr Handgelenk. Ich schluckte. Ich wusste genau, wie sich das anfühlte.

»Was tust du?« Seine Stimme war leise, wodurch sie noch bedrohlicher wirkte.

»Nate ist durch den Tunnel bis zu deinem Schlafzimmer gelaufen und wartet jetzt darauf, dass ihm jemand aufmacht.«

»Nate?« Ich runzelte die Stirn. »Ich dachte, Casper hat gesagt, er wurde ihm nur ein einziges Mal in den nächsten Wochen zugeteilt, und wir können deshalb den Gefängniseinbruch nur an diesem einen Tag durchführen?«

»Es gab wohl eine wichtige …«, begann sie, aber Will, der ihre Hand ruckartig vom Falltürgriff löste, schnitt ihr das Wort ab. »Da sieht man mal wieder, wie sehr man euch vertrauen kann.«

Er stieß die Falltür auf, nachdem er Daria vollständig zur Seite geschoben hatte. Sie war zu perplex, um sich zu wehren, und in der nächsten Sekunde war er schon durch das Loch im Boden verschwunden.

Daria ließ sich von mir hochziehen und grinste.

»Der Typ ist unglaublich.«

»Wem sagst du's.« Gegen meinen Willen musste ich ihr Lächeln erwidern. »Jetzt mal ehrlich, was führen die zwei im Schilde? Nate würde sich doch nie freiwillig den Regeln widersetzen und abhauen, oder? Ist das nicht zu auffällig?«

»Nicht, wenn deinetwegen gerade eine Notfallsitzung einberufen wurde. Da hat er wohl die Gelegenheit genutzt … nachdem Cas seine Überredungskünste eingesetzt hat, wie er mir vorhin am Telefon erzählt hat.«

»Aber woher soll Nero wissen, was mein Talent ist? Er hat doch nur diese bescheuerte Spiegelung im Wasserfall gesehen.«

Sie betrachtete mich einen Moment lang stumm. Weiteres Gepolter und Wills aufgebrachte Stimme waren unter uns zu hören.

»Du hast dein Talent tatsächlich schon ausgeübt, oder?«, fragte sie ehrfürchtig.

»Ich …« Wieder musste ich an Will denken, doch dann schob ich die Zweifel beiseite und zuckte mit den Achseln. Auch wenn er Eves Freunden nicht vertraute – mir hatten sie bisher keinen Grund gegeben, ihnen zu misstrauen. Ganz im Gegenteil.

»Kann schon sein.«

Sie zog geräuschvoll die Luft ein. »Irre … Ich würde am liebsten alle Details wissen, aber ich verstehe auch, wenn du …« Plötzlich runzelte sie die Stirn. »Glaubst du, du könntest herausfinden, wo genau Eve steckt?«

Ich seufzte. »Ihr habt alle zu viel Vertrauen in meine Fähigkeiten. Meine Gabe ist ein lächerlicher Abklatsch der anderen Talente, und schon gar nicht kann ich sie steuern, wenn ich etwas Bestimmtes damit erreichen will.«

Daria legte den Kopf schief. »Was meinst du damit?«

»Na, sie macht, was sie will, meine tolle Gabe. Es fühlt sich an, als würde ich von einer Richtung in die andere gezerrt werden, ohne auch nur einen Funken Entscheidungskraft zu haben.« Genau wie beim ersten Mal, als ich aus dem Fenster meiner Wohnung gestiegen und in einen wilden Strudel aus Bildfetzen und Erinnerungen geraten war. Beim erstmaligen Auslösen konnte ich nicht darüber entscheiden, was für eine Vision ich sah, auch wenn ich sie später durch das Berühren der Narbe gezielt wieder aufsuchen konnte.

»Du meinst, es kommt dir vor, als wäre sie willkürlich?«

Ich rechnete es ihr hoch an, dass sie nicht exakt wissen wollte, wovon ich sprach, auch wenn ihr die Neugierde ins Gesicht geschrieben stand.

Nickend biss ich mir auf die Lippe.

»Also hast du schon versucht, sie zu steuern, und hattest keinen Erfolg?«

Im Stillen ging ich meine bisherigen Erfahrungen mit den Visionen durch. Erst der Strudel, dann die stickige Dunkelheit, in der ich mich zusammen mit Will gesehen hatte, und schließlich eine alternative Vergangenheit mit Niyol und Sophia.

»Du konntest also nie eine Richtung wählen?«, fuhr sie nachdenklich fort.

»Richtung?«

»Du bist doch eine Mischung aus Feuer und Wasser«, sagte sie vorsichtig. »Also geht deine Gabe wahrscheinlich in beide Richtungen – Vergangenheit und Zukunft.«

Ich erstarrte. Sie konnte nicht wissen, dass mein Talent sich ausschließlich in meinem Kopf abspielte. Vermutlich nahm sie an, dass ich in der Zeit nach vorne- und auch zurückspringen konnte. Doch das war es nicht, was mich innehalten ließ. Keine Ahnung, was ich gedacht hatte, als ich damals panisch aus dem Fenster gestiegen war, oder als mir an der Raststätte das Messer an die Kehle gedrückt worden war, aber ich erinnerte mich genau daran, was mein letzter Gedanke gewesen war, als ich in der Nacht der Jubiläumsfeier die Vision ausgelöst hatte.

Niyol.

»Krass«, flüsterte ich.

Bevor ich Daria in meine Erkenntnis einweihen oder ihr danken konnte, hörten wir jemanden die Leiter hinaufklettern.

Ich straffte die Schultern. »Ich werde mich drum kümmern, Daria«, versicherte ich ihr. »Ich werde mithilfe meiner Gabe versuchen, einen Hinweis auf Eves Verbleiben zu finden. Aber solange noch nichts sicher ist, musst du unbedingt für dich behalten, dass ich schon etwas darüber in Erfahrung gebracht habe, okay?« Will würde durchdrehen, wenn er mitbekam, wie ich offen über mein Talent diskutierte.

Daria nickte. Im selben Moment steckte Nate seinen Kopf durch die Falltür.

»Hallo.« Sein Gesicht war wie eingefroren, seine tonlose Stimme passte dazu. Einzig die braunen Augen strahlten Wärme aus.

Daria und ich streckten je eine Hand aus, um ihm aufzuhelfen.

Leicht außer Atem richtete er sich auf.

»Hi, Nate!« Daria schien keine Notiz von seiner Reserviertheit zu nehmen, oder aber sie war es schon so gewöhnt, dass sie sich nicht daran störte. Sie schlang ihm einen Arm um den Hals.

Er tätschelte ihr den Rücken, während ich unbeholfen danebenstand.

»Alles okay?«, wollte ich wissen, als er sich mir zuwandte.

Er nickte ernst. »William ist nicht begeistert von unserem heutigen Ausflug, und ich kann es ihm nicht verdenken.«

Er sprach weiter, bevor Daria einen abfälligen Kommentar loswerden konnte.

»Ich halte es ja selbst für leichtsinnig und gefährlich, aber Casper hat recht. Die Zeit läuft uns davon, wir müssen jede Gelegenheit nutzen. Meine Mutter ist im Augenblick abgelenkt.«

Sein Gesicht hatte sich für den Bruchteil einer Sekunde verzogen, als er seinen Inventi erwähnt hatte, und ich runzelte die Stirn.

»Bist du ohne Casper gekommen?«

Nate nickte knapp. »Wir wollen die Aussage von Williams Vater testen und herausfinden, ob unsere Verbindung tatsächlich unterbrochen wird, wenn ich mit Talentierten anderer Elementengruppen interagiere.« Er sah sich nervös im Wohnzimmer um, als befürchtete er, belauscht zu werden. »Er sollte gleich nachkommen.« Sein Tonfall war resigniert.

Daria, die jedes Wort aufgesaugt hatte, seufzte. »Ihr habt euch wieder gestritten, stimmt's?«

Nate zuckte zusammen. »Das spielt jetzt keine Rolle«, sagte er kühl.

Ich verschränkte die Arme. »Niemand zwingt dich, hier mitzumachen. Wenn du es für eine schlechte Idee hältst, ins Gefängnis einzubrechen, dann bleib einfach zu Hause, ich werde es dir ganz sicher nicht übel nehmen. Ehrlich gesagt verstehe ich immer noch nicht, wieso ihr euch meinetwegen so in Gefahr begebt. Wieso Damek mitkommen will, ist klar, aber ihr … ihr geht ein unnötiges Risiko ein.«

Daria schnaubte, und zu meiner Überraschung breitete sich nun ein richtiges Lächeln auf Nates Gesicht aus, das ihn nicht nur jünger und sorgloser, sondern auch hübscher aussehen ließ.

»Es geht nicht um den Gefängniseinbruch, Kiana. Es geht darum, dass meine Mutter mich mit einer Pyro verkuppeln will, weil ihr aufgefallen ist, wie besorgniserregend viel Zeit ich mit meinem Inventi verbringe. Und du vergisst, dass wir uns alle schon regelmäßig in Gefahr gebracht haben, bevor du nach Tessarect kamst.«

Ich nickte verlegen. Daria boxte ihm gegen die Schulter. »Wie wär's, wenn du deiner Mum mal sagst, dass du selbst entscheiden kannst, wen du datest?«

Nate war sofort wieder ernst. »So einfach ist das nicht. Und es gäbe keinen falscheren Zeitpunkt als jetzt, um ihr noch mehr Angriffsfläche zu bieten.«

»Wann gibt es schon einen richtigen Zeitpunkt für die Liebe?«, rief Daria überschwänglich.

Nate warf ihr einen genervten Blick zu, und in diesem Augenblick erschien Will in unserer Mitte. Er stemmte sich mit einer schwungvollen Bewegung aus der Falltür und sprang auf die Beine. Unsere Blicke trafen sich. Er hatte den letzten Satz wohl mitbekommen und betrachtete mich, als würde er geradewegs in meinen Kopf schauen können. Hitze kroch meine Wangen empor.

»Es scheint dir niemand gefolgt zu sein. Ich habe die Tür für deinen Inventi offen gelassen. Ihr habt zwanzig Minuten, dann möchte ich hier niemanden mehr sehen.«

Von unten ertönte ein Poltern, gefolgt von einem Krachen.

»Und wie genau sollen wir einen Gefängniseinbruch in zwanzig Minuten planen?«, rief eine bekannte Stimme aus der Dunkelheit.

»Das ging schnell.« Daria feixte, und Nate biss sich auf die Lippe, als müsse er sich vom Lächeln abhalten.

Keine Minute später war auch Casper aus Wills Schlafzimmer nach oben geklettert und warf sich aufs Sofa, nachdem er Daria und mich umarmt und Nate blitzschnell einen Kuss direkt neben den Mund aufgedrückt hatte, was diesen bis zu den Haarwurzeln erröten ließ. Will begrüßte er mit einem »Aye, Sir!« und dem dazu passenden Salutieren.

»Nathaniel, die gute Nachricht zuerst.« Er grinste aus

schwarz umrahmten Augen zu ihm auf. Die beiden trugen identische dunkelrote Kapuzenpullover. »Keine Menschenseele wird uns finden können, solange wir alle zusammen sind.« Er warf Will einen Blick zu. »Dein Dad hatte recht, Spielverderber. Es war wie Nebel in meinem Kopf. In dem Moment, in dem Nate und Kia aufeinandertrafen, war meine Inventi-Gabe nutzlos.«

Will nickte. »Hast du auch schlechte Nachrichten?«

Casper hob die Schultern. »Wir haben tatsächlich nur etwa eine halbe Stunde. Wir wissen nicht, wie lange Nero über Kias Gabe fachsimpeln will. Je schneller Nate und ich wieder zurück sind, desto besser.«

Schon zog er seinen Wildlederrucksack auf seinen Schoß und begann, ein paar eingerollte Papiere und ein kleines Tablet hervorzuziehen.

Er winkte uns heran. »Tretet ruhig näher, Freunde. Ich präsentiere euch heute das Genie, das sich in Dameks Kopf verbirgt.«

∇

»Das … hat er alles alleine gemacht?«

Daria blickte mit offenem Mund zu Casper, und selbst Will wirkte beeindruckt, während Nate die Arme verschränkt hatte.

Die Papierrollen, die Casper auf dem Boden zwischen den Sesseln ausgebreitet und mit leeren Tassen fixiert hatte, zeigten handgezeichnete Pläne. Unzählige Innen- und Außenansichten zweier Gebäude, die von außen wie eine gigantische steinerne Spirale aussahen.

Casper schmunzelte, zog das Tablet hervor und schaltete es ein, bevor er es in die Mitte eines Plans legte.

»Das Gefängnis wirkt von oben wie ein tiefes Loch in der Erde, man findet es nur, wenn man weiß, wonach man suchen muss.«

Eine Bilderreihe von einer runden, mit Moos bewachsenen Wendeltreppe erschien aus verschiedenen Perspektiven auf dem Bildschirm.

»Oben stehen nach Einbruch der Nacht keine Wächter, nur wenn man sich die Mühe macht, die 1377 Stufen nach unten zu steigen, stößt man auf das erste Hindernis. Dort wird uns morgen Abend Dameks Kontakt erwarten.«

»Was soll das für ein Kontakt sein?« Will klang emotionslos, aber er presste seine Lippen zu einer schmalen Linie zusammen.

»Ein ehemaliger Inventi und Freund der Familie. Er arbeitet seit vier Jahren als Gefängniswärter und wird morgen Abend die Nachtschicht bis ein Uhr haben. Das heißt, wenn wir um Punkt Mitternacht vor den Bunkern stehen, haben wir anschließend genau eine Stunde, um Kias Eltern und Dameks Dad zu finden und dann so schnell wie möglich 'nen Abflug zu machen.«

»Nur damit ich das richtig verstehe: Ihr seid also der Meinung, dass ein einziger Wächter in sechzig Minuten fünf

Leute einschleusen kann und wir dann gemütlich Zeit haben, die Sicherheitscodes zu knacken, die sich wahrscheinlich minütlich ändern, und anschließend noch herauszufinden, wo sich Kias Eltern befinden.«

»Sechs, nicht fünf. Außerdem sind einige Wächter korrupt, wie ich gestern schon angedeutet habe«, erklärte ihm Casper, ohne mit der Wimper zu zucken. »Und sie werden sicherlich einen Deal mit uns eingehen, wenn wir ihnen die Dienste eines Pyro, eines Choys und eines Mischlings anbieten.«

»Dienste?«, hakte ich nach, bevor Will uns alle mit seinem Wutanfall überrollen konnte.

»Keiner der Wächter wird einen Blick in die Zukunft zurückweisen. Solche Deals sind in Tessarect natürlich illegal, aber wer soll es verraten? Davon hätten ja beide Seiten nichts.« Nate seufzte und ließ sich neben Will aufs Sofa fallen.

»Wir müssen es ja nicht gleich an die große Glocke hängen, dass du Kais und Agnias Tochter bist. Wir checken einfach die Lage und reagieren dann dementsprechend.« Casper zwinkerte mir zu. »Keine Sorge, wir passen auf dich auf, Prinzessin.«

»Ein wahrhaft narrensicherer Plan«, presste Will hervor und schüttelte den Kopf.

»Dameks Familienfreund wird uns zu Beginn sagen, in welchem der beiden Bunker sein Dad und deine Eltern stecken. Mit ein bisschen Glück bringen wir das reibungslos über die Bühne.« Casper überging ihn einfach und veränderte seine Position zu einem Schneidersitz.

»Mit ein bisschen Glück«, wiederholte Will tonlos und ging in die Hocke, sodass sie sich auf einer Höhe befanden. »Was genau läuft in deinem Kopf schief?«

Casper lächelte seelenruhig weiter. »Komm runter, William. Wie du dir vielleicht denken kannst, ist der Einbruch für uns ebenfalls ein großes Risiko. Vor allem, wenn man bedenkt, dass wir keinen persönlichen Nutzen davon haben.«

Wills Augen wurden schmal. »Kias Eltern sind nicht in der Soteria, aber wer sagt uns, dass sie im Gefängnis sind? Nero könnte sie ans andere Ende der Welt verfrachtet haben. Wir bringen uns alle in Gefahr wegen einer lächerlichen Vermutung?«

»Immer noch besser, als hier tatenlos herumzusitzen«, mischte ich mich nun ein und starrte ihn so lange an, bis er gezwungen war, meinen Blick zu erwidern. »Ich muss es wissen, Will. Ich muss *irgendetwas* tun. Wenn Nero gerade dabei ist, herauszufinden, was mein Talent ist, und selbst ein Mentor der Ydor mich davor warnt, dann werden wir jeder noch so kleinen Vermutung nachgehen müssen.«

»Wer hat dich gewarnt?«, fragte Daria neugierig und strich sich eine kurze Strähne aus den Augen.

»Picabo Irving. Er hat mir quasi gesagt, dass ich Nero nicht vertrauen kann.«

Daria hatte es für den Moment die Sprache verschlagen, und Nate sah ernsthaft besorgt aus, während Casper nach dem Tablet griff und darauf herumtippte.

»Picabo Irving … Ist das nicht ein ziemlich angesehener

Mentor, der eng mit Nero zusammenarbeitet? Hat er gesagt, wieso du Nero nicht vertrauen kannst?«, wollte Nate wissen.

Ich zuckte die Achseln. »Nicht wirklich, er hat zum Großteil in Rätseln gesprochen. Aber er ist wohl ein Freund meines Großvaters gewesen und hat ihm versprochen, mich zu beschützen.«

Nate wandte sich an Will, sein Ton wurde drängend. »Du kannst nicht leugnen, dass uns diese Information noch mehr unter Druck setzt und wir tatsächlich nach jedem Strohhalm greifen sollten.«

Will stöhnte, doch ihm schien kein Gegenargument mehr einzufallen, denn er beugte sich über die Pläne.

»Ich möchte jedes noch so kleine Detail wissen. Jeder Schritt und jede Minute werden durchgeplant sein, wenn wir das durchziehen wollen.«

»Alles klar, Chef.« Casper schaute vom Tablet auf, ein ironisches Lächeln umspielte seine Lippen. »Und wenn irgendwas schiefgeht, lassen wir einfach deinen Vater für uns in die Bresche springen.«

Ein Seufzen verließ Wills Lippen. »Wieso müssen wir den gleich noch mal mitnehmen?«

»Weil es nicht schaden kann, jemanden dabeizuhaben, der sich bei den Choys auskennt.«

»Weil es nicht schaden kann, einen erfahrenen Inventi auf unserer Seite zu haben«, fügte Nate hinzu, bevor er sein vibrierendes Handy aus der Hosentasche zog. Er erstarrte kurz, als er sah, wer ihn anrief, dann ging er ran.

»Hey, was gibt's?«

Casper biss die Zähne zusammen.

»Ich weiß, dass das Essen heute Abend ist.« Genau wie sein Inventi sah er aus, als würde er am liebsten losschreien. »Ja, ich habe nur ein wenig geschlafen, die Erschöpfung von gestern macht mir immer noch zu schaffen.« Er lauschte kurz, und als er wieder sprach, klang er gelangweilt. Ein bisschen *zu* gelangweilt. »Was ist eigentlich bei der Versammlung rausgekommen?«

Er gab ein paar zustimmende Geräusche von sich, dann beendete er das Gespräch und erhob sich.

Sein Blick streifte Casper nur kurz. Aus irgendeinem Grund schien er es nicht zu ertragen, ihn länger als einen Herzschlag lang anzusehen. »Wir müssen los.«

»Ist die Versammlung schon vorbei?«, fragte Will.

»Was für ein Essen, Nate?« Daria schaute neugierig zu ihm auf.

Er schüttelte kaum merklich den Kopf und wandte sich Will zu. »So gut wie. Ich bekomme nie viel aus ihr raus, wenn es um die Omilia geht, sie ist sehr bedacht darauf, nicht zu viel preiszugeben. Nero, Aria und die Mentoren sind sich wohl darüber einig, dass sie Kiana weiteren Tests unterziehen müssen.« Jetzt schaute er zu mir. »Falls das morgen den ganzen Tag gehen sollte, täusch einfach körperliche Schwäche vor, das klappt bei uns auch immer ganz gut. Sobald sie der Meinung sind, einer ihrer kostbaren Talentierten überarbeite sich, schalten sie sofort einen Gang zurück.«

Ich nickte grimmig. »Die Masche hat heute am Wasserfall auch schon ganz gut funktioniert.«

Das schien Casper aus seiner Starre aufzuwecken. Er fuhr sich mit dem Finger über die Lippen. »Glaubst du, dein Talent kann uns morgen weiterhelfen, Prinzessin?«

Ich vermied es, Will anzusehen, der gerade garantiert damit beschäftigt war, ihn mit Blicken zu erdolchen, und nickte langsam. »Eventuell.«

»Ihr solltet jetzt gehen!«, fauchte mein Inventi prompt.

Casper beugte sich herunter, um das Tablet einzupacken.

Nate hielt ihm eine Hand hin, um ihm vom Sofa aufzuhelfen, doch er sprang leichtfüßig auf die Beine und würdigte ihn keines Blickes, als er zu Daria trat, um sich von ihr zu verabschieden.

Will nickte mit dem Kinn Richtung Küche. Ich verdrehte die Augen und folgte ihm.

»Was soll das?«, knurrte Will an meinem Ohr, kaum dass wir außer Hörweite waren.

»Es stimmt doch«, flüsterte ich. »Ich könnte helfen. Sie müssen ja nicht unbedingt wissen, wie mein Talent genau funktioniert.«

Er hob eine Braue. »Dann nutze es, Kiana.«

»Umgekehrte Psychologie, Mr Lowe, nicht schlecht.« Ich grinste ihn an, und für eine Sekunde zuckten seine Mundwinkel.

»Hast du mir nicht erzählt, es wäre im Prinzip nutzlos? Und du hättest keine Ahnung, wie es funktioniert?«

»Ich kenne mich noch viel zu wenig damit aus«, fuhr ich leise fort und strich mit dem Daumen über seinen Handrücken.

»Ich lasse euch die Pläne da«, ertönte Caspers Stimme aus dem Wohnzimmer.

»Dieses Gespräch ist nicht zu Ende.« Will klang todernst, auch wenn seine Züge weicher wurden, je länger wir uns in die Augen sahen.

Irgendetwas sagte mir, dass dieses Gespräch nie wirklich vorbei sein würde.

Wir gesellten uns wieder zu den anderen. Casper deutete mit seinem Kinn auf die Papierrollen auf dem Boden.

»Und ich schicke euch die Animation, die Damek erstellt hat, damit ihr euch vorstellen könnt, wie es da unten aussieht.« Er brachte ein halbherziges Lächeln zustande. »Treffpunkt ist morgen Abend um 23 Uhr bei deinem Dad.« Er nickte Will zu. »Falls bei irgendjemandem was dazwischenkommt oder wir uns nicht erreichen können, ziehen wir es auch mit weniger Leuten durch. Morgen ist unsere einzige Chance.«

Daria nickte zustimmend, und Will schien sich mit sichtlicher Anstrengung einen weiteren Kommentar zu verkneifen.

Ich verabschiedete mich von Nate und Casper, bevor sie nacheinander in der Falltür verschwanden.

»Candela und du, ihr gebt ein hübsches Paar ab, Nathaniel«, klang Caspers Stimme nach oben, als sie schon außer Sicht waren. »Lass dir das nicht von jemandem wie mir versauen.«

»Cas, bitte, das ist jetzt kein …«

»Nein, ehrlich, du hast meinen Segen. Ich bin mir sicher,

deine Mum wird glücklich sein. Und wir wissen ja alle, dass man sein Leben für seine Eltern und für die Gesellschaft anstatt für sich selbst leben sollte, richtig?«

»Du weißt ganz genau, dass ich –«

»Dass du ein Feigling bist? Ja, das weiß ich tatsächlich ziemlich genau.«

»Fahr zur Hölle, Cas.«

Ihre Stimmen verloren sich, Daria stöhnte auf. »Ehrlich, ich verstehe, dass Casper angepisst ist, das geht jetzt schon seit Monaten so, aber er sollte wirklich mal ein Zeichen setzen, wenn er möchte, dass Nate sich ändert.«

Will schnaubte. »Casper wird Nate nicht ändern, egal, was er tut. Der Einzige, der Nate ändern kann, ist Nate.« Er schüttelte den Kopf. »Aber gut zu wissen, dass wir keine Spannungen in unserem Team haben. Das macht den Plan nur noch wasserdichter.« Er ging in die Hocke und zog einen Plan mit der Außenansicht des Gefängnisses hervor, während ich mich Daria zuwandte. »Kann er sich Nate überhaupt widersetzen? Klar hat er Gefühle für ihn, aber kommt nicht noch das Inventi-Ding hinzu?«

»Das Inventi-Ding?« Daria schmunzelte. »Cas ist komplett vernarrt in Natey, aber das liegt nicht daran, dass er sein Inventi ist. Sondern dass er sich verknallt hat. Und immer wieder aufs Neue die Entscheidung trifft, ihm seinen Bullshit durchgehen zu lassen.«

»Wie kannst du dir da so sicher sein?«, beharrte ich. »Hast du so etwas auch schon mal erlebt?«

»Ob ich schon einmal verliebt war?« Ungläubig schaute sie mich an. Aus dem Augenwinkel beobachtete ich, dass Will sich beim Studieren des Plans keinen Millimeter mehr rührte.

»Ob du schon mal was mit einem deiner Talentierten hattest.« Ich zuckte mit den Achseln, als wäre mir diese Frage erst eben in den Sinn gekommen. Leider stieg mir wieder die verräterische Hitze in die Wangen.

Sie schüttelte den Kopf. »Die sind mir alle ein bisschen zu eingebildet. Aber ich muss es nicht selbst erleben, ich habe Augen. Und, hey.« Sie warf erst Will, dann mir einen vielsagenden Blick zu, und ich bereute spätestens jetzt, nicht meine Klappe gehalten zu haben. »Das Inventi-Ding bedeutet nicht, dass wir emotionale Sklaven sind.«

»M-hm.«

»Ich muss dann jetzt los.« Sie lächelte mich an.

Ich begleitete sie zur Haustür, wo sie mich einen Augenblick länger als gewöhnlich umarmte.

»Ich weiß, dass du dein Bestes gibst«, raunte sie mir ins Ohr. »Und ich weiß auch, dass er es dir schwer macht, mehr herauszufinden, aber … Ich mache mir ernsthaft Sorgen. Das mit der Insel war was anderes. Nero ist ein Mistkerl, doch er ist Eves Onkel. Er würde ihr nichts antun. Von den anderen wissen wir das nicht.« Ihre Stimme zitterte, und ich löste mich von ihr.

»Du kannst dich auf mich verlassen.« Seltsamerweise waren es Neros Worte, die mir in diesem Moment wieder in den Sinn kamen. *Du bist stärker, als man erwarten dürfte.*

Ich schloss die Tür hinter Daria, nachdem ich ihr ein paar Sekunden hinterhergestarrt hatte.

Will saß immer noch auf dem Fußboden über die Pläne gebeugt. »Was genau ist am Wasserfall passiert?«, fragte er, ohne aufzuschauen.

Ich verschränkte die Arme. »Nero hat ein paar Ydor und mich der Reihe nach davorstehen lassen, und bei jedem wurde die letzte Erfahrung während des Zeitsprungs im Wasser sichtbar. Bei mir ist die Szene mit Sophia aufgetaucht, aber ich habe einen Schwächeanfall vorgetäuscht, sobald mir klar wurde, dass alle anderen sie sehen konnten.«

»Also ist die Vision deutlich sichtbar gewesen, obwohl du sie gestern erneut aufgerufen hast und obwohl die Narbe dadurch blasser geworden ist.« Er sah mich immer noch nicht an.

»Ja.« Mein Blick wanderte zur Badezimmertür hinter ihm, und ich spürte, wie Adrenalin durch meine Adern peitschte.

»Und Nero hat dich nicht mehr gezwungen, ins Wasser zu sehen?«

»Nein. Er hat mir sogar gesagt, dass ich es nicht noch mal tun soll. Schätze, Nate hat recht, und sie wollen auf Teufel komm raus unsere Kräfte schonen.«

»Hm.«

Es sollte mir Sorgen bereiten, dass er so gleichgültig reagierte, allerdings hatte ich momentan größere Sorgen.

»Ich geh dann mal duschen.« Ich versuchte, seine Stimmlage zu imitieren, während ich einen Schritt aufs Bad zumachte.

Natürlich änderte das nichts daran, dass er meine Gefühle spüren konnte.

Sein Kopf ruckte nach oben. »Ist alles in Ordnung?«

Ich verkniff mir ein Seufzen. Es war an der Zeit, härtere Geschütze aufzufahren. Alles, was ich wollte, war, neben ihm auf die Knie zu sinken und ihn so lange zu küssen, bis meine Lippen wehtaten, aber das konnte ich mir nicht leisten. Meine Bedürfnisse spielten heute keine Rolle. Ich musste herausfinden, ob ich wirklich so mächtig war, wie alle glaubten.

»Möchtest du mir jetzt auch noch ins Badezimmer folgen?« Meine Stimme war hart und kalt. »Kann ich keinen verdammten Moment mehr meine Ruhe haben?«

Es verlangte mir alles ab, so mit ihm zu sprechen.

Überraschung blitzte in seinen Augen auf, und er öffnete den Mund, schloss ihn jedoch wieder, und ich entdeckte etwas anderes in seinem Gesicht. Etwas, das noch mehr wehtat. Er senkte den Kopf.

Bevor ich noch etwas Dummes tun konnte, rettete ich mich ins Badezimmer und knallte die Tür hinter mir zu.

Ich starrte auf mein Spiegelbild. Meine Lippen waren rissig, meine hellen Augen von roten Äderchen durchzogen, und meine schulterlangen Haare hingen kraftlos herunter, dafür blitzte pure Entschlossenheit in meinem Blick auf.

Mit beiden Händen umklammerte ich das kalte Waschbecken und näherte mich dem Spiegel, bis meine Nasenspitze ihn berührte.

Bereit für deine nächste Nahtoderfahrung, Kia?

ZEHN

Monsun

Es war mit hoher Wahrscheinlichkeit eine dumme Idee, die Tür abgeschlossen zu haben.

Ich wartete, dass die Wanne vollllief.

Es tat mir leid, Will angefahren zu haben, damit er meinen Plan nicht durchschaute. Es tat mir leid, dass ich ihm wieder Sorgen bereitete. Dass wir nicht einfach unsere gegenseitige Stütze sein und die Welt da draußen für heute Abend vergessen konnten.

Ich hatte keine Wahl. Wenn Nero und die Mentoren gerade dabei waren, das Rätsel um mein Talent zu lösen, musste ich ihnen einen Schritt voraus sein. Wenn ich Eve helfen oder unseren Gefängniseinbruch einfacher gestalten konnte, konnte ich unmöglich tatenlos herumsitzen. Auch wenn mein Magen sich bei dem Gedanken an mein Vorhaben zusammenkrampfte.

Anders als bei den letzten Malen war ich nicht völlig durch den Wind, sondern bei vollem Verstand. Will war nur wenige Meter von mir entfernt. Er wurde zweifellos immer besser darin, zu spüren, wenn etwas nicht stimmte, hoffentlich würde die Tür ihn eine Weile aufhalten.

Ich stellte das Wasser ab und hielt mich am Wasserhahn fest, während ich mich langsam tiefer gleiten ließ. Nach einem letzten Atemzug tauchte ich unter. Dieses Mal ließ ich die Augen geschlossen.

Vor ein paar Wochen hatte ich mich voller Panik vor Will in meinem WG-Zimmer verbarrikadiert.

Wie ironisch, dass ich mich jetzt schon wieder eingeschlossen hatte, diesmal allerdings in der Hoffnung, er würde die Tür *schnell genug* aufbrechen.

Hastig lenkte ich meine Gedanken auf das Wesentliche. Jedes Detail von Evelyns Gesicht. Ihre glatten schwarzen Haare, ihren kurzen Pony, die dunklen Mandelaugen, den knalligen Lippenstift.

Wo steckst du, Eve?

Meine Visionen mussten irgendeinen Sinn ergeben. Sie konnten nicht willkürlich sein, dafür machten alle einen viel zu großen Wirbel um mich. Und ich hatte vor der letzten Vision an Niyol gedacht. Wenn ich es gewesen war, die mein Talent in diese Richtung gelenkt hatte, dann konnte ich es wieder tun.

Blieb nur zu hoffen, dass ich nicht in einer alternativen Vergangenheit mit Eve landete, sondern in einer Zukunftsvision, die mir mehr über ihren Aufenthaltsort verraten konnte.

Wie durch Watte drang mein Name mehrmals an meine Ohren.

Meine Gedanken wanderten zu Niyol. Ich hasste es, dass er immer noch so viel Macht über mich hatte. War er einfach nur eine Marionette der Omilia? Hatte er Spaß daran gefunden, Sophia und mich zu täuschen?

Dank der jüngsten Ereignisse hatte ich kaum mehr einen Gedanken an ihn verschwendet. Leider war die Sache noch nicht abgeschlossen, ich musste ihn sprechen, hören, was er mir zu sagen hatte. Aber das musste warten.

Das Verlangen, nach Luft zu schnappen, quälte mich.

Wie lange es wohl dauern würde, bis mein Körper realisierte, dass ich mich in Gefahr befand?

Mein Talent ließ sich nicht austricksen, das hatte mir die letzte Erfahrung gezeigt.

Ich schlug die Augen auf und blickte durch das Wasser an die Decke. Will rief immer noch meinen Namen, jetzt hämmerte er bereits an die Badezimmertür.

Ich konnte mir nichts vormachen – ich war nicht in Lebensgefahr, nur weil ich in einer Badewanne lag und die Luft anhielt. Man ertrank nicht aufgrund von Sauerstoffmangel. Sondern weil man früher oder später einatmete und Wasser in die Lunge gelangte.

Alles in mir wehrte sich gegen den Gedanken.

Das bewies mir, dass ich auf der richtigen Spur war.

Himmel, ich musste dringend angenehmere Wege recherchieren, mich in Lebensgefahr zu bringen.

Bevor ich mich für diese dämliche Idee verfluchen konnte, gab ich auf und öffnete den Mund. Meine einzige Motivation war das Hämmern an der Tür, das wie eine riesige tickende Uhr in meinem Kopf widerhallte.

Mein Körper krümmte sich unter Wasser, meine Füße stießen unsanft gegen den Wannenrand. Ich gab nicht nach. Es brannte höllisch, jetzt gelangte das Wasser auch in meine Nase, und ich keuchte, versuchte zu spucken, aber natürlich war es vergeblich, solange ich nicht an die Wasseroberfläche gelangte.

Ich wollte schreien, ich wollte weinen. Will sollte die gottverdammte Tür eintreten und mich aus dem Wasser ziehen.

Ich wünschte mir, niemals herausgefunden zu haben, was der Auslöser meiner Gabe war.

Panik strömte in kalten Stößen durch meinen Körper.

Stell dir vor, ein unsichtbares Gewicht hält dich unter Wasser. Stell dir vor, du hast keine Wahl. Stell dir vor, es ist nicht deine Entscheidung.

Der brennende Schmerz in meiner Kehle nahm zu. Als würde meine gesamte Brust in Flammen stehen. Verdammt … war … was … Will …

Und dann endlich wurde ich von meinen Qualen erlöst.

🜄

Vor lauter Erleichterung, das Licht zu sehen und in der Luft zu schweben, hätte ich am liebsten laut aufgeschluchzt. Alles, *alles* war besser als Wasser in der Lunge.

Eve. Denk an Eve!

Der Strudel riss mich nur für ein paar Sekunden mit sich. Nur bis mein Blick an einem bekannten Symbol hängen blieb. Eine tränenerstickte Stimme ertönte. Leise erst, undeutlich, dann immer lauter.

»Es war, als wäre ich einfach nur da, um ihn vergessen zu lassen.«

Der erwartete Fall kam augenblicklich. Ich wollte mich wehren, schreien, eine zweite Chance bekommen.

Vergeblich. Ich war auf demselben Pfad gelandet wie letztes Mal, und ich konnte nichts anderes tun, als dem Symbol zu folgen, als würden meine Beine nicht meinem Willen, sondern dem über mir schwebenden Tornado-Tattoo folgen.

Es wurde dunkler. Zwei Gestalten in einer mir unbekannten Umgebung. Ich blieb schlagartig stehen. Vor mir sah ich nicht nur Niyol, mit einer tiefen Furche auf der Wange und offenen, ungezähmten Haaren, sondern auch mich selbst im Halbdunkeln stehen. Wir befanden uns in einem steinernen Tunnel.

Die Untergrundstadt?

»Lass mich in Ruhe.«

»Ich kann dich nicht in Ruhe lassen.«

»Du –« Ich sah das Gesicht meines zweiten Ichs nicht, es hatte mir den Rücken zugekehrt, meine Stimme war trotzdem unverkennbar.

Mit bebenden Lippen trat Niyol einen Schritt nach vorne und legte mir einen Finger auf den Mund. Sofort schlug ich seine Hand weg.

»Ich weiß, dass du mir nie verzeihen wirst. Ich kann mir selbst nicht verzeihen. Und ich werde auch nicht leugnen, dass es am Anfang eine willkommene Ablenkung für mich war. Ich hatte kein schlechtes Gewissen, und ich habe mich auch nicht gefragt, wie es ihr oder dir damit gehen würde, aber alles, was danach kam, alles, was ich dir gesagt habe, war echt. Ich wollte meinen Job nicht vermasseln, glaub mir, das war das Letzte, was ich wollte. Aber du –«

Ich trat ebenfalls einen Schritt näher.

»Du hast deinen Job nicht vermasselt. Du hast genau das erreicht, was man von dir verlangt hat.« Jedes Wort war getränkt von Schmerz und Hass.

Ob ich es jemals schaffen würde, ihm mit Gleichgültigkeit gegenüberzutreten? Ich befand mich immer noch in Schockstarre, denn jetzt roch ich seinen Duft, als wäre ich nicht nur ein heimlicher Zuschauer, sondern tatsächlich diejenige, die ihm so nah war. Würzig, nach Zimt und –

»Seltsam, ich kann mich nicht daran erinnern, den Auftrag bekommen zu haben, mich in dich zu verlieben, Kia.«

Niyol sah nicht so aus, als hätte er dieses Geständnis geplant, er trat einen Schritt zurück, sein Blick wanderte Richtung Boden.

Für ein paar Sekunden herrschte Stille, nur von weiter weg ertönte ein Rauschen, das nach gewaltigen Wassermassen oder einem tobenden Sturm klang, dann machte ich einen Schritt nach vorne und schlang ihm die Arme um den Hals.

Es blieb keine Zeit, auf die Details zu achten, zu heftig traf mich die nächste Empfindung. Meine Augen schlossen sich von ganz allein.

Ich spürte seine Lippen auf meinen, seine anfängliche Fassungslosigkeit und dann die Leidenschaft, mit der er den Kuss erwiderte. Tausend kleine Erinnerungen von uns fluteten meinen Kopf – in der WG-Küche, im Club, in seiner Wohnung, auf seinem Bett …

Mein Magen machte einen Satz, als seine Hände an meinen Hinterkopf wanderten und mich näher zogen.

Und in diesem Moment, in dem ich nicht wusste, ob ich vollständig nachgeben und mich in diesem Kuss verlieren oder meinen Verstand wieder einschalten sollte, war das Feuer in meinem Inneren zurück und nahm mir die Entscheidung ab.

Das scharfe Brennen löschte alle Sinne aus, während ich rücklings davongeschleift wurde. Weg von einer Realität, die hoffentlich nie, niemals eintreten würde.

🜄

Die grünen Badezimmerfliesen sah ich zuerst. Meine Brust hob und senkte sich ungesund schnell, und ein unmenschliches Gurgeln drang aus meiner Kehle.

Ich würgte und spuckte und beförderte eine Ladung Wasser auf den Fußboden. Da waren Hände an meiner Taille. Mit letzter Kraft hob ich den Kopf. Die Tür stand einen Spalt weit offen, ein tiefer Riss zog sich von dem Knauf mehrere

Zentimeter nach unten. Der Raum verschwamm vor meinen Augen, während ich mich zu konzentrieren versuchte.

Beinahe wäre ich mit dem Kinn auf den Wannenrand geknallt, als die Hände an meinen Hüften verschwanden und mein Körper erschlaffte.

Will stieg hinter mir aus der Badewanne. Er atmete heftig, sein Gesicht blieb mir verborgen, während er mit zwei Schritten das Bad durchquerte und die Tür mit einer solchen Wucht zuschlug, dass ich zusammenzuckte. Sie prallte mit einem unschönen Geräusch am Türrahmen ab, da das Schloss offensichtlich zerstört war.

»DANN BRING ES DOCH ENDLICH ZU ENDE!«

Wills Stimme überschlug sich. Mein Herz ratterte unregelmäßig in meiner Brust, das Blut rauschte in meinen Ohren. Er klang nicht wie beim ersten Mal, als er mich in der Wanne gefunden hatte, und auch nicht wie auf dem Dach, nachdem er mich aus der Gefahrenzone gezogen hatte. Selbst die Wut in seinem Gesicht, als sein Vater unangekündigt hier aufgetaucht war, war nichts gegen *das*.

Minuten vergingen, bevor ich die Kraft aufbringen konnte, mich am Wannenrand abzustützen und aufzustehen. Ich riss ein Handtuch von der Stange, wickelte es mir um den Körper und schob mich durch den Türspalt.

Auf wackeligen Beinen lief ich ins Wohnzimmer und stoppte ruckartig, als ich Wills zusammengekauerte Gestalt vor dem Kamin sah. Er hatte die Arme fest um seine angewinkelten Beine geschlungen.

Sein Kopf war in seinen Armen vergraben. Ich konnte gemurmelte Wortfetzen hören.

Lautlos ließ ich mich neben ihn sinken. Ganz langsam streckte ich eine Hand nach ihm aus, doch er hatte meine Nähe gespürt, er zuckte vor mir weg, rutschte ein Stück nach links, bis sein Rücken gegen das Sofa stieß.

»*Fass mich nicht an.*«

Mein Herz schlug mir bis zum Hals, und meine Hände begannen zu zittern.

»Es … es tut mir leid.«

Er schwieg, schien mich überhaupt nicht zu hören.

»Ich will nicht sterben«, wisperte ich. Reflexartig legte ich mir die Hand auf die Brust, als könnte ich den Schmerz dadurch lindern. »Es war eine dumme Idee. Ich dachte, ich kann helfen und herausfinden, wo Eve ist.« Jetzt hatte ich meinen Beweis: Die Visionen gehorchten mir nicht, und sie würden es auch nie tun. Sie waren die reinste Zeitverschwendung.

Er hob den Kopf. Seine Augen waren blutunterlaufen. »Glaubst du wirklich, jemand hätte dich gebeten zu *helfen*, wenn sie wüssten, dass du dafür abkratzen musst?«

»Es tut mir leid«, wiederholte ich und traute mich, näher zu ihm zu rutschen. »Es war zwecklos.«

»Wie kann man so egoistisch sein?« Er wandte den Blick ab, als sei ich es nicht einmal wert, von ihm angesehen zu werden. »Bin ich dir wirklich so egal?«

Etwas Beißendes regte sich in meinem Inneren, und bevor ich wusste, was ich da tat, hatte ich den Abstand zwischen uns überbrückt und sein Gesicht mit meinen Händen umschlossen.

»Glaubst du, ich habe Spaß daran, zu ertrinken, Will?« Meine Stimme bebte. Ich biss mir auf die Unterlippe, bevor ich seine zweite Frage beantworten konnte. »Ich wusste mir nicht anders zu helfen, sonst hätte ich das niemals getan.«

»Es ist für mich bedeutungslos, was du mit deiner Gabe herausfinden kannst. Oder ob das unser aller Leben retten könnte.« Er umklammerte meine Unterarme und funkelte mich an. »Ich will nur, dass es dir gut geht. Ich will immer nur, dass du glücklich bist – dass du *in Sicherheit* bist.«

Er zog mich unvermittelt an seine Brust, sodass mir die Luft wegblieb.

Ich schlang ihm die Arme um den Hals und drückte ihn ganz fest an mich. Egal, was in meiner Vision geschehen war, ob der Kuss mit Niyol eine alternative Vergangenheit oder Wunschdenken war, das, was ich empfand, wenn Will solche Dinge sagte und mich im Arm hielt, übertraf alles andere.

Erbarmungslos schlug die Wahrheit in mich ein. Sie hatte sich schon lange angekündigt und war mit jedem Tag an seiner Seite lauter geworden war.

Es war kein Triumph und kein Machtkampf. Kein Lechzen nach Aufmerksamkeit, weil ich einsam war, und auch nicht der Reiz des Verbotenen.

Ich war gerade dabei, mich Hals über Kopf in ihn zu verlieben, obwohl ich es hätte besser wissen müssen.

»Ich schwöre dir, ich werde es nie wieder tun«, brachte

ich hervor und kniff die Augen zu, inhalierte seinen Duft und versuchte mich zu beruhigen, bevor ich etwas sehr, sehr Dummes sagte.

Und dann, als mein Herzschlag sich ein wenig normalisierte und Will sich zu entspannen schien, fiel es mir erst auf.

Die Szene, die ich gerade erlebt hatte, unterschied sich gewaltig von der letzten.

Mein zweites Ich hatte dunkle Haare gehabt, und das konnte nur eines bedeuten: Ich war nicht in der Vergangenheit gelandet, auch nicht in einer alternativen. Sondern in einer Zukunft, in der der Exfreund meiner besten Freundin mir gestand, dass er sich in mich verliebt hatte. Und, viel schlimmer noch: Ich hatte anscheinend nichts aus meinen Fehlern gelernt.

🜄

»Noch einmal tief durchatmen, Miss Lyberth.«

Ich gehorchte und seufzte erleichtert, als das kühle Metall von meinem Rücken verschwand. Hastig griff ich nach meinem Pullover.

»Einen kleinen Moment, bitte.«

Verdammt. Dr. Glenn tastete meine Wirbelsäule entlang und verharrte ein paar Zentimeter unter meinem Hals.

Ich richtete den Blick aus dem hohen Fenster des Praxiszimmers, über das Regentropfen ihre Bahnen zogen, und betete, dass sie bald mit der Untersuchung fertig war.

Entgegen meiner Erwartungen war ich heute Morgen nicht zur Omilia gefahren worden. Als der Wagen wie immer vor unserem Haus gestanden hatte, um mich abzuholen, hatte Nero mit einem undurchsichtigen Lächeln auf dem Beifahrersitz gewartet und mir erklärt, dass ich einen Termin im Krankenhaus der Ydor hatte. »Nur eine gewöhnliche Vorsorgeuntersuchung«, hatte er gesagt und mich damit in eine Spirale aus Misstrauen und Panik befördert. Es hatte auch nicht geholfen, dass Will neben mir auf dem Rücksitz gesessen hatte. Wir hatten die gestrige Nacht Arm in Arm in seinem Schlafzimmer verbracht, aber der Frieden war durch die schrille Türklingel zerstört worden.

Diese »gewöhnliche« Untersuchung dauerte nun schon über eine Stunde. Man hatte mir Blut abgenommen, mich in einen Becher pinkeln lassen und mich von oben bis unten geröntgt. Leider war mir kein guter Grund eingefallen, mich dem Prozedere zu entziehen.

»Wurden Sie in den letzten Monaten hier operiert, Miss Lyberth?«, fragte Dr. Glenn und drückte sanft auf meinen Nacken.

Verdammt, verdammt, verdammt.

Ich wandte leicht den Kopf und warf der Frau im hellblauen Kittel einen hoffentlich verwirrten Blick zu. »Ich bin noch nie operiert worden.« Das war nicht einmal gelogen – ich hatte mir in meinem Leben noch nie etwas gebrochen oder aus anderen Gründen medizinische Eingriffe benötigt. Das hatte ich zweifellos meinen Adoptiveltern zu verdanken, die mir jedes waghalsige Hobby verboten hatten. Kein Wunder, dass ich bis vor Kurzem mein Talent noch nicht ausgelöst hatte.

»Interessant …« Sie rückte ihre Nickelbrille zurecht. »Sie können sich wieder anziehen, das wäre dann alles.«

Ohne ein weiteres Wort trat sie von der Behandlungsliege zurück und verließ den Raum.

Ich atmete den klinischen Geruch ein und stieß die Luft geräuschvoll aus, dann schlüpfte ich in meinen Pullover. Die Narbe war verblasst, das hatte Will mir bestätigt, und in ein paar Tagen würde sie vollständig verschwunden sein, so wie die Narbe an meiner Kehle. Also hatte ich nichts zu befürchten. Weder die Ärztin noch Nero konnte wissen, woher sie stammte. Und was mein Erlebnis in der Badewanne anging, hatte ich heute Morgen ebenfalls keine Narben auf meinem Körper gefunden. Vielleicht war Ertrinken doch eine gute Methode, wenn man keine Spuren hinterlassen wollte.

Ich sprang von der Liege, griff nach meinem Mantel und lief zur Tür.

Das Krankenhaus befand sich ein paar Straßen hinter dem Aussichtshügel, auf dem ich vor ein paar Tagen mit Picabo gewesen war. Das Gebäude wirkte, wie so ziemlich alles im Westen Tessarects, wie ein gotisches Monument mit seinen Spitzbögen und der mit Reliefs verzierten dunkelgrauen Fassade. Es war nicht besonders groß, aber vermutlich wurde es auch nicht von normalen Menschen besucht. Ein Messingschild an der Eingangstür wies es als private Universitätsklinik aus.

Vom Untersuchungsraum gelangte ich in einen hübsch eingerichteten Wartebereich. Ein filigraner Kronleuchter warf Schatten auf einen gläsernen Tisch, der zwischen violettfarbenen Sofas stand. Auf einem davon saß Nero mit einer Kaffeetasse in der Hand. Eine Angestellte – ebenfalls im blauen Kittel – legte gerade ein paar Papiere vor ihm ab.

Dr. Glenn ließ sich neben ihm nieder und nahm einen der Zettel in die Hand.

»Haben Sie nicht so etwas wie ärztliche Schweigepflicht?«, platzte es aus mir heraus.

Nero und die Ärztin schauten beide milde interessiert auf, während die Helferin sich aus dem Staub machte.

»Da du keinen Vormund mehr hast, dachte ich, ich übernehme diese Aufgabe.« Nero lächelte mich an, unter seinem Auge zuckte es.

Ich bin volljährig, du Lackaffe. »Wozu genau brauche ich einen Vormund?«

»Das … ist unmöglich!«

Dr. Glenn hielt sich das Blatt so nah vors Gesicht, dass es fast ihre Nase berührte. Beim Nähertreten identifizierte ich es als Röntgenbild.

»Hier … also …« Leicht errötend erhob sie sich und warf Nero einen nervösen Seitenblick zu. »Bitte entschuldigen Sie, meine Kollegin muss die Befunde vertauscht haben.«

Sie rauschte aus dem Zimmer, und ich witterte meine Chance. »Was sollten all diese Untersuchungen überhaupt? Und wo ist Will?«

Neros Lächeln verschwand. »Wir müssen sicherstellen, dass es dir nach all den mitnehmenden Ereignissen gut geht. Und William hat seine Pflichten in der Omilia zu erfüllen, bevor er dich wieder abholt.« Er neigte den Kopf zur Seite und betrachtete mich interessiert. »Es freut mich, zu sehen, dass ihr euch aneinander gewöhnt habt.«

»Mir bleibt ja wohl keine andere Wahl, oder?«, blaffte ich. »Ich verstehe immer noch nicht, wieso ich einen Babysitter brauche.«

Auch dieses Mal kam er nicht dazu, mir eine Antwort zu geben, denn die Ärztin wirbelte genauso schnell wieder ins Zimmer, wie sie verschwunden war. Ihre Wangen waren nun dunkelrot.

Sie legte mit zitternden Fingern eins der Röntgenbilder vor Nero auf den Tisch und deutete auf einen Punkt weiter oben.

»Sehen Sie das hier? Diese spinnwebenartigen Linien über der gesamten Lunge? Und die fleckigen Verschattungen?«

Ich riss die Augen auf. Flecken auf einem Röntgenbild meiner Lunge konnten nichts Gutes bedeuten. Hastig trat ich hinter das Sofa und beugte mich vor, damit ich einen Blick auf die Abbildung erhaschen konnte. Es sah wie ein ziemlich milchiges Röntgenbild einer Lunge aus, aber das erklärte nicht die Beunruhigung in der Stimme der Ärztin.

»Miss Lyberth dürfte weder seelenruhig atmend hier mit uns stehen, noch dürfte sie eine solch gesunde Hautfarbe haben.« Sie warf mir über die Schulter hinweg einen Blick zu, sah jedoch rasch wieder weg, so wie ich es schon bei anderen in der Omilia erlebt hatte, die Angst vor meinen ungeahnten Kräften hatten.

Ich rollte mit den Augen. Vage konnte ich mich an Arztbesuche in meiner Kindheit erinnern, in denen der Arzt meine Mum gefragt hatte, ob ich genug frische Luft abbekam, weil ich so blass war. »Mir geht's super.«

Nero ignorierte mich und wandte sich der Ärztin zu. »Was ist das Problem?«

»Das Problem …« Sie lachte auf und klang dabei ein bisschen wahnsinnig. »Das Problem ist, dass ein deutliches ARDS vorliegt. Ein akutes Lungenversagen, hervorgerufen von Wasser in der Lunge.«

»Wasser in der Lunge?« Nero starrte sie an, und auch ich wurde ganz still.

»Das ist das Röntgenbild einer Ertrunkenen«, fuhr sie fort.

Mein Herz pulsierte heftig in meiner Brust.

»Ich glaube, ich würde mich daran erinnern, wenn ich ertrunken wäre«, versuchte ich, das Ganze ins Lächerliche zu ziehen.

Dr. Glenn ignorierte mich. »Sofern sie überhaupt noch am Leben wäre, müsste Miss Lyberth auf der Intensivstation liegen und künstlich beatmet werden.«

Für ein paar lange Sekunden war nur das Ticken der Wanduhr direkt über der Tür zu hören, dann wandte sich Nero zu mir um.

Inzwischen hatte ich mich an seine vernarbte Gesichtshälfte gewöhnt, doch im Licht des Kronleuchters wirkte sie besonders schaurig.

»Kannst du dir erklären, wie Wasser in deine Lunge gelangen konnte, Kiana?«

Jep. Ich habe mich in der Badewanne ertränkt, und offenbar gaukelt meine Gabe meinem Körper nach einer Vision vor, tatsächlich gestorben zu sein.

Ich hob die Schultern. »Vielleicht vom letzten Training mit den Ydor.«

»Das hier ist ganz sicher nicht zufällig beim Baden passiert«, sagte die Ärztin schrill. »Und es kann auch nicht geschehen sein, ohne dass Sie Notiz davon genommen haben.« Sie schaute hilflos zu Nero, als fürchtete sie, man würde sie für verrückt erklären.

Er legte eine Hand auf ihren Arm und schenkte ihr ein warmes Lächeln. »Vielen Dank für Ihre Zeit, Dr. Glenn.«

Für einen Moment schien es ihr die Sprache verschlagen zu haben. Dann straffte sie die Schultern und richtete sich mit einem entschlossenen Gesichtsausdruck auf. »Miss Lyberth sollte zur Beobachtung hierbleiben, Sir.«

»Miss Lyberth erfreut sich bester Gesundheit, wie Sie sehen«, erwiderte Nero und erhob sich. »Und wir werden herausfinden, wieso. Aber Ihre Arbeit hier ist getan.«

Er hielt mir seinen Arm hin, der heute in einem hellgrauen Nadelstreifenanzug steckte, und ich hakte mich bei ihm unter, obwohl sich alles in mir dagegen sträubte.

Ohne sich von den Protesten der Ärztin beirren zu lassen,

durchquerte Nero den Raum und führte mich am Empfangstresen vorbei zum Ausgang.

Er hielt mir die Tür auf. Mit bohrendem Blick fixierte er mich, was sich nicht besonders förderlich auf meinen ohnehin hohen Puls auswirkte.

»Kann ich jetzt nach Hause?«, beeilte ich mich möglichst gelangweilt zu fragen.

Ich duckte mich, um keine Regentropfen ins Gesicht zu bekommen. Über uns donnerte es unheilvoll, harter Platzregen ergoss sich über dem Asphalt.

Nero zog mich zurück in den Schutz des Gebäudes, sobald ich einen weiteren Schritt gewagt hatte.

»Noch nicht. William wird dich in die Omilia bringen.«

»Glauben Sie nicht, dass es am besten wäre, wenn ich mich ausruhe, wenn es meinem Körper doch offensichtlich nicht gut geht?«

Er lachte ein tiefes, kehliges Lachen, das mich schaudern ließ. »Wie gesagt, ich bin der Meinung, wir müssen uns keine Sorgen um deine Gesundheit machen.«

Am Gehweg hielt ein Auto, und die Fahrertür öffnete sich, während der Motor noch lief. Heraus trat Will mit einem riesigen Regenschirm.

Nero wies mit dem Kinn zu der Gestalt. »Dein Chauffeur steht bereit.«

»Kommen Sie nicht mit in die Omilia?«

Gott bewahre, dass ich eine weitere Minute mit ihm verbringen musste, aber mir schwante Ungutes.

»Ich würde mir deine Krankenakte gerne noch näher anschauen.«

Es war vergeblich, ich konnte seinem Blick nicht standhalten. Stattdessen schaute ich wieder zum Auto und hoffte, dass mein Gesicht nichts über den Krieg in meinem Inneren preisgab. Ich schaffte es nicht einmal mehr, ihm etwas Patziges entgegenzubringen, konnte nur nicken und mich möglichst höflich von seinem Griff befreien.

Am liebsten wäre ich die wenigen Meter zum Wagen gerannt, so erleichtert war ich, von ihm wegzukommen.

Will kam mir entgegen, als ich mich in Bewegung setzte, und erst als er den Regenschirm in die Höhe und über meinen Kopf hob, konnte ich sein Gesicht sehen. Mit triefenden Haaren und einem Sturm in den Augen. »Kiana.«

Ich blickte zu ihm auf. »Will.«

Er nickte Nero über meine Schulter hinweg zu und hielt den Regenschirm so lange über mich, bis ich auf den Beifahrersitz geklettert war. Dann schlug er die Tür eine Spur zu fest zu und lief um das Auto herum.

Gestern war ihm kein Wort mehr über die Lippen gekommen, und ich hatte ihn nicht gedrängt. Ich war froh, dass er überhaupt in meiner Nähe gewesen war. Seine Reaktion war wie ein Weckruf für mich gewesen.

»Erzähl's mir!«

Sein Blick war stur auf die Straße gerichtet, der Motor brummte unter uns. Wir ließen das Krankenhaus hinter uns, und er fädelte sich in den spärlichen Verkehr ein.

»Sie … haben wohl Wasser in meiner Lunge gefunden und sich gewundert.« Kein Grund, ihm das Entsetzen der Ärztin im Detail zu schildern.

Seine Finger trommelten einen aggressiven Takt auf dem Lenkrad. »Das ist alles?«

»Die Ärztin meinte, ich sollte mich eigentlich auf der Intensivstation befinden«, gab ich zähneknirschend zu.

»Wegen ein bisschen Wasser in der Lunge?«

Ich schloss die Augen. »Es war nicht nur ein bisschen. Sie hat irgendwas von Lungenversagen gesagt.«

Er blieb stumm. Doch die Veränderung in der Stimmung war spürbar.

»Kann ich irgendetwas tun, um es wiedergutzumachen?« Vorsichtig linste ich zu ihm herüber.

»Sie werden es herausfinden, und ich werde es nicht verhindern können.«

»Was …«

»Dein Talent. Wenn das so weitergeht, wissen sie bald besser Bescheid als wir.«

»Das war einer der Gründe, wieso ich es wieder auslösen wollte. Ich muss ihnen doch irgendwie überlegen sein!«

Er legte eine Vollbremsung hin, obwohl die Ampel vor uns immer noch Orange anzeigte, und ich wurde nach vorne geschleudert. Der Gurt schnitt mir in die Haut.

»Es tut mir leid, es tut mir leid! Ich habe dir gesagt, ich habe nicht vor, es noch einmal zu tun.« Ich pustete mir eine Strähne aus der Stirn.

»Du glaubst nicht wirklich, dass ich dir das abnehme.«

»Es war nicht besonders spaßig, Wasser einzuatmen.«

»Ich weiß nicht einmal, ob ich dir das glauben kann.«

Jetzt wandte ich mich ihm vollständig zu. »Wie bitte?«

Seine Züge wurden plötzlich weich. Zwar erwiderte er meinen Blick immer noch nicht, aber er löste eine Hand vom Lenkrad und tastete nach meiner. Verblüfft ließ ich es zu.

»Ich habe heute Morgen darüber nachgedacht. Es würde Sinn ergeben, wenn ein Teil von dir es … genießt. Vielleicht kannst du nichts dafür, vielleicht ist das einfach ein Nebeneffekt deiner Gabe.«

Ich lachte trocken auf. »Das ist absurd.«

»Du genießt es offensichtlich, dem Tod nahe zu sein«, erklärte er völlig ernsthaft.

Ich entzog ihm meine Hand wieder und drehte mich kopfschüttelnd in Richtung des Fensters, durch das verschwommen die Umrisse der Omilia zu sehen waren. »Will, ich wollte mein dummes Talent auslösen. Ich bin nicht lebensmüde.«

»Wie erklärst du dann deine Reaktion auf die Zeitsprünge mit den Ydor oder den Pyro?«

»Hä?« Was hatte das eine mit dem anderen zu tun?

»Nero hat mir berichtet, was du der Pyro-Mentorin erzählt hast. Sie meinte, du hast dich in den Flammen *gut* gefühlt. Geborgen.«

Gut zu wissen, dass Nero und er hinter meinem Rücken über mich sprachen. »Und?«

»Die Talentierten jeder Elementengruppe sind nach dem

Auslösen ihres Talents körperlich ausgelaugt. Und sie genießen es auch nicht, während es passiert. Es ist nur Mittel zum Zweck, kein verfluchter Entspannungsmoment.«

Ich vergrub das Gesicht in den Händen. »Sorry, dass ich offensichtlich mehr aushalte als der Rest, obwohl ich mir nicht mal Mühe gebe. Kein Wunder, dass die mich alle hassen.«

»Darum geht es nicht«, zischte er. »Es geht darum, dass es dir gefällt.«

»Was genau wird das hier, hm? Möchtest du, dass ich dir gestehe, selbstmordgefährdet zu sein? Geht's dir dann besser?«

»Du weißt ganz genau, dass ich –«

»*Es tut mir leid*, ich weiß nicht, wie oft du es noch hören willst, es tut mir leid, dass ich dir gestern einen Schrecken eingejagt und mich in Gefahr gebracht habe. Ich dachte, du hast eine direkte Verbindung zu meinen Gefühlen, also solltest du es besser wissen, als solche schwachsinnigen Vermutungen aufzustellen.«

Der Wagen war langsamer geworden, jetzt hielt er ganz. Wir waren an der Omilia angekommen. Will zog die Handbremse an und schaute mir offen ins Gesicht. »Was ist in deiner Vision passiert?«, fragte er unvermittelt.

Ich schluckte hart. »Nichts … Besonderes. Es war verwirrend, und ich habe nicht wirklich etwas verstanden.«

»Wieso lügst du?«

Oh, verflucht noch mal. »Sie hat mir jedenfalls nicht verraten, wo Eve steckt oder wie unser Gefängniseinbruch verlaufen wird.«

»Aber sie hat dein Herz zum Rasen gebracht und deine Beine weich werden lassen«, sagte er leise.

Ich wollte nicht über meine Vision reden. Nicht mit ihm. Mir war schon klar, dass ich mich früher oder später damit auseinandersetzen musste. Niyol befand sich in Tessarect. Meine Vision hatte in der Zukunft stattgefunden. Sie war nur eine Option, aber natürlich wollte ich ihn finden und ihn zur Rede stellen. Oder ihm eine runterhauen. Allerdings war jetzt wohl kaum der richtige Zeitpunkt dafür.

Ein dezentes Klopfen ließ uns beide zusammenfahren.

Will ließ die Scheibe auf meiner Seite herunterfahren, und zum Vorschein kam Picabo unter einem Regenschirm.

Untypischerweise lächelte er nicht, sondern nickte uns nur knapp zu.

Ich machte, dass ich schleunigst aus dem Auto kam, während Will mich mit einem Gesichtsausdruck musterte, der eindeutig *so einfach kommst du nicht davon* zu bedeuten hatte.

Picabo führte mich am See vorbei, auf dem vereinzelt ein paar Gondeln zu sehen waren, die von ihren Gondelführern ebenfalls überschirmt wurden.

Ich holte tief Luft, als mir bewusst wurde, dass Picabo nicht zuerst das Wort ergreifen würde. »Ich … ich habe versucht, Ihren Ratschlag zu befolgen, aber ich weiß noch zu wenig über …« Sein warnender Blick ließ mich verstummen. »Ich weiß einfach zu wenig, um die Folgen abschätzen zu können.«

Er nickte, und sein Blick wanderte zur Kamera über dem Eingangstor. »Es ist nicht deine Schuld, meine Liebe. Egal, wie viel du schon herausgefunden hast, es wäre von Vorteil, wenn du heute genau das Gegenteil erzählen würdest.«

Ich musste mich konzentrieren, um seine gesenkte Stimme durch das Prasseln des Regens und das Rauschen des Flusses überhaupt zu verstehen.

»D-das Gegenteil?«

Wir hatten das mit den goldenen Elementensymbolen verschnörkelte Tor erreicht, und die Flügel schwangen auf.

Ein Junge ungefähr in meinem Alter trat hinaus und nahm Picabo mit einem verbindlichen Lächeln den Regenschirm ab.

Picabo wartete, bis die Türen sich hinter uns schlossen, dann nahm er seine Hand von meinem Rücken und beugte sich im Gehen kaum merklich näher.

»Sie wissen viel zu viel. Alles, was jetzt noch bleibt, ist, falsche Fährten zu streuen.«

Meine Nackenhaare stellten sich auf, während ich in dem gutmütigen Gesicht nach etwas suchte, das mich besänftigen konnte.

Ein paar kryptische Worte auf einer Aussichtsplattform waren das eine, eine so unverhohlene Warnung noch mal etwas ganz anderes.

Ich konnte nichts anderes tun, als hilflos zu nicken, da waren wir schon vor Neros Bürotür zum Stehen gekommen.

»Ich komme später dazu.« Picabo wollte anzuklopfen, doch schon wurde die Tür geöffnet, und Nates Mutter erschien im Rahmen. Wie immer war sie perfekt geschminkt. Nach dem letzten Mal war ich nicht besonders scharf auf ihre

Gesellschaft, auch wenn sie im Vergleich zu Nero das kleinere Übel war.

»Herzlich willkommen, Kiana.« Kalt lächelte sie mich an, ehe sie zu Picabo blickte. »Vielen Dank für die Eskorte.«

Ich warf ihm einen letzten, hoffentlich nicht allzu panischen Blick zu und ließ mich ins Büro schieben. Hinter mir fiel die Tür ins Schloss.

∀

Mein Kopf pochte, meine Augen brannten, und mein Mund fühlte sich trotz des kühlen Wassers, das ich becherweise in mich hineinkippte, wie die reinste Sandwüste an.

»Soll ich die Frage wiederholen, Kiana?«

Mit Mühe und Not hielt ich mich von einem Stöhnen ab und setzte ein zuckersüßes Lächeln auf. »Ich bitte darum.«

Keinen Schimmer, wie viel Zeit vergangen war, seit Picabo mich hier abgeliefert hatte, aber Dylara hatte irgendwann die Deckenbeleuchtung angeschaltet, als die Sonne immer tiefer gesunken war.

»Welchen würdest du als den schlimmsten Moment in deinem Leben bezeichnen?«, wiederholte Nates Mutter und tauschte einen Blick mit dem Ydor-Mentor mit dem spitzen Kinn und dem schütteren Haar, dessen Namen ich schon wieder vergessen hatte. Sie saßen mir in den kuscheligen grünen Sesseln gegenüber. Auf dem Tisch zwischen uns türmten sich ein paar schmackhaft aussehende Gebäckstücke. Sie änderten nichts daran, dass ich mich wie bei einem Verhör fühlte.

Irgendwann hatte ich aufgehört, ihre Fragen zu zählen. Zuerst hatte ich noch einmal meine Gefühle beim Springen in die Vergangenheit und die Zukunft detailreich schildern müssen, dann waren sie zu den Träumen übergegangen, die ich in letzter Zeit gehabt hatte, und auch an meinem Gefühlsleben waren sie brennend interessiert. Bei den meisten Fragen hatte ich nicht wirklich verstanden, inwiefern es dabei helfen sollte, mein Talent zu enthüllen, hatte aber trotzdem getan, was Picabo mir empfohlen hatte. Ich hatte schon immer eine blühende Fantasie gehabt, also war es mir nicht schwergefallen, die Wahrheit in meinen Antworten zu verdrehen. Weder Dylara noch der Ydor-Mentor zeigten eine Regung, wenn ich sprach, das wertete ich als gutes Zeichen.

Am meisten Sorgen hatte mir die Frage nach meinem Verhältnis zu Will bereitet.

Die letzte hingegen war nun wirklich nicht schwer zu beantworten. Ich hob eine Augenbraue und sank tiefer in meinen Sessel. »Können Sie sich das nicht denken?«

Dylara schürzte die Lippen und strich sich ihre ohnehin schon tadellos sitzenden Haare zurück. So langsam zeichnete sich auch in ihrem Gesicht Müdigkeit ab. »Bitte antworte einfach auf die Frage.«

Fehlte nur noch, dass sie sich meine Antworten auf einem Notizblock notierten, damit sie sie später analysieren konnten. Aber so wie ich diese Stalker kannte, versteckte sich hier bestimmt irgendwo eine Überwachungskamera.

»Ich wurde aus meiner Wohnung entführt und in diese Stadt gebracht. Das war der schlimmste Moment.«

Selbst das war gelogen. Auch wenn der Tag, an dem mir Will zum ersten Mal von Angesicht zu Angesicht gegenübergestanden hatte, garantiert nicht zu meinen liebsten gehörte, gab es etwas, woran auch diese Panik nicht heranreichte.

»Nicht der Tag, an dem du zusehen musstest, wie deine Angehörigen dich beerdigt haben?« Die Stimme des Mentors klang ausdruckslos. Zu gerne hätte ich nach der türkisfarbenen Teekanne auf dem Tisch gegriffen und sie ihm entgegengeschleudert.

»Nein, das war einfach nur krank.« Ich tat mein Bestes, um mein Lächeln aufrechtzuhalten. »Wenn es Ihnen nichts ausmacht, würde ich jetzt gerne nach Hause gehen, ich habe furchtbare Migräne.«

Dylara legte den Kopf schief und schnalzte mit der Zunge. »Wir sind hier noch nicht fertig.«

Ich reckte mein Kinn. »Hat Ihnen Nero nicht erzählt, dass ich heute im Krankenhaus untersucht wurde und mich gar nicht gut fühle?«

Ihre Augen wurden schmaler, sie erwiderte aber nichts.

»Eine Frage hätte ich noch«, meinte der Ydor-Mentor, der sich nicht im Geringsten an meiner Aufbruchstimmung zu stören schien. Er beugte sich leicht über den Tisch. »Was würdest du als deine größte Angst bezeichnen?«

Verlassen und vergessen zu werden. Ich hielt seinem Blick stand, schob den Sessel ein wenig zurück und erhob mich. »Spinnen. Widerliche Dinger. Ich wünsche noch einen angenehmen Abend, es war mir ein Vergnügen.«

Ich schaffte es nicht ganz, die Ironie aus meiner Stimme zu verbannen. In wenigen Schritten war ich bei der Tür, riss sie auf und flüchtete auf den Gang.

Ich rannte nicht, das wäre zu auffällig gewesen, außerdem sollten sie nicht denken, ich hätte Angst vor ihnen. Trotzdem war ich so durch den Wind, dass ich mich nicht mal wehrte, als ich kurz vorm Eingangstor am Unterarm gepackt und durch die erstbeste Tür gezerrt wurde.

Will?

Schon fand ich mich in einem dunklen Raum wieder.

Der Geruch, der mir in die Nase stieg – holzig mit einer würzigen Tabaknote –, passte nicht. Den Geruch meines Inventi würde ich unter Hunderten erkennen.

Bevor ich einen Herzinfarkt bekommen oder um Hilfe schreien konnte, blendete mich gleißendes Licht. Wie in meiner Vision …

Blinzelnd versuchte ich, meine Augen an die Helligkeit zu gewöhnen, und erkannte nach ein paar Sekunden den fensterlosen Seminarraum.

Meine Augen weiteten sich, als mein Blick auf den Mann neben dem Lichtschalter fiel. Er hatte die gleiche braune Lederjacke an wie heute Morgen. Mit notdürftig nach hinten gebundenen Haaren und nichts als Entschlossenheit im

Gesicht sah er mich an, was mich so sehr an seinen Sohn erinnerte.

»Entschuldige, ich wollte dich nicht erschrecken.«

»Ich sollte mich so langsam daran gewöhnt haben«, rutschte es mir heraus.

»Bitte?«

»Will ist auch gut darin, sich anzuschleichen«, fügte ich hinzu und beobachtete, wie Schmerz in Liam Lowes Augen trat.

Ich wartete, aber er stand nur bewegungslos vor mir und musterte mich eindringlich.

»Ist alles in Ordnung? Gibt es einen Grund, wieso Sie nicht auf dem Gang mit mir sprechen wollen?« Mir drehte sich der Magen um, als ich daran dachte, dass irgendetwas bezüglich der heutigen Mission schiefgegangen war.

»Ich gehöre zu den Choys. Wir können nicht riskieren, zusammen gesehen zu werden, sonst werden nur unerwünschte Fragen gestellt.«

»Okay. Aber der Plan für heute Abend steht noch, oder?« Ich verschränkte die Arme, weil ich nicht wusste, was ich sonst mit ihnen anstellen sollte.

»Deshalb bin ich nicht hier.« Er fuhr sich mit der flachen Hand über die Stirn, als würde sich dort der Ursprung seiner Schmerzen befinden. »Und das, was ihr heute Abend vorhabt, ist kein Plan, sondern Selbstmord.« Seine Stimme wurde gefährlich leise, genau wie bei Will immer.

»Wollen Sie damit sagen, wir sind auf uns allein gestellt?«

Ein heiseres Lachen ertönte, mir fielen die unsauber nachwachsenden Bartstoppeln an seinem Kinn ins Auge. »Ich würde alles für ihn tun, Kiana. Ich würde alles dafür tun, dass er mich nicht mehr … dass er mich nicht so ansieht. Und ich habe schon riskantere Dinge getan.«

»Also was wollen Sie von mir?«

»Rede mit mir! Ich möchte wissen, was vor sich geht.«

Verwirrt schüttelte ich den Kopf. »Wieso ausgerechnet ich?«

»Er ist dein Inventi.«

»Na und?« Ich seufzte. »Das hat sich keiner von uns ausgesucht.«

Plötzlich senkte er den Kopf. »Wie schlimm ist es? Wie sehr ist er von dir abhängig? Stimmen … stimmen die Gerüchte?«

»Was für Gerüchte?«

»Er sagt, er spürt jeden deiner Schritte. Sein plötzliches Auftauchen im Tunnel heute Morgen ist der Beweis dafür. Es ist anders bei euch, oder? Keine gewöhnliche Beziehung, wie wir sie mit unseren Talentierten haben?«

Ich lauschte den Geräuschen draußen auf dem Gang und spürte, wie mir Schweißperlen auf die Stirn traten. Mir war wirklich nicht gut nach diesem Tag.

»Ich sollte jetzt gehen«, murmelte ich.

»Bitte!« Sein flehender Tonfall ließ mich innehalten.

Seine offensichtliche Verzweiflung brachte alles zurück, was ich bislang erfolgreich verdrängt hatte. Das Brennen in meiner Lunge, Will vor dem Kamin. Und dann sein Schluchzen, als ich die Vision mit Sophia wieder und wieder aufgerufen hatte.

Ich trat einen Schritt auf seinen Vater zu und ballte die Hände zu Fäusten. »Er fühlt alles, was ich fühle. Wenn es mir schlecht geht, geht es ihm auch schlecht. Und wenn ich in Gefahr bin, kann er nicht atmen. Ich weiß nicht, was in dieser Stadt als normal gilt, aber nein, Will und ich haben keine normale Beziehung.« Ich schluckte den Kloß in meinem Hals herunter. »Also müssen Sie kein schlechtes Gewissen haben. Sie sind nicht der Einzige, der sein Leben ruiniert.« Meine Stimme brach.

War vorhin Schmerz in seinen Zügen zu sehen gewesen, waren sie nun von Qualen gezeichnet.

»I-ich wollte dieses Leben nie für ihn.« Er wandte sich von mir ab. »Weder für Alessa noch für ihn. Ich dachte … ich …«

»Dafür ist es jetzt zu spät«, fiel ich ihm hart ins Wort.

»Ich weiß.« Schlagartig klang er ruhig. »Wir können die Vergangenheit nicht beeinflussen. Aber wir können sicherstellen, dass wir dieselben Fehler nicht ein zweites Mal begehen.«

Wir?

»Ich möchte nur eines von dir wissen, Kiana.« Sein Blick nahm mich gefangen, und selbst wenn ich es gewollt hätte, ich konnte mich nicht von der Stelle rühren. Es war dieselbe Intensität, die mir schon so oft in Wills Augen begegnet war. »Was ist mit dir?«

Mein Herz schlug schneller, ohne dass ich mir einen Reim darauf machen konnte.

»Er ist dir unterworfen, und er kann sich nicht dagegen wehren. Aber was ist mit dir?«

Flammende Hitze kroch meinen Hals hinauf, geradewegs in meine Wangen. »Was spielt das für eine Rolle? Und … er ist mir nicht unterworfen, er hat einen eigenen Willen und –«

»Wieso es eine Rolle spielt, ob der Mensch, mit dem mein Sohn für immer verbunden ist, etwas für ihn empfindet?«

Ich stolperte einen Schritt zurück und spürte die Tür in meinem Rücken. »Ich kenne Will erst seit ein paar Wochen.« Meine Stimme war mir selbst fremd, sie war kratzig und viel zu zittrig, und ein Tauber hätte die Panik darin hören können.

Seine schmalen Lippen verzogen sich zu einem traurigen Lächeln. »Danke.«

»Ich habe Ihnen keine Antwort gegeben.«

»Oh doch, das hast du.«

ELF

Khaki

»Wir sollten darüber sprechen.«

»Darüber, dass wir zu spät kommen, wenn du jetzt nicht diesen verdammten Mantel anziehst und mir nach unten folgst?«

»Will.« Ich stemmte meine Hände in die Hüften. Wir standen im Wohnzimmer direkt vor der Falltür. Schweigend hatten wir gegessen, nachdem er mich von der Omilia nach Hause gefahren hatte, anschließend war er mit den Lageplänen des Gefängnisses in sein Schlafzimmer verschwunden und hatte mich zwei Stunden mit meinen Gedanken allein gelassen.

Nicht nur die Erinnerung an die Untersuchungen im Krankenhaus, auch das Gespräch mit Wills Dad trieben mich in den Wahnsinn.

Ich hatte Daria geschrieben, um mich abzulenken, aber sie ließ mich in einer kurzen Nachricht wissen, dass sie gerade Schicht hatte.

»Wir haben keine Zeit für diesen Schwachsinn.« Will warf

einen Blick auf seine Armbanduhr. »In einer Dreiviertelstunde müssen wir im Norden sein.«

»Ich müsste nicht jetzt mit dir darüber sprechen, hättest du *diesen Schwachsinn* die letzten Stunden nicht ignoriert.«

»Lass es, Kia! Lass es einfach!«

Ich legte ihm beide Hände auf die Schultern. »Es tut mir leid, dass ich gestern mein Talent ausgelöst habe.«

Er griff nach meinen Händen und entfernte sie unsanft, bevor er die Falltür mit einem Fuß aufstieß.

»Wir gehen jetzt.«

»Ich kann heute nicht so etwas Irrsinniges wie einen Gefängniseinbruch durchziehen, wenn wir die Dinge zwischen uns nicht geklärt haben.«

»Du kannst auch zu Hause bleiben. Nichts lieber als das.«

»*Will.*«

»Was, Kiana?« Genervt fuhr er sich durch die Haare und ging in die Hocke. »Was willst du von mir?«

»Du sollst nicht mehr böse auf mich sein.«

»Ich bin dir nicht böse.« Sein Körper war schon zur Hälfte im Boden verschwunden.

Ich schlüpfte in den Mantel, dann ging ich ebenfalls in die Knie. »Es ging um Niyol.«

Er hielt mitten in der Bewegung inne.

»In meiner Vision. Es war irgendeine alternative Realität. Irgendwas in der Zukunft. Er hat mir erzählt, dass das alles in Leeds nicht gespielt war, dass es zwar nur eine Mission war, aber dass er sich wirklich in mich verliebt habe.«

»Woher … woher weißt du, dass es eine Vision der Zukunft war?«

»Meine Haare waren dunkel gefärbt.«

Für einen Moment war er still. Dann hob er den Kopf, und ich konnte das funkelnde Braun in seinen dunkelblauen Augen sehen. Die hellen Wimpern wirkten im Kontrast gespenstisch.

»Und wieso hast du mir das nicht gleich erzählt?«

Zeit für ein bisschen Ehrlichkeit, Kia. »Weil ich ihn im Anschluss geküsst habe.«

Erst als ich das dumpfe Geräusch seiner auf dem Boden auftreffenden Füße vernahm, blinzelte ich. Will war ohne ein weiteres Wort nach unten geklettert.

»Es war nur eine dumme Vision!«, rief ich. »Es hat nichts bedeutet.« Ich begann ebenfalls mit dem Abstieg.

Zu meiner großen Verblüffung konnte ich sein Lachen hören, als ich auf der Hälfte der Leiter angekommen war.

»Nero und der Rest der Omilia sind drauf und dran, die Wahrheit herauszufinden, du hast dich gestern selbst ertränkt, was heute aus irgendeinem Grund auf dem Röntgenbild ersichtlich wurde, und deine einzige Sorge ist, dass du deine Ex-Affäre in Gedanken geküsst hast und ich es als Betrug auffassen könnte?«

Dieser … dieser Mistkerl! Meine Wangen brannten schon wieder.

Ich stieg den Rest der Leiter hinab, obwohl ich am liebsten weggerannt wäre. Auf der untersten Sprosse angekommen, wandte ich den Kopf und sah ihn grinsend davor warten.

»Du brauchst gar nicht so dumm zu –«

»Komm her, Wundermädchen.« Seine Hände legten sich von hinten auf meine Hüften, und er hob mich von der Leiter, bevor er mich auf dem Boden niederließ und zu sich drehte.

»Wir müssen wirklich gehen. Aber vorher würde ich gerne noch etwas tun, wozu wir heute keine Gelegenheit mehr haben werden.«

»Was?« Ich boxte ihm leicht auf die Brust, und er nutzte den Moment, um mich noch näher an sich zu ziehen. Eine Hand wanderte in meine Haare, legte sich auf meinen Hinterkopf, die andere blieb an meiner Taille.

Und plötzlich sah ich nur noch sein Gesicht inmitten der Lichtpunkte, spürte nichts als seinen warmen Atem auf meinem Gesicht und meine Beine, die langsam, aber sicher zu Wackelpudding wurden.

»Wollen wir mal sehen, ob deine Vision hiermit mithalten kann«, murmelte er.

Mein Herz machte einen Satz, und ich hielt mich an seinen Schultern fest, während unsere Lippen eins wurden.

Der Kuss sorgte wie schon so oft binnen Sekunden dafür, dass mein Gehirn mit zu wenig Sauerstoff versorgt wurde, doch er war trotzdem anders als alle vorherigen. Er hatte sich weder aus Verzweiflung noch aus Panik ergeben. Will küsste mich mit höchster Konzentration, erst sanft, dann immer drängender, und mit jeder Bewegung, mit jedem beschleunigten Herzschlag an meinem ließ er mich spüren, dass er genau in diesem Augenblick die Entscheidung traf, hier zu sein. Bei mir.

»Ich … habe … gelogen.« Er flüsterte die Worte jedes Mal, wenn wir uns kurz voneinander lösten. »Ich … bin … immer noch … böse … auf dich.«

Ich presste mich enger an ihn und küsste ihn heftiger zurück, sodass er für die nächsten Sekunden keine Gelegenheit hatte, weiterzusprechen. Die Hitze in mir nahm zu, seine Berührungen wurden hungriger, und mein Atem verwandelte sich in ein Keuchen.

»Es ist mir egal«, brachte ich hervor und begann, mich seinen Hals entlangzuküssen.

»Hör auf.« Es war fast ein Knurren, er versuchte, mich von sich wegzuschieben.

»Warum?« Ich atmete seinen Duft ein, wollte diesen Moment nicht enden lassen.

Er griff unter mein Kinn und zwang mich, ihn anzusehen. Die Lämpchen spendeten nicht besonders viel Licht, trotzdem konnte ich erkennen, dass seine Pupillen geweitet waren. Zu wissen, dass ich der Grund dafür war, stellte seltsame Dinge mit meinem Körper an.

»Weil ich sonst gleich die Mission Mission sein lasse und –« Er brach ab und wandte den Kopf, als wäre mein Anblick eine Zumutung. »Wir sollten gehen.«

Die Entschlossenheit in seinem Gesicht verriet mir, dass ich wenig gegen seinen Sturkopf ausrichten konnte. Ich ließ von ihm ab und trat einen Schritt zurück. »Na gut. Dann gehen wir eben.«

»Nicht traurig sein.« Sein rechter Mundwinkel zog sich zu einem Halblächeln nach oben. »Wenn wir heute erwischt werden und selbst im Knast landen, haben wir alle Zeit der Welt für eine Fortsetzung.«

Gegen meinen Willen musste ich lachen. »Verlockende Aussichten.«

🜃

Schneeflocken wirbelten um uns, als wir eine Dreiviertelstunde später bei den Choys aus dem Boden stiegen und durch den knöchelhohen Schnee zu Liams Haus stapften. Es war ruhig auf den Straßen, lediglich aus einem schummrigen Pub drang Gelächter und eine leise Melodie.

Auch wenn ich angesichts unseres Vorhabens nervös sein sollte, schaute ich mich mit wachsender Faszination um und saugte jedes Detail auf. Wer wusste, wann ich das nächste Mal eine Chance dazu bekam. Ich liebte die breiten Straßen und die in hellen Brauntönen gehaltenen Häuser. Durch die Schneedecke auf ihren Flachdächern wirkten sie wie einem Märchen entsprungen.

»Eines Tages, wenn dieser Wahnsinn vorbei ist, gehe ich mit dir auf Reisen.«

Der glühende Ausdruck in Wills Gesicht gab mir einen Stich.

»Hm?«

»Du wirkst, als wärst du in deinem persönlichen Paradies gelandet, nur weil es hier anders als im restlichen Großbritannien aussieht«, sagte er mit einem Schmunzeln.

Ich verdrehte die Augen und deutete vor uns auf ein besonders pompöses Gebäude mit Pflanzenverzierungen auf der Fassade. »Wie kann man davon nicht fasziniert sein?«

»Wo würdest du hingehen, wenn dich niemand aufhalten würde?«

Es gab keinen bestimmten Ort. Es war mehr der Wunsch nach endloser Freiheit und verschiedenen Kulturen. »Überallhin.«

»Also eine Weltreise. Check.«

»Du möchtest also mit mir auf Reisen gehen, ja?« Ich konnte das Grinsen nicht aus meiner Stimme verbannen, obwohl ich absichtlich den Kopf wegdrehte, damit er es nicht sehen konnte.

»Es ist mir eigentlich egal, was wir machen. Hauptsache, wir sind nicht hier.«

Das »wir« ließ meine Knie weich werden, doch ich konnte den Gedanken nicht zulassen. Würde er in einer Welt, in der er nicht mein Inventi war, Zeit mit mir verbringen wollen? »Ach, ich weiß nicht, so schlecht ist die Stadt doch gar nicht, wenn man mal von dem ganzen Drama absieht.«

Vor allem war er hier.

»Soso. Kiana Lyberth ist also trotz allem froh, dass ich sie hierher entführt habe.«

Ich ignorierte das mulmige Gefühl in meinem Inneren und strahlte ihn an. »Weißt du, du bist gar keine so schlechte Gesellschaft, wenn du mal zur Abwechslung nicht wütend oder genervt bist.«

»Zwei Zustände, die du dir meist selbst zuzuschreiben hast.«

»Touché.«

Ich wollte nie wieder aufhören, mit ihm zu sprechen. Ganz egal, ob er sauer war oder wir uns anschrien. Es sollte einfach niemals enden. Das tat es aber leider viel zu schnell.

»Hier wären wir.«

Wir liefen bis zu Liam Lowes Haustür.

Unverständliches Gemurmel war von drinnen zu vernehmen. »Wieso hat er dich in der Omilia wirklich aufgesucht?«, fragte Will unvermittelt.

Ich klopfte mir ein paar Schneeflocken vom Ärmel. »Was meinst du?«

»Wie oft muss ich dir eigentlich noch erklären, dass Lügen sinnlos ist, wenn du wie ein offenes Buch für mich bist?« Er seufzte, klang aber eher resigniert als wütend.

»Man kann's ja mal versuchen«, nuschelte ich in meinen Schal.

»Also?«

Na schön. Er hatte es nicht anders gewollt. »Er wollte wissen, ob ich dich ausnutzen werde«, fasste ich unser Gespräch zusammen.

»Was meinst du damit?«

»Zuerst hat er nach unserer Verbindung gefragt, ob sie sich von der normalen Inventi-Talentierten-Beziehung unterscheidet. Und als ich ihn darüber aufgeklärt habe, wollte er wissen, wie ich zu dir stehe.« Ich war ein bisschen stolz auf mich, dass ich keine Miene verzog und auch nicht errötete.

Will stellte sich vor mich, sodass ich gezwungen war, zu ihm aufzuschauen. Seine Brauen waren zusammengezogen, doch er schien sich ein Lächeln zu verkneifen.

»Es geht dich nichts an, was ich ihm darauf geantwortet habe.«

»Es geht wohl eher *ihn* nichts an, was für eine Beziehung wir zueinander haben.«

»Er macht sich nur Sorgen, Will«, sagte ich leise und zupfte am Ärmel seines Parkas. »Deshalb ist er zu mir gekommen. Weil er weiß, dass du niemals mit ihm darüber sprechen würdest.«

Er funkelte mich an. »Du darfst ihm kein einziges Wort von den Dingen verraten, die wir vor den Ältesten verbergen. Genauso wenig wie wir wissen, woran wir wirklich bei Evelyns Freunden sind, können wir uns sicher sein, auf welcher Seite er steht. Es geht hier nicht nur um mich, es geht nicht darum, dass er als Vater versagt hat.«

»Kannst du bitte mal für eine Sekunde aufhören, so paranoid zu sein? Wir sind alle im Begriff, uns strafbar zu machen, und wofür? Damit ich herausfinde, ob meine Eltern gefangen gehalten werden! Das ist ziemlich selbstlos von jedem Einzelnen dadrinnen, findest du nicht?« Ich wies auf die Tür.

»Ein bisschen zu selbstlos für meinen Geschmack.« Er wollte noch etwas hinzufügen, da klappte die Tür hinter ihm auf.

»Wusst ich's doch, dass ich deine reizende Stimme vernommen habe, Spielverderber«, murmelte Casper mit einem ironischen Lächeln und zündete sich noch auf der Schwelle eine Zigarette an. Er trug eine Wollmütze, darüber eine dunkle Kapuze, und seine Augen waren noch dicker mit Schminke umrandet als sonst.

»Hi, Prinzessin.«

Er zwinkerte mir zu und trat zwischen uns, bevor er der Tür einen leichten Stoß mit der Ferse gab, sodass sie zuklappte, aber nicht ins Schloss fiel.

»Hey, Casper.« Ich grinste ihn an.

»Sind wir vollzählig?«, fragte Will und griff nach der Türklinke.

»Jo, ihr seid die Letzten. Kannst ja schon mal reingehen und dir zusammen mit Nate in die Hose machen, weil wir heute alle verrecken werden. Dein Dad leistet auch ganze Arbeit, was die Verschwörungstheorien angeht.«

Will riss die Tür auf und trat ins Innere.

»Ich glaube, du musst ein bisschen netter zu ihm sein«, sagte ich behutsam. »Wenn ihn noch jemand provoziert, wird er explodieren.«

»Er muss ein wirklich spaßiger Mitbewohner sein.«

»Er ist gar nicht so übel.«

Casper biss sich grinsend auf die volle Unterlippe. »Ja, ich dachte mir schon, dass er seine Schokoladenseite für dich reserviert, sonst wärst du ihm nicht so schnell verfallen. Wobei … ich habe mir sagen lassen, manche Mädels stehen auf Arschlöcher.«

»Und ich habe mir sagen lassen, du stehst auf Jungs, die nicht zu *dir* stehen.« Ich spielte unfair, aber ich war es leid, ständig wegen Will aufgezogen zu werden.

Gewitterwolken zogen in seinen Augen auf. »Wo du recht hast …«

Ich stupste ihn in die Seite. »Habt ihr wieder Streit?«

Er schnitt eine Grimasse. »Du meinst, immer noch.«

»Wo ist eigentlich das Problem? Will er sich nicht outen, oder geht es um das Inventi-Ding?«

Casper legte den Kopf schief und musterte mich belustigt. »Es passiert zwar nicht besonders oft, dass sich ein Talentierter in seinen Inventi verguckt – ich frage mich ehrlich, wieso nicht, immerhin gibt es auch genug Bodyguard-Romanzen in Hollywood, die Faszination ist doch verständlich –, aber das wäre an sich kein großes Drama. Es geht um was viel Trivialeres.«

»Das Ansehen in der Omilia?«, machte ich einen Versuch.

Er schüttelte den Kopf. »Enkelkinder.«

Ich runzelte die Stirn. »Ist es nicht Nates Entscheidung, ob er eines Tages Kinder haben möchte?«

»Du meinst, so wie es Nates Entscheidung ist, ob er in Tessarect bleibt oder nicht einfach abhaut?«, fragte er ironisch.

»Könnte er nicht theoretisch auch ein Ältester der Pyro werden? Wieso ist es so wichtig, Kinder zu bekommen?«

»Prinzipiell schon«, erwiderte er mit einem Seufzen. »Dann wäre seine Linie anschließend aber ausgelöscht, und für seine Mum gibt es nichts Schlimmeres als diesen Gedanken. Außerdem war Nate nie jemand, der sich für Führungsposten interessiert.«

Ich runzelte die Stirn. »Also weiß sie noch nichts von euch?«

»Niemand weiß so wirklich von uns.« Er lachte trocken. »Außer euch.« Seine Zigarette war heruntergebrannt, und er schnippte sie zu Boden, bevor er sie in den Schnee trat. »Ich bin es leid, ständig Verstecken zu spielen. Das ist einer der Gründe, wieso ich deine Eltern verstehe. Und bewundere. Es muss wirklich wahre Liebe sein, wenn man bereit ist, alles füreinander aufzugeben.«

Je länger ich Zeit mit Eves Freunden verbrachte, desto schmerzhafter wurde der Blick hinter ihre Fassaden. Wills Misstrauen war unbegründet, da war ich mir sicher. Casper, Daria, Nate, selbst Eve – sie alle hatten schon so viel verloren. Sie wussten, wie es sich anfühlte.

»Lass uns reingehen, ja? Sonst werde ich noch ganz gefühlsduselig.« Er grinste mich an und hakte sich bei mir unter. »Und für heute Nacht sollten zumindest wir beide die Nerven bewahren, wenn schon der Rest Panik schiebt.«

Ich erwiderte sein Lächeln schwach. Die Möglichkeit, meine Eltern zu sehen, überlagerte alle anderen Emotionen. Und es ging alles zu schnell, um Angst zu empfinden.

Wir traten ins Innere, wo Aufbruchstimmung auf dicke

Luft traf. Daria umarmte mich kurz, Nate nickte mir reserviert zu, und Will …

»Nein, ich habe nicht mit ihr gesprochen, und selbst wenn, es würde dich einen Scheiß angehen!«

»William, beruhige dich, es war nur eine Frage.«

Will lachte verächtlich und wandte sich von seinem Vater ab. »Du kommst sechs Jahre zu spät, um Fragen zu stellen.«

»Wir sollten uns auf heute Abend konzentrieren«, fuhr Nate dazwischen und schlug mit einem besorgten Blick zur Wanduhr seinen Mantelkragen hoch. »Wann treffen wir Damek?«

Wills Vater drehte sich mit sichtbarer Erleichterung im Gesicht zu ihm. »In knapp zwanzig Minuten. Ich habe uns einen Gondoliere organisiert, er wird uns ein Stück mitnehmen.«

»Können wir ihm vertrauen?«

Alle Köpfe wandten sich Casper zu. Seit wann scherte er sich um solche Details?

Liam nickte nur knapp, dann ging er ein paar Schritte auf mich zu und strich sich mit einem zaghaften Lächeln ein paar zerzauste Haarsträhnen nach hinten. »Kiana.«

Ich erwiderte sein Lächeln, obwohl Will mich mit Blicken erdolchte. »Also von mir aus kann's losgehen.«

🜄

»Hört mal, Damek hat gerade geschrieben. Er ist schon vorgelaufen und trifft sich mit seinem Kontakt, um ein paar Details zu klären. Wir sollen nicht auf ihn warten, sondern uns direkt auf den Weg zum Desmot machen.« Casper hob sein Handy und fing meinen Blick mit einem Grinsen auf. »Klingt gar nicht so gefährlich, oder?«

»Geht's auch noch lauter?«, zischte Will, der links von mir ganz hinten im Boot saß. Auf der anderen Seite hatte sich Daria auf die Bank gedrückt, und Casper und Nate saßen neben Wills Dad vor uns. Letzterer war in ein Gespräch mit dem glatzköpfigen Gondelführer vertieft, die Wortfetzen waren dank des Wasserrauschens und des Fahrtwinds kaum zu verstehen.

Außer unserer war keine weitere Gondel auf dem Fluss zu sehen.

»Dein Dad meinte doch, er zählt auf ihn«, klinkte Daria sich ein.

»Wir haben keine Ahnung, wer der Kerl ist, und wenn er so vertrauenswürdig ist wie mein *Dad*, dann können wir gleich alle in den Fluss springen.«

Ich stieß Will in die Rippen. »Psst, nicht so laut, sonst schmeißt er uns alle eigenhändig rein.«

Seine Miene war so finster, dass ich nur mit Mühe ein Kichern unterdrücken konnte.

»Was findest du eigentlich so witzig?«, flüsterte er mir ins Ohr. Seine Hand griff nach meinem Ellenbogen, um mich näher zu ziehen. Die Kälte seiner Finger war selbst durch meinen Mantel zu spüren.

Ich legte mein Kinn auf seine Schulter. »Ach, weißt du, seit ich hier bin, frage ich mich immer wieder, ob ich weinen oder lachen sollte. Nimm's mir nicht übel, wenn ich mich heute für Letzteres entscheide.«

Wir wandten uns wieder nach vorne. Nate und Casper hatten ihre Hände auf der Holzbank abgestützt, ihre Fingerspitzen nur Millimeter voneinander entfernt, die Gesichter stur geradeaus gerichtet.

Wir fuhren vorbei an verschnörkelten Häusern und schneebedeckten Eichen. Die Straßenlaternen wurden immer weniger, schon bald war die Hängeleuchte an der Spitze unseres Bootes das einzige Licht, das die Nacht durchbrach. Jedes Mal, wenn der Rumpf der Gondel an eine der Eisschollen stieß, erklang ein dumpfes Geräusch.

Der Fluss verengte sich, bis wir unter einer Steinbrücke abtauchten und die Stadt endgültig hinter uns ließen. Faulig-feuchter Geruch stieg mir in die Nase, doch bevor es noch unheimlicher wurde, kamen wir am anderen Ende wieder heraus.

Verschneite Felsen, so weit das Auge reichte. Die Brücke schien ein Tor zu einer anderen Welt zu sein. War es zuvor schon ruhig gewesen, herrschte hier Totenstille, keine Menschenseele schien die idyllische Perfektion der weißen Weiten zu stören.

Der Gondoliere warf uns über die Schulter einen nachdenklichen Blick zu.

»Wir haben gesagt, keine Fragen, schon klar, aber ich kann euch doch nicht irgendwo im Nirgendwo aussetzen.« Seine Stimme war tief und rauchig. »Die Kleine dahinten sieht nicht aus, als würde sie länger als fünf Minuten im Schnee auskommen.«

Daria verschränkte die Arme. »Die Kleine dahinten kann sich um sich selbst kümmern«, giftete sie, woraufhin der Glatzkopf schallend lachte und sich wieder nach vorne wandte.

Liam legte ihm eine Hand auf die Schulter. »Wir wissen, was wir tun, Ralph.«

Es dauerte keine fünf Minuten mehr, bis ein Steg vor uns erschien, der durch die Schneemassen kaum zu erkennen war. Der Gondoliere bremste mit dem Ruder ab und lotste uns ans Ufer, wo er das Boot mit flinken Bewegungen anband. Hier war es heller, obwohl immer noch keine Lichter zu sehen waren. Die Wolkendecke war etwas aufgebrochen, und silbriges Mondlicht ergoss sich über den Fluss.

Liam und er halfen uns aus der Gondel, wobei Will die Hand seines Vaters ignorierte und auf den Steg sprang, um mir eine Hand hinzuhalten.

Unsere Fußspuren zerstörten die unberührte, glitzernde Puderschneedecke in Sekunden.

»Viertel vor eins, richtig?« Der Gondoliere sah zu Liam, er wirkte besorgt. Ein funkelnder Silberring steckte in seinem Ohr, und an seinem Hals war der Ansatz eines Tattoos unter dem gefütterten Parka zu sehen. »Ich weiß, es geht mich nichts an, aber ich bin nicht von gestern, Liam, ich ...«

»Viertel vor eins«, schnitt dieser ihm das Wort mit einem nachdrücklichen Nicken ab.

»Was, wenn ihr nicht da seid?«

Liam runzelte die Stirn. »Wir werden da sein. Und jetzt mach dich auf den Weg, ich will dich nicht länger als nötig aufhalten.«

Einen Moment sah der Gondoliere noch so aus, als wollte er etwas erwidern, dann nickte er und sprang zurück ins Boot. »Passt auf euch auf, Kinder!«

Will legte mir einen Arm um die Schultern. »Lasst uns gehen.«

Wir liefen in Richtung Norden, wie es die Karte auf unseren Handys vorgab. Schon nach wenigen Metern verloren wir alle das GPS-Signal. Zum Glück kannte Liam den Weg.

»Wie haben Sie eigentlich herausgefunden, dass meine Eltern nicht in der Psychiatrie sind?«, fragte ich ihn, ohne mich von den feindseligen Blicken meines Inventi beirren zu lassen. Nur weil Will keine Lust hatte, mit ihm zu sprechen, hieß das nicht, dass ich nicht so viel wie möglich aus ihm herausbekommen konnte.

»Die Tochter einer guten Bekannten arbeitet als Krankenpflegerin in der Soteria.«

»Und was genau hat sie Ihnen erzählt?«, fragte ich weiter. »Wie konnte Nero meine Eltern da rein- und wieder herausschleusen, ohne dass es jemand mitbekommt? Hat er das ganze Personal bestochen?«

»Den Pflegern wurde mitgeteilt, dass sie zur jährlichen Routineuntersuchung gebracht werden. Die Tochter meiner Bekannten weiß nicht, ob es in den letzten Jahren auch so einen Termin gab, da sie noch nicht lange dort arbeitet und die meisten ihrer Kollegen sich in Schweigen hüllen. Jedenfalls erklärte Nero ihnen, er wolle niemanden länger als nötig mit der Anwesenheit deiner Eltern gefährden.«

Ich lachte auf. »Sie sahen wirklich außerordentlich gefährlich aus, als ich sie in dieser Zelle gesehen habe.«

»Glaubt bloß nicht, ich unterstütze irgendeinen Teil dieses sogenannten Plans«, murmelte Liam und schaute kopfschüttelnd zwischen uns umher, bevor sein Blick zu mir zurückwanderte. »Aber ziemlich wahrscheinlich sitzen deine Eltern im Desmot fest. Es würde Sinn ergeben, dass die Omilia sie dort einsperrt, wo sie niemandem die Wahrheit erzählen können.«

»Das heißt, wir brauchen nur einen Beweis, um Neros Lügen publik zu machen?«, fragte Daria.

Ich nickte langsam. »Es würde doch bestimmt einen Aufruhr erzeugen, wenn die Leute in Tessarect erfahren, dass er sie gefangen hält, obwohl sie angeblich krank sind, oder?«

»Wohl kaum. Diese Stadt ist darauf gepolt, den Regeln der Ältesten zu folgen. Einzig der Einfluss von Phos und Gaia hätte sie noch retten können, aber da die beiden als ultimativer Feind dargestellt werden und sich verstecken müssen, wird niemand Neros Aussagen hinterfragen.«

»Und wieso sollte es jemanden kümmern, was Nero mit deinen Eltern macht, wenn sie doch den ultimativen Regelbruch begangen haben?«, gab Will zu bedenken.

Liam nickte. »Du bist die Einzige, die er belogen hat, Kiana. Niemand hier fragt sonst nach ihrem Verbleiben. Auch nicht die Angestellten in der Soteria.«

»Sie sagten, Gaia und Phos missbilligen Neros und Arias Führung der Omilia«, meinte Nate nachdenklich und schob sich eine lange Haarsträhne hinters Ohr. Er und Casper waren ein Stück hinter uns gelaufen und hatten nun zu uns aufgeschlossen. »Wieso kamen sie nie auf den Gedanken, Nero zu stürzen?«

»Das ist mein Pyro«, murmelte Casper mit einem kleinen Grinsen.

Liam hob die Brauen. »Man stürzt nicht eben mal zwei Älteste, die die Mehrzahl der Talentierten inklusive ihrer Familien und Inventi hinter sich haben.«

»Aber Gaia und Phos sind doch nicht nur zu zweit, sofern ich das richtig verstanden habe«, beharrte Nate. »Sie haben schon mehrere Talentierte rekrutieren können, unter anderem Dameks Schwester.«

»Und wahrscheinlich Eve«, fügte Daria grimmig hinzu.

»Jede Woche verschwinden mehr von ihnen«, sagte Casper nickend. »Das kann kein Zufall sein. Wir sind nicht die Einzigen, die an der Wahrheit interessiert sind.«

»Also müssen wir nur die Organisation finden, wenn wir Nero stürzen wollen?«

»*Nur* die Organisation finden«, wiederholte Liam mit plötzlicher Wut. »Glaubt ihr wirklich, ihr seid die Ersten, die nach ihrem Verbleiben fragen? Nehmt ihr an, es hat noch niemand versucht, Kontakt zu ihnen aufzunehmen? Wie wollt ihr Gaia finden, wenn nicht einmal ihr Inventi sie finden kann?« Er senkte seinen Blick.

»Aber Sie können sie doch nur nicht finden, weil Ihre Inventi-Gabe nutzlos ist, solange Gaia mit Talentierten aus anderen Elementengruppen in Kontakt steht, oder?«, fragte ich und lächelte triumphierend. »Was, wenn wir es andersherum angehen? Wenn wir sie *uns* finden lassen?«

Verwirrung auf allen Gesichtern. Außer auf dem meines Inventi. »Kia …«

Ich sah ihn flehend an. Es ging hier um so viel mehr als nur um mich. »Die Organisation steht für alles, was die Omilia verbietet«, beharrte ich. »Nero hat mir mal am Anfang gesagt, er wolle mich nicht als Waffe benutzen, aber vielleicht könnte ich genau das sein. Glauben Sie nicht, Gaia und Phos hätten Interesse an mir?«

»Kia hat recht«, kam mir Nate zu Hilfe. »Sie sprechen sich für die Vermischung der Talentierten aus, also müssen sie ultimatives Interesse an jemandem haben, der genau das verkörpert.«

»Wir sollten uns auf den Einbruch konzentrieren«, fuhr Will mit zusammengebissenen Zähnen dazwischen.

Unser Weg war immer steiler geworden, gerade erreichten wir den höchsten Punkt des Hügels.

»Und uns eine Strategie überlegen, falls wir auffallen und die Wächter Alarm schlagen. Jeder Fluchtweg ist einsehbar«, sagte sein Vater mit einem Seufzen.

»Niemand hat dich gezwungen, mitzukommen«, zischte Will.

»Es wird schon gut gehen.« Casper zuckte die Achseln, auch wenn er deutlich angespannter aussah als noch vor ein paar Minuten. »Wir müssen es nur bis runter zum Ufer schaffen, wo die Gondel auf uns wartet.«

»Was voraussetzt, dass wir es rechtzeitig hinein- und wieder herausschaffen«, murmelte Nate in seinen Schal.

»Es bringt jetzt wirklich nichts, uns gegenseitig in Panik zu versetzen«, versuchte ich die Wogen zu glätten. »Wem das Ganze zu riskant ist, der sollte jetzt umkehren und im Boot warten. Ich würde es verstehen. Damek und ich sind die Einzigen mit einem guten Grund, hier zu sein.«

»Jetzt mach mal halblang, Prinzessin. Nur weil wir keine Familienmitglieder im Bunker sitzen haben, heißt das nicht, dass wir nicht auch die nötige Motivation haben.« Nate grinste mir zu. »Ohne uns wüsstest du nicht einmal, dass es ein Gefängnis gibt, geschweige denn eine Möglichkeit, dort einzubrechen und Mum und Dad wiederzusehen.«

»Ich meinte nur, ich würde verstehen, wenn –«

»Es gibt kein Zurück mehr«, fiel mir Nate ruhig ins Wort und deutete nach vorne. »Dort ist Damek.«

Für einen Augenblick blieben wir alle stehen. Vor uns, auf der anderen Seite des Hangs, waren einzelne Bäume und Felsen zu erkennen. Ich musste zweimal hinsehen, um die Gestalt des Jungen auszumachen, der an einen dreieckförmigen Felsen gelehnt dastand. Seine Locken waren unter einer dunklen Strickmütze versteckt, und sein schlaksiger Körper versank in einer Daunenjacke. Als er uns entdeckte, stapfte er mit gesenktem Kopf in unsere Richtung.

»Hey, Kleiner.« Casper war der Erste, der bei ihm angekommen war, und drückte ihn an sich. Selbst im Halbdunkeln war deutlich zu erkennen, wie Damek errötete.

»H-hallo«, nuschelte er. »Luke wird mich gleich in den größeren Bunker einschleusen, wo mein Dad eingesperrt ist.«

»Luke ist einer der Wächter?«, hakte Will mit gerunzelter Stirn nach.

Damek nickte, und die Hälfte seines Gesichts verschwand hinter seinem Schal.

»Hast du herausfinden können, ob sich Kias Eltern im selben Bunker befinden?«

Der Choys machte eine Bewegung, die man sowohl als Kopfschütteln als auch als Achselzucken deuten konnte. »Luke … ist nicht besonders gesprächig.«

Ich trat einen Schritt auf ihn zu. »Er muss doch irgendetwas wissen, wenn er als Gefängniswächter arbeitet«, drängte ich. »Und meine Eltern waren bis vor Kurzem noch in der Psychiatrie, also muss Nero sie wieder zurück ins Gefängnis gebracht haben. Das dürfte auffallen, oder?«

Statt einer Antwort biss Damek sich fest auf die Lippe. Will stöhnte, Liam straffte die Schultern.

»Okay, Kumpel, du musst ehrlich zu uns sein, ja? Wenn es irgendwelche Komplikationen gibt, sollten wir das wissen.«

Caspers Stimme war sanft, aber sein intensiver Blick verriet seine Nervosität.

»Luke … ist ein alter Freund von Dad.« Dameks Worte waren dumpf, sie klangen mit einem Mal, als sei er den Tränen nahe. »Er hat eingewilligt, mich zu ihm zu lassen, weil er weiß, wie schlecht es meiner Familie mit der Situation geht, aber … er weiß nichts von … ihr.«

Niemand musste nachfragen, wer gemeint war.

»Ernsthaft?«, zischte Will.

Nate warf ihm einen warnenden Blick zu und legte Damek eine Hand auf die Schulter. »Aber er weiß von uns?«

Damek nickte. »Ich … hab ihm gesagt, dass ich nicht allein komme.«

»Und die anderen Wächter wissen nichts von eurem kleinen Abkommen?«, fragte Liam, der erstaunlich ruhig blieb.

Damek schüttelte den Kopf. »Glaub nicht.«

»Dann können wir das zu unserem Vorteil nutzen. Solange Kiana nicht erkannt wird, haben wir kein Problem. Wir müssen es nur schaffen, ihn abzulenken, sobald wir im Bunker sind.«

Will blieb skeptisch. »Wir wissen doch nicht einmal, ob Kias Eltern im gleichen Bunker wie sein Dad sind. Oder überhaupt im Gefängnis.«

»Kein Grund, gleich den Teufel an die Wand zu malen«, sagte ich und hakte mich mit einem aufmunternden Lächeln bei ihm unter. Zugegeben, der Plan klang alles andere als sicher, aber er war unsere einzige Chance. »Wenn irgendetwas schiefgeht, können wir sie immer noch mit unseren Talenten bestechen, meintet ihr doch.«

Will versteifte sich unter meiner Berührung.

»Ich bin bereit, einen Handel mit ihnen einzugehen«, sagte Nate.

»Was für einen Handel?«, wollte ich wissen.

Will senkte seinen Arm. Anstatt sich von mir zu befreien, verschränkte er unsere eisigen Hände miteinander.

»Ich bin mir sicher, niemand hat etwas gegen einen Blick in die Zukunft einzuwenden.«

Casper sah alles andere als glücklich aus, Liam hingegen nickte. »Das könnte helfen.«

Ich öffnete den Mund, da wurde Wills Griff so fest, dass er mir beinahe die Finger zerquetschte.

»Was zur …«, raunte ich, doch er schüttelte nur mit zusammengepressten Lippen den Kopf.

Ich seufzte leise und schwieg. Er brauchte sich überhaupt keine Sorgen zu machen. Ganz bestimmt ahnten die Wächter des Gefängnisses nichts von meinem Talent, also konnte ich ihnen das Blaue vom Himmel versprechen, wenn meine Identität aufflog. Blieb nur zu hoffen, dass ihre Loyalität Nero gegenüber nicht größer war als ihre Gier nach Übernatürlichem.

»Wir müssen gehen«, wisperte Damek. »I-ich habe ihm gesagt, ich bin gleich zurück.«

»Ist es noch so weit?«, fragte Daria verblüfft. »Auf der Karte sah es aus, als wäre es ziemlich nah am Ufer.«

Damek hatte sich schon weggedreht und war losgelaufen.

»Es befindet sich gleich hinter dem Felsen«, antwortete Liam an seiner Stelle. »Nur wird der Abstieg einige Zeit in Anspruch nehmen.«

∀

Heftiger Schwindel überfiel mich, als wir vor dem Abgrund standen und hinabsahen. Was im ersten Augenblick wie ein kreisrundes Loch im Boden wirkte, stellte sich bei näherer Betrachtung als eine Art Treppenaufgang heraus. Mächtige Säulen hielten das Felsdach über den in den Stein gehauenen Gang, dessen moosbewachsene Stufen spiralförmig so tief in den Erdboden führten, dass man sein Ende mit bloßem Auge im Dunkeln nicht ausmachen konnte. Es war eine Sache, diese gigantische Spirale auf Plänen zu sehen, jedoch noch mal eine vollkommen andere, hier zu stehen und das Gefühl zu haben, hypnotisiert zu werden, wenn man zu lange in die Tiefe starrte.

»1377 Stufen, richtig?«, flüsterte Daria ehrfürchtig, als wir die erste Umdrehung geschafft hatten. Ich durfte auf keinen Fall länger als ein paar Sekunden über das niedrige Steingeländer schauen, sonst würde ich die Nerven verlieren, also richtete ich meinen Blick stur auf meine schneebedeckten Stiefel. Meine Socken hatten sich bereits mit Wasser vollgesaugt, und die Kälte kroch meine Beine empor.

»Dein Kontakt wartet unten auf uns?«, durchbrach Liam

unser leises Fußgetrappel nach einer Weile. Er führte unsere Prozession an, der Blick in die Tiefe schien ihm nichts anhaben zu können.

»Ja.« Damek befand sich direkt hinter ihm. Seine Hand war flach auf das steinerne Geländer gedrückt, wahrscheinlich aus Angst, ohne einen Halt zu stolpern und ins Nichts zu fallen. »Er lässt sich was für die anderen Wächter einfallen, damit sie abgelenkt sind, während er uns ins Innere bringt.«

»Und was ist mit dem Code?«

»Der Code wird nicht nötig sein.« Dameks Stimme brach. »Jedenfalls nicht für den größeren Bunker.«

Unsere Zweifel und die unterschwellige Angst schwangen bei jedem kleinen Knirschen mit, das unsere Schuhe auf den Steintreppen erzeugten. Für eine Weile sprach niemand mehr. Ich umklammerte Wills Hand, als hinge mein Leben davon ab. Wir bildeten das Schlusslicht, Casper befand sich in der Mitte, und auch er hielt Nate und Daria an der Hand, wie ich erkennen konnte, wenn sie vor uns in die Kurve gingen.

Es dauerte nicht lange, bis ich jegliches Zeitgefühl verlor und auch keine Ahnung mehr hatte, in der wievielten Umdrehung wir uns befanden. Alles sah gleich aus, wir waren umgeben von Stein. Der Schwindel verursachte eine leichte Übelkeit in meinem Magen, denn auch wenn mein Blick nach wie vor auf meinen Füßen haftete, machten die vielen Spiralen mir zu schaffen.

»Wir haben es bald geschafft«, murmelte Will an meinem Ohr.

Unser Atem erzeugte eine dichte weiße Wolke. Die eisige Luft roch leicht vermodert, und von Schnee war nichts mehr zu sehen, dafür war der Boden mit einer leichten Eisschicht überzogen, sodass wir jetzt auch noch aufpassen mussten, nicht auszurutschen.

»Wollen wir mal hoffen, dass sie den Knast beheizen«, vernahm ich Caspers flüsternde Stimme. »Sonst haben wir keine Chance, uns mit den Insassen zu unterhalten, weil sie alle schon längst zu Eiszapfen geworden sind.«

Erst als Will mich im letzten Moment zurückhielt, bevor ich in Darias Rücken stolperte, merkte ich, dass Liam vorne stehen geblieben war.

Stockdunkle Finsternis. Die moosbewachsenen Stufen und Säulen hinter uns waren jetzt nichts als schemenhafte Schattenbilder.

»Sind wir …«, begann Casper, aber ein Zischen unterbrach ihn.

»Psst! An die Wand. Schnell.«

War das Damek? Er klang selbstsicherer, als ich ihn je erlebt hatte.

Will gehorchte, bevor ich es konnte, und drückte mich mit sich gegen den kalten Stein. Auch vor uns waren rasche Bewegungen zu sehen, und keinen Moment später standen wir alle nebeneinander an die Wand gepresst. Alle, mit Ausnahme des jungen Choys, der nach vorne ins Nichts trat.

»Bursche?«, ertönte eine rasselnde Stimme, gefolgt von einem Husten.

»Ich bin hier.« Eindeutig Damek.

Mein Herz schlug mir bis zum Hals, der sonst so schüchterne Teenager hingegen schien nicht den kleinsten Funken Angst zu verspüren.

Ich wagte es nicht, meinen Kopf zu bewegen, als warmes Licht auf die Wand traf. Der gespenstische Schatten eines gebeugten Arms mit Laterne wurde auf den Boden vor uns geworfen.

»Komm her. Du hast höchstens zehn Minuten.«

Der Arm machte einen Schlenker, und ich kniff meine Augen reflexartig zu, sobald das Licht direkt vor uns erschien. Es dauerte etliche Sekunden, doch als ich mich an die Helligkeit gewöhnt hatte, sah ich einen Mann mit Hakennase, kaum erkennbaren Augenbrauen und gräulichem Flaum auf dem sonst recht kahlen Kopf. Sein schmächtiger Körper steckte in einer hellbraunen Uniform und abgewetzten Stiefeln. An seinem Gürtel hing neben einem klimpernden Schlüsselbund etwas Klobiges, das verdächtig nach einer Waffe aussah.

»Hast du deine ganzen Schulfreunde mitgebracht?«, raunzte er, leuchtete uns nacheinander ins Gesicht und stutzte. Seine Züge gefroren, und er schnellte vor, um Damek am Jackenkragen zu packen.

»Willst du uns beide ins Verderben stürzen, Bursche?«

Dameks Mütze rutschte durch die abrupte Bewegung von seinem Kopf und entblößte seinen Lockenschopf. Ich konnte sein sommersprossiges Gesicht nicht mehr ausmachen, dafür aber seine zitternden Beine.

Scheiße, Scheiße, Scheiße. Hatte der Kerl mich erkannt?

»I-ich –«

»Du hältst es für eine gute Idee, Omilia-Gefolge mitzubringen?«

Er drängte Damek mit ausgestrecktem Arm gegen die Wand. »Hat dich dieser Mistkerl dazu angestiftet, seine Mitarbeiter auszuspionieren? Hast dir 'ne herzzerreißende Geschichte mit deinem Alten und deiner Schwester ausgedacht, um mich dranzukriegen, was?«

Seine Hand schloss sich jetzt um Dameks Kehle und drückte zu. »Seit Gaia weg ist, denkt dieser aufgeblasene Hornochse, er herrscht über alle Bezirke. Weißt du, von mir aus kannst du ihm ausrichten, er soll sich zum Teufel scheren und uns alle am Allerwertesten –«

»Wir arbeiten nicht für Nero Lagarde!«, rief Liam. In drei großen Schritten war er bei ihnen und legte eine Hand auf die Schulter des Kerls.

Abrupt ließ der Wächter von Damek ab. Dieser sank röchelnd in sich zusammen und wurde im letzten Moment von Casper aufrecht gehalten, der an seine Seite gesprungen war und beschützend einen Arm um seine Schulter legte.

Der Kerl packte Liams Arm und wirbelte ihn herum, bis er sich an derselben Stelle wie eben noch Damek befand. Sein Kopf knallte gegen die Steinwand, und Schmerz zuckte über sein Gesicht, den er sofort zurückdrängte, als der Wächter sich ihm mit einem mörderischen Gesichtsausdruck näherte. »Wenn *du* nicht für die Omilia arbeitest, fress ich 'nen Besen.«

»Ich bin Liam Lowe, und habe jahrelang als Inventi an Gaias Seite gearbeitet«, presste Liam hervor. »Ich bin nicht für die Omilia hier. Sondern weil ich genau wie Damek die Wahrheit herausfinden möchte.«

Der Griff des Wärters lockerte sich, doch seine Augen wurden schmal.

»Ich möchte keinen Ärger. Damek will nur zu seinem Vater, der hier unrechtmäßig gefangen gehalten wird.«

»Ist mir scheißegal, aus welchem Grund wer hier drinnen sitzt«, blaffte der Kerl. »Ich mache nicht die Regeln. Ich wollte dem Kleinen nur einen Gefallen tun, weil sein Alter mir mal aus der Patsche geholfen hat.«

Liam nickte, und ein Lächeln breitete sich auf seinem Gesicht aus. Trotz der angespannten Situation schaffte er es, gelassen auszusehen. Will neben mir war einen Schritt nach vorne getreten, seine ganze Körperhaltung schrie Protest. Keine Ahnung, wozu er imstande gewesen wäre, hätte ich nicht nach wie vor seine Hand gehalten.

»Und was genau hast du mit dem Burschen zu tun, Liam Lowe?«, zischte der Wächter.

Wills Dad zuckte mit den Achseln. »Ich bin immer noch ein gewöhnlicher Choys-Inventi. Und möchte sicherstellen, dass es ihm gut geht, wenn er schon nicht mehr seinen Vater da draußen hat, der ein Auge auf ihn wirft.«

Der Wächter schien noch kurz zu überlegen, dann wandte er sich um und hielt das Licht wieder in unsere Richtung. »Und was ist mit dem restlichen Anhang? Gehören die alle zu deiner Leibgarde?« Er trat auf uns zu. »Wollt ihr abwechselnd seine Hand halten, oder was?«

Gefährliche Stille breitete sich zwischen uns aus. Ich konnte Will und die anderen förmlich denken hören. Fieberhaft nach einer Ausrede suchen.

Aus der Ferne war Schlüsselgeklimper zu hören.

Was sollte ich tun? Selbst wenn der Kerl Damek und Liam ins Gefängnis ließ, war ich keinen Schritt weitergekommen. Selbst wenn sie es schafften, meine Eltern dort drinnen zu finden und irgendwie mit ihnen zu kommunizieren.

Ich war so nah dran. Zu nah, um jetzt aufzugeben.

Wills Griff verstärkte sich, als hätte er meine Gedanken gehört, aber ich hatte meinen Entschluss gefasst.

»Damek ist nicht der Einzige, der jemanden besuchen möchte.«

Der Blick des Wärters zuckte zu mir, und Spott glitzerte in seinen Augen. Die dicken Tränensäcke darunter wirkten im flackernden Licht seiner Laterne grotesk. »Und wer bist du, Püppchen?«

»Tu es nicht …«, raunte Will an meinem Ohr, aber ich ignorierte ihn.

»Kiana Lyberth.«

Jemand zog scharf die Luft ein.

Kurz war die pure Verblüffung in der Miene meines Gegenübers zu sehen, dann schürzte er die Lippen.

»Sieh an, sieh an. Sollte ich mich verbeugen? Du bist eine ziemliche Berühmtheit, habe ich recht?«

Er trat näher, und eine leichte Whiskeyfahne schlug mir entgegen. Gleichzeitig zerrte Will mich zurück und stellte sich schützend vor mich. Sofort riss ich mich los, warf ihm einen bösen Blick zu und drängelte mich wieder nach vorne. »Ich möchte wissen, ob meine Eltern hier festgehalten werden. Und falls ja, will ich mit ihnen sprechen.«

Der Kerl warf den Kopf in den Nacken und ließ ein heiseres Lachen hören. »Und was genau soll mich davon abhalten, dich direkt auszuliefern?«

Für einen Moment war mein rasender Puls alles, worauf ich mich konzentrieren konnte. Nicht, weil mir die Worte Angst machten, sondern weil sie mir Hoffnung schenkten. Er hatte nicht abgestritten, dass meine Eltern hier im Gefängnis saßen.

Ich reckte das Kinn. »Sie haben doch eben deutlich gemacht, was Sie von dem Ältesten der Ydor halten. Also stehen wir auf derselben Seite.«

Der Typ entblößte eine Reihe schiefer Zähne. »Streng dich ein bisschen mehr an.« Er schien sich köstlich zu amüsieren.

Casper hatte eindeutig keinen Mist erzählt, als er gemeint hatte, die Wächter des Gefängnisses seien bestechlich.

»Sie ist nicht die Einzige, die etwas zu bieten hat«, sagte Nate, bevor ich die richtigen Worte wählen konnte.

»Spar dir die Mühe, Hübscher«, erwiderte der Wächter. »Wir haben hier mehr als genug Freaks, die ihr ganzes Leben in ihren Köpfen verbringen. Es freut mich für dich, dass du schlau bist, aber ein gutes Erinnerungsvermögen interessiert mich reichlich wenig.«

Ich runzelte die Stirn, doch bei Nate fiel der Groschen anscheinend sofort.

»Ich habe es nicht so mit Erinnerungen, Sir.« Er lächelte, und in seinen braunen Augen spiegelte sich das Licht der Laterne. »Eher mit Zukunftsprognosen.«

Das Lächeln des Wächters verschwand, und ein Funkeln trat in seine Augen.

»Ich bin ein Pyro«, erklärte Nate triumphierend.

Der Wächter wandte sich zu Damek, der an der Wand lehnte.

»Ich geb's ungern zu, Bursche, aber offenbar habe ich dich unterschätzt.« Er fixierte wieder Nate. »Und wen willst *du* dadrinnen treffen? Eine Cousine dritten Grades?«

»Ich bin nur ein guter Freund von Damek und Kiana, Sir.« Nate verzog keine Miene, dafür bebte Casper plötzlich am ganzen Leib.

»Wer solche Freunde hat, braucht keine Feinde mehr, hm?« Der Wärter lachte über seine eigenen Worte, dann machte er noch einen Schritt auf mich zu.

»Was kannst du mir geben, Püppchen? Und ich wäre an deiner Stelle überzeugend. Überzeugender als der Finderlohn, den die armen Irren mir zahlen würden, wenn ich dich in eine Zelle werfe und einen ihrer Sektenführer kontaktiere.«

»Wie lang kann man verflucht noch mal für eine Kippe

brauchen, Luke?«, polterte in diesem Moment eine tiefe Stimme hinter uns los.

Der Wächter machte hastig einen Schritt zurück und bedeutete uns mit einem hektischen Wedeln seines freien Arms, zurück auf die Stufen zu gehen und uns an die Wand zu drücken.

Er kehrte uns den Rücken zu und verschwand in der Finsternis.

»Das sagt der Richtige!«, brüllte er mit derselben Feindseligkeit zurück. »Ich bin nicht derjenige, der nahezu die gesamte Nachtschicht mit seiner Mätresse an der Strippe hängt.«

Als Antwort kam nur ein Grummeln. Schritte entfernten sich.

»Hast du mal wieder vollkommen den Verstand verloren?«, keifte Will direkt los.

»Uns bleibt ja wohl keine andere Wahl«, flüsterte ich. »Oder hast du 'ne bessere Idee, wie wir ihn überzeugen können, uns alle reinzulassen?«

»Und wer hat dir eigentlich gesagt, du sollst dich direkt auf dem Silbertablett ausliefern?«, fragte Casper an Nate gewandt.

»Kia hat recht«, antwortete dieser mit gesenkter Stimme. »Wie wollen wir sonst reinkommen, wenn der Typ nur mit Damek gerechnet hat?«

»Ich …«, setzte Damek an. Wie auf Knopfdruck war seine Unsicherheit zurück.

»Dir macht keiner Vorwürfe«, beruhigte Liam ihn, bevor er weitersprechen konnte, woraufhin Will einen verächtlichen Laut von sich gab.

Ich tastete nach seinem Arm. Unsere Lage war zwar alles andere als verheißungsvoll, doch dafür konnte Damek auch nichts. Mir war von Anfang an klar gewesen, dass er nicht ins Gefängnis einbrechen wollte, um mir einen Gefallen zu tun.

»Wir wussten doch, dass es nicht einfach werden würde, also ...«

»Ruhe!« Liam unterbrach mich in dem Moment, in dem trampelnde Schritte ertönten.

Automatisch presste ich mich enger an die Wand. Mein Herzklopfen lenkte mich erfolgreich von der Kälte in meinem Rücken ab.

Ein Lichtkegel fiel uns vor die Füße.

»So, Herrschaften, euch bleiben zehn Sekunden, um eine Entscheidung zu treffen.«

Glück gehabt! Es war nur der Wächter von eben.

Damek hechtete nach vorne und nickte. »Ich tue alles, was Sie sagen, nur bitte, bitte, lassen Sie mich zu ihm.«

Für eine Sekunde bildete ich mir ein, so etwas wie Mitleid in dem halb beleuchteten Gesicht des Wächters zu sehen. Er rieb sich die Nase und machte eine wegwerfende Bewegung. »Schon gut. Aber keine Mätzchen, sonst werden wir alle diese Nacht bereuen. Hab drinnen ein bisschen Unruhe gestiftet, das wird die Schwachmaten ein, zwei Minuten ablenken. Und nur damit wir uns richtig verstehen: Ich bringe euch in das Drecksloch, aber wie ihr wieder herauskommt, ist nicht mein Problem, klar?«

Liam trat aus dem Schatten. »Wie bitte?«

»Ist mir egal«, raunte Damek heiser. »Wenn ihr das nicht durchziehen wollt, bleibt hier, aber ich gehe.«

»Sehr schön.« Der Wächter grinste, wobei er seine ungepflegten Zähne erneut entblößte. Er legte Damek eine narbenüberzogene Hand auf die Schulter und stieß ihn nach vorn.

»Ich komme wieder«, zischte er uns über die Schulter hinweg zu, während sie sich in Bewegung setzten.

»Das ist absolut wahnsinnig«, sagten Will und sein Vater wie aus einem Mund, sobald die Schritte der beiden verklungen waren.

Daria und Casper tauschten einen belustigten Blick, während mein Inventi die Kiefer aufeinanderpresste, als wollte er seine Worte rückgängig machen.

»Der Kerl wird uns todsicher einsperren und entweder die Omilia oder direkt die Asphalia alarmieren«, sagte er schließlich.

»Damek kann uns wieder rausbringen«, widersprach Casper, klang aber alles andere als überzeugt. »Er muss sich nur den Code merken.«

»Und die restlichen Wächter müssen abgelenkt sein«, fügte Nate leise hinzu.

»Und ein Wunder muss geschehen.« Will fluchte. »Wir sollten sofort abhauen!«

Ich ließ ihn los. »Okay, seien wir ehrlich, die Lage ist

beschissen, und es klingt sehr nach einer Falle, aber na und? Worst-Case-Szenario: Er sperrt uns ein und ruft diese Sekte. Dann verständigen wir eben Nero und tischen ihm irgendein Märchen auf, wieso wir hergekommen sind. Bloß weil wir ihm nicht vertrauen können, heißt es nicht, dass er uns hier verrotten lassen würde. Er hat sich doch nicht die Mühe gemacht, mich vor ihnen zu retten und nach Tessarect zu bringen, damit meine Mörder mich dann hier erledigen, oder?« Hoffentlich klang ich überzeugter, als ich mich fühlte.

»Erstens: Wie zur Hölle sollen wir Nero verständigen, wenn wir eingesperrt sind? Und zweitens: Was ist mit dem Rest? Und damit, dass uns niemand zusammen sehen darf?«

Dass Will die anderen ins Spiel brachte, war ein schlauer Schachzug.

Daria rollte mit den Augen. »Das wird wohl kaum mit dem Tod bestraft.«

Ich sah ihm fest in die Augen, bevor er etwas entgegnen konnte. »Ich werde nicht zulassen, dass der Wärter mich ausliefert. Ich werde ihm etwas Besseres geben als Geld.«

»Kiana.« Er ließ von der Wand ab, und mit einem Mal schien er vergessen zu haben, dass wir nicht allein waren. Er umfasste meine Hüften. »Kia. Bitte.«

Verflucht noch mal, wieso musste er es mir so schwer machen?

»Vertrau mir«, hauchte ich.

Er schloss die Augen. Plötzlich sah ich einen verzweifelten Jungen vor mir, der nichts mehr fürchtete, als noch jemanden zu verlieren. Wie gerne hätte ich eine Hand ausgestreckt und über seine Augenbrauen gestrichen, seine Lippen, und die gerade Nase mit einem Finger nachgezeichnet.

»Wer ist der Nächste?«, störte die Stimme des Wächters meine Überlegungen. Ich hatte ihn nicht kommen hören.

Wir ließen sofort voneinander ab.

»Wir.« Will starrte dem Wächter entschlossen ins Gesicht.

Er erntete ein trockenes Lachen. »Ich kann euch nur einzeln mitnehmen. So erregen wir weniger Aufsehen.« Er hob die Laterne in meine Richtung. »Und das Mädchen kommt zuletzt.«

Will sah aus, als hätte man ihm eine Faust in den Bauch gerammt, aber er presste die Lippen fest aufeinander.

»Ich«, meldete sich Casper, ohne seinen Blick von Nate zu nehmen. »Ich bin der Nächste.«

Ihr Blickwechsel war so intim, dass ich rasch wieder wegsah.

Der Wächter verdrehte die Augen und deutete mit dem Kinn in die Dunkelheit. »Nach dir.«

Dieses Mal kam er schneller zurück. Da wir es nicht mehr wagten, ein weiteres Wort zu wechseln, hörte ich die Unruhe in der Ferne – eine Mischung aus Schreien, Fußgetrampel und Rasseln.

Daria ging als Nächste, dann Nate und schließlich Liam, der seinen Sohn flehend ansah, als würde er ihn beschwören wollen, es sich in letzter Sekunde anders zu überlegen.

Will starrte in die Dunkelheit. Ich brachte es nicht über

mich, seine Nähe zu suchen. Wir durften dem Wächter keinen Anreiz geben, uns gegeneinander auszuspielen.

»Auf geht's, Romeo«, wisperte er Will zu, als er zurückkehrte. »Mach dir keine Sorgen um die Kleine, sie ist bei mir bestens aufgehoben.«

Ich konnte Wills Reaktion nicht sehen, denn er stieß sich von der Wand ab und folgte dem Wächter kommentarlos.

Kaum war er in der Dunkelheit verschwunden, fühlte es sich an, als würde die Kälte nun von allen Seiten auf mich zugekrochen kommen. Sie schlängelte sich von dem gefrorenen Boden meine Beine hoch, legte sich wie eine dicke Eisschicht um meinen Körper.

Alles wird gut, Kia. Alles wird gut. Du musst nur die Nerven behalten.

Ein Blick auf mein neues Handy zeigte mir, dass uns nur noch fünf Minuten bis Mitternacht blieben. Hastig vergrub ich meine Hand wieder in der Jackentasche. Nur wenige Sekunden an der Luft reichten aus, um meine Hände in schmerzende Eiszapfen zu verwandeln. Das war ohne Zweifel der kälteste November, den ich je erlebt hatte. Nate und Casper, die den Pyro-Bezirk gewohnt waren, musste es hier besonders schlimm vorkommen.

Als sich die Schritte wieder näherten, hatte ich das Gefühl, eine halbe Stunde hier gestanden zu haben, obwohl es sicherlich ebenso kurz wie bei den anderen gedauert hatte.

»So.« Der Wächter trat aus dem Schatten und winkte mich zu sich. »Also stimmt das Geschwätz der Leute, ja?«

»W-wie bitte?« Meine Zähne schlugen beim Reden aufeinander. Ein Fuß vor den anderen.

»Der Junge ist dein Inventi, oder? Dein einziger?«

Ich brummte etwas in meinen Schal.

Er lachte. »Auf den ersten Blick hält man euch für ein gewöhnliches Paar, so wie die zwei liebeskranken Pyro, aber er hat sich gerade fast in die Hose gemacht, als er dich zurücklassen musste, und irgendetwas sagt mir, seine größte Sorge ist es nicht, dass ich *ihn* für immer in eine Zelle werfen könnte.«

Es war auf jeden Fall klüger, den Mund zu halten.

Wir kamen in einen schmalen Gang. An den Wänden flackerten ein paar Glühbirnen, von denen die Hälfte nicht mehr funktionierte. Der Geruch nach Staub und altem Gemäuer war allgegenwärtig. Es hatte etwas Friedliches an sich, als würde man eine Kirche betreten, aber die Hintergrundgeräusche ließen mich keinen Augenblick lang zur Ruhe kommen.

»Du kannst froh sein, dass du nicht einem wirklichen Sympathisanten der Asphalia vor die Füße gefallen bist«, raunte der Typ neben mir, wobei sein alkoholgetränkter Atem meine Wange streifte. Ich bemühte mich, nicht zurückzuzucken.

»Also kann ich Ihnen vertrauen?« Die Worte waren leise und zittrig herausgekommen, doch er schien keine Schwierigkeiten haben, sie zu verstehen.

»In diesem Loch gibt es dieses Wort nicht, Püppchen. Ich mache mich gerade für euch strafbar. Der Kleine hat seinen Vater seit Monaten nicht gesehen, und ich bin nicht herzlos. Bei dir ist es etwas anderes. Du gehörst zur Königsklasse. Du bist alles, was diese gottverfluchte Stadt will. Vertrau mir nicht, vertraue niemandem außer dir selbst, ich sage nur, du hättest es schlechter treffen können.«

»Werden Sie mich ausliefern?«

Er lachte erneut auf, aber als er sprach, klang er nicht amüsiert, sondern fast beleidigt. »Ich brauche kein Geld. Kein Gold der Welt kann die Tatsache verschleiern, dass wir alle in dieser Stadt verdammt sind.«

»Sie … Sie sind auch ein Inventi?«

Anstelle einer Antwort streckte er unversehens einen Arm aus und hinderte mich so am Weiterlaufen. Ich strauchelte und konnte mich im letzten Moment an der Wand festhalten.

Wüste Flüche verließen geflüstert seine Lippen. Während ich nach dem Grund für seine Reaktion suchte, drückte er mir eine Handfläche auf den Mund und stieß mich zur Seite. Ich schmeckte kalte Zigaretten, und mein Magen rebellierte. Da hörte ich es. Das Klimpern eines Schlüsselbundes.

Ich stolperte, streckte meine Arme aus. Sie ruderten durch die Luft, griffen ins Leere. Sekunden später landete ich mit dem Hintern auf dem Boden. Mit den Händen federte ich den Aufprall ab. War das Stroh? Irgendetwas stach in meine Haut. Meine Finger waren zu taub von der Kälte, um sicher zu sein.

»Luke, du Versager, was treibst du hier draußen? Der Abschaum erschlägt sich dadrin.« Egal, zu wem die Stimme gehörte, eins war klar: Ich wollte dem Menschen dahinter niemals allein in der Dunkelheit begegnen. Vor allem nicht auf dem Weg ins Gefängnis, mehrere Meter unter dem Erdboden.

»Kann man nicht mal in Ruhe pinkeln gehen?«, erwiderte der Wächter gelangweilt. Keine Spur von Anspannung.

»Wenn du dir den Arsch abfrieren willst, bitte«, gluckste der andere. »Aber Perry will Verstärkung, der Schlappschwanz kommt nicht mit einem Haufen unterernährter Idioten klar.«

Klirrendes Metall war zu hören, dann wurde ein Reißverschluss hochgezogen. »Ist ja gut, ich komme gleich.«

Stille. Ich hielt die Luft an.

Ein entnervtes Stöhnen. »Willst du die Show genießen, du Perversling? Wie wär's mit ein bisschen Privatsphäre?«

»Du bist so ein Mädchen«, antwortete der andere, aber dann trat er anscheinend den Rückzug an, seine Schritte entfernten sich. Ich hatte das Bild vom hinkenden Nero vor Augen. Entweder schleifte er einen Fuß hinter sich her, weil er ebenfalls gehbehindert war, oder er schlurfte einfach nur.

Der Wächter stieß geräuschvoll die Luft aus und hielt seine Lampe in meine Richtung. Tatsächlich saß ich im Stroh in einer Sackgasse neben zwei Säulen, zwischen denen ein heftiger Windzug tobte. Oder war es eine Lüftung?

Ich griff zögernd nach seiner Hand. Er packte mich am Unterarm und zog mich ruppig nach oben.

»Das war verdammt knapp. Also lass uns die Karten auf den Tisch legen.« Er leuchtete in den Gang vor uns und vergewisserte sich, dass sein Kollege wirklich verschwunden war, dann sah er mir ins Gesicht. Über einem seiner Augen lag ein milchiger Schleier.

»Was kannst du mir geben?«, wisperte er.

Ich zuckte vor ihm zurück. Nicht, weil er bedrohlich klang, sondern weil nackte Verzweiflung aus seinen Worten sprach.

»Was wollen Sie?«, gab ich zurück, um Zeit zu schinden.

»Feuer und Wasser, ist das richtig?« Seine Finger krochen meinen Arm empor, ich spürte sie trotz der vielen Kleidungsschichten auf meiner Haut, als würde er sie mit einem glühenden Eisenstab versengen. »Vergangenheit und Zukunft. Sie haben alle eine Heidenangst vor dir. Das muss einen Grund haben. Also, was ist es?«

Er würde nicht lockerlassen. Und Will und der Rest waren unerreichbar.

Ich schluckte hart. Die Zukunft war das Einzige von Wert. Ich hatte seinen Gesichtsausdruck gesehen, als Nate erwähnt hatte, dass er ein Pyro war. Also würde ich überzeugend sein müssen.

»Ich kann die Zukunft sehen.«

»Details«, forderte er.

»I-ich … ich weiß nicht genau, wie es funktioniert, niemand kann es mir erklären, ich kann nicht darüber sprechen, weil ich nur mir selbst vertraue.« Was hatte Picabo gesagt? Ich musste die Wahrheit verdrehen. »Aber ich sehe die Zukunft. Es passiert immer willkürlich, hängt weder mit Feuer und Wasser zusammen, ich kann es nicht beeinflussen.«

»Was für eine Zukunft? So wie die Spinner aus dem Süden?«

Ich schüttelte den Kopf. »Nicht nur wenige Minuten. Ich sehe Bildfragmente, irgendwelche Szenen, sehe mich in ein paar Jahren. Und nicht nur mich, auch andere. Mit ein bisschen Übung … vielleicht … vielleicht könnte ich es lenken. Vielleicht könnte ich die Zukunft von bestimmten Menschen sehen.«

»Du meinst meine?«

Ich nickte entschlossen, denn jetzt klang er spöttisch. *Überzeugender. Sei überzeugender, Kia.*

»Möglicherweise … ich bräuchte Zeit … ich –«

Sein Griff lockerte sich, er seufzte. Dann schloss er die Augen. »Spar dir die Lügen. Du hast Angst, deshalb versuchst du, mir etwas zu bieten.«

»Ich lüge nicht«, fauchte ich. »Ich bin seit wenigen Wochen in dieser gottverdammten Stadt, ich wusste davor nicht einmal, dass ich adoptiert bin, geschweige denn übernatürliche Fähigkeiten habe. So etwas braucht Zeit. Es gibt keine Erklärungen für meine Gabe, sie ist etwas Unnatürliches, sie folgt nicht den gängigen –«

Seine Lider flackerten. »Selbst wenn du die Zukunft sehen könntest, Mädchen.« Er zog einen Mundwinkel nach oben, öffnete die Augen und ließ von mir ab. »Du bist nutzlos. Meine Zukunft bedeutet mir nichts.«

»Sagen Sie mir, was Sie wollen!« Ich konnte die Verzweiflung nicht vollständig aus meiner Stimme tilgen.

»Die Wahrheit.« Er hielt die Lampe so zwischen uns, dass sein Gesicht vollständig erhellt wurde und ich im ersten Moment geblendet wurde. Ich zuckte zusammen.

Seine Augen schimmerten verdächtig. »Du kannst die Zukunft nicht sehen. Niemand kann die Zukunft sehen, denn es gibt nicht nur eine.«

Mein Herz würde mir bald aus der Brust springen.

»Aber du kannst die Welt verändern. Ich will nur wissen, ob es stimmt.«

»Ob … was stimmt?«

»Kannst du das System zum Einstürzen bringen? Kannst du dich gegen die Omilia stellen und für das Richtige kämpfen?« Er ging ein paar Schritte rückwärts und warf einen weiteren Blick in den Gang.

»Was ist das Richtige?«

»Das werden dir Kai und Agnia sagen können.«

»Sie … wollen mich zu meinen Eltern bringen?« Wer war dieser Kerl? Wie konnte er so schnell zwischen bedrohlich, desinteressiert und emotional wechseln?

»Vorher muss ich wissen, ob du manipuliert wirst.«

Ich öffnete den Mund, doch er schüttelte den Kopf.

»Mr Lagarde hat dich unter seine Fittiche genommen, ja? Er hat dir erzählt, er habe dich vor deinen Mördern gerettet?«

Ich nickte. »Ich vertraue ihm nicht.«

»Wieso nicht?«

»Weil er mich belogen hat. Weil ich weiß, dass er meine Eltern hier gefangen hält, obwohl er mir etwas anderes weismachen wollte. Weil er mich mein Leben lang manipuliert hat, und meine Adoptiveltern denken, ich sei tot. Angeblich zu meinem Besten.«

»Oh, es ist eindeutig zu deinem Besten, dass die Welt denkt, du seist tot.«

»Was wollen Sie damit sagen?«

Er wandte sich von mir ab und hielt mir einen Arm hin. »Enttäusch mich nicht, Mädchen.«

Und mit diesen Worten wischte er sich über die Augen und nickte in Richtung Dunkelheit.

»Komm mit.«

ZWÖLF

Goldrute

Damek stand in der Mitte eines kreisrunden Hofs, und im ersten Moment dachte ich, er schwebte. Auch hier brannten ein paar Glühbirnen an der Wand, und im Vergleich zum Gang war es deutlich heller, also zeugte der Gedanke nicht davon, dass ich seine Füße nicht sehen konnte. Sie waren fest mit dem Boden verwurzelt, die knöchelhohen Stiefel von derselben Farbe wie das Heu.

Seine Lider waren geschlossen – friedlich, wie im Schlaf. Die Unterlippe war vorgeschoben, seine Arme hingen leblos an seinem Körper herunter. Obwohl alles an ihm ruhig wirkte, nahm ich sofort die spannungsgeladene Energie wahr, die von ihm ausging, als stünde jede einzelne seiner roten Locken unter Strom. Irgendetwas sagte mir, dass ich genauso aussah, wenn die Worte und Bilder mein Gehirn fluteten, sobald ich meine Gabe auslöste.

Gerade als ich den Wächter nach den anderen fragen wollte, schlug eine Uhr. Wie eine Kirchenglocke, die sich hier mit uns unter der Erde befand, viel zu nah und klar.

»Mitternacht.« Der Wächter wies auf eine Tür rechts von uns. Erst jetzt fielen mir die anderen Türen auf.

Beim Nähertreten sah ich die tanzenden Zahlen, die wie die Lichtreflektionen einer Discokugel an dem Gemäuer vor Damek vorbeizogen.

»Wo sind die anderen Wächter?«, flüsterte ich, als ich mich von dem schwindelerregenden Anblick losriss. »Müssen sie nicht die Zahlenkombination sehen?«

Er lachte scheppernd. »Die Kombination wird jede halbe Stunde geändert und automatisch an jeden von uns gesendet. Ich habe bei der letzten Zählung aus Versehen zwei Zellen im Westbunker nicht richtig abgeschlossen. Tja, und rein zufällig waren das die Zellen zweier Insassen, die nichts lieber wollen, als sich gegenseitig umzubringen. Konnte ich ja nicht wissen.«

Ich schnappte nach Luft. »Das haben Sie nur getan, damit Damek seinen Vater sehen kann?«

»Möchtest du mir eine Moralpredigt halten? Glaub mir, bei den meisten Gefangenen ist es ein Segen, wenn sie sich gegenseitig ausschalten.«

Mein Blick war nach wie vor auf Damek geheftet, der keine Anstalten machte, die Augen zu öffnen. Er war wohl immer noch dabei, sich die Zahlenkombination zu merken.

»Was sind das eigentlich für Leute, die noch so hier festsitzen?«

»Im Westbunker sitzt der Abschaum«, antwortete er und wies auf eine Tür hinter uns. »Mörder, Vergewaltiger, fanatische Freaks. Hauptsächlich Asphalia. Im Ostbunker hingegen sind die Normalos untergebracht, die es gewagt haben, dem System offen zu widersprechen.«

»Und wo sind meine Eltern?«

Er lachte erneut und stieß mich in Dameks Richtung. »Keine Sorge, Püppchen.«

»Was ist mit den anderen?«

Bevor er mir antworten konnte, ging ein Ruck durch Dameks Körper, als hätte man ihn elektrisch geschockt. Alles an ihm vibrierte für den Bruchteil einer Sekunde, dann schlug er die Augen auf und drehte sich um.

»Ich bin bereit.«

»Sehr schön. Haut ab, bevor ich es mir anders überlege.«

Der Wächter klang belustigt, aber als ich ihm über die Schulter noch einen Blick zuwarf, sah ich den gleichen Ausdruck in seinem Gesicht wie vorhin, als ihm Tränen in den Augen gestanden hatten.

»S-Sie kommen nicht mit?«

Er antwortete mir nicht, stattdessen deutete er mit dem Finger auf die Tür direkt vor Damek. »14C. Dort findest du deine Eltern. Lasst euch in kein Gespräch verwickeln. Wenn ihr in einer halben Stunde nicht wieder hier seid, ist es vorbei.«

»Woher soll ich wissen, wo 14C …«, begann ich, verstummte aber wieder, als Damek seine Hand in meine schob und mich vorwärtszog. Er erwiderte meinen Blick nicht und wurde nicht einmal rot, sondern sah stur nach vorne.

Wir blieben direkt vor der Tür stehen. Damek ließ mich los und presste seine Handfläche dagegen, wodurch ein auf dem

Kopf stehendes, durchgestrichenes Dreieck in der Mitte aufblinkte. Die tanzenden Zahlen verschwanden, stattdessen erschien ein Eingabefeld im Dreieck.

Dameks Finger flogen über die Zahlen, und keine Minute später klappte die Tür nach innen auf.

Ich starrte ihn an.

»Was ist mit den anderen?«, wiederholte ich.

Er ignorierte mich erneut und trat ohne ein weiteres Wort über die Schwelle.

Ich drehte mich zum Wächter um, doch der Hof war menschenleer. Was zum Teufel ging hier vor sich?

»Damek, du musst mit mir reden! Wie soll ich zu meinen Eltern kommen? Wo hat er die anderen hingebracht? Woher weiß ich überhaupt, in welchem der beiden Bunker sie sind?«

Er stellte einen Fuß in den Türspalt, bevor die Tür zufallen konnte.

»14C ist im Ostbunker. Genau wie 2D. Komm jetzt.«

»Was ist in 2D?«

»Mein Dad.«

Ich gab mir einen Ruck und folgte ihm ins Innere. Scheppernd fiel die Tür hinter uns zu. Unendliche Finsternis umhüllte uns. Die Luft hier roch noch abgestandener.

»Die anderen warten an der Zelle meines Dads auf uns.« Er klang immer gehetzter, und als die Taschenlampe seines Handys sein Gesicht erleuchtete, sah ich die roten Stressflecken auf seinen Wangen.

Ich schluckte. »Du weißt, wo wir hinmüssen?«

Statt einer Antwort drehte er sich um und lief mit zügigen Schritten los.

»Wie sind die überhaupt ohne die Zahlenkombination reingekommen?«

»Luke hat sie eingegeben. Er meinte, es ist zu riskant, wenn wir alle vor dem Bunker warten, falls jemand kommt.«

»Kommt dir das nicht alles ein bisschen zu einfach vor?«

»Ist mir egal«, nuschelte er und beschleunigte sein Tempo, sodass ich Mühe hatte, nicht zurückzufallen.

Der Gang war eng, kaum einen Meter breit, und der Boden uneben. Dafür waren die Temperaturen hier nicht ganz so unerträglich.

»Wieso kannst du eigentlich nicht zu normalen Besuchszeiten mit deinem Dad sprechen?«, fragte ich weiter. »Ich meine, es ist ja nicht so wie bei meinen Eltern, dass niemand weiß, wo sie stecken.«

Er schnaubte. »Das hier ist kein gewöhnliches Gefängnis mit Besuchszeiten oder anderen Extrawünschen.«

»Wie funktioniert es dann?«

»Die Omilia entscheidet, wer hier landet. Und ob man je wieder freigelassen wird. Es gibt keine offiziellen Aufzeichnungen. In den anderen Stadtteilen ist man sich nicht mal sicher, ob das Desmot überhaupt existiert oder nur eine Legende ist, um uns Angst zu machen.«

»Was ist mit deinem Vater? Du hast gesagt, er sitzt wegen Rebellion und Mord?«

Damek wirbelte herum. Die roten Flecken waren größer

geworden, sein Gesicht war verzerrt. »Er hat niemanden umgebracht!«

Er hatte nun keinerlei Ähnlichkeit mehr mit dem schüchternen Jungen auf der Waldlichtung. Seine Schultern bebten.

Hastig hob ich die Hände. Keine gute Idee, sich mit ihm anzulegen.

»Hey, ich habe nicht gesagt, dass ich irgendetwas davon glaube«, zischte ich. »Ich bin auf deiner Seite, schon vergessen?«

»Es ist mir egal«, wiederholte er. »Du bist mir egal. Ich habe es Casper von Anfang an gesagt, ich will nichts mit dir zu tun haben. Ich will einfach zu meiner Familie.«

»Genau wie ich.« So ruhig wie möglich erwiderte ich seinen Blick.

Er hielt die Taschenlampe wieder vor sich und stapfte los.

Puh. Wäre ich nicht so auf ihn angewiesen, hätte ich ihm eine Standpauke gehalten. Andererseits hatte er recht – er hatte es sich nicht ausgesucht, mit mir unter einer Decke zu stecken.

Nachdem ich vollkommen die Orientierung verloren hatte, da wir durch etliche verwinkelte Gänge und über krumme Stufen in weiß Gott welche Richtung gelaufen waren, lichtete sich die Dunkelheit endlich, und laute Stimmen erklangen.

»Sag mal, wieso schreibst du den Code nicht einfach für uns auf, damit wir dich nicht für jede Tür brauchen?«

»Hier brauchen wir keinen mehr«, kam die feindselige Antwort. »Komm jetzt, wir haben nur eine halbe Stunde.«

Er bog nach rechts ab und blieb stehen. Ich verharrte ebenfalls. Stechendes Licht.

Bevor sich meine Augen an die Helligkeit gewöhnen konnten, wurde ich gepackt und in eine feste Umarmung gezogen.

Der vertraute Geruch traf mich, bevor mein Körper in Alarmbereitschaft gehen konnte.

Etwas verdattert hielt ich mich an Wills Schultern fest und atmete tief ein.

»Ich freue mich auch, dich zu sehen«, murmelte ich ihm ins Ohr, während mein Blick auf Casper fiel, der mit Nate und Daria hinter meinem Inventi stand. Liam konnte ich nirgendwo entdecken.

Will drückte mich fest an sich, ehe er zurückwich.

»Was wollte der Typ von dir? Hast du ihm irgendwas verraten?«

Ich schüttelte den Kopf. »Hab mir irgendwas ausgedacht, aber es hat ihn nicht wirklich interessiert. Er wollte nur wissen, ob ich die Welt retten kann. Und er hat bestätigt, dass meine Eltern hier sind. Zelle 14C. Wo ist dein Dad?«

Will nickte den anderen zu. Er wies in einen Korridor neben uns, aus dem lautes Gemurmel zu hören war.

»Er ist schon vorgegangen. Meinte, 14C gehört gar nicht mehr zu den offiziellen Zellen, also sind sie nicht bei den anderen Insassen untergebracht.«

Ich lächelte grimmig. »Niemand soll wissen, dass sie hier sind, schon klar.«

Nate trat vor. »Hast du dir den Code merken können?«, fragte er an Damek gewandt, der ihm schon gar nicht mehr zuhörte, sondern mit großen Schritten in den Gang eilte.

»Ihr seid okay?«, vergewisserte ich mich schnell.

Daria war die Einzige, die mir zulächelte. Nate und Casper schienen ihre Zeit genauso wenig wie Damek mit Small Talk verschwenden zu wollen.

»Alles gut, alles gut. Auf geht's!« Casper trat nach vorne.

»Und denkt daran, was der Typ gesagt hat: Zügige Schritte und niemanden ansehen«, ergänzte Nate.

Sie griffen zeitgleich nach der Hand des anderen und folgten Damek.

Will, Daria und ich taten es ihnen nach.

Wir fanden den jungen Choys auf dem Boden kniend vor einer der ersten spärlich beleuchteten Zellen. Ein rundlicher Mann in Kapuzenjacke und mit Halbglatze saß hinter den Metallstäben und betrachtete ihn mit einem Ausdruck, der in Sekundenschnelle zwischen Schmerz und Entsetzen wechselte.

»Es ist okay, es ist alles okay, Daddy.« Schon wieder hatte Dameks Stimme sich gewandelt, jetzt klang sie wie die eines Kleinkinds. Verletzlich und angsterfüllt.

»Hier lang«, wisperte Will. »Wir treffen ihn auf dem Rückweg wieder.«

Wir liefen vorbei an Schattengestalten, wimmernden Lauten und knochigen Händen, die fest um die Gitterstäbe geklammert waren.

Aus einer Zelle klang leiser Gesang, ein Lied, dessen Text ich nicht ausmachen konnte, das jedoch all die Traurigkeit dieser Welt zu enthalten schien.

Wir hatten es beinahe geschafft. So trostlos dieser Ort war, ich war den Menschen, denen ich all das zu verdanken hatte, noch nie so nah gewesen. Mein Herz raste. Doch die Gewissheit, dass alles zu schnell passierte, zu reibungslos, setzte sich tief in mir fest und ließ mich nicht mehr los.

»Fünf Minuten.« Will streichelte meine Wange, und obwohl seine Finger eisig waren, gab mir die Berührung neuen Mut. »Der Code wird um halb eins geändert, nur dann wird der Kerl in der Lage sein, die anderen Wächter abzulenken. Falls er das überhaupt vorhat.«

Liam stand neben uns und nickte mir zu.

»Fünf Minuten«, wiederholte ich, wie um mich selbst zu überzeugen. Ich hatte jahrelang ohne sie durchgehalten, also dürfte es mir nicht allzu schwerfallen, nach fünf Minuten wieder zu gehen, oder?

Bitte, bitte, lass sie aufnahmefähig sein.

Aber wenn ich ehrlich war, spielte nicht einmal das eine Rolle. Ich würde sie sehen. Richtig sehen. Alleine mit ihnen sein. Frei von Überwachung, von Neros Manipulation.

Ich tastete nach Wills Handgelenk und befreite mich aus seinem Griff, drehte mich von ihm weg. Wenn ich mich eine

Sekunde länger von ihm berühren ließe, würde ich keine Kontrolle mehr haben. Alle Dämme würden brechen.

Also lief ich vorwärts, immer tiefer in die von wenigen Glühbirnen durchbrochene Dunkelheit, bis ich vor mir Gitterstäbe ausmachen konnte.

Das Atmen fiel mir plötzlich schwer. Ich hatte es gewusst und trotzdem nicht wirklich daran geglaubt. Hatte es von mir weggeschoben, weil es zu viel war.

Dumpfes Licht fiel durch ein kleines vergittertes Fenster, und ich schrak vor meinem eigenen Schatten zurück.

Reiß dich zusammen, Kia.

Ein leises Rascheln ließ mich auf der Stelle gefrieren, als ich mich keinen halben Meter mehr von der Zelle entfernt befand. Sie war ähnlich groß wie die in der Psychiatrie, bestand allerdings nur aus einem einzigen Raum. In dem Moment, in dem ich die Umrisse einer Person auf einer Pritsche erblickte, bewegte sich eine Gestalt auf dem Boden viel weiter vorne.

Zwei Hände schlossen sich um die Stäbe. Mein Herz setzte aus.

»Hallo?« Ich klang wie eine Fremde. Mein Mund war trocken. Hitze pulsierte durch meine Adern und wärmte mich von innen heraus.

Sekunden verstrichen wie Stunden. Ich betete, dass Will mir nicht nachkam, weil er meinen inneren Aufruhr fühlte. Sosehr ich mich in seine Arme werfen wollte, das hier musste ich alleine tun.

»Wer ist da?«

Als hätte mir jemand einen Schubs gegeben, kam ich beim Klang der Worte in die Gänge, wankte und stolperte nach vorne auf das Gitter zu.

Ich kannte diese Stimme, auch wenn weder mein biologischer Vater noch meine Mutter bei meinem Besuch in der Psychiatrie gesprochen hatten. Ich hatte sie schon einmal gehört. Glockenhell, seltsam erstickt.

Meine Hände griffen reflexartig nach dem Gitter. Ich brauchte Halt, sonst würden meine Beine nachgeben.

Meine Augen hatten sich inzwischen an die Dunkelheit gewöhnt, sodass ich ohne Probleme das schmale Gesicht der Frau ausmachen konnte. Ihre dunklen, kurz geschorenen Haare standen im Kontrast zum kreidebleichen Teint, und der Blick in ihre weit aufgerissenen Augen war, wie in einen Spiegel zu blicken. Sie waren zu groß für das abgemagerte Gesicht, aber da war kein Schleier wie beim letzten Mal, als ich sie in der Soteria gesehen hatte. Diese Augen, die mich mit einer Mischung aus Argwohn und Panik beobachteten, waren völlig klar. *Auf der Hut.*

Es war vergeblich, ich fand meine Stimme nicht. Wir waren nur Zentimeter voneinander entfernt, ich konnte die violettfarbenen Adern an ihren Armen sehen, mit denen sie sich am Gitter abstützte. Sie trug eine Sweatjacke mit hochgekrempelten Ärmeln, die viel zu groß für ihre zierliche Statur und offen war, als würden die Temperaturen ihr nichts ausmachen.

Ich zog mir meine Mütze vom Kopf, anschließend schob ich meinen Schal beiseite und machte einen Schritt zur Seite.

Erst bebten nur Agnias Finger am Gitter, bis sie sich nicht mehr festhalten konnten, dann ergriff das Zittern Besitz von ihrem gesamten Körper, und sie sank zu Boden.

Mir wurde erst bewusst, dass auch meine Beine nachgaben, als meine Finger am kühlen Metall herabrutschten. Ich spürte den Boden nicht. Vielleicht hatte ich meinen Körper verlassen und sah mich als Außenstehende …

»Wieso bist du hier?«, krächzte sie. Das Licht erreichte sie nur zur Hälfte.

Noch immer war ich wie gelähmt. Hatte sie mich in der Psychiatrie das erste Mal gesehen, oder waren sie und Kai an Bilder von mir gekommen? Wie sonst konnte man jemanden erkennen, den man zuletzt als Baby gesehen hatte?

Eine Weile saßen wir so da, zitternd, sprachlos, vier Hände an einem Gitterstab, so nah und doch so fern.

Tränen strömten mir über die Wangen. Ich musste etwas sagen. Irgendetwas tun. Die Zeit lief uns davon.

»Haben sie dich eingesperrt?« Ihre Stimme war kaum zu verstehen, so sehr schluchzte sie.

Ich schüttelte den Kopf. »I-ich bin mit ein paar Freunden hier, wir wollen wissen, was vor sich geht. Wieso ihr hier seid, wenn ihr doch angeblich den Verstand verloren habt.«

Agnia umfasste die Gitterstäbe und zog sich daran hoch. Ihr Gesicht erschien so plötzlich vor meinem, dass ich unwillkürlich zurückwich.

»Hör mir zu. Du musst fliehen! Wenn du Freunde hier hast, dann können sie dir helfen. Du kannst niemandem vertrauen, der mit der Omilia im Zusammenhang steht, nur denen, die selbst etwas zu verlieren haben. Erpresse sie. Tu, was du tun musst, und dann lass alle zurück und flieh. Das hier, das ist kein Leben.« Sie sah mir eindringlich in die Augen. Hellbraun mit goldenen Punkten.

»Ich muss wissen … ich … ich muss wissen, was passiert. Wieso ich bis vor einigen Wochen nichts von eurer Existenz wusste«, brachte ich unter Tränen hervor. Ich wollte, dass sie mich berührte, dass sie mir sagte, es würde alles gut werden, auch wenn ich schon lange nicht mehr daran glaubte.

»Sieh mich an!«, rief sie und presste ihr Gesicht gegen das Metall. »Was aus mir geworden ist. Willst du das? Willst du so enden?«

Ein heftiges Déjà-vu ergriff Besitz von mir, aber mein Schmerz löschte jeden vernünftigen Gedanken aus.

»Was haben sie mit euch gemacht?«

»Was haben sie mit *dir* gemacht, Kiana?«, wisperte sie, und die Kälte in ihrer Stimme war verschwunden.

Es dauerte eine Weile, bis ich sprechen konnte. »Mir geht es gut. Mir geht es gut, und ich werde euch hier rausholen.«

Mit zusammengekniffenen Augen sah sie mich an. »Vergiss uns. Vergiss das alles. Tu mir den Gefallen und verschwinde. Blicke nie zurück.«

Obwohl ich Angst hatte, alles nur noch schlimmer zu machen, löste ich meine Finger von der Stange und berührte ihre Hand. »Die Omilia ist kurz davor, mein Talent herauszufinden. Und sie wollen mir aus irgendeinem Grund weismachen, ihr hättet euren Verstand verloren. Dieser Abend in der Psychiatrie … hatte Nero das nur inszeniert?«

Lautlos wiederholte sie Neros Namen, während ihr gesamter Körper sich anspannte, bereit, jeden Augenblick einen Angriff abzuwehren. Heiße Wut glühte in ihren Augen auf, verlieh ihr etwas Animalisches.

Keine Ahnung, wie viel Zeit schon vergangen war, aber Wills letzte Worte hallten in meinem Kopf wider. Ich konnte nicht die ganze Nacht hierbleiben, sosehr es sich ein Teil von mir wünschte.

»Bitte … ich … wir haben nicht viel Zeit«, flüsterte ich.

Langsam streckte sie die Arme durch die Gitterstäbe, hielt nur Zentimeter vor meinem Gesicht inne.

»Darf ich?«, wisperte sie.

Wir hatten so viel zu besprechen. Da waren zum einen Neros Absichten, die Lügengeschichten, und zum anderen all die Jahre, die uns genommen worden waren. Aber in dieser Sekunde wurde alles bedeutungslos. Diese Frau, egal wie psychisch zerrüttet und körperlich heruntergekommen, war meine Mutter. Sie hatte mich neun Monate in sich getragen. Egal, was nach meiner Geburt geschehen war, ob ein Teil von ihr wirklich verrückt geworden war, ob die Sache mit dem Rausch stimmte, sie hatte mich nicht aus freien Stücken zurückgelassen.

Nickend schloss ich die Augen, als ihre Finger auch schon

auf meine Wangen trafen. Die Haut an ihren Fingerspitzen war überraschend zart, ihre Berührung sanft.

»Bist du glücklich?«

Wie könnte ich in diesem Moment unglücklich sein?

Ich konnte nur die Schultern heben.

»Haben sie dich gut behandelt? Hattest du ein gutes Leben bei ihnen?«

Ich blinzelte zu ihr hoch, versuchte, ihr Gesicht zu fokussieren. Ich durfte unsere begrenzte Zeit nicht mit Tränen verschwenden. Weinen konnte ich auch später noch.

»Sie denken, ich sei tot«, erwiderte ich. »Meine Adoptiveltern. Sie haben mir nie etwas gesagt und sich in den letzten Jahren von mir distanziert. Alles aufs Neros Befehl hin. Sie –«

»Sie wurden erpresst«, fiel mir Agnia ins Wort. »Sei ihnen nicht böse, sie wussten es nicht besser.«

»Du … du kennst sie?«

Sie schüttelte den Kopf und räusperte sich. »Man hört so einiges, selbst hier. Wir haben nie die Hoffnung aufgegeben, dass sie diesen … dass sie ihn durchschauen und dich in Sicherheit bringen würden. Aber wenn sie dich für tot halten …« Ihre Stimme verlor sich im Nichts, und sie ließ mein Gesicht los, nur um nach meinen Armen zu greifen. Sie regelrecht zu umklammern.

Merk dir jedes Detail. Speicher alles ab für später.

»Also stimmt es? Nero hat euch eingesperrt?«

»Die Ideologie dieser Stadt wird von Menschen wie uns gefährdet. Und wir waren zur richtigen Zeit für ihn da, um seine eigene Sünde ungeschehen zu machen.« Sie lächelte, und ich sah das Mädchen in ihren Zügen, das sie gewesen sein musste, als die Polaroid-Fotografie aufgenommen worden war. In Carlas Erzählung hatte sie so rebellisch und leidenschaftlich geklungen, so voller Leben.

»Welche Sünde?«, brachte ich hervor, sofort musste ich an seine Patientenakte denken. In dem ganzen Trubel hatte ich unseren Fund in der Soteria verdrängt, doch jetzt kam alles wieder hoch: *Mania. Rausch. Suizidgedanken. Konversionstherapie.*

»Seine verbotene Beziehung zu Gaia. Zu einer Choys! Das schlimmste aller Vergehen.« Ihr Lächeln wurde zu einer Grimasse. Die Haut spannte über ihren Wangenknochen.

Ich schnappte nach Luft. »Wie bitte?«

»Du hast schon richtig verstanden!« Sie spie die Worte aus, und ich fuhr leicht zusammen, obwohl ich wusste, dass ihre Wut nicht mir galt. »Er hat sie geliebt. Das hat er zu Kai gesagt. Schon vorher waren sie gute Freunde, aber das hat sie so richtig zusammengeschweißt. Sie hatten das gleiche Geheimnis. *Liebe.* Als sei dieser Dreckskerl je dazu fähig gewesen …«

Nero und Gaia. Wie konnte das sein?

Der Älteste der Ydor und die Älteste der Choys? Mit grundverschiedenen Ansichten?

Doch die Patientenakte war über zwanzig Jahre alt … Das war verdammt lange her. Es musste einen triftigen Grund für Neros Psychiatrieaufenthalt gegeben haben. Und Gaia … Was wusste ich über Gaia?

Was hatte Liam noch mal über Gaia gesagt? *Irgendetwas Einschneidendes muss mit ihr geschehen sein, sonst hätte sie mich nie gezwungen, meine Familie zu verlassen. Sie war völlig verändert. Am Boden zerstört.*

Ich riss die Augen auf. Oh Gott, es passte zusammen.

»Deshalb … deshalb beschützt Nero mich?«, stieß ich hervor, als ich meine Stimme wiederfand. »Er hat mir gesagt, er wolle mich nicht für den Fehler meiner Eltern bestrafen …«

»Beschützen?« Ihr hohles Lachen zerriss die Luft zwischen uns.

»Ihm zufolge macht die verfeindete Organisation Jagd auf mich. Dann habe ich wiederum gehört, dass Gaia die Vermischung der Talentierten befürwortet.«

»Kiana.« Ihre Stimme bebte. »Der Einzige, der dich jagt, ist Nero.«

»W-was?«

»Du bist alles, was er nie hatte. Du bist die Zukunft, die ihm verwehrt geblieben ist. Verstehst du nicht?«

»Wieso sollte er mich dann jagen?«

»Aus demselben Grund, aus dem er uns hier festhält.« Sie warf einen Blick über die Schulter. »Neid.«

Ich folgte ihrem Blick in die Dunkelheit. Ich war so eingenommen von Agnia gewesen, dass die Frage nach meinem biologischen Vater in den Hintergrund gerückt war.

»Schläft … er?«, flüsterte ich, und sofort richteten sich ihre hellen Augen wieder auf mich. Sie waren erneut voller Tränen, doch sie schaffte es, sie zurückzudrängen.

»Er wird es sich nie verzeihen, dich verpasst zu haben. Sie haben ihm ein Beruhigungsmittel gegeben.«

»Ist er … ist er in Ordnung?«

»Du meinst, ob er den Verstand verloren hat?«, zischte sie. Der Sarkasmus in ihrer Stimme klang so vertraut, und auch wenn er nicht gegen mich gerichtet war, wagte ich es nicht, zu atmen.

»Kai hat es nicht gut aufgenommen, als sie uns zurück ins Desmot gebracht haben«, erklärte sie mit belegter Stimme.

»Wieso …?« Ich schluckte hart. Jetzt war nicht der Zeitpunkt, um sich den Kopf über die richtige Wortwahl zu zerbrechen. »Was war in dieser Psychiatrie los? Weshalb saht ihr so teilnahmslos aus?«

»Nero hat uns zu verstehen gegeben, was mit dir geschieht, sollten wir nicht mitspielen.« Sie strich behutsam über meinen Arm und wich meinem Blick aus. »Ich wusste, dass es etwas mit dir zu tun hatte, als er uns aus diesem Loch geholt hat. Wir hatten gehofft, du wärst immer noch in Leeds, in deiner behüteten kleinen Welt, doch es war zwecklos, die Gerüchte haben selbst im Gefängnis die Runde gemacht. Und ich konnte die Chance nicht ungenutzt lassen. Ich konnte nicht …« Sie brach ab und schniefte. »Ich weiß, dass wir nicht deine Eltern sind. Nie waren. Es ist nicht deine Schuld. Wir wussten, worauf wir uns einlassen, als wir uns für unsere Liebe entschieden. Wir haben dein Schicksal besiegelt, noch bevor du überhaupt geboren wurdest. Kiana … wir haben diesen Namen für dich gewählt, weil wir geahnt haben, was aus dir werden würde. Wir wussten es, und wir haben es trotzdem nicht verhindert. Also gib uns die Schuld. Vergiss uns. Und dann flieh. Du hast einen Inventi, oder? Er ist abhängig von dir? Manipuliere ihn, erzähl ihm alles, was er hören will. *Flieh.*« Jetzt schluchzte sie, während ihre Finger sich tief in meine Haut gruben.

»Mum.« Das Wort klang so falsch, und trotzdem beinhaltete es alles, was ich ihr sagen wollte.

Sie stockte und schüttelte den Kopf. »Ich bin nicht deine Mutter. Keine Mutter bringt ihr Kind in eine Welt, in der es zum Tode verurteilt ist.«

Wütend fuhr ich mir mit beiden Händen übers Gesicht, um den Tränenfluss zu stoppen. »Willst du mich nicht fragen, was mein Talent ist? Willst du nicht wissen, ob ich die Welt retten kann?«

Sie drückte sich gegen das Gitter und packte mich an den Schultern. »Was schert mich dein Talent?«

Mein Herz kam ins Stolpern, und mein Körper wurde zu Eis. Gleichzeitig wurden Schritte hinter uns lauter.

»Versprich es mir. *Versprich es mir!*« Wie besessen wiederholte sie die Worte. Ihr Gesicht war verzerrt, und ein dunkler Schatten legte sich über ihre Augen.

»Verdammt noch mal, wir haben fünf Minuten gesagt!«

Ich fuhr herum. Wills Umrisse waren im Dunkeln zu sehen. Verzweifelt suchte ich seinen Blick, flehte ihn stumm an, mir irgendwie mehr Zeit zu verschaffen. Doch als er eine Hand nach mir ausstreckte, wusste ich sofort, dass es sinnlos war. Mein Zeitgefühl hatte mich zwar verlassen, doch in keiner Welt waren das eben nur fünf Minuten gewesen.

Ich drehte mich wieder zur Zelle um, Agnias Kopf war gesenkt.

Ich ließ mich von Will hochziehen. Seine Hand fand mein Gesicht, und er strich mir mit dem Daumen über die Wange, verwischte die Tränen.

»Es tut mir leid«, flüsterte er. »Ich kann mir vorstellen, wie hart das für dich ist.«

Ich erlaubte mir, einen Moment lang in seinem Blick zu ertrinken, bevor ich mich nach meiner Mutter umdrehte. Ich musste sie wissen lassen, dass ihre Tochter nicht kampflos untergehen würde.

»Ich komme zurück, das verspreche ich.«

Als Antwort kam nur ein Wimmern. Will drückte meine Hand, und obwohl jeder Schritt sich wie Hochverrat anfühlte, begann ich, mich von der Zelle wegzubewegen.

Konzentriere dich auf die Wut.

In hastigen Sätzen brachte ich Will auf den neuesten Stand.

Er unterbrach mich nicht, bis wir an der schweren Steintür angekommen waren, doch seine Schritte beschleunigten sich.

Ich war so sehr in die Erzählung vertieft, dass mir Liams Miene erst auffiel, als wir direkt vor ihm standen. Er hielt uns die Tür auf. Die flackernde Lampe an der Wand beleuchtete sein kreidebleiches Gesicht.

»Es ist zu spät«, stieß er hervor.

»Was ist zu spät?« Mein Blick wanderte zu Will, der mitten in der Bewegung erstarrte.

»Damek hat den Code eingegeben«, antwortete eine zweite Stimme, und ich fuhr herum.

Casper und Nate lehnten schwer atmend an der Wand. Nate sah aus, als sei ihm übel, während Casper versuchte, sich mit zitternden Fingern eine Zigarette anzuzünden.

Er sah zu mir herüber. »Der Wächter hat draußen gewartet und gesagt, er könne für nichts mehr garantieren, wenn wir nicht sofort kommen. Sieht so aus, als hätte er das Herz doch am rechten Fleck. Von wegen, er hilft uns nicht, sobald wir drinnen sind und so. Wollte wahrscheinlich tough erscheinen. Damek ist mit ihm gegangen. Wir wollten ihn nicht aufhalten. Sie hätten den Code sowieso gleich wieder geändert, er war nicht mehr wichtig für uns. Daria hat sich mit Händen und Füßen gewehrt, aber wir haben sie gezwungen, abzuhauen.«

Fassungslos starrte ich ihn an. »Und *ihr*?«

Nate hob den Kopf. »Du kommst ohne uns nicht hier raus.«

»Was zur Hölle geht hier vor sich? Seid ihr verrückt geworden? Wieso seid ihr nicht mitgegangen?« Meine Stimme klang höher als gewöhnlich.

»Warum bist *du* hier?«, krächzte Will und trat auf seinen Vater zu, der seinen Blick ruhig erwiderte.

»Du glaubst doch nicht wirklich, dass ich euch alleine lasse, William.«

Ich stöhnte auf. »Nein, nein, nein, das kann nicht euer

Ernst sein. Es geht hier *nur* um mich. Ihr riskiert alles, damit ich ein paar Minuten mit meiner Mum reden kann? *Seid ihr … seid ihr …*«

»Komm runter, Prinzessin. Nate hat recht. Wir wissen nicht, was deine Gabe ist und ob du sie nutzen kannst, aber mein Pyro kann in Kombination mit dir die Zeit vorspulen.«

Ich fuhr mir mit beiden Händen durch die Haare und nahm Nate ins Visier. »Meine Gabe ist nutzlos, um aus einem Gefängnis auszubrechen. Und deine auch, weil du Feuer brauchst und es zwölf Uhr mittags sein muss.«

Er hob die Schultern. »Dann warten wir eben.«

»Das ist euer Plan?« Meine Stimme überschlug sich. »Zwölf Stunden *warten*?«

»Genau genommen sind es weniger als zwölf …« Casper hatte es geschafft, seine Zigarette zum Glühen zu bringen. Er lächelte mir beruhigend zu, was mich nur noch rasender machte, und hielt sein Feuerzeug in die Höhe. »Und Feuer haben wir schon mal.«

»Und was ist mit dem Rest? Nate und ich können die Zeit vorspulen, wenn wir es zufällig um Punkt zwölf schaffen, ein Feuer zu entfachen und *wenn* wir nicht vorher hier unten erfrieren. Aber was ist mit euch, verdammt?« Ich drehte mich zu Will, der seinen Vater fassungslos anstarrte. Ausnahmsweise hatte er meinem Ausraster nichts hinzuzufügen.

Liam klang so ruhig, dass es mich wahnsinnig machte. »Wir werden uns schon etwas einfallen lassen. Wie lief es mit deinen Eltern?«

»Ich glaube, das ist gerade unser kleinstes Problem«, brachte ich hervor und lehnte mich ebenfalls gegen die Wand. Mein Blick wanderte zur Tür. Wir waren weder draußen noch drinnen.

Zwölf Stunden. Zwölf Stunden mit vier Menschen, die nur meinetwegen im Schlamassel steckten. Und wofür? Damit ich jetzt mit Sicherheit wusste, dass Nero ein Dreckskerl war?

Will löste sich aus seiner Starre und blickte in die Runde. »Wo sind die anderen Wächter? Müssen wir hierbleiben, oder haben wir die Möglichkeit, in den Hof zu gelangen?«

»Es gibt noch eine Art Zwischenraum«, antwortete ihm Nate, der sein Handy hervorgezogen hatte, auf dem er gerade dabei war, einen der Lagepläne heranzuzoomen. Wir hatten zwar keinen Empfang, aber immerhin mussten wir uns nicht auf Dameks Gedächtnis verlassen, um uns einen Überblick zu verschaffen. Ich hätte jedenfalls nicht mehr sagen können, durch wie viele Türen wir gegangen waren und wo genau sich der zweite Bunker befand.

»Von dort aus müssten wir in einen Gang mit ein paar leer stehenden Zellen gelangen«, sagte Liam und beugte sich über den Bildschirm. »Sie werden nicht bewacht, und wenn wir Glück haben, ist es dort wärmer.«

Will presste die Lippen zusammen. Er sagte zwar nichts, doch man konnte ihm die Zweifel vom Gesicht ablesen. Wieso sollten leer stehende Zellen beheizt werden?

»Okay.« Casper nickte. »Lasst uns schauen, dass wir hier wegkommen, und dann kann Kia uns alles erzählen.«

»Wieso riskiert ihr alles für mich?«, wisperte ich, ohne auf ihn einzugehen. »Wenn es um meine Gabe geht – die könnt ihr vergessen. Sie ist absolut nutzlos.«

Will warf mir einen warnenden Blick zu. Ich beachtete ihn nicht.

»Schön zu hören, dass du uns immer noch nicht vertraust«, murmelte Casper.

»Du weißt, was ich meine«, fauchte ich. »Ich kann euch nicht helfen, also wieso setzt ihr euer Leben aufs Spiel?«

»Niemand setzt hier sein Leben aufs Spiel, du kleine Dramaqueen.« Casper zog genüsslich an seiner Kippe und grinste. Am liebsten hätte ich ihn an den Schultern gepackt und kräftig geschüttelt, allerdings ließ mich Nates Miene innehalten.

Er wirkte wütend. »Man lässt seine Freunde nicht einfach im Stich.«

»Ihr kennt mich seit ein paar Wochen!«

»Und man nutzt seine Freunde auch nicht aus«, fuhr er fort, wobei er meinen Einwand völlig ignorierte. »Ganz egal, was deine Gabe ist, wir …«

»Es spielt sich alles nur in meinem verdammten Kopf ab!«, rief ich. »Ich sehe irgendwelche willkürlichen Szenen aus meiner Vergangenheit oder meiner angeblichen Zukunft. Ich kann sie nicht steuern, und ich kann nichts daran ändern. Ich. Bin. Nutzlos.«

Will hatte seine Hand ruckartig ausgestreckt, als wolle er die Worte stoppen, die aus meinem Mund kamen. Wie konnte er jetzt noch glauben, dass Casper und Nate nicht auf unserer Seite waren?

Sie standen so sehr hinter mir, dass sie sich, ohne mit der Wimper zu zucken, ins Verderben stürzten.

»Klingt echt nutzlos.« Casper und Nate tauschten einen Blick, und Caspers Grinsen wurde breiter.

Will packte mich am Arm und zog mich zu sich. »Kein Wort mehr«, zischte er, während Nate die Augen verdrehte.

»Also können wir uns jetzt mal auf die wichtigen Dinge konzentrieren? War alles umsonst? Kia?«

Resigniert hob ich die Schultern und sah zu Liam. »Sie hatten recht. Nero hat meine Eltern eingesperrt, und Agnia zufolge ist er derjenige, der Jagd auf mich macht. Das in der Soteria war inszeniert. Meine Mutter hat mich angefleht, abzuhauen. Sie war panisch.«

Die Wut in meinem Bauch nahm wieder zu, ich entdeckte sie auch in den Gesichtern der anderen.

»Dieses miese kleine …«

»Und was jetzt?«

»Er will dich als Waffe nutzen«, flüsterte Liam.

»Das ist nicht alles. Meine Mutter meinte, er hasse sie, weil ich die Zukunft verkörpere, die er sich damals selbst gewünscht habe.«

»Das Wichtigste ist, dass er nicht herauskriegt, wie deine Gabe funktioniert«, sagte Will, bevor ich weiter ausführen konnte, was ich eben erfahren hatte. »Völlig egal, was seine Motivation ist.«

Casper hob eine Braue. »Wie funktioniert sie denn?«

Will bombardierte mich mit Todesblicken. Er würde jeden Augenblick in die Luft gehen, wenn ich noch mehr verriet. Andererseits hatten die beiden ein bisschen Offenheit verdient.

Ich atmete tief durch, wollte ihnen gerade antworten, als Nate mir zuvorkam. »Was meintest du vorhin mit *angeblicher Zukunft*?«, hakte er nach.

Wie vom Blitz getroffen starrte ich ihn an. In meinen Ohren rauschte es, während ich versuchte, mir Agnias exakten Wortlaut von gerade eben ins Gedächtnis zu rufen.

»Wieso bist du hier?«

»Hör mir zu, du musst fliehen.«

»Das hier, das ist kein Leben.«

»Sieh mich an! Was aus mir geworden ist.«

Dann Wills.

»Verdammt noch mal, wir haben fünf Minuten gesagt.«

»Ich kann mir vorstellen, wie hart das für dich ist.«

Meine eigenen Worte:

»Ich komme zurück, das verspreche ich.«

Wie Filmszenen jagte das Geschehene vor meinem inneren Auge vorbei. Das Gefühl der Gitterstäbe an meinen schwitzenden Händen. Die Gestalt im Dunkeln. *Meine* Gestalt, aber nicht blond, sondern mit dunklen Haaren.

Das Déjà-vu war keine Einbildung gewesen. Oh Gott, ich war nicht zum ersten Mal hier! In meinen Visionen hatte ich längst vor der Zelle gesessen, ich –

»Wir sollten uns jetzt erst einmal einen sicheren Ort suchen. Alles Weitere besprechen wir in den nächsten Stunden. Zeit haben wir ja mehr als genug«, unterbrach Liam meine Überlegungen.

Nate und Casper nickten, und alle drehten sich zur Tür, die auf den Korridor draußen führte.

Ich starrte ein letztes Mal hinter uns. Ich hatte nicht einmal die Chance gehabt, mich mit meinem Vater zu unterhalten. Ich hätte die nächsten Stunden dort verbringen können, wenn es doch sowieso zu spät war.

Genug jetzt! Ich durfte nicht egoistisch sein, wir mussten zusammenhalten.

Mein gesunder Menschenverstand sagte mir, dass ich nichts Hilfreiches aus Agnia herausbekommen würde. Genau wie Will dachte sie nur an mich. An das beschissene Wohl einer einzigen Person.

Egal, was sie sagte, ich konnte nicht einfach fliehen. Auch wenn es erst ein paar Wochen her war, dass ich nichts dringender gewollt hatte.

Mein Blick fiel auf meinen Inventi, auf seine müden Augen und seine zerzausten Haare, und wanderte wieder zu der Tür, hinter der sich meine Eltern befanden.

Selbst wenn ich einen Weg fand, Tessarect zu verlassen, ich würde niemals vor mir selbst fliehen können.

Vor nicht allzu langer Zeit hatte ich an einer Raststätte im strömenden Regen zum zweiten Mal in meinem Leben eine Vision gehabt, während mir ein Messer an die Kehle gedrückt worden war. Damals hatte ich nicht geahnt, dass es sich um eine Vision handelte. Ebenso wenig später, als ich die Narbe an meiner Kehle berührte und wieder zu der Szene zurückkehrte.

Erst in der Nacht der Jubiläumsfeier war ich gemeinsam mit Will meinem Talent auf die Schliche gekommen. Zu diesem Zeitpunkt war allerdings so viel geschehen, dass ich mich nicht mehr damit auseinandergesetzt hatte, was die Vision zu bedeuten hatte. Und dass sie eines Tages zur Wirklichkeit werden könnte.

Vielleicht konnte ich mein Talent nicht steuern, vielleicht konnte ich es nicht nutzen, um hier auszubrechen, aber wenn ich die Fähigkeit hatte, die Zukunft zu sehen, dann war ich ganz bestimmt nicht nutzlos.

🜄

Die Temperaturen fielen in Rekordgeschwindigkeit.

Ich umarmte meine angewinkelten Beine fester und zeichnete zum gefühlt hundertsten Mal die Kratzer an der Mauer mit meinem Blick nach. Gedämpfte Stimmen drangen an meine Ohren, aber ich versuchte, sie zu ignorieren. Will und sein Vater verdienten so viel Privatsphäre wie möglich, genau wie Nate und Casper. Ihrer Körperhaltung war anzusehen, dass sie alleine sein wollten, auch wenn sich vor allem Casper Mühe gegeben hatte, den Entertainer raushängen zu lassen, damit niemand Trübsal blies. Doch je kälter es wurde, desto mehr bröckelte die Fassade, mit der sich Nate in seiner Nähe immer umgab.

Als Will also eingewilligt hatte, mit seinem Dad unter vier Augen zu sprechen, nachdem wir mein Gespräch mit Agnia – und die schockierende Enthüllung über Neros Liebesleben – in allen Details ausdiskutiert hatten, war auch ich aufgestanden und in eine benachbarte Zelle gegangen, um die beiden Pyrojungs alleine zu lassen. Es brannte kein Licht in diesem Bereich des Gefängnisses, doch dank meiner Handytaschenlampe hatte ich mir schnell einen Überblick verschaffen können. Ich saß zusammengekauert auf einer ähnlichen Pritsche wie der, auf der Kai Lyberth gerade liegen musste. Diese Zelle war kaum zehn Quadratmeter groß.

Liam hatte recht behalten – dieser Teil des Gefängnisses wurde nicht überwacht. Hier saßen lediglich ein paar wenige Insassen, zu denen wohl nur Kontakt aufgenommen wurde, wenn es unbedingt sein musste. Man hatte sie abgeschrieben. Wahrscheinlich galten sie alle – wie meine Eltern auch – als gefährlich.

Ich pustete mir eine Haarsträhne aus dem Gesicht. *Gefährlich.* Es erschien mir immer lächerlicher, je länger ich über meine Mutter nachdachte, mir ihre abgemagerte Gestalt und ihre gehetzten Züge ins Gedächtnis rief. Ließ Nero meine Eltern hungern? Aber wieso war ihre Zelle beheizt? Wozu hielt er sie überhaupt noch am Leben, wenn er sie so sehr hasste?

Waren sie sein Druckmittel gegen mich?

Stöhnend vergrub ich mein Gesicht in den Händen.

Womöglich sollte ich meine Gabe auslösen. Aber wer garantierte mir, dass ich in der Zukunft und nicht in meiner Vergangenheit landen würde?

Taubheit erfüllte mich, konnte aber leider auch nichts gegen die Kälte ausrichten. Irgendwann würde mich hoffentlich Schlaf übermannen und die quälenden Gedanken ausschalten. Solange war ich ihnen allerdings schutzlos ausgeliefert. Woher wusste Agnia, dass meine Adoptiveltern erpresst wurden?

Ich biss die Zähne zusammen. Wenn Nero derjenige war, der mich tot sehen wollte, war es vollkommen egal, ob die ganze Welt wusste, dass ich am Leben war.

Ich würde Kontakt zu ihnen aufnehmen. Und dann würde ich versuchen, mit Picabo zu sprechen. Außerdem mussten wir Eve finden und somit Gaia und Phos.

»Hier bist du.«

Mein Kopf ruckte nach oben. Will stand im Schatten der Zellentür und sah auf mich herab.

»Alles okay?« Ich probierte ein Lächeln aus.

»Ist es nicht meine Aufgabe, das zu fragen?«

Ich hob eine Braue. »Du weißt doch sowieso schon, wie es in mir aussieht.«

Er ließ sich neben mich auf die Pritsche fallen. Sein Oberschenkel streifte meinen.

»Geht's mit der Kälte?«

Ich nickte, und er legte den Kopf schief. »Das war eine Fangfrage. Und du hast nicht bestanden.«

Gegen meinen Willen musste ich lachen. »Wieso stellst du auch solche Fragen?«

Ein paar Sekunden schwiegen wir wieder.

»Worüber wollte dein Dad mit dir sprechen?«

Will zuckte die Achseln und imitierte meine Körperhaltung, stützte sein Kinn auf seinen Knien ab. »Er hat mir gesagt, er werde Alessa und Mum anrufen und ihnen alles erklären, wenn ich will. Oder sich für immer fernhalten.«

»Also überlässt er dir die Entscheidung?«

»Ja.«

»Und wie fühlst du dich damit?«

Er schloss die Augen. »Weißt du noch, was ich dir vor ein paar Tagen gesagt habe?«

Ich habe mir jedes Wort gemerkt, das du je zu mir gesagt hast.

»Dass ich Angst davor habe, was unter dem Hass zum Vorschein kommt?«

Ich nickte.

»Wie soll ich das aushalten?« Die Worte wurden immer leiser. »Ich weiß nicht, was ich will. Vor ein paar Tagen habe ich ihm gesagt, er solle sich zum Teufel scheren, und ich habe es so gemeint, aber jetzt … verdammt, ich weiß nicht mehr, was ich denken soll. Wieso ist er nicht einfach gegangen, als er die Chance dazu hatte? Wieso steckt er jetzt hier mit uns fest? Was will er mir damit beweisen?«

Ich rückte näher an ihn ran und lehnte mich an seine Schulter. »Möglicherweise geht es nicht darum, dir etwas zu beweisen. Vielleicht hat er einfach den Gedanken nicht ertragen, dich hier alleine zu lassen. Nicht schon wieder. Er hat von Anfang an gesagt, dass er den Einbruch für eine schwachsinnige Idee hält, genau wie du. Obwohl du es besser wusstest, bist auch du mitgekommen. Nicht, weil du mir etwas beweisen willst. Sondern weil du nicht anders konntest.«

Die Wahrheit in meinen Worten schnürte mir die Luft ab. Wie konnte ich ihm sagen, dass ich es mir nie verzeihen würde, wenn ihm etwas geschah?

Entgegen meiner Erwartungen widersprach er mir nicht, sondern öffnete die Augen und betrachtete mich ruhig.

»Hör auf, dir einzureden, dass du schuld bist«, sagte er schließlich.

»Ich bin doch der Grund für alles, oder?«

»Ich fass es nicht, dass das ausgerechnet von mir kommt, aber der durchgeknallte Pyro-Inventi hat zur Abwechslung mal recht.« Seine Augen funkelten. »Hör auf, eine Dramaqueen zu sein. Du bist nicht schuld daran, dass wir hier feststecken. Ich an deiner Stelle hätte auch meine Eltern sehen wollen. Was die Sache mit deiner Gabe angeht, werde ich dir allerdings den Hals umdrehen, wenn du nicht aufhörst, so leichtsinnig mit den Informationen hausieren zu gehen.«

»Sie haben sich alle ein bisschen Wahrheit verdient, oder?«

»Du hast selbst gesagt, es hilft uns nicht dabei, hier auszubrechen, also wozu zur Hölle solltest du es erwähnen?« Jegliche Belustigung war aus seinem schönen Gesicht verschwunden.

»Eventuell habe ich vorhin ein klein wenig untertrieben.«

Triumphierend sah ich ihn an und erzählte dann, was mir klar geworden war.

Seine Augen wurden groß. »Du meinst …«

»Ich habe die Zukunft gesehen, und heute ist sie eingetreten. Es ist genau, wie du gesagt hast! Meine Gabe muss noch ausgebaut werden, aber ich wette, ich …«

»Nein. Hör auf.« Seine Brauen zogen sich zusammen. »Bitte. Nicht noch mehr Experimente, es reicht.«

»Aber *verstehst* du nicht?«

»Ich glaube, *du* verstehst immer noch nicht, was gerade abgeht, Kiana. Was hast du dem Wächter erzählt? Was ist mit dem Röntgenbild, das Nero gesehen hat? Wie viele Leute sind inzwischen kurz davor, dein Geheimnis zu lüften?«

»Der Wächter wollte nur, dass ich ihm verspreche, die Ältesten zu stürzen.«

»Hast du schon mal in Erwägung gezogen, dass deine Mutter recht haben könnte und deine Flucht der einzig vernünftige Ausweg ist?«

»Willst du mit mir durchbrennen?« Ich lächelte ihn an, doch er ging nicht darauf ein.

»Es geht nicht darum, was deine Gabe erreichen könnte. Sondern wie hoch der Preis dafür ist.«

»Du meinst, ob ich mich dabei selbst umbringe?«

Er stöhnte.

»Was würdest du tun?«, fragte ich. »An meiner Stelle?«

»Ich würde auf die Menschen in meinem Leben hören, die mein Bestes wollen.«

»Lügner.« Ich beugte mich näher zu ihm. »Du bist ein noch größerer Sturkopf als ich. Und ich habe noch nie jemanden kennengelernt, der so aufopferungsvoll ist.«

»Ich bin dein Inventi. Es ist meine Aufgabe, mich für dich zu opfern«, erwiderte er vollkommen ernsthaft.

Mir stockte der Atem.

Er registrierte die Veränderung in meinem Gesicht sofort.

»Was ist?« Er sah ehrlich besorgt aus, was alles nur schlimmer machte.

Ich schüttelte bloß den Kopf und wandte mich von ihm ab. Es gab momentan größere Probleme in meinem Leben als einen weiteren Beweis, dass Will meine Gefühle nie aufrichtig erwidern würde.

»Es ist wirklich verdammt kalt.«

Zu meiner Erleichterung war es nicht Will, der gesprochen hatte. Ich hob den Kopf. Casper stand neben Nate vor der Zelle, dahinter lehnte Liam kaum erkennbar.

»Vielleicht wird es besser, wenn wir alle enger zusammenrücken«, fuhr Casper fort.

Ich spürte Wills Blick auf mir, aber nickte nur. War wohl auch das Beste, wenn wir unser Gespräch nicht fortführten.

»Wir können uns mit der Pritsche abwechseln«, schlug ich vor und wollte aufzustehen, doch Nate schüttelte den Kopf.

»Lass mal, das geht schon.«

Die beiden ließen sich zu unseren Füßen auf dem Boden nieder, so nah, dass Nate beinahe auf dem Schoß seines Inventi saß. Jegliche Scheu war von ihm abgefallen. Casper griff mit einem kleinen Lächeln nach seinen Beinen und legte sie über seine, wobei er ihn näher zog. Nate ließ seinen Kopf vornüber auf seine Schulter fallen.

Liam stand erst unschlüssig herum, dann kam er mit einem zögernden Blick in Richtung seines Sohnes auf Wills Seite und glitt dort ebenfalls zu Boden.

»Und jetzt?«, flüsterte ich, als wieder Stille eingekehrt war und nur noch unsere gleichmäßigen Atemzüge zu hören waren.

»Jetzt warten wir.«

DREIZEHN

Serpentin

Zum gefühlt hundertsten Mal schreckte ich aus einem schummrigen Halbschlaf hoch. Obwohl an Entspannung nicht zu denken war, nickte ich immer wieder weg, nur um Minuten später in noch schlimmerer Kälte zu erwachen.

Mein Nacken war steif, meine Augen brannten, und meine eiskalten Finger zitterten in meinen Jackentaschen.

»Kia? Es ist so weit.«

Ich erhob mich ächzend von der Pritsche. »W-was?«

Die Haarsträhnen, die unter Wills Mütze hervorschauten, hingen ihm in den rot geränderten Augen.

»Wir haben kurz vor zwölf, Prinzessin«, ertönte Caspers Stimme von draußen.

Mein Herzschlag verdoppelte sich schlagartig. Wie lang war ich nicht bei Bewusstsein gewesen?

»Wir … wir haben doch nicht mal einen richtigen Plan«, murmelte ich mit verschlafener Stimme, als wir Nate und Casper durch den dunklen Korridor folgten. Von Liam konnte ich nichts erkennen. Ich machte meine Handytaschenlampe an.

»Es ist unsere einzige Chance«, gab Will zurück und griff nach meiner Hand. Die Art, wie er seine Finger mit meinen verschränkte, hatte nichts Liebevolles – es fühlte sich an wie eine Notwendigkeit. Ein Stechen durchfuhr mich, aber ich atmete tief durch. Nicht der richtige Moment. So was von überhaupt nicht der richtige Moment für emotionales Drama.

Casper wandte mir den Kopf zu. »Wir zünden das Feuer direkt im Hof zwischen den Bunkern. Dann hauen Nate und du in die Zukunft ab, und wir haben genügend Zeit, die Wächter abzulenken. Wenn ihr also 'ne halbe Stunde – oder was auch immer ihr dank deiner Superkräfte schafft – Vorsprung habt, sorgen wir dafür, dass der Hof zu diesem Zeitpunkt leer ist, weil sie sich mit uns herumschlagen.«

»Wie genau wollt ihr den Wächtern entwischen?« Mein Hirn befreite sich so langsam vom Schleier des Schlafs. »Wie kriegen wir es hin, ein Feuer zwischen den Bunkern zu entfachen und dann herauszukommen, wenn wir keinen Code haben? Und was genau tun wir, wenn wir es durch irgendein Wunder nach oben schaffen? Ich nehme an, unser Gondeltaxi hat nicht die ganze Nacht auf unsere Rückkehr gewartet.«

»Eins nach dem anderen.« Casper schenkte mir ein halbes Lächeln, aber sein Blick blieb ernst. »Erstens: Dein Babysitter, sein Dad und ich sind trainierte Inventi. Das heißt, wir können uns zur Wehr setzen.«

Nate warf ihm einen zornigen Blick zu. »Ich bin mir sicher, die Wächter haben nie Trainingsstunden genossen«, sagte er leise.

Casper neigte den Kopf und fuhr mit dem Daumen Nates Wange entlang. »Mach dir um mich keine Sorgen, Baby.«

»Um wen soll ich mir dann Sorgen machen?« Nates Stimme bebte vor Leidenschaft.

»Ich bin dein Inventi, Nathaniel, also überlass das Beschützen mir, ja?«

»Kannst du mal eine Sekunde diesen Macho-Scheiß lassen?« Nates Stimme war nicht wiederzuerkennen. Er hatte einen Arm nach Casper ausgestreckt und hinderte ihn so am Weitergehen. Unsere Anwesenheit schienen sie längst vergessen zu haben.

»Ich …«, begann Casper, aber Nate ließ ihn nicht zu Wort kommen.

»Du bist nicht nur mein Inventi.« Seine Stimme zitterte, und er schaffte es kaum, Caspers Blick standzuhalten. »Du bist alles für mich. Wenn dir irgendetwas zustößt … ich ertrage es nicht, okay?«

Caspers Lächeln verblasste. Mit glasigem Blick sah er hoch, geradewegs in Nates Augen, als würde er sie zum ersten Mal sehen.

Wie in Trance hob Casper einen Finger und blinzelte in meine Richtung. »Gebt uns 'ne Minute, ja?«

Ich ließ Wills Hand los und drückte mich hastig an den beiden vorbei. Als ich mich nach ein paar Metern nach meinem Inventi umdrehte, um sicherzustellen, dass auch er ihnen die nötige Privatsphäre gab, bekam ich eine Gänsehaut. Nate hatte Casper zu sich gezogen. Stirn an Stirn und schwer atmend standen sie im Gang, umklammerten den anderen wie Ertrinkende. Verschwunden waren Nates Zweifel oder Caspers Ironie. Die letzten Stunden hatten ihre Masken heruntergerissen. Hier waren sie nur zwei Menschen, die sich liebten.

Ich biss mir auf die Unterlippe, bis ich Blut schmeckte, dann drehte ich mich wieder um und stapfte entschlossen los. Will hatte sich endlich in Bewegung gesetzt und hielt mühelos mit mir Schritt.

»Kia, was ist los?«

Ich konnte ihn nicht ansehen. Meine eigene Fassade musste aufrechterhalten werden. »Wir müssen weiter.«

»Hey, rede mit mir.«

Ich beschleunigte meine Schritte. Alles konnte ich ertragen, nur nicht sein verdammtes Mitleid. »Es ist alles okay. Ich will mich jetzt einfach nur darauf konzentrieren, lebendig hier rauszukommen.«

Die Stille zwischen uns war lauter als jedes Wort, jedes leise Schnarchen und jedes Schluchzen hinter den Zellen, an denen wir vorbeikamen. *Wie konntest du so dumm sein?*, verhöhnte sie mich. *Wie konntest du nur so dumm sein?*

🜄

Casper hatte mir nicht auf die Fragen geantwortet, wie wir das Feuer entfachen und wie genau wir flüchten würden, sollten wir es nach draußen schaffen. Diese Erkenntnis traf mich mit voller Wucht, als wir zu fünft vor der verschlossenen

Steintür standen. Nate und Casper Hand in Hand, Will und ich voneinander abgewandt, und Liam mit Entschlossenheit im müden Gesicht.

»Seid ihr bereit?«, krächzte er und sah dabei nur seinen Sohn an. Er hatte seine Jacke und seinen Schal ausgezogen und achtlos zu Boden fallen lassen.

»Was tust du da?«, hörte ich Wills Stimme wie durch einen Nebel.

»Wir brauchen irgendetwas Brennbares, oder?«

Casper nickte. »Kia, William, ausziehen. Das Heu auf dem Boden ist nicht schlecht, aber es wird nicht reichen. Natey und du müsst durch Flammen gehen, ein paar glühende Halme reichen nicht aus.«

»Was ist mit euch?«

»Nicht entflammbar«, antwortete er Will mit einem Lächeln und zupfte an seinem Parka. »Das ist der Vorteil, wenn man im Süden wohnt. Oder der Nachteil in unserem Fall.«

»Wir müssen aufpassen. Uns bleiben nur noch wenige Minuten, und wir können hier drinnen kein Feuer entfachen, es ist zu gefährlich. Wenn wir Pech haben, wandert es bis zu den Zellen, und wir bringen die Insassen in Gefahr. Das Desmot ist kein gewöhnliches Gefängnis, Brandvorkehrungen kennen die hier nicht«, murmelte Liam und streckte eine Hand aus. »Gib mir dein Feuerzeug, Casper.«

Dieser kramte es aus seiner Hosentasche hervor und reichte es ihm widerstrebend. »Wir haben keine Zeit, es draußen anzuzünden. Sobald diese Tür sich öffnet, zählt jede Sekunde.«

»Und wie kriegen wir die Tür dazu, sich zu öffnen?«, wiederholte ich meine Frage von vorhin. Mein Herz raste.

»Mit einem Aufstand«, kam die Antwort von Will.

»Sehr richtig.« Casper lächelte, wurde aber sofort wieder ernst und deutete auf den Kleiderhaufen zu Liams Füßen. »Was ist das? Baumwolle? Damit haben wir schlechte Karten.«

Liam nickte resigniert und wandte sich mir zu. »Was ist mit dir? Acryl? Polyester? Wir brauchen irgendeine Basis.«

»Wieso kennen Sie sich eigentlich so gut aus?«, fragte Nate mit misstrauischem Blick.

»Mir scheint es, als wäre ich der Einzige, der sich wenigstens ansatzweise auf diesen Wahnsinn vorbereitet hat, Junge«, brummte Liam.

Ich zog den Reißverschluss herunter und befreite mich von Schal und Jacke, während Will es mir gleichtat. Unterdessen lief sein Vater in den dunklen Gang zurück, und wir hörten seine leise, drängende Stimme. Er sprach mit Dameks Vater und versuchte, ihn zur Kooperation zu überreden.

Nate trat näher zu mir. »Das ist gut. Zieh den Pullover aus, der könnte funktionieren.«

Ich ignorierte Wills Schnauben und gehorchte.

Sekunden später war Liam zurück. »Kiana, du musst kurz mitkommen. Dameks Vater hat mir den Namen eines Häftlings verraten, der uns weiterhelfen kann.«

»Inwiefern weiterhelfen?«, fragte Will mit schneidender Schärfe.

»Er ist ein besonders fanatischer Anhänger der Asphalia. Wenn wir ihn mit Kiana konfrontieren, müssen wir uns nur vor der Steintür positionieren und warten, bis der Tumult ausbricht.«

»Was meinst du damit, ihn mit ihr konfrontieren?«

»Na, was wohl?« Ich zog mir meinen Pullover über den Kopf und schmiss ihn auf den Klamottenhaufen. »Ich werde ihm erzählen, was für eine Teufelsbrut ich bin, und ihn ein bisschen provozieren, oder?«

Liam nickte, Will biss die Zähne zusammen. Sein vernichtender Blick durchbohrte abwechselnd mich und seinen Vater, aber ich ließ mich nicht beirren.

»Haltet die Stellung, William, und findet etwas Brennbares. Ihr wird nichts geschehen.«

Der letzte Satz klang wie ein Versprechen.

Seite an Seite lief ich mit Liam zurück in den Gang. Adrenalin floss durch meine Adern und wärmte mich von innen, aber es konnte nicht verhindern, dass meine Füße taub und meine nackten Arme mit einer dicken Gänsehaut überzogen waren.

»Es wird alles gut gehen«, murmelte Liam mir zu. Ihm war mein Zittern nicht entgangen. Auch er trug nur noch ein helles Muskelshirt, doch ihm sah man nicht an, dass er leicht bekleidet bei Minusgraden unter dem Erdboden herumlief.

»Ich mache mir keine Sorgen um mich«, antwortete ich, ohne die Zellen aus den Augen zu lassen. Zwar trennten uns die Gitter von den Insassen, und wenn Nero meine Eltern und Dameks Dad hier grundlos festhielt, konnte ich mir denken, wie viele dieser Leute unschuldig waren, trotzdem war es immer noch ein Gefängnis.

»Wir sind gleich da.« Schon wieder dieser beruhigende Ton. Genau wie sein Sohn meinte er, mich beschützen zu müssen.

Bevor er fortfahren konnte, erklang ein gackerndes Lachen zu unserer Rechten. Ich erstarrte und hielt die Luft an. Liam streckte einen Arm aus und drängte mich an die Wand, während er langsam auf die in Dunkelheit getauchte Zelle zuging.

»Schönen guten Abend«, krächzte eine Stimme, und ein weiteres Gackern folgte. »Mit wem habe ich die Ehre?«

Ich studierte Liams Haltung, versuchte, irgendetwas darin zu finden, das mir zeigte, ob wir hier richtig waren oder ich mir Sorgen machen sollte, aber er wandte mir nun vollständig den Rücken zu.

»Chick?«, sagte er mit fester Stimme.

Ein Röcheln ertönte. »Warst du ein böser Junge?«, zischte die Stimme voller Vergnügen. »Hast die anderen Wächter verärgert und musst zur Strafe zum Abschaum?«

»Ich bin kein Wächter«, erwiderte Liam ruhig.

»Soso. Mein neuer Zellennachbar also?«

Liams Hände ballten sich zu Fäusten.

Ich löste mich aus meiner Starre.

»Er gehört auch nicht zum Abschaum«, hörte ich mich sagen. »Nicht so wie du.«

Behaarte Hände griffen durch das Gitter, während ein ausgemergeltes Gesicht dahinter erschien.

Jetzt bloß keine Regung zeigen. Er sollte meine Angst nicht sehen.

Der Kerl grinste breit, als sein Blick auf mich traf, und entblößte sein ungepflegtes Gebiss, in dem mehrere Zähne fehlten. Er sah genauso heruntergekommen aus wie Agnia, doch da war noch etwas anderes. Ein irres Glitzern in den durchscheinend hellen Augen. Ganz langsam leckte er sich über die Lippen. Ich zwang mich zu einem Pokerface.

»Und wer bist du, Kleine?«, flüsterte er gierig. Inzwischen war auch Rascheln und leises Husten aus den benachbarten Zellen zu hören.

Ich sah dem ekelhaften Typen direkt ins Gesicht und trat noch einen Schritt näher, wobei ich Liams warnenden Blick ignorierte.

All die angestaute Wut, die Hilflosigkeit und die Verzweiflung köchelten in mir, bäumten sich auf. Er war ein Sympathisant der Asphalia. Mir schoss die Erinnerung an Wills Worte durch den Kopf, als wir auf dem Weg zu meiner Beerdigung an der Raststätte haarscharf meinen Verfolgern entkommen waren. Die Asphalia war eine Sekte, die Talentierte anbetete wie Götter. Und mich als Ausgeburt der Hölle ansah. Eine Gefahr für das System. Etwas, das vernichtet werden musste.

Ich sah ihm geradewegs in die Augen und betete, dass meine Stimme nicht nachgab. »Dein schlimmster Albtraum.«

Für einen Moment herrschte Stille, dann brach der Kerl in schallendes Gelächter aus, und aus den Nachbarzellen erklang ungehaltenes Gemurmel.

Ich öffnete den Mund und wollte mehr sagen, wollte den Widerling dazu zwingen, mich ernst zu nehmen, da erstarrte er plötzlich mitten in der Bewegung.

Seine Miene wandelte sich innerhalb von Sekunden, und er räusperte sich, während er seine Finger um die Gitterstäbe legte. »Tritt näher«, verlangte er schließlich. Die Gier in seinem Blick war verschwunden, an ihre Stelle trat blankes Entsetzen.

Liams Arm schnellte vor. »Keinen Schritt weiter!«, zischte er.

»Die Gerüchte stimmen«, hauchte der Kerl in der Zelle fassungslos.

»Welche Gerüchte?«, wollte ich wissen und verschränkte meine Arme.

»Was tut sie hier?«, schrie er mit einem Mal, ließ die Gitterstäbe los und wich zurück in die Dunkelheit, bis ich nur noch seine Silhouette ausmachen konnte.

Wie hatte er mich erkannt?

»Kann jemand diesen verdammten Wahnsinnigen ruhigstellen?«, polterte links von uns eine Männerstimme los, gefolgt von »Klappe!«-Schreien.

»Sie ist von den Toten auferstanden!«, brüllte der Kerl weiter, als würde er Höllenqualen erleiden. »Sie wird uns alle holen!«

»Ich frage mich immer noch, wieso sie diesen alten Hohlkopf hier versumpfen lassen und ihn nicht in der Soteria mit Tabletten vollpumpen«, erklang eine heisere weibliche

Stimme von weiter weg, gefolgt von einem rasselnden Husten. »Wahrscheinlich wollen die sich noch weniger mit seinen Hirngespinsten …«

»Kiana Lyberth!«, unterbrach der Typ sie. Er schrie meinen Namen so oft, bis er selbst in meinen Ohren fremd klang.

Liam packte meine Hand und wies in den Gang, der uns zurück zu den anderen bringen würde.

»Unsere Arbeit ist getan«, raunte er mir zu.

Wir rannten los und ließen das Gebrüll hinter uns. Die Gesichter der Gefangenen klebten auf unserem Rückweg allesamt am Gitter. Unzählige Augenpaare, die uns beobachteten. Unzählige Menschen, die mein Schicksal kannten, während ich ihres niemals erfahren würde.

🜄

Ich hörte das Knistern, bevor ich die Flammen sah.

Casper, Nate und Will beugten sich über das brennende Klamottenbündel am Boden und schauten erst auf, als Liams Stimme erklang.

»Seid ihr verrückt geworden? Ihr könnt doch das Feuer nicht hier drinnen zünden!«

»Wir haben keine Zeit mehr«, erwiderte Will, während sein Blick über mich wanderte, als suchte er nach Anhaltspunkten, dass alles in Ordnung war. Ich lächelte ihm schwach zu und sah in die Flammen.

»Die Wächter sind schon auf den Lärm in den Zellen aufmerksam geworden – es kann sich nur noch um Sekunden handeln, bis sie hier sind.« Er erhob sich und trat auf mich zu.

Und tatsächlich, durch die schwere Steintür waren Stimmen zu hören. Schlecht gelaunte Stimmen. Wie viele Wächter es wohl waren? Ob sich unser Komplize von vorhin unter ihnen befand?

Mein Herz raste. Ich konnte den Blick nicht vom Feuer wenden. Wie sollten wir es nach draußen befördern? Wenn ich hier drinnen mit Nate durch die Flammen ging und in die Zukunft sprang, wären wir immer noch eingesperrt. Aber vielleicht würden die anderen es dann nach draußen schaffen …

»Kia.« Wills Tonfall ließ mich aufblicken.

»Mir geht's gut«, beruhigte ich ihn mit einem Seufzen.

Da ertönten zwei Stimmen, diesmal lauter.

»Hast du das Tränengas?«

»Scheiß auf das Tränengas, die werden abgeknallt, wenn sie nicht ihre verdammte Klappe halten. Ich hab Lagarde gesagt, diesen Psychopathen kann man nicht mehr mit Vernunft kommen.«

Mein Herz schlug so laut, dass ich mir Sorgen machte, die Wächter würden es hören.

Auch die anderen starrten zur Tür. Im nächsten Augenblick erklang das unverkennbare Piepsen, das von den Tasten auf dem Touchscreen ausgelöst wurde. Sie gaben den Code ein. Das einzige Hindernis, das uns von der Freiheit trennte. Und von ihren Waffen.

Schlagartig war Liam an der Tür und drängte Casper und Nate zur Seite. Die Kleidung war immer noch nicht komplett von den Flammen erfasst worden, aber die flimmernde Hitze erfüllte den ganzen Gang.

»Ich lenk sie ab. Ihr haut ab!«, zischte er. »Das Feuer muss nach draußen gelangen, es darf auf keinen Fall hier ausbrechen.«

Nate streckte eine Hand nach mir aus. »Kia, in einer Minute ist es zwölf Uhr. Die Flammen sind zu klein, aber wenn wir Glück haben, reichen sie. Sobald wir draußen sind, müssen wir uns direkt reinstellen, ja?«

Nickend nahm ich seine Hand, während sich Will und Casper zu Liam gesellten. Das wievielte Piepsen war das? Das fünfte? Das zehnte? Wie viele Sekunden blieben uns noch?

»Du wirst sie nicht alleine ablenken«, hörte ich meinen Inventi entschlossen zu seinem Vater sagen.

Casper nickte grimmig. »Wir sind zu dritt. Sie zu zweit. Wir kriegen das schon hin.«

Nate drehte sich zu ihm, und seine schweißnasse Hand fing an, in meiner zu zittern.

»Ich …«, begann er heiser, doch Casper schnitt ihm das Wort ab.

»Ich weiß. Ich dich auch.«

Dann klappte die Tür auf, und die Welt versank im Chaos.

🜃

Mehrere Dinge geschahen gleichzeitig. Casper bückte sich nach dem brennenden Bündel zu unseren Füßen, hob es in seine Arme und hechtete damit nach vorne, als würden die Flammen seinen Händen nichts anhaben können. Nates Fingernägel gruben sich in meine Haut, und seine Lippen teilten sich, formten sich zu einem Ausdruck stillen Entsetzens. Will und sein Vater bildeten die Front hinter ihm und stürmten hinaus, krachten in die breiten Gestalten, die beim Anblick von Casper und dem Feuer zurücktaumelten.

Casper rief uns etwas zu, das ich im Gebrüll der Wächter nicht verstehen konnte. Alles, was ich hörte, war die Panik in seiner Stimme. Alles, was ich sah, war Will. Mit schwindelerregender Schnelligkeit hob er ein Bein, sprang auf den Kerl vor sich zu und kickte ihm mit voller Wucht in den Bauch. Dieser taumelte weiter zurück, ruderte japsend mit beiden Armen und landete auf dem harten Steinboden. Mein Kopf zuckte zu Liam, der es irgendwie geschafft hatte, den anderen in den Schwitzkasten zu nehmen. Seine Augen waren weit aufgerissen. Auch er schrie etwas Unverständliches.

Nebel. Weißer, dichter Nebel lag über meinen Ohren. Rauschendes Nichts hallte in mir wider. Sie waren bewaffnet. Wir hatten keine Chance. Sie würden schießen, und es würde alles meine Schuld sein.

»KIANA, BEWEG DICH!«

Brennender Schmerz an meiner Hand. Nate zog mich nach vorne, zog mich fort von dem Kampf, fort von Will, quer durch den Hof zu Casper.

Ich schüttelte den Kopf, immer wieder, bis ich wieder in der Realität ankam.

»LOS!«

Die Flammen leckten an Caspers Jacke, er ließ den brennenden Stoff mit schmerzverzerrtem Gesicht zu Boden fallen, und sie bäumten sich auf.

»Scheiße, das reicht nicht, das reicht nie im Leben, ihr solltet einfach direkt losrennen, ihr …«

Ich blendete seine Stimme aus, konzentrierte mich nur auf Nates Hand. Kirchenglocken. Das Läuten der Uhr, die sich auch um Mitternacht vor zwölf Stunden bemerkbar gemacht hatte. Klar und deutlich, als stünden wir auf dem Marktplatz.

Nate zog mich weiter, die Lippen fest aufeinandergepresst, den Blick stur auf seine Füße gerichtet. Wir waren beim Feuer angekommen.

Gleich würde es geschehen, gleich würden wir weggezogen werden, in den Strudel geraten und …

Das Klimpern von Schlüsseln mischte sich unter das Läuten. Ich hechtete nach vorn. Die Hitze versengte meine Hosenbeine in Sekunden, doch ich wurde von Fußgetrappel abgelenkt. Schon kamen uns mehrere Menschen entgegen. Zwei, drei, vier … ich konnte sie nicht alle zählen. Die grausame Realität durchfloss mich wie Gift. Wir waren immer noch hier. In der Unterzahl. Wir würden es niemals hier rausschaffen. Weder in die Zukunft noch an die Erdoberfläche.

»Nate«, keuchte ich. »Nate, was tun wir?« Mein Blick

zuckte zu Will, ich musste ihm irgendwie vermitteln, dass es umsonst war, dass er sich ergeben musste, solange noch niemand schoss.

Vergeblich. Er war über den Körper des Wächters gebeugt, saß halb auf ihm und hielt ihn in Schach, ohne Notiz von der Gefahr zu nehmen, die sich unmittelbar vor uns befand.

»Mädchen!«

Ich drehte meinen Kopf abrupt in die Richtung der Wächter, als die bekannte Stimme über den Lärm hinweg zu mir drang.

Der Wächter, der uns ins Gefängnis geschleust hatte, starrte mich an. Da war weder Feindseligkeit noch Wut in seinem Blick, ganz im Gegensatz zu den Gesichtern seiner Kollegen. Nur konzentrierte Gewissheit. Als hätte er bereits die Zukunft gesehen. Als wüsste er, was geschehen würde.

Er war der Vorderste der Gruppe und stieß Casper mit einem Ellenbogen unsanft zur Seite, ohne mich aus den Augen zu lassen. Mit einer schnellen Bewegung griff er in die Innenseite seines Parkas, dann blitzte etwas Silbernes im Halbdunkeln auf, und ein gefährliches Zischen übertönte für einen Moment das Klingeln der Uhr, die Schreie, ja sogar mein hämmerndes Herz.

Die Erkenntnis traf mich heftig, doch sie kam zu spät. Eine klare Flüssigkeit floss aus dem Gefäß in seiner Hand, ergoss sich über unsere Füße und den brennenden Stoff. Mit einem Fauchen schossen die Flammen in die Höhe. Der Geruch von verbranntem Fleisch umhüllte mich, und die Umgebung begann zu rotieren. Nates Hand war mein einziger Anker zur Realität, als wir weggezogen wurden, weg von einem Kampf, der nur meiner hätte sein sollen.

🜄

Wehren war zwecklos. Alles in mir schrie danach, zurückzukehren, aber ein Gefühl von Geborgenheit umhüllte mich wie ein heißes Bad nach einem anstrengenden Tag. Meine Gliedmaßen entspannten sich, der widerliche Geruch verschwand. Einzig Nates Anblick störte die Harmonie. Er wurde am ganzen Leib geschüttelt, während wir nach vorne gezogen wurden, durch flirrende Flammen, die mir nichts anhaben konnten, ihm aber deutlich zuzusetzen schienen. Ich rüttelte an seiner Hand, wollte ihn aus der Schockstarre holen, da war der Spuk schon vorbei, und das Gefühl von Geborgenheit verschwand. Panik strömte in mich zurück.

»Nate …«

Er schlug die Augen auf, sah sich hektisch um, ließ meine Hand los und tastete nach etwas in seiner Hosentasche. Ich folgte seinem Blick. Der Geruch von Rauch lag in der Luft, etwas Dunkles, Klebriges befand sich unter einer weißen Schicht vor uns. War das Schnee?

Wir waren vollkommen alleine.

Als ich den roten Feuerlöscher in der Dunkelheit auf dem Boden liegen sah, erklang Nates Stimme.

»Zwölf Uhr zweiunddreißig«, murmelte er.

»Wo … wo sind die anderen? Was …« Ich konnte nicht wirklich sprechen, jedem Wort folgte ein trockenes Schluchzen.

»Wir müssen hier raus. Sofort.« Auch seine Stimme war zittrig. Er nickte in Richtung Tür. »Wir halten durch, okay? Wir halten beide durch, bis wir oben sind und Kontakt zu ihnen aufnehmen können. Vielleicht haben sie es geschafft. Noch besteht Hoffnung.«

In einer Hand hielt er sein Handy, auf dem der Lageplan aufleuchtete.

Wir sahen uns an, seine Augen schimmerten verdächtig, aber er gab der Verzweiflung nicht nach.

Denk an Will. An seinen Vater und Casper. Was sie geopfert haben.

Ich nickte. »Okay.«

Wir rannten los. Ich schaltete auf Durchzug, schaffte es, die Gefühle zurückzudrängen. Nur noch zu funktionieren. An jeder Tür zu horchen, vor jeder Ecke innezuhalten, auf verdächtige Geräusche zu lauschen, Nate zurückziehen, wenn Stimmen vor uns ertönten. Ich hatte keine Angst mehr. Ich war im Überlebensmodus.

Als wir völlig unvorbereitet in den leeren Hof zwischen den Bunkern stolperten, fiel uns die Tür auf, die Damek um Mitternacht mit dem Code geöffnet hatte. Sie stand sperrangelweit offen.

»Das ist eine Falle«, hauchte Nate und erstarrte mitten in der Bewegung. Fast wäre ich in ihn gerannt.

»Ist doch scheißegal, was es ist, wir müssen hier einfach raus, oder?«, rief ich ihn zur Vernunft, als ich mein Gleichgewicht wiedergefunden hatte. Jetzt war ich es, die ihn zu den Steintreppen zog, wo uns gleißendes Sonnenlicht erwartete. Die Strahlen durchfuhren mich wie Millionen kleine Stromschläge. Ich hatte ganz vergessen, dass ich in der Eiseskälte nur noch im T-Shirt herumlief.

»Wo sind die Wächter, Kia? Wo, verdammt noch mal, sind alle hin?«

Ich schüttelte nur den Kopf und lief stur weiter.

»Es muss etwas Furchtbares passiert sein …«

»Durchhalten«, fiel ich ihm ins Wort und hielt auf der ersten Treppenstufe inne, schaute ihm fest in die Augen. »Wir müssen durchhalten, ja?«

Nach einer halben Ewigkeit gab er sich einen Ruck und setzte sich in Bewegung.

Bei unserem Aufstieg machte mir nicht das heftige Ziehen in meinen Knien zu schaffen, das Seitenstechen oder der knappe Sauerstoff. Sondern die Panik, weil er recht haben könnte.

🜄

Die Schneelandschaft war übersät von schwarzen Punkten. Ich blinzelte gegen das grelle Weiß und das Sonnenlicht an. Sie bewegten sich. Bewaffnete Wächter, die ausgeschwärmt waren, den Hang hinabliefen und sich unverständliche Sätze zuriefen.

Nate und ich duckten uns hinter den Felsen, auch wenn wir hier oben für den Moment sicher waren. Er versuchte zum fünften Mal, Casper zu erreichen. Sein Handy klemmte zwischen Schulter und Ohr, ich konnte das monotone Tuten hören. Mit fahrigen Bewegungen zerrte er sich seine Jacke von den Schultern, legte sie mir um wie eine Decke und fuhr mir mit der Handfläche mehrmals über den Rücken.

Ich wollte protestieren, aber meine Zähne schlugen so heftig aufeinander, dass ich kein verständliches Wort über die Lippen brachte.

»Das ist gut, das ist gut, Kia, sie suchen sie, das heißt, sie haben es irgendwie nach oben geschafft …«

Ich riskierte einen weiteren Blick nach unten.

»O-oder sie s-suchen nur noch einen, u-und der Rest ist unten weggesperrt.«

Er kam nicht dazu, meine Sorgen zu zerstreuen.

»Nathaniel!«

Mein Herz blieb stehen. Ich fuhr herum. Nichts. Nur das Loch im Boden. Die große dunkle Spiraltreppe, die wir eben weiß Gott wie hinaufgestiegen waren.

Panisch sah ich zurück zu ihm. Ein fassungsloses Lächeln zuckte über sein Gesicht, und da verstand ich.

»Wo seid ihr?«, brüllte Caspers verzerrte Stimme aus dem Handylautsprecher.

Nate brauchte drei Anläufe, um sprechen zu können. »Wir sind oben. Wir sind oben«, wisperte er und konnte die Tränen nicht länger zurückhalten. »Wo seid ihr?«

»Wir haben sie abgehängt. Wir –«

Wir. *Wir.* Sie waren okay?

Ein Redeschwall brach aus ihm hervor, der es mir unmöglich machte, den Worten zu folgen. Wächter, Daria, Boot, Wills Dad. Alles andere ging im Rauschen meiner sich anbahnenden Panikattacke unter. Womöglich war das auch nur die Erleichterung.

Ich starrte Nate an, der das Telefon sinken ließ. Hielt mich an der Hoffnung in seinen Augen fest.

»Daria hat Liams Kontakt überredet, die ganze Nacht hin- und herzufahren, nachdem er Damek in Sicherheit gebracht hatte. Der Wächter, der uns reingelassen hat, hat ihnen zur Flucht verholfen.«

Der Wächter. Der Alkohol aus seinem Flachmann auf die Flammen geschüttet hatte, um auch uns zur Flucht zu verhelfen. Mein Herz zog sich zusammen vor lauter Dankbarkeit.

»Cas und Will haben es nach oben geschafft, von seinem Dad fehlt jede Spur«, fuhr Nate zittrig fort.

Ich schloss die Augen. »Keine Spur?«

Anstelle einer Antwort gab er die Frage an Casper weiter, der sich offenbar noch immer am anderen Ende der Leitung befand.

»Er … er sagt, sie haben Liam überwältigt, aber er hat sich losgerissen und konnte fliehen.«

Ich schlug die Augen wieder auf. »Oh Gott.«

»Und Will ist okay. Will ist okay. Er ist … hier.« Nate drückte mir das Handy ans Ohr.

»Kiana?«

Mein Herz setzte aus und begann dann so schnell zu schlagen, dass mir schwindelig wurde.

»Will!«

»Ihr müsst da runterkommen. Sie werden nicht auf euch schießen, wenn du dabei bist, aber wir haben keine Zeit.« Seine Stimme vermischte sich mit einem wilden Rauschen.

»Wo seid ihr? Was ist mit deinem Dad? Geht's euch gut?«

»Kommt einfach runter, sonst komme ich hoch.«

»Einen Scheißdreck wirst du, William Lowe!«, ertönte eine männliche Stimme im Hintergrund, und ein irres Lachen stieg in meiner Kehle auf.

»Sie sind im Boot«, fuhr Nates Stimme dazwischen. »Kurz vor der Brücke. Wir schaffen das schon.«

Dann riss er mir das Handy aus der Hand und beendete das Gespräch.

»Was tust du?«, fuhr ich ihn an, doch er schüttelte nur den Kopf, packte mich an den Schultern und half mir auf.

Als wäre ich ein kleines Kind, streckte er meine Arme aus und zog sie nacheinander in die Ärmel seiner Jacke.

Schließlich stellte er sich dicht vor mich und deutete zum Ufer.

»Sie werden nicht schießen, wenn sie dich sehen. Aber lass es einfach nicht so weit kommen, okay?«

»Wie sollen sie uns denn *nicht* sehen?«, gab ich zurück. »Das ist ein komplett einsehbares Feld.«

»Siehst du den Punkt dahinten?«

Ich kniff die Augen zusammen und folgte seinem Blick.

»Das ist die Brücke. Und siehst du, wohin die Menschen sich bewegen?«

Tatsächlich bewegten sich die meisten der Wächter überhaupt nicht, sie standen am Ufer herum und brüllten sich gegenseitig an, wie es den Anschein erweckte.

»Wir müssen einfach hier oben bis zur Brücke laufen und dann abwarten, bis sie zurück ins Gefängnis kommen. Sie haben keine Boote. Casper sagt, es ist möglich, dass sie Nero noch gar nicht benachrichtigt haben, weil sie das Problem lieber eigenhändig beseitigen wollen, anstatt die Ältesten zu rufen und zuzugeben, dass sie es vermasselt haben.«

Obwohl ich es für unmöglich gehalten hatte, nach dem Aufstieg und der vergangenen Nacht meine Beine auch nur einen weiteren Zentimeter zu bewegen, sprintete ich Sekunden später an Nates Seite los. Es gab keinen Unterschlupf, keine weiteren Felsen, hinter denen wir uns verstecken konnten, also rannten wir mit allem, was wir hatten. Ich warf keinen Blick zurück, um nachzusehen, ob die Wächter am Ufer auf die zwei Gestalten aufmerksam geworden waren, die sich oben auf dem Berg vom Gefängnis wegbewegten.

Der Schnee tränkte meine Schuhe. Erst Feuer, dann Schnee. Heiß und kalt. Wie die Gefühlsmassen in mir, wenn ich an Will und meine Eltern dachte. Und dann wieder an Nero.

Ich war Schwarzpulver. Und sie mein Zündstoff.

🜄

Die Wächter entdeckten uns, als wir den Hang hinabschlitterten und uns schon fast in Sicherheit wiegten.

Sicherheit. Das Wort kam mir grotesk vor. Utopisch. Meine Lunge stand in Flammen, meine Beine wurden mit jedem Meter mehr zu Blei.

Ich konnte ihre Gesichter nicht ausmachen, aber die Laute waren eindeutig.

»Lauf!«

Nates Stimme in meinem Ohr war nicht meine einzige Motivation. Ich sah sie. Sah den dunklen Fleck direkt neben der Steinbrücke.

Ich verlor den Halt, landete auf dem Hintern und zog Nate mit mir. Wir rutschten mehrere Meter nach unten, und ich verbot mir jeden Blick nach links, wo die Gefahr lauerte.

Im einen Moment spürte ich die Kälte im Rücken, im nächsten knallte ich gegen ein Hindernis, wurde plötzlich von mehreren Händen gezogen. Bevor ich mich auf die bekannten Gesichter konzentrieren konnte, vibrierte der Boden hinter uns, und ein wutentbrannter Schrei zerfetzte die Luft. Ich wandte mich um, während die Hände mich nach unten drückten, auf eine Holzbank, zwischen warme Körper. Der glatzköpfige Gondoliere stieß seinen hölzernen Stab ins Wasser.

»Da sind sie!«

»Ihr Blitzmerker!« Caspers unkontrollierbares Lachen ertönte.

Wir flogen. Der Strom riss uns mit, unter der Steinbrücke hindurch, vorbei an den peitschenden Wellen, an den zerbrochenen Eisplatten auf der Wasseroberfläche. Der Fahrtwind blies meine Haare zurück, trieb mir Tränen in die Augen und ließ mich erblinden, als wir aus dem Schatten der Brücke auftauchten.

Aber ich musste nichts sehen. Ich musste nur das Lachen hören, in das sich jetzt auch Darias mischte, Nates, meines. Und den Duft inhalieren, der von dem Körper neben mir ausging. Er roch nach Zuhause.

∇

Die Tür fiel hinter Will und mir ins Schloss, und ich ließ mich mit dem Rücken dagegenfallen.

Für den Augenblick waren wir alleine. Sosehr diese Tatsache die letzten Tage für Schmetterlinge in meinem Bauch gesorgt hatte, so Furcht einflößend erschien sie mir nun. Hätte mir jemand vor vierundzwanzig Stunden gesagt, dass ich meine biologischen Eltern sehen, einen Beweis für Neros Verrat finden, anschließend eine eisige Nacht unter dem Erdboden verbringen und zu guter Letzt mithilfe von Feuer aus einem Gefängnis fliehen würde, hätte ich ihn wohl nicht einmal für verrückt erklärt. Mir waren in den vergangenen Wochen weitaus verrücktere Dinge zugestoßen. Womit ich allerdings nicht gerechnet hatte, war dieser Mensch vor mir. Dieser wunderbare Mensch, der mein Herz mit einem Blick zum Durchdrehen bringen konnte. Aber damit war jetzt Schluss.

Ich musste die Karten offen auf den Tisch legen. Ehrlich

sein und unsere kleine Blase zerplatzen lassen, ehe es zu spät war.

Er würde mich nie wieder nachts im Arm halten. Nie auf seinen Schoß ziehen oder mir all die wunderbaren Dinge zuflüstern. Es würde vorbei sein, noch bevor es richtig beginnen konnte.

»Ich muss mit dir reden«, brachte ich hervor, während ich meinen Mantel auszog und mir die Schuhe von den Füßen kickte. Meine Socken waren von Eiswasser getränkt, sie hinterließen eine feuchte Spur auf dem Parkett.

Es half, dass ich ihm den Rücken dabei zukehrte.

»Das trifft sich gut, ich muss nämlich auch mit dir reden.«

Ich presste die Augen beim Klang seiner Stimme fest zusammen. *Bitte, bitte, mach es mir nicht so schwer.*

»Kia, sieh mich an.«

Ich straffte die Schultern und wandte mich um. Er hatte seine Jacke ebenfalls ausgezogen und krempelte die Ärmel seines Strickpullovers hoch, ohne mich aus den Augen zu lassen. Das Braun in seiner Iris flackerte.

Jetzt oder nie.

»Ich will eine Chance mit dir«, brachte ich hervor. »Ich will dich in meinem Leben haben, aber nicht so. Nicht, weil es deine Bestimmung ist. Oder weil es meine Gefühle sind, die sich in dir spiegeln, sondern weil *es von dir kommt.* Nicht von dem Inventi in dir, der dir keine Wahl lässt, sondern von Will. Dem Menschen. Ich möchte nicht, dass du dich für mich opferst. Ich will einfach nur, dass du …«

Mit unergründlicher Miene starrte er mich an. Die Sekunden vergingen. Seine Lippen teilten sich. »Dass ich was?«

Stille. Mein Puls raste.

»Dass ich *was*, Kiana?«

»Das weißt du«, hauchte ich kaum hörbar.

Er schluckte hart. Starrte mich einfach weiter an.

Ich sollte abhauen.

»Kia.«

»Ich … ich gehe jetzt schlafen«, sprach ich weiter und wollte mich umdrehen, doch irgendetwas in seinem Gesicht ließ mich innehalten.

»Bevor du dir anhörst, was ich zu sagen habe?«, wisperte er.

»Es ist zwecklos.« Ich konnte sein Mitleid nicht ertragen.

Aber da war kein Mitleid in seinem Blick. Da war etwas, das mich an Ort und Stelle festnagelte.

»Hör mir zu«, sagte er mit fester Stimme. »Ich habe dir erzählt, was ich dir gegenüber empfunden habe, als du in mein Leben getreten bist. Es war nicht deine Schuld, und trotzdem habe ich dich für alles verantwortlich gemacht. Dann habe ich dich kennengelernt. Habe gesehen, wie du alles verloren hast, was dir etwas bedeutete. Und ich habe sie gefühlt, jede Emotion, die ich meinem schlimmsten Feind nicht wünschen würde. Am Anfang habe ich alles darauf geschoben, dass ich dein Inventi bin. All die Panik in mir, wenn dein Puls in die Höhe schoss und ich nicht wusste, wieso. Und ich bin mir sicher, am Anfang lag es auch daran. Meine Natur ist dafür verantwortlich, dass ich dich immer in Sicherheit wissen will. Dass mir kotzübel wird, wenn ich daran denke, du könntest dein Talent erneut ausüben. Aber kannst du mir erklären, was mein Inventi-Dasein damit zu tun hat, dass ich mir ausmale, wie ich dich zum Lachen bringen kann? Oder dass ich am liebsten jede Nacht damit zubringen würde, dir beim Schlafen zuzusehen?«

Mein Herz hämmerte heftig gegen meine Brust, und ich musste den Blick abwenden. »Du fühlst dich so, weil ich mich so fühle.«

»Mein ganzes Leben lang habe ich mich gefragt, ob etwas mit mir nicht stimmt«, flüsterte er, ohne auf mich einzugehen. »Weil ich diese Gefühle nie für jemanden hatte. Und ob es daran liegt, dass ich miterlebt habe, was sie mit meiner Mum anrichteten. Wie gefährlich sie sein konnten. Aber dann kamst du.«

Meine Hände zitterten so sehr, dass ich sie ineinanderkrallte, damit sie zur Ruhe kamen. Ich konnte ihn noch immer nicht anschauen.

»Auf einen Schlag war da alles. Alles, wovor ich mich je gefürchtet habe. Alles, was ich so sehr wollte. Und plötzlich habe ich mich gar nichts mehr gefragt. Denn ich hatte die Antwort, die ich all die Jahre gesucht habe.«

Ich schloss die Augen erneut. »Will …« *Hör auf. Hör auf, meinem dummen Herzen Hoffnungen zu machen.*

Plötzlich lagen seine Hände auf meiner Hüfte. Ich öffnete die Augen und presste mich enger gegen die Wand.

»Bitte.«

Er ignorierte meinen warnenden Ton und sah mir direkt in die Augen. »Du verstehst es nicht, weil du kein Inventi bist.« Eine Hand fuhr behutsam nach oben, bis er sie auf meinem rasenden Herzen ablegte. »Ich fühle jeden deiner Herzschläge, und es treibt mich in den Wahnsinn, dass es dir meinetwegen so geht. Aber ich kann sie von meinen eigenen unterscheiden.« Er packte meine Hand und drückte sie auf seine Brust. »Spürst du das?«

Es pulsierte so heftig unter meinen Fingern, dass ich zurückgeschreckt wäre, hätte er meine Hand nicht fest an Ort und Stelle gehalten.

Ich schüttelte den Kopf. »Wie kannst du dir je sicher sein?«

»Erinnerst du dich an deine Worte, als wir zusammen im Bett lagen und du deine Narbe berührt hast?«

Für eine Sekunde lagen meine Gedanken blank, ich hatte keine Ahnung, wovon er sprach. Zudem machte sein Geruch das Denken ziemlich schwer.

»Als du die Szene mit Sophia wieder und wieder aufgerufen hast und ich zu weinen begonnen habe?«, half er leise nach.

Ich starrte ihm in die Augen und rührte mich nicht.

»Du hast gesagt, ich bin ein eigenständiger Mensch. Und weißt du was? Du hattest recht. Die Emotionsflut in dir war kaum zu ertragen, doch sie war nicht der Grund, wieso ich die Kontrolle verloren habe.« Er holte tief Luft. »Genauso wenig wie deine Gefühle für mich der Grund sind, dass ich gerade dabei bin, mich verdammt noch mal in dich zu verlieben.«

Die Zeit blieb stehen. Eine Ewigkeit starrten wir uns in die Augen, Tiefblau traf auf helles Braun. Die Luft begann zu flirren. Der Boden unter meinen Füßen bebte nicht, er war verschwunden. Auch der Rest existierte nicht mehr, weder das Haus … noch diese Stadt. Nur Will. Nicht mein Inventi, nicht mein Stalker, nicht mein Entführer.

Da war nur Will.

Unsere Lippen fanden zueinander. Haare zwischen meinen Fingern, heißer Atem. Mit einem Mal ging alles ganz schnell. In einem Moment stolperten wir den Flur entlang, im nächsten hatte er mich an den Hüften gepackt und mit der Schulter die Tür zum Badezimmer aufgestoßen.

»Wir könnten beide eine heiße Dusche gebrauchen«, flüsterte er an meinem Mund. Mein Inneres krampfte sich bei seiner dunklen Stimme zusammen.

Meine Finger fanden ganz von alleine den Weg zum Saum seines Pullovers und zerrten den Stoff nach oben, als wir auf den Fliesen standen und für eine Sekunde voneinander abließen. Es gab keine Zweifel mehr.

Schicht für Schicht kämpften wir uns frei, prusteten los, als meine Haare sich in meinem Shirt verfingen. Sein Lachen war so losgelöst, so unbeschwert und frei, wie ich es noch nie gehört hatte, als er es schaffte, mich zu befreien.

Schwer atmend und nur noch in Unterwäsche standen wir vor der Badewanne. Der Raum war lichtdurchflutet, obwohl die Sonne von grauen Wolken bedeckt wurde. Ich konnte nicht aufhören, seinen Oberkörper zu betrachten. Die

Muskeln, die sich unter seiner Brust abzeichneten, die feinen Härchen kurz vor dem Bund seiner Boxershorts …

Er stellte die Dusche an, ohne den Blick von mir zu nehmen, und dampfendes Wasser prasselte herunter. Fast schüchtern sah er mich an.

Meine Finger griffen nach hinten, tasteten auf meinem Rücken nach dem BH-Verschluss und lösten die Häkchen.

Es war so einfach. Wills Miene brachte mich dazu, furchtlos zu sein.

Ich streifte die Träger meines BHs ab und ließ ihn zu Boden fallen, atmete tief durch und griff direkt danach nach meinem Slip. Es war wie ein Rausch, jede kleine Reaktion in seinem Gesicht zu sehen. Ich war unbesiegbar.

Er versuchte nicht, seine Erregung zu verbergen, sondern griff ebenfalls nach dem Stoff seiner Shorts und streifte sie ab. Mein Blick wanderte an seinem Körper herunter, und mein Mund wurde trocken.

Als ich ihm wieder ins Gesicht sah, funkelte es in seinen Augen, und seine Lippen hatten sich zu einem Lächeln verzogen. »Komm her, Wundermädchen.«

Er stieg in die Wanne und reichte mir eine Hand.

Das heiße Wasser erzeugte eine Gänsehaut auf meiner Haut, aber vielleicht waren auch seine Hände dafür verantwortlich. Sie fuhren jetzt über meinen Rücken, über meine Schulter nach vorn, und tiefer, immer tiefer, bis ich seinem Blick nicht mehr standhalten konnte und mich gegen die Fliesen sinken ließ.

»Ich will alles von dir«, hörte ich mich flüstern, als er sich abwandte, um nach dem Shampoo zu greifen. Er sah mich an. Das Wasser lief an seinem Gesicht herunter, tropfte seine Schläfen und seine Nase entlang, verdunkelte die hellblonden Haare.

Seine Lippen teilten sich, und wie hypnotisiert blickte er auf meinen Mund, als könne er nicht glauben, was für Worte daraus hervorkamen.

»Die Parallelwelten«, sagte ich und umfasste sein Gesicht, »und alles, was dahinter kommt.«

»Vergiss sie«, murmelte er. »Vergiss die Parallelwelten. Ich brauche sie nicht mehr, wenn du bei mir bist.«

Jäh prallten unsere Lippen aufeinander, der Kuss im Flur war nichts gegen diese Notwendigkeit. Seine Zunge in meinem Mund und seine nackte Haut auf meiner löschten jeden vernünftigen Gedanken aus.

Wie konnte ich wenige Stunden zuvor vor Kälte zitternd in der Zelle gesessen haben?

Die Hitze in mir war alles, was je existiert hatte. Ein ausgewachsenes Feuer. Die ganze Welt stand in Flammen.

🜄

Als ich aufwachte, war die Sonne bereits untergegangen. Das Dachzimmer versank im Halbdunkeln, nur die Lichter der Stadt funkelten in der Ferne. Keine Ahnung, wie wir es nach oben geschafft hatten.

Mit einer Hand rieb ich mir den Schlaf aus den Augen, mit der anderen tastete ich die Matratze neben mir ab.

Meine Hand griff ins Leere, und ich setzte mich mit einem Gähnen auf, wobei die Decke an meinem Körper herunterrutschte. An meinem nackten Körper.

Ich musste so sehr grinsen, dass meine Mundwinkel schmerzten.

Ich schlug die Decke beiseite und stand schwungvoll auf, was sich allerdings als keine ganz so gute Idee erwies. Sterne tanzten vor meinen Augen, während ich zurück in die Daunen plumpste.

Wo steckte mein Inventi, der zweifellos schuld an meinem miserablen Gleichgewichtssinn war?

Beim zweiten Versuch ließ ich mir mehr Zeit und leerte zunächst zwei Gläser Wasser auf einen Zug. Will musste die Karaffe auf dem Nachttisch aufgefüllt haben, während ich geschlafen hatte.

Als ich gerade dabei war, in Leggings und einen zu großen Pullover zu schlüpfen, erklangen Stimmen von unten.

Sofort wurde meine Euphorie gedämpft. Es sah ganz so aus, als würde die Realität uns zu schnell wieder einholen.

Vorsichtig trat ich auf die Wendeltreppe. Bitte, bitte niemand aus der Omilia. Ich war nicht bereit, Nero zu sehen. Ich brauchte Zeit, um alles zu verarbeiten und einen Schlachtplan zu entwerfen.

Unten brannte Licht, und das Knistern des Kaminfeuers vermischte sich mit dem Geräusch von tröpfelndem Regen.

Zuerst hörte ich Will. Ich verstand ihn nicht richtig, er sprach leise, mit einem Drängen in der Stimme.

Als die zweite, viel lautere Stimme ertönte, blieb ich abrupt stehen und hielt mich am Geländer fest.

»Ist mir schon klar, dass du keinen Stress willst, aber es geht nun mal nicht nur darum, was wir wollen, William.«

Nein.

Nein, nein, nein. Das konnte doch nicht wahr sein.

Ein Teil von mir wollte sich umdrehen, die Treppe nach oben rennen, sich unter der Bettdecke vergraben und die Stimme als schlechten Traum abtun. Es war verlockend, kam aber nicht infrage.

Ich war nicht mehr das schwache Mädchen, das wie eine Schachfigur hin und her geschoben wurde. Ich war ins Gefängnis eingebrochen, hatte meine biologischen Eltern gefunden und Neros Lügen aufgedeckt. Hatte Menschen, die mir beistanden. Und es war klar gewesen, dass dieser Moment früher oder später kommen würde.

Tessarect war keine besonders große Stadt.

Nur was zur Hölle tat dieser Mistkerl an unserer Haustür?

Es gab nur einen Weg, das herauszufinden.

Bevor ich es mir anders überlegen konnte, hastete ich die Treppe nach unten.

Im nächsten Moment donnerte es draußen, und ein Blitz erhellte das Wohnzimmer und die Hälfte des Flurs.

Will stand mit dem Rücken zu mir an der Eingangstür, nur in Boxershorts und T-Shirt. Ich konnte die Person nicht erkennen, die vor ihm stand, aber das musste ich nicht. Niyols Gesicht hatte sich für immer in mein Gedächtnis eingebrannt.

»Was tust du hier?«

Will drehte sich nach mir um. Wieso sah er so schockiert aus? Machte er sich Sorgen, dass wieder eine Sicherung bei mir durchbrannte?

Ich hatte keine Zeit, mir länger den Kopf darüber zu zerbrechen. Es war eine Sache, Niyol aus der Entfernung zu sehen oder ihm in irgendeiner verrückten Vision zu begegnen, aber eine ganz andere, ihm von Angesicht zu Angesicht gegenüberzustehen.

Seine schwarzen, triefend nassen Haare fielen ihm offen über die Schultern. Die Regentropfen hingen auch an den dunklen Wimpern und perlten von seinen Lippen ab.

Er schien kein bisschen überrascht, als ich nach vorne trat und unsere Blicke sich trafen.

Unwillkürlich machte mein Magen einen Satz. Ich verfluchte mein verräterisches Herz, das zu rasen begann. Will sollte nicht einmal für eine Sekunde annehmen, meine Gefühle für Niyol wären mit dem zu vergleichen, was wir teilten.

»Du siehst fantastisch aus.«

Auf einen Schlag war die Nervosität weg. Stattdessen rauschte unkontrollierbare Wut durch meinen Körper. Wie konnte er es wagen, wie konnte er hier stehen und –

»Ich hoffe, ich habe dich nicht geweckt?« Grinsend legte er den Kopf schief, während er mich von oben bis unten taxierte.

»Was du hier tust, habe ich gefragt«, zischte ich.

»Er wollte gerade wieder gehen«, ertönte Wills Stimme hinter mir.

Niyol hob eine Braue. »Seht euch nur an, ihr seid ja ein richtiges Team geworden. Wie herzerwärmend.«

»Verschwinde.« Will klang nicht wütend, sondern immer noch erschrocken.

Wie lange unterhielten sie sich schon? War er über Aria an diese Adresse gekommen? Und wieso sprach er mit Will, als wären sie alte Bekannte?

»Lass mich raten, du hast ihr nichts gesagt«, fuhr Niyol an ihn gewandt fort.

Ohne nachzudenken, griff ich nach der Klinke und war drauf und dran, die Tür zuzuschleudern. Ich wusste nicht, was für ein Spielchen das sein sollte, aber ich würde mich nie wieder manipulieren lassen. Nicht von ihm, nicht von sonst irgendeinem Menschen in dieser beschissenen Stadt.

Sein Fuß schnellte nach vorn. Er schien sich immer noch köstlich zu amüsieren, während mein Inventi neben mir zur Salzsäule erstarrt war.

»Was glaubst du, wer mir dabei geholfen hat, dich um den Finger zu wickeln, Süße?«

Meine Hand hielt inne, auch wenn ich mich dafür hasste. Ich drehte mich in Zeitlupe zu Will.

Sag was. Irgendwas.

Wie durch einen Schleier sah ich Niyol zusammen mit Aria auf dem Dach stehen. Spürte wieder die Verzweiflung, als ich Will völlig aufgelöst von meiner Vision erzählt hatte. »Niyol?«, hatte er gefragt. »Wer zum Teufel ist Niyol?«

Will antwortete nicht. Sein Blick glitt zu Boden, und plötzlich war alles ganz klar. Es war nicht die Sorge um meine Gefühle, die ich in seinem Gesicht gesehen hatte, als ich in den Flur gekommen war. Es war die Angst davor, erwischt zu werden.

Ich stolperte zurück und hielt die Luft an.

Und du? Wer zum Teufel bist *du*, Will?